청동정원

청동정원

최영미 장편소설

이미출판사

차례

프롤로그

4월에 이미 우리는 5월의 냄새를 맡았다. 전경(戰警)이 상주하는 살벌한 교정에도 봄은 왔다. 라일락 향기가 코끝을 간질이면 우리는 두근두근 어질어질 마음을 어디 두지 못했지.

나는 술을 마시고 있었다. 학생들이 '강 건너'라 부르던, 바위산 유원지 입구에 엉성하게 터를 잡은 야외주막에서였다. 강 건너는 교내 술집이나 다름없었다. 교문을 나설 필요 없이 학교와 유원지의 경계를 따라 흐르는 개울을 건너면, 술상이 차려진 마루가 보였다. 파쇼, 광주, 투쟁처럼 무시무시한 말들이 허름한 탁자를 오갔고 나는 묵묵히 선배들이 주는 술을 받아 마셨다. 쉰 맛이 싫어 고개를 내젓던 민속주가 청량음료처럼 달달했다. 전에는 껄끄럽던 단어들이 술술 가슴으로 흘러 들어갔다. 막걸리 두 사발과 소주 한 잔을 들이켰을 뿐인데 나른했다. 더 마시기가 겁나 벌떡 일어나 교문을 향해 걸어갔다.

걸음을 옮길 때마다 땅이 솟아올랐다. 가만히 서있던 나무들이 움직이기 시작했다. 햇빛을 받아 보석처럼 반짝이는 초록 잎들이, 그림자들이 서로 겹쳐졌다. 해롱대는 이파리들이 아무런 주저 없이 반짝, 순간에 몸을 뒤집었다. 벌겋게 달아오른 내 얼굴 위로 바람이 지나가며 머리카락이 춤추듯 나부꼈다. 가로수들이 나를 에워싸더니, 비틀거리는 나를 남겨두고 요란하게 물결치며 시야에서 사라졌다. 멀어지는 녹색의 가지 끝에는 축 늘어진 십대의 마지막이 걸려있었다. 4월의 어느 날, 내 속에서 반란이 시작되었다.

강 건너에서 나는 취했고, 휘청거렸고, 다시는 돌아오지 않을 다리를 건넜다. 나는 달라질 것이다. 회색의 아스팔트가 솟아올라 푸른 하늘과 맞닿는 기적을 목격한 그날, 나는 무언가를 위해 기꺼이 나를 버렸다.

내가 버린 것은 '계집애가 밤늦게 다니면 안 된다. 데모대에 얼씬도 마라. 남학생들과 쓸데없이 어울리지 마라.' '안 된다'로 일관된 부모의 엄포였다. 명문대학 다니는 딸을 자랑스러워하는 아버지, 열 아들 부럽지 않은 딸이라는 어머니의 자긍심을 나는 짓밟을 것이다. 수업을 마치면 곧장 집으로 오던 얌전이가 칼같은 귀가시간을 어기고 남학생들과 취하도록 술을 마셨다니. 대문을 열어주며 엄마는 나를 야단쳤다.

지금이 몇 신데 이제 들어와. 너, 술 먹었니?

응—

아무렇지도 않게 대꾸하며 야릇한 미소를 지어 나는 엄마를 더욱 놀라게 했다.

그날 이후 나의 저녁귀가가 늦어졌고, 술집에서 보내는 시간이 늘어났고 막걸리를 마신 뒤끝과 소주를 마신 뒤끝의 차이를 알게 되었다. 술맛을 안 뒤에 겁이 없어져 남학생들과 수련회에 가고 치마보다 바지를 즐겨 입고, 아버지의 권위에 도전하는 나쁜 딸이 되었고, 시위대에 섞여 한강을 건넜다.

1장

아름답게 꽃 필 적에

-가봐. 가서 보면 재미있을 거야.

-자기는 안 갈 거야?

-같이 가면 좋을 텐데. 나는 일이 있어서.

-언제라고 했지?

-토요일 오후 세 시 같은데, 내가 확인해보지.

내 옆에 누운 J가 몸을 돌려 휴대전화를 찾는다. 미스터 S대 선발대회의 정확한 일시를 여자 친구에게 알려주려고 침대 밑을 더듬는다. 내가 무얼 물어보거나 도움을 청하면 그는 머뭇거리지 않는다. 스마트폰의 문자메시지 창을 주욱 훑는데, 구릿빛 팔뚝에 삼두박근이 선명하다. 그는 대학교 육체미 선수였다. 나는 그의 울퉁불퉁한 근육에 반하지 않았다. 모두가 동의하는 완벽한 미남은 아니지만 윤곽이 뚜렷하고 정열이 깃든 얼굴. 오십대인데도 스무 살처럼 뜨겁고 과녁을 향해 돌진하는 단순한 남성에 나는 끌렸다.

J처럼 무심한 사람을 나는 보지 못했다. 전문분야를 벗어나면 도통 관심이 없고 지식인인 척도 않는다. 책도 영화도 보지 않는다. 의사면허를 딴 뒤에 그가 끝까지 다 읽은 책은 나의 소설집과 월간지 《근육과 운동》뿐. 그가 옆에 있으면 나는 작가 이애린이 아니라 그냥 여자였다. 나를 여자로 만든 남자에 대해 더 알고 싶어서 S대 문화관에 도착했다. 토요일의 캠퍼스는 가족끼리 연인끼리 놀러온 사람들로 북적였다. 대학축제 기간이라 홈커밍데이에 온 졸업생들도 눈에 띄었다. 게시판에 다닥다닥 붙은 벽보들을 추억에 젖어 쳐다본다.

뉴질랜드영어연수- 최저가보장

고품격 배낭여행- 30일간의 유럽일주

진보의 기수- 노회찬 초청강연

역도부 53주년 미스터 S대 선발대회를 알리는 포스터가 제일 크다. 환상적인 근육이 돋보이는 허벅지 밑에 'Model Mr. SU 1위'라 적혀있다. 반짝이는 초콜릿빛 피부를 보며 젊은 날의 연인을 상상해본다. J도 그처럼 오일을 바르고 무대에 섰다.

1981년, 미스터 S대 선발대회는 없었다. 민주화시위가 거센 5월을 피해 6월에, 소수의 참가자들만 모여 역도부 뒷마당에서 비공식적으로 행사를 치렀다. 1982년 미스터 S대 선발대회는 학생회관 2층에서 성황리에 열렸지만, 나는 그런 대회가 있는지조차 몰랐다. 대회를 앞두고 J는 역도부 도장에서 살다시피 했다. 맘대로 몸을 만드는 운동이 재미있었다고 그는 말했다. 같은 캠퍼스에서 나는 그와는 다른 '운동'에 빠졌다. J가 대흉근을 키우려 생달걀을 한꺼번에 서른 개나 삼킬 때, 나는 시위에 뿌려질 전단을 복사하고 있었다. 우리는 삼십 년 뒤에나 만날 운명이었다.

"지성과 야성을 겸비한 멋진 남자를 선발하는……"

우렁찬 박수소리와 함께 2013년 미스터 S대 선발대회가 막을 올렸다. 남자의 몸에 대한 안목을 키우려 무대와 가까운 앞줄에 앉았다. 벌거벗은 청년들이 우르르 뛰어 들어온다. 검정 팬티에 참가번호를 붙인 선수들이 역삼각형 대열로 서고, 심사위원장이 네 가지 심사기준을 설명한다. Bulk(근육의 크기), Definition(근육의 선명도), Balance(신체의 균형), Posing(표현력). 조별로 나와서 사이드체스트(Side Chest: 몸통을 옆으로 돌리고 두 손을 뒤에서 모은 자세) 포즈를 취하는데 응원소리로 객석은 시끌벅적.

"6번 좋다!"

근육의 결이 도드라지게 힘을 주느라, 실내에 냉방이 돌아가는데도 땀을 흘린다. 빗살무늬처럼 세밀하게 갈라진 근섬유. 조각보다 더 조각적이었다. 사람의 몸에 그처럼 풍부한 선이 숨어있다는 사실이 믿기지 않았다. 시스티나성당 벽화에 그려진 나체들처럼 육체미 선수들의 자세는 초현실적이고 부자연스러워, 덩치만큼 힘이 느껴지지는 않았다. 예선이 끝나고 훈련 모습을 담은 필름이 돌아갔다. 무거운 기구를 올리고 내리고 밀고 당기고…… 사냥감을 어깨에 메고 초원을 달리는 원시인들이 연상되었다. 근대의 웨이트트레이닝은 생존을 위한 인류의 노동을 축약한 추상이 아닌지. 로마의 검투사들도 근육을 키우는 보디빌딩에 열심이었다. 싸우기 전에 상대를 위협하려고. 야생에서는 몸집이 클수록 짝짓기에 유리했으리라. 미스코리아 선발대회처럼 외모와 성품과 교양을 따지지 않고, 오로지 근육과 피부에 집중한 육체미대회가 내 맘에 들었다. 알고 보니 완전 유물론의 세계. 철학적인 운동이며 예술이잖나.

"몸은 한순간에 만들어지지 않습니다. 예선에서 탈락한 선수들도 내년엔 더 크고 멋진 몸매가 되어 있으리라 믿습니다. 자, 그럼 본선에 오를 선수들이 휴식을 취하는 동안, 오늘의 대회를 위해 특별히 모신 손님들을 부르겠습니다. 사회대 여성 댄스그룹 GoGo의 공연이 있겠습니다."

강렬한 비트의 음악이 쏟아지고 핫팬츠에 하이힐을 신은 여자애들이 치렁치렁한 머리채를 흔들며 춤을 춘다. 클럽댄서들처럼 격렬하고 도발적인 몸짓에 나는 놀랐다. 얘들이 S대 여학생들 맞나? 운동화를 신었다면 더 풋풋했을 텐데. 왜 하나같이 긴 머리인가? 유행하는 공식에 맞추어 개성이 실종되었네. 80년대의 해방 춤이 더 멋있었는데……

자본주의에 포섭된 대학생 문화를 비판하는 내가, 나는 싫다. 리듬에 맞춰 움직이는 즐거움, 가슴과 엉덩이가 따로 노는 기분을 나도 안다. 1980년이 아니라 2013년에 대학에 들어갔다면, 나는 댄스동아리의 회원이 되었을지 모른다. 지금 내 앞에서 튀어 오르는 허벅지들처럼 나도 흥겹게 몸을 흔들던 때가 있었다.

　S여고의 운동장이 그해 가을처럼 다채로운 색으로 넘실댄 적이 없었다. 일정한 간격으로 줄을 선 아이들의 손에는 훌라후프가 들려있다. 학급마다 색이 달라 우리가 파랑이면 옆줄은 빨강이고, 그 옆줄은 초록색으로 변화를 주었다. 선생이 녹음테이프를 틀면 칠백 명의 발뒤꿈치가 올라갔다 내려온다.

　새로 부임한 여자 체육선생은 개교기념일에 모두를 감동시키는 매스게임을 선보이겠다며 우리를 들볶았다. 철부지 1학년인 우리는 성숙한 여인처럼 짧은 면바지와 살색 스타킹을 뽐내는 멋에 흔쾌히 운동장에 나갔다. 교복도 체육복도 아닌 천을 몸에 대는 건수가 생겼으니 십대의 소녀들에게는 신나는 일이었다. 폴 모리아의 기타반주를 들으며 허리를 돌리는 체조는 춤처럼 재미있었다. 콘크리트 외벽에 설치된 스피커에서, 민방위훈련 사이렌이 울리던 기계에서 일찍이 내보낸 적이 없는 감미로운 선율 〈Love is Blue〉가 아이들의 몸을 가볍게 들어올린다. 하나 둘 셋…… 원을 그리며 오므렸다 펴지는 팔다리들은 자신들의 심장을 뛰게 하는 노래에 붙여진 제목을 이해하지 못했다.

　사랑이 왜 푸른색이야?

　사랑이 왜 우울해?

　우리의 야들야들한 손에 쥐어진 플라스틱처럼 간단히 튕겨나갔다 되돌아오는 사랑이라면, 탱탱한 등을 화살처럼 휘게 하는 우울이라면 얼마든지 오라지. 내 손목은 공중에서 내려온 훌라후프를 가뿐히 받았고, 내 발의 인대는 2회전 점프에도 끊어지지 않았고, 우리의 꿈은 우리가 던진 동그라미보다 멀리 뻗어나갔다. 내 꿈은 어서 대학생이 되는 것. 월말고사가 없는 곳에서 살이 비치는 스타킹과 청바지를 아무 때나 입는 것.

드디어 D-day. 오늘을 위해 준비한 하얀 폴라와 허벅지까지 올라온 핫팬츠로 갈아입자 육체의 굴곡이 적나라하게 드러났다. 날씬한 곡선은 더 날씬하게, 뚱뚱한 배는 더 튀어나와 보였다. 터질 듯한 엉덩이를 욱여넣은 반바지들을 비추느라 교실마다 하나밖에 없는 거울은 바빴다.

팔팔한 근육들이 모였다 흩어지며 3차원의 도형이 완성되었다. 네모가 타원이 되고, 타원이 다이아몬드로 헤쳐 모이는데 1분도 걸리지 않았다. 우리가 금방 만들고 허무는 사각형처럼, 우리도 학교를 떠나 쉽게 무언가 될 수 있을까.

기타가 멈추고 유희는 끝났다. 행사에 참석한 귀빈들에게 인사하고 우리는 물러났다. 질서정연하게 두 명씩 짝을 지어 흩어지는데,

"저기 온다, 저 언니. 와아 다리도 길고 정말 몸매 끝내준다."

"얼굴도 이뻐!"

뒤에서 구경하던 중학생들이, S여고와 운동장을 같이 쓰는 S여중의 말괄량이들이 우리를 에워싸며 입방아를 찧었다. 누가 날씬하고 이쁘다는 걸까? 설마?

미인대회를 심사하듯 내 몸을 위아래로 훑는 시선을 알아채고 내 마음은 풍선처럼 허공을 떠다녔다. 행사복을 벗고 평범한 학생

으로 돌아가서도 풍선은 땅으로 내려오지 않았다. 매스게임이 끝난 뒤에도 쉬는 시간이면 옆 건물의 중학생들이 몰려와 내가 앉아있는 교실의 창문을 기웃거렸다.

운동장의 별이 되었던 그날 이후, 부러질 듯 가는 허리가 내 인생의 중간목표가 되었다. 죽을 때까지 나는 마른 인형으로 살리라. 아름다움에 빠져 익사할 숙명을 모른 채, 완벽한 몸을 원했다. 군살이 붙지 않게 거들을 착용하고 몸매를 가꾸는 체조를 게을리 하지 않았다. 물구나무서기에 취미를 붙여 아침저녁으로 다리를 번쩍 들어올려 벽에 붙였다. 피가 거꾸로 흐른 탓일까. 갈수록 나는 대담해져 학생의 본분을 망각하기에 이른다.

겨울바람이 불면서 아이들의 관심은 오로지 오버코트였다. 모양이 정해진 춘추복이나 하복과 달리, 원단이 비싼 겨울 오버는 색과 디자인에서 융통성이 주어졌다. 회색이나 검정의 무늬 없는 천으로 무릎길이에 가까우면 된다니. 잠자던 애들의 창의력이 화산처럼 폭발했다.

중학교 삼 년 그리고 고등학교 1학년 겨울까지 나는 맞춤교복이 없었다. 싸구려 기성복을 사거나 이웃에 사는 졸업생 언니의 옷을 물려 입었다. 나일론 윗도리는 너무 컸고 한 벌뿐인 동복치마는 뒤가 반질반질 닳고 엉덩이가 껴서 움직이기 불편했다. 몸에 맞는, 면이 절반이라도 섞인 블라우스가 내 소원이었다. 1년 전보다 키가 훌쩍 커 버린 딸에게 입힐 코트를 구하느라 우리 엄마 골치 좀 썩을 테니, 이번 겨울이 내겐 절호의 기회였다.

엄마의 허락이 떨어지기 훨씬 전부터 나는 열병을 앓았다. 앉으나 서나 오버 생각, 잠을 자면서도 잘록한 허리선이 어른거렸다. 너무 굶주렸기에 나는 내 욕망을 자제하지 못했다. 어떤 디자인이 좋을까? 깃은 스텐칼라 아니면 테일러로? 십 분마다 마음이 변해 나도 내가 뭘 원하는지 헷갈렸다. 공책에 옷본을 잔뜩 그려 넣고 어느 게 멋진지 급우들과 토론을 벌였다. S여고 근처에도 맞춤교복점이 있었지만 학교 앞은 '후지다'는 서희의 말에 솔깃해 방과 후에 종로통으로 진출했다. 무궁화양장점이나 미치엘에서 옷을 맞추고 종로서적을 휘 둘러보고, 고려당에서 노닥거리는 게 우리의 스케줄이었다. 종로서적 종로학원 종로분식. 종로는 학생들의 거리였다. 공부하고 먹고 노는 십대들의 고만고만한 욕구를 해결해주는 천국이었다.

바로 이거야.

차이나칼라와 벨트를 보고 첫눈에 나는 반했다. 미치엘의 쇼윈도에 진열된 네 벌 가운데 목선과 허리를 강조한 3번이 제일 예쁘다는 데 서희와 나는 의견이 일치했다. 전체적으로 프린세스 라인이 들어간 데다 학생신분에는 지나치게 화려한 디자인을 친구는 부담스러워했지만, 나는 개의치 않았다. 나처럼 오래 기다려온 사람은 그 정도의 사치를 걸칠 자격이 있지 않을까. 담임선생님도 겨울오버에 차이나칼라를 달면 안 된다는 말은 하지 않았다.

나는 3번으로 서희는 내 것과 똑같되 칼라만 스텐으로 바꾸어 주문했다. 내 목에 줄자를 두르며 재단사아저씨가 "야아 목 한번 가늘다. 마네킹 오버를 벗겨 입혀도 되겠어." 너스레를 떨며 3번을 고른 사람은 학생밖에 없다고 벙글거렸다.

그럼. 나밖에 없고말고.

전문가로부터 안목을 인정받은 나는 우쭐했다. 학생복으로 적당치 않지만 아이들의 주목을 끌어 일단 가게에 들어오게 하려는 얄팍한 상술을 간파하지 못하고, 스스로에 도취한 나를 서희가 조심스레 올려다보았다.

"애린아, 너 정말 괜찮겠니?"

종로에서도 튀는 칼라가 갈현동 촌구석에서 과연 무사할지 의심스러웠던 그녀는 의미심장한 미소로 내게 경고했다.

선생한테 걸리면 어떡할래?

그러나 나는 이미 빳빳이 깃을 세우고 만리장성을 넘었다. 내 머릿속에서는 주문과 동시에 재단을 마치고 가봉과 바느질이 끝나 이미 옷이 완성되었다. 거울을 보며 목에 단추를 채우는 내게 친구의 우려는 방귀처럼 하찮게 들렸다.

나의 자랑스러운 차이나칼라가 교문을 통과하던 아침. 음악 선생의 넓은 이마가 언덕에 어른거리자 왠지 불안했다. 오페라무대에 서는 가수처럼 강하게 세팅된 그녀의 공주머리는 교장의 대머리처럼 아이들에게 놀림과 공포의 대상이었다. 저 깐깐한 여자가 하필이면 오늘 생활지도 담당으로 나와 있을 게 뭐람.

"야. 너 이리 좀 와봐."

껄끄러운 메조소프라노의 호출을 받고 나는 당당하게 허리를 펴고 선생에게 다가갔다. 바가지처럼 튀어나온 이마를 내려다보며(사십대의 음악 선생은 나보다 키가 작았다) 자신만만한 알토로 나는 대꾸했다.

"저요? 왜요?"

"오버가 왜 그래?"

"아. 이거요? 담임선생님한테 말씀드렸는데, 추워서 그냥 입었어요. 사복으로 입으려고 맞춘 건데, 지금 또 하나 만들고 있어요."

당황한 내 입에서 거짓말이 줄줄 시냇물처럼 흘러나왔다. 나는 담임에게 차이나칼라를 '신고'하지 않았다. 마음 약한 담임은 어제 내 오버를 보고도 아무 말도 하지 않았다. 사복이라니. 지금 제정신인가. 딸의 겨울오버를 두 벌이나 해줄 만큼 우리 아빠는 부자가 아니다. 한 벌 비용도 감당하기 버거운데.

"학생이 무슨 사복을? 몇 반 몇 번이야?"

"1학년 10반 57번 이애린."

10반 57번이면 충분한데, 묻지도 않은 이름 석 자를 대고 꾸벅 인사한 뒤 교실에 들어갔다. 수업을 마친 뒤 청소를 하는데 담임 선생님이 나를 불렀다. 가냘픈 몸매의 최 선생은 학생을 동등한 인격자로 대하는 품위 있는 스승이었다. 선생님께 자초지종을 실토하면서도 나는 사태의 추이에 별로 신경 쓰지 않았다. 선생의 코르덴 재킷이 멋있어 (나도 대학에 가면 밤색 코르덴 재킷을 하나 장만해야지) 단추가 두 개 풀린 앞섶에 한눈이 팔려 뒷일을 걱정하지 않았다.

"왜 사복으로 입겠다는 말을 했니?"

"그러면 덜 혼날 것 같아서…… 그랬어요."

"음악 선생님은 그때 너를 굉장히 나쁘게 본 것 같다. 다음부터는 솔직히 말해. 알았지?"

제자가 행여 삐뚤어질까봐 부드럽게 타이르는 입술을 보며 후회가 가슴을 쳤다. 담임과의 면담이 끝나 내 자리로 돌아가는데 학생주임이 보낸 2학년 언니가 교실에 나타났다.

"57번, 진 선생님이 오버 입고 교무실로 내려오래요."

학생주임 진 선생의 전갈을 전해 받은 담임은 당사자인 나보다 안절부절, 바르르 떨며 내게 충고했다.

"내가 너는 절대로 그럴 애가 아니라고 말씀 드렸는데 (음악 선생이) 기어코 진 선생님께 이야기했나보다. 어떡하니. 오버 입고 내려가서 잘못했다고 그래라. 응?"

학생주임이 개입한 뒤에야 나는 문제의 심각성을 인식했다.

'진돼지에게 걸렸으니 오늘 나는 죽었다.'

성이 진씨인 학생주임, 늘 몽둥이를 가지고 다니는 중년의 뚱뚱한 남자 체육교사를 아이들은 진돼지라 불렀다. '잘못된' 오버를 차마 입지 못하고 손에 들고 계단을 내려갔다. 아침에는 솜털처럼 가볍던 모직코트가 왜 이리 무거운지. 교무실 밖에서 머뭇거리는 나를 보더니 체육선생이 호통쳤다.

"뭐야! 야. 네가 57번이야? 빨리 오버 입고 들어와!"

교무실 한가운데 57번을 세워놓고 돌아가며 야단치던 그들은 체육이나 교련을 담당하는 선생들이었다. 전직 체육 교사가 초대 교장인 S여고의 권력은 체육 교사들에게 있었다. 체육과 사촌인 교련 과목의 선생들과 학교 건립에 큰돈을 댔다는 미모의 음악 선생도 작은 권력을 나눠가졌다.

"어서 입어!"

진돼지의 호통에 마지못해 코트를 걸치며 나의 자존심은 바닥에 떨어졌다.

"그렇게 안 봤는데 너를 다시 봐야겠다."

"다시는 그 오버 입지 마!"

"오늘 집에 갈 때도 입지 마!"

뭐라고 항변하지 못하고 꿈쩍 않고 서서 내게 떨어진 벌을 감수했다. 요술 빗자루를 타고 하늘을 날던 공주의 추락. 한때 나의 자랑이었던 차이나칼라가 치욕스런 짐이 되었으니, 인생무상이 따로 없다. 저만치서 상황을 예의 주시하는 국어 선생님이 마음에 걸렸다. 바로 몇 분 전에 복도에서 나는 그이와 마주쳤다. 내게 함박웃음을 보내며 교지 원고를 청탁했던 선생님을 무슨 낯으로 다시 대하지? 교무실을 나와 4층을 뛰어올라가 교실로 돌아갔다.

"어떻게 됐니?"

결과를 묻는 담임선생님 앞에서 나는 기어이 울음을 터뜨렸다. 사람들의 눈을 피해 어디론가 없어졌으면…… 열일곱 살의 내가 알던 세상의 끝은 4층 위의 5층, 학교 옥상이었다. 시멘트 바닥에 쪼그리고 앉아 눈물로 상처를 씻어냈다. 자살할까 전학을 갈까 집을 나갈까? 극단적인 해결책들이 나타났다 사라졌다.

12반에 가 보았지만 서희는 없었다. 내가 갈 곳은 결국 내 책가방이 있는 10반. 벌써 다 하교한 뒤라 교실엔 아무도 없었다. 책상에 엎드려 이애린이라는 서러운 밑바닥에 고인 마지막 한 방울까지 짜낸 뒤에 스르르 잠이 들었다. 깨어나 시계를 보니 오후 네 시. 가방을 챙겨 교실을 나왔다. 나의 괴로움을 알 리 없는 텅 빈 운동장을 가로지르는데 추위서 몸이 겨울나무처럼 떨렸다. 서희가 옆에 있다면 지금 내 몸에 뚫린 거대한 구멍을 메워주었을까. 영하의 날씨에 겨울오버를 (입지 말라는 명령을 받들어) 팔에 걸치고 벌벌 떨다 비염에 걸렸다. 흐르는 콧물을 주체하지 못해 코밑에 손수건을 대고 쓸쓸히 버스에 올라탔다.

학교에서든 집에서든 눈물을 보이지 않던 나의 씩씩한 자의식이 무너진 날. 나는 글을 썼다. 오후 두 시부터 네 시간을 울고도 가라앉지 않는 상심을 일기장에 털어놓은 뒤에야 슬픔의 광기로부터 탈출했다.

결국 나는 생애 최초의 맞춤교복을 하루밖에 못 입고 가위질했다. 턱까지 올라간 차이나칼라를 포기하고 남들과 똑같은 평평한 깃을 꿰매 붙이며 체제와 타협했다. 자유의 대가는 자유가 열어준 신바람보다 혹독하다는 교훈을 배우며.

다른 체육선생들처럼 권위적이지 않고 말랑말랑한 신참 여교사를 아이들은 좋아했다. 까무잡잡한 피부에 학생처럼 여드름을 달고 사는 앳된 여선생은 말투도 덜렁덜렁 알아듣기 힘들었다. 직업적이지 않은 서툰 태도가 오히려 애들의 호감을 샀다. 비오는 오후, 학생도 선생도 대충 때워도 되는 실내수업이지만 나는 딴짓을 삼가고 그녀의 빠른 횡설수설을 귀에 담았다. 묵묵히 말씀을 받아먹는 우리를 지루하게 쳐다보던 선생이 칼을 뽑았다.

"10반은 개성이 없어. 다른 반에 들어가면 분위기가 사는데 여기는 죽었어. 자기 색깔이 없어."

조용하던 교실이 더욱 조용해졌다. 순한 무에 칼집을 내듯, 그녀가 잘라낸 침묵의 밑동에서 관심 밖으로 밀려난 아이들의 슬픔이 스며나왔다. 칠십 명의 소리 없는 항변이 아우성치며 고개를 들었다. 아, 사랑은 이렇게 보답받는 것인가.

일부러 튀는 아이는 없지만 우리 10반이야말로 괴물들이 우글거리는데. 나야말로 대한민국을 놀라게 할 물건인데. 체육선생님은 잊었겠지만 방과 후 매스게임 연습에 제일 열심이던 10반이었다.

무시당한 아이들은 복수하기 마련이다. 유순한 범생이 집단으로 낙인찍힌 10반은 며칠 뒤 학교를 발칵 뒤집었다. 농구부의 합숙을 지원하기 위해 쌀을 걷겠다, 한 명도 빠지지 말고 내일까지 쌀을 봉지에 담아오라는 체육선생의 지시가 떨어지자 교실이 술렁였다. 먹을 쌀도 부족한데, 등록금 내기도 빠듯한데, 농구부에 밀려 방치되었던 인문계 학생들이 불만을 터뜨렸다. 아이들의 격한 반응에 팔짱을 끼고 관망하던 선생이 제안한 수습책은 사태를 확대시켰다.

"한꺼번에 떠들지 말고 차례로 일어나서 발언해!"

너도나도 손을 들었다. 누군가 일어나 교장의 부당한 요구를 조목조목 반박했다. 처음이 힘들지 다음 순서는 체육복 벗기보다 쉬웠다. 말문이 트인 아이들은 어눌하게 혹은 논리정연하게 그동안 발생한 학원 비리를 폭로했다. 교과서에서 배운 정의를 현실에 적용시키는 우리의 잠재력에 우리도 놀랐다. 시키는 대로 받아 적기만 하던 얌전한 연필들이 분노를 터뜨리며 교실이 삽시간에 로마의 공회당이 되었다. 분위기가 무르익은 중간에 일어나, 우리가 낸 등록금이 어디 쓰이는지 알아야겠다고 목소리를 높인 학생은 나였다. 불똥은 아이들의 최대관심사인 시험 문제로 번졌다.

이번 학기에는 기말시험을 보지 않겠다던 방침이 번복된 때부터 예고된 소란이었다. 시험공부를 하고 싶지 않다는 집단의지가 우리를 용감하게 만들었다. 종이 울리자 쫓기듯 선생은 나갔다. 열띤 토론을 끝내고도 정의의 불길을 끄지 못한 우리는 복도로 나왔다.

기말고사를 보지 말자!

우리의 요구가 관철되기까지 수업을 받지 않겠다!

학급에서 알아주는 이빨들이 우리의 원대한 계획을 1학년 모두에게 전파했다. 어리벙벙한 반장을 제쳐두고 행동이 잽싼 내가 잰걸음으로 옆 반을 돌며 반장들을 불러냈다. 심드렁한 이과 두 반을 빼놓고 문과 열 개 반이 복도 농성에 동참했다. 시작종이 울려도 교실에 들어가지 않았다. 복도를 서성대던 반란의 무리들은 선생들의 설득과 방망이에 떠밀려 15분을 버티지 못했다. 늦게까지 해산하지 않던 나를 포함한 일부 과격파들도 교장에게 시험연기를 건의하겠다는 영어선생의 약속을 받아내고서 하나둘 교실로 들어갔다.

소식을 듣고 달려온 담임은 왜 그런 일을 저질렀냐고 우리를 추궁하지 않았다. 너희들의 주장이 다 맞다, 그런데 왜 자신에게 먼저 알리지 않았냐며 섭섭해 했다. 시험은 방학 뒤로 미루어졌고 불온한 사태의 주동자로 찍힌 나는 어떤 처벌도 받지 않았다. 교복오버에 높은 깃을 달았다고 야단을 치던 사람들이 시험 거부를 눈감아 주었다. 학교에서는 나를 문제아로 예의주시했지만, 공부를 잘하니 참아주자는 분위기였던 것 같다.

유신의 위세가 삼엄하던 여학교에서 수업거부의 선봉에 섰던 내가, 뭘 해도 용인되던 '서울의 봄'에 캠퍼스의 순한 양으로 지낸 이유를…… 나를 이해하기 위해 이 소설을 쓴다.

땡볕에 서있기 싫어서 나는 체육과 교련수업에 자주 빠졌다. 생리를 핑계로 운동장에 나가지 않았다. 비 오는 날에는 교실에서 간단한 응급처치를 배웠는데 교련 선생은 항상 나를 앞에 모델로 앉혀놓고 붕대 감기의 시범을 보였다. 수업에 소극적인 학생을 길들이려는 작전은 당장은 효과를 거두었지만, 붕대를 풀고 자유를 되찾은 팔은 다시 책상서랍 속의 삼중당문고를 더듬었다. 내 기분대로 행동한 결과는 성적표에 고스란히 반영되어, 교련을 비롯한 실기과목은 바닥을 헤맸다. 고교 삼 년 간 체육과 교련 그리고 음악은 '양' 아니면 '가'를 받았다. 출석일이 모자란 데다 5초도 못 참고 붕대를 떨어뜨리는 학생에게 당연한 인과응보.

교련 선생은 나를 연대 참모로 뽑아 방과 후에 제식 훈련을 시켰다. 다리를 90도 각도로 들어올리고 팔을 앞뒤 180도로 휘젓는 행진은 고통스러웠지만, 전교에서 용모가 단정한 네 명 안에 들었다는 사실로 위안을 받았다. 기준선인 옆 사람의 가슴을 주시하며 눈썹에 경례를 붙이는 동안은 허튼 짓을 할 수 없었다. 차렷, 경례,

우향우, 좌향좌, 연대참모, 제식훈련…… 학교가 군대나 마찬가지였다. '연대 참모'의 감투도 나를 길들이지는 못해 사열대 앞을 벗어나면 푸른 하늘이 뜻밖의 선물처럼 가득 눈에 들어왔다. 연대장의 구령에 복종해 충성을 외치고 30초 뒤에, 나는 조용히 시를 읊조렸다. 눈이 부시게 푸르른, 서정주의 하늘을 한 행씩 내 마음에 심었다. 황야에서 살아남기 위해 나는 시와 낭만으로 도피했다.

길모퉁이의 반듯한 2층 양옥 옆에 생뚱맞게 불거진 시멘트 벽돌이 아버지의 맘에 들 리 없지만, 주변 시세보다 싸게 나온 방 세 개짜리 독채 전세였다. 부르주아와 도시빈민처럼 이질적인 건물 두 채가 희한하게 위아래로 포개진 모습이 마치 거북이 잔등 위에 올라탄 개구리 같다. 주인집과 대문은 다르지만 담을 맞대고 있어 큰 소리 한번 못 냈다. 부엌 옆에 따로 떨어진 문간방이 내 방이었다.

시계 초침 소리를 들으며 나는 잠에서 깨어난다. 육체에 정신이 들어오며 불이 켜진다. 밤을 아침으로 바꾸는 길. 자기만의 방을 소유한 열일곱의 가을날부터 수백 번 반복하여 무덤에 누워도 잊어버리지 않을 습관, 어둠 속을 더듬어 스위치를 누른다.

20와트의 형광등에 전류가 흐르고, 고등학생에게는 넉넉하지만 대학생이 되면 금방 답답해 보일 방이 모습을 드러낸다. 가구라 부르기도 민망한 소품들이 벽을 따라 배열되었다. 교과서와 참고서들이 꽂힌 2단 책꽂이, 앉은뱅이책상, 솜을 넣은 방석, 안테나가 휘어진 구식 라디오. 옷장은 없다. 싸구려 합지를 바른 벽에 회색 교복과 교모, 학교 이름이 반쯤 지워진 체육복이 못에 매달렸고, 속옷과 양말들은 종이 상자에 담겨 방구석을 굴러다녔다.

네 시에 맞춰놓은 자명종이 울리기 전에, 누가 깨우지 않는데도 눈을 떴다. 이불을 걷어차면 하루가 시작된다. 솜이불을 둘둘 말아 발치에 밀어놓고 일어나 고무줄을 찾아 머리를 묶는다. 거울을 보거나 빗을 잡지 않고 손을 뻗어 아무렇게나 질끈 동여맨다. 내복 위에 체육복 상의, 밑에도 추리닝 바지를 입었다. 꾸물거리다 이불 속으로 다시 들어가고픈 충동에 사로잡힐까봐 격자무늬 창살의 미닫이문을 확 열어젖힌다. 차가운 바람이 훅- 눈썹 끝에 남은 잠을 결정적으로 몰아낸다. 방을 나오면 툇마루를 지나 마당이다. 마당에 수도가 박혔고 수도꼭지 밑에 물을 받는 고무다라이가 누워 있다. 재래식변소가 담에 붙어있고, 변소의 문짝 위에서 부엌까지 대각선으로 뻗은 빨랫줄이 안뜰을 가로지른다. 꿈꾸는 소녀의 눈동자는 지상의 옹색한 살림을 지나 수만 킬로미터의 상공을 단숨에 올라간다.

컴컴한 하늘에 별이 총총 떠있다. 북한산에서 내려온 맑은 공기를 마시며 별빛을 감상하는, 바로 이 맛에 지루한 일상을 견뎠다. 모두가 잠들어 고요했다. 아버지와 어머니는 안방에서, 두 여동생은 건넌방에서 누가 업어가도 모르게 코를 골고 있다. 수험생인 큰딸을 뒷바라지하느라 일찍 눈이 떠지는 어머니도 '얘가 지금 일어났나, 어쨌나?' 궁금해하며 고단한 몸을 뒤척일 때, 우유배달부가 오기 전, 적막함의 한가운데 홀로 내던져진 고독을 나는 즐겼다. 담을 넘어온 이름 모를 새소리와 도둑고양이 울음도 어둠도 두렵지 않았다.

내가 별빛을 받으며 서있는 마당은 체조하기에 적당하지 않았다. 경사가 심한 자투리땅에 엉터리 방편으로 올린 바닥이 고를 리 없었다. 시멘트 밑에 자갈이 삐져나와 언제 주저앉을지 위태위태한 수돗가에, 간신히 다리를 벌리고 설 빈터가 있다. 팔을 휘두르고 무릎을 굽히고 제자리에서 콩콩 뛰기. 맨손체조를 끝내고 세숫물을 받으려 대야에 얼어붙은 살얼음을 깼다. 내가 플라스틱 바가지로 얼음덩어리를 탁─ 내려치는 소리가 들리면, 어머니는 당신의 큰딸이 일어난 줄 알고 밥 지을 준비를 서둘렀다.

얼얼한 냉수에 얼굴을 씻고 뒤를 돌아보면, 어둠이 물러나고 푸르스름 동트는 조짐이 보였다. 날이 밝으면 어제와 똑같은 오늘이 되풀이될 테지. 방에 들어와 윗몸 일으키기를 스무 번쯤 하면 열이 오르며 몸이 가벼워졌다. 팔꿈치가 무릎 위에 콕 닿는 횟수를 헤아리며, 예비고사가 며칠 남았는지를 잊었다. 숨이 차도 7이나 9처럼 '모자란' 숫자인 홀수에서 동작이 멈춘 적은 없다. 8의 배수인 16이나 꽉 찬 20만을 받아들이도록 유전자가 조작된 듯, 불완전함을 용납하지 못했다.

방의 어디에서든, 누워서 앉아서 서서도 잘 보이는 위치에 일과표가 붙어있다. 아침부터 밤까지 학습과 휴식을 주관하는 빡빡한 시간표가 이 방의 진정한 주인이다. 4시부터 4시 20분까지 세수와 체조, 4시 50분까지 수학, 십 분 쉬고 5시부터 영어단어 복습, 5시 45분에 라디오를 틀고 영어방송을 듣는다……하루 24시간을 잘게 쪼개어 나눈 금 안에서 여고 시절의 마지막 일 년을 보냈다. 학기 초에 전 과목 시험을 보았는데 결과가 좋지 않았다. 수학과 과학 점수가 형편없이 낮았다.

"그 성적으로 S대를 가겠다고? 웃기지 마. E대도 힘들어."

담임선생으로부터 비아냥거림이 섞인 질책을 들은 뒤 나는 결심했다. 앞으로 내 인생에서 일 년을 빼자. 시험과 상관없는 소설책들을 읽지 말자. 일기도 쓰지 말고 대학입시에만 매달리자.

5시 40분에 미닫이문이 열리고 밥상이 들어왔다. 김이 모락모락 올라오는 밥, 달걀, 콩자반과 김치가 기본이고 당근볶음과 시금치나물이 곁들여졌다. 조촐하나 영양이 풍부한 식단을 두 손에 받쳐 든 어미를 딸은 거들떠보지도 않는다. 영어교재를 눈으로 훑으며 귀로는 방송을 듣고, 입으로 음식을 떠넣느라 1초도 아깝다. 하나씩 젓가락으로 집으면 진도를 따라잡지 못하니까, 스텐주발에 반찬을 쓸어담아 마가린에 쓱쓱 비빈 밥을 기계적으로 입구멍에 쑤셔넣었다. 조미료 없이 최소한의 양념만 넣은 먹거리들이 맛있는지 싱거운지, 눈과 귀와 입이 동시에 바쁜 딸은 어미의 지극한 정성이 들어간 당근볶음과 시금치나물을 음미하지 못한다.

밥 먹는 시간도 아까워 영어방송에 맞춰 5시 40분에 아침을 달라는 딸의 요구에 응하느라 잠이 부족한 어미의 얼굴을 나는 모른다. 어미와 '밥 줘' '불 끄고 그만 자라'처럼 시급한 일상어만 주고받고 하숙생처럼 때가 되면 나가고 들어올 뿐, 나는 동생들에게도 말을 걸지 않았다.

기상에서 취침까지 시계가 삼백 바퀴쯤 돌아가면 나는 지옥에서 해방되리라. 미적분과 영어숙어들이 내 미래를 결정하리라고 나는 믿었다. 시험에 붙으면 청바지부터 사야지. 오드리 헵번처럼 머리를 자르고 영화관에 갈 거야.

대학생이 되면 다방에서 커피를 마셔야지. 몸에 좋다는 음식만 먹이는 엄마의 금욕적인 식단과 칙칙한 제복을 벗어던지고 내 멋대로 살 거야. 길거리의 맛난 음식과 예쁜 옷들이 내 차지가 될 거야.

대학에 가면 말이 통하는 친구를 만날 거야. 텔레비전 연속극밖에 모르는 단순한 아이들이 아니라 전혜린이나 루이제 린저처럼 고상한 부류들과 어울려야지.

대학에 가면 백마 탄 기사가 나타나겠지. 연애소설의 주인공처럼 운명적인 연애를 해야지. 남자들이란 대체 어떤 종족들일까? '대학생만 되면'에 최면이 걸린 나는 책상을 떠나지 않고 엉덩이가 곪도록 방석에 들러붙어 있었다. 대학생이 된 뒤의 삶에 대해서는 고민하지 않았다.

긴급뉴스를 들으려 아버지는 내 방으로 건너왔다. 부모님이 거하는 안방에는 텔레비전도 라디오도 없었다. 우리 집에 하나뿐인 흑백TV는 장롱 위에 모셔놓았고, 새벽에 영어방송을 들으라고 라디오는 내 방에 있다. 내가 고3이 되면서 우리 집은 모든 것이 입시생 위주로 돌아가는 전시체제에 돌입했다. 신문을 정기구독하는 아버지가 세상 소식이 궁금해 라디오를 틀려고 내 방에 온 것은 10월의 그날이 처음이었다. 차이콥스키의 비장한 음악 뒤에 '박대통령 서거'가 나왔다. 숨을 크게 들이쉬고 넋이 나간 듯 허공을 쳐다보던, 아버지는 권력 주변 수상한 조짐을 이미 눈치채고 있었다. 김재규 중앙정보부장이 '10·26' 일 년 전부터 박정희를 제거할 계획을 세우고 내 아버지의 옛 동지와 접촉을 시도했다는 뒷이야기를, 저간에 부친에게서 들었다.

김재규가 만난 아버지의 동지는 원갑연. 1965년 박정희에 반대하는 '5·7 反혁명 사건'을 주도한 혐의로 구속된 원충연 대령의 동생이었다. 원 대령의 고교 후배였던 내 아버지도 내란음모에 가담한 혐의로 원충연 대령 형제와 함께 옥살이를 했다. 반정부사건에 연루되었을 때, 내 아버지는 서른일곱 살. 두 살 터울의 딸들이 셋이나 달린 가장이었다. 감옥에서 나온 뒤 제대로 된 일자리를 구하지 못해 한국사회의 변방을 떠돌며 처자식을 부양했다.

아버지는 파란만장한 과거를 숨긴 풍운아였다. 가진 것은 없지만 자존심은 강한 양반이어서, 험한 전세 사는 사람답지 않게 훤한 얼굴과 의젓한 태도로 주인의 의심을 샀다. 구김살 없는 아이들과 교양 있는 부인을 거느린 가난한 가장을 수상히 여긴 집주인은 뒷조사를 했다. 동사무소에서 호적을 떼어보고, 내 아비의 이름에 그어진 빨간 줄을 보고서야 사정을 이해했다고 한다.

대통령이 죽고 계엄령이 선포되었다. 우리의 청춘은 피기도 전에 시들 것이지만, 수험생은 모른다. 비상계엄이 선포되든 말든, 입시를 앞둔 건강관리가 내겐 더 중요한 문제. 내 아비를 옭아맨 독재자의 종말을 기뻐하며 혹시나 기대했다. 비상시국이면 시험도 미뤄지지 않을까? 1980학년도 대학입시는 예정대로 치러졌다. 하늘이 무너져도 대한민국의 대학들은 신입생을 모집한다. 예비고사 이틀 전에 심한 독감에 걸려 성적이 좋지 않았다. 전체수석을 점쳤던 선생들의 기대에는 미치지 못했지만 Y대의 특별전형에 지원할 점수는 되었다. 일 년 간의 눈이 빠질 듯한 강행군에 지친 나는 좁은 문을 두드리고 싶지 않았다. 본고사를 생략하고 예비고사 점수로 Y대에 특차로 들어가겠다는 딸을 만류하며 아버지는 S대를 고집했다.

"안 돼!"

한마디로 반대하는 아비에 대한 반항의 표시로 나는 식사를 거부했다. 아비의 뜻을 차마 거역하지 못하고 어미를 괴롭혔다.

"밥상을 툇마루에 밀어놓는데, 문밖에서 내 얼마나 약이 오르던지. 그래도 어떡하니, 참아야지."

어머니는 헛되이 상을 차렸다 치우기를 반복했다. 먹지 않겠다고 버티다 밤이 되면 내 배속에서 음식을 넣어달라고 꼬르륵 생난리가 났다. 몰래 부엌에 들어가 찬장을 뒤졌다. 밥이 없으면 밥솥에 말라붙은 누룽지를 긁어 허기를 면했다. 아버지가 원하는 법대가 아니라 딸이 애원하는 인문대에 지원하기로 부녀가 합의하며 단식투쟁이 끝났다.

본고사가 가까워지며 집에서 요점만 정리하는 공부가 효율적이라 판단해, 결석이나 지각이 잦았다. 그날도 나는 늦었다. 1교시가 끝날 무렵에 교실 문을 손으로 확 밀어젖히고, 뒷문이 아니라 앞문으로 당당히 들어갔다. 내 뒤에서 드르륵 문이 닫히는 소리를 들으며 시원한 쾌감이 엄습했다. 짜릿한 이 순간의 전율을 위해 삼 년을 참았다고나 할까. 고교 삼 년의 속박에 대한 복수를 마냥

즐기기엔 왠지 뒤가 켕겨, 교실을 뒤흔드는 문지방의 거친 마찰음
이 귀에 거슬렸다. 애초에 반항할 의도는 없었다. 내가 걸어온 복
도에서 교실의 뒷문보다 앞문이 가까웠기에 먼저 보이는 문을 밀
었을 뿐. 결례를 범하고도 미안한 기색이 부족한 학생을 슬쩍 쳐
다보며 삼십대의 여선생이 마치 자신이 지각한 듯 멋쩍게 웃었다.
무슨 일이 일어날까봐 간이 오그라든 아이들의 침 넘어가는 소리
를 들으며 나는 내 자리로 뚜벅뚜벅 걸어갔다. 면학 분위기를 해
친 학생을 선생은 야단치지 않았고 당장은 걱정할만한 일이 일어
나지 않았다.

졸업을 앞둔 고3들은 폭넓은 자율을 누려 웬만한 지각은 문제
삼지 않았다. 수업시간에 교과서가 아닌 참고서를 풀어도 건드리
지 않는다는 관행이 일선 학교에 널리 퍼져 있었다. 믿는 구석이
든든했던 나는 결석과 지각을 밥 먹듯이 해치웠다. 도덕선생을 바
보로 만든 날, 종례시간에 담임이 들어와 내 이름을 불렀다.

"이애린! 어제 결석했지. 오늘도 지각했지. 한 번 더 결석하거나
지각하면 그때는 퇴학이야!"

퇴학을 선언한 뒤에 출석부를 들고 성큼성큼 다가오더니, 내 책
상과 2미터 떨어진 곳에서 그는 멈추었다. 총알을 퍼부을 충분한
거리를 확보하고 나를 쏘아보며 방아쇠를 당겼다.

"오늘까지 29일이나 결석했어. 결석이 30일 넘으면 자동 퇴학
이야! 알아?"

훈시하고 돌아서는 그의 등은 빨래판처럼 단단했다. 살의마저
감지되는 엄한 눈빛에 질린 나는 빨래방망이에 맞아 풀이 죽은 옷

가지처럼 고개를 팍 숙였다. 진돼지의 방망이도 담임처럼 무섭지 않았다. 전에도 이런저런 일로 교무실에 불려가 징계라면 단련이 되었지만 '퇴학'이 나를 내려치리라곤 예상 못했다. 나를 호되게 몰아세웠던 그는, 여자들 틈에서만 자란 내가 아버지를 빼놓고 제일 오래 쳐다봤던 성인 남자였다. 나와 다른 이성이 내게 보여준 최초의 적의는 아팠다.

그러나 길게 아파하기에는 시간이 모자랐다. 입시가 얼마 남지 않아 학급 전체에 팽팽한 긴장감이 감돌 때다. 종례가 끝나고 원수에게 절하자마자 뒷문으로 빠져나가 승용차에 올라탔다. 학교 뒤편의 공터에 주차한 검정색 마크파이브. 아버지의 자가용이 딸을 서울 도심의 학원으로 실어나를 것이다.

아버지는 지난 가을부터 운이 트여 사립학교의 살림을 책임지는 관리자로 취직했다. 갑자기 큰돈을 주무르게 된 당신은 그동안 자식들에게 해주지 못한 호강을 한꺼번에 베풀어, 고3인 나는 몸값이 비싼 학원 강사들에게 과외지도를 받았다. 운전수 아저씨가 시동을 걸고, 뒷좌석에 기대어 다리를 뻗었다. 두 달이 지나면 아무짝에도 소용없을 화학반응식을 외우느라, 교실에서의 아픔은 달리는 바퀴 밑으로 흔적도 없이 으깨졌다.

내가 예상문제집을 풀고 아버지가 신문을 읽는 저녁에, 경린은 언니의 밥상에 오를 불고기를 굽는다. 국민학교 6학년밖에 안된 막내딸에게 전기프라이팬과 소고기를 건네주며 엄마는 지울 수 없는 상처를 입혔다.

"이거 큰언니 줄 거야. 너는 손대면 죽어."

어미의 고지식한 지시를 곧이곧대로 받드는 손에 핏발이 뭉친다. 자신이 익히고 뒤집은 불고기를 한 젓가락도 입에 넣지 못하다니. 참기름에 버무린 고소한 고기냄새를 맡으며, 어린 가슴이 부글부글 끓어오른다.

고급주택가에 주차한 매끈한 중형승용차. 뻥 뚫린 하늘 아래 내팽개쳐진 세숫대야. 어울리지 않는 두 개의 이미지 사이에 내가 있다. 깨진 콘크리트 바닥에 쪼그려 앉아 얼굴을 씻고 세 시간 뒤에 나는 기사 딸린 차에 올라탔다. 1979년에 평창동에서 실내화장실이 없는 집이 우리만은 아니었지만 나, 이애린처럼 새벽과 아침이 이율배반적인 학생이 또 있었을까. 재래식변소에서 코를 싸쥐고 용무를 본 뒤에, 양복 차림의 운전기사가 모는 자가용으로 통학했던 이 부조화야말로 우리가족의 본질이며 내가 물려받을 아버지의 유산이었다.

1970년대가 저물던 12월의 밤, 나는 들었다. 나는 보았다. 과외를 마치고 귀가하는 길에 북악터널을 질주하는 육중한 군용차량들을 목격했다. 속이 들여다보이지 않는 검은 창, 국방색 덮개. 무장한 군인들을 태우고 엄청난 속도로 신호를 무시하며 달리던 거대한 바퀴들이 심상치 않았다. 텅 빈 도심을 울렸던 굉음은 또 다른 독재를 알리는 신호탄이었다. 훗날 역사에 굵은 활자로 기록될 12월 12일, 박대통령 암살사건을 수사하던 보안사가 계엄사령관을 연행하며 권력의 추는 급속히 신군부 쪽으로 기울었다.

내 젊음을 뒤틀 장면들을 신문지에 접어두고 1980년 1월 1일 정각에 나는 세상모르고 자고 있다. 저녁 열 시가 되어 수도승처럼 소박한 이불 속으로 기어들어간 수험생의 꿈속에는 어떤 남자도 출현하지 않았다. 출석부의 빈칸도 담임의 찌푸린 이마도 보이지 않고, 끝이 보이지 않는 터널 속을 질주하던 트럭의 굉음도 잊고, 따뜻한 온돌에 누워 잠의 구렁에 빠진 공부벌레는 한 달 뒤에나 깨어났다.

　수학이 제일 어려웠다. 다섯 문제 중 1번만 풀고 나머지 문항은 무엇을 묻는지조차 파악되지 않았다. 문제를 알아야 답이 나오지. 기호와 숫자놀음으로, 문과지망생인데도 본고사에서 수학 실력을 평가하는 입시제도에 화가 치밀었다. 시험 종료 종이 울리기 이십분 전에 나는 필통을 덮고 자리에서 일어났다. 출제위원들에 시위하듯, 시험관 앞에 여백 투성이의 시험지를 던지며 고사장을 타박타박 걸어 나온 그 순간, 나의 미래는 결정되었다. 나는 반역자인 아비를 닮아 권위를 두려워하지 않는다. 대학의 권위에 도전하는 학생을 학교와 사회는 용서하지 않을 것이다.

　근처에서 대기하는 부모님을 바람맞히고 혼자 걸어서 S대 교문을 나와 버스에 몸을 실었다. 붙기는 글렀다고 자책하며, 아침부터 묵주를 붙들고 기도하는 어머니를 외면하고 부모에게서 멀어지는 첫걸음을 떼었다. 버스 손잡이에 매달려 흔들리는 나는, 이고집과 정순진의 딸이 아니라 한 사람의 절망한 개인 이애린이었다.

　본고사가 끝난 뒤에 책이라면 꼴도 보기 싫었다. 종이 냄새도

맡기 싫었다. 교과서와 참고서를 내다버렸다. 현관 계단을 내려와 고교시절의 유물들을 쓰레기통에 처넣으며 시험에 떨어지더라도 재수 따위는 결코 하지 않겠다고 나는 다짐했다. 합격자 발표까지의 며칠이 어찌나 더디게 가던지.

느려터진 시계를 빨리 돌리고 불안을 덮을 가벼운 소일거리가 절실했다. 입시를 준비하는 내게 방해가 되지 않게 안방의 장롱 위에 치워졌던 텔레비전은, 시험이 끝나자 원래 자리인 마루로 옮겨졌다. 〈주말의 명화〉를 시청하려는 동생과 내가 채널 선택권을 놓고 치열한 말싸움을 벌인다. 실랑이 끝에 동생과 나는 바보상자를 서로 제 방으로 갖고 가겠다고 우긴다. 말다툼이 길어져 손이 나오고 몸끼리 엉겨붙어 끝장을 본다. 내 머리채를 끄집고 빡빡 대들던 동생이 막판에 내게 치명적인 저주를 퍼부었다.

"너. 떨어져라!"

재수없는 비아냥거림을 들은 아비는 화를 버럭 내며 장롱 틈에 숨겨둔 쇠파이프를 들었다.

"난 니 언니가 시험에 붙었는지 떨어졌는지 초조해 목에서 피가 날 지경인데, 넌 언니 소원 하나 못 들어줘?"

아비의 쇠파이프에 두들겨 맞아 엉덩이에 피멍이 맺힌 동생 채린은 똑바로 앉지도 눕지도 못했다. 둘째 채린이 막내 옆에서 밤새 울며 아비와 언니를 원망하던 밤, 마루 건너 안방에서 엄마도 잠을 자지 못했다. 둘째가 홧김에 집을 나갈까봐 겁난 어미는 귀를 문가에 대고 밤을 꼬박 새웠다.

수학은 망쳤지만 국어 점수가 높게 나와 나는 턱걸이에 성공했다. 합격사실을 전화로 통고받고 엄마는 소리를 질렀다. 소리를 지르다 미친 사람처럼 흐느껴 울었다. 나를 대학에 넣기 위해 온 가족이 동원되었던 총력전은 마침내 보상받았다. 코밑에서 구운 소고기를 입에 대지도 못한 막내도, 언니에게 텔레비전을 양보하지 않았다고 아비에게 두들겨 맞은 둘째도 건넌방에서 뛰어와 온 가족이 얼싸안고 기쁨을 나누었다. 월드컵 결승전에서 우승한 선수들처럼 서로의 어깨를 걸고 팔짝팔짝 뛰었다.

합격의 흥분이 채 가시기 전에 나는 신영동의 양장점에 가서 청바지를 줄였다. 고등학생인 채린도 바지를 줄이겠다고 나를 따라왔다. 수학여행 가느라 이 년 전에 샀던 통 넓은 진은 유행에 뒤처져 보기 흉했다. 유행하는 꽉 끼는 일자바지는 학창 시절의 금욕을 풀어주는 열쇠였다. 청바지 차림이 아닌 여대생을 나는 상상한 적이 없었다. 앉으면 무릎을 꺾지 못할 만큼 조이는 바지를 입고 온 가족이 나들이 가는 기분으로 S대로 향했다.

운동장에 나붙은 합격자 명단에서 내 이름을 확인하고 활짝 웃은 날. 1980년 나의 가장 화사한 오후로 가는 길목에, 우리 가족이 가까스로 빠져나왔던 남루한 70년대가 장애물처럼 막아섰다. 학교 근처의 달동네를 보고 나는 실망했다. 산 밑을 구불구불 휘도는 개천은 주위의 허름한 가옥처럼 더럽지 않았다. 맑은 물이 뿜어내는 서정과 비교되어 닥지닥지 올라간 판자촌의 비참이 더욱 두드러졌다.

꼭 참석해야 하나?

망설이다 졸업식이 끝날 무렵에 나는 강당에 들어섰다. 우리 반 줄을 발견하자마자 내 이름을 호명하는 소리를 들었다. 꽃다발을 받으며 카메라플래시가 터지는 단상에 올라가기가 번거로워 교장과 악수하지 않고 밑에서 상장만 건네받았다. 여고시절의 마지막을 엉터리로 마무리한, 늦겠다고 작정한 억하심정은 무엇이었나. 졸업식에 늦는다고 퇴학을 때리겠는가. 쫓겨날 염려가 없으니 마음놓고 뭉갠 것이다.

다음날 아침, 나는 극장으로 달려갔다. 신문광고를 보고 점찍은 제목은 장안의 화제였던 〈취권醉拳〉〈파비안느〉 그리고 〈하노버스트리트〉였다. 활짝 열린 극장의 문은 낙원으로 통하는 지름길이었다. 황당무계한 무협영화의 장면이 바뀔 때마다 숨 넘어갈듯 웃음을 터뜨리는 관객의 하나가 된 자신이 낯설어, 뒤를 돌아보았다.

고등학교 교실에서 나는 웃지 않는 아이였다. 헤르만 헤세, 로맹 롤랑, 루이제 린저와 전혜린을 읽은 뒤부터였다. 남들과 같은 생각과 행동을 혐오하는 병에 걸린 나는 '한 달 동안 절대 안 웃기' 같은 실험을 시도했다. 수업시간에 농담 따먹기로 얼렁뚱땅 교과를 때우는 선생들이 미웠고, 저급한 말장난에 까르르 넘어가는 아이들도 한심해 시답잖은 우스개에 반응하지 않기로 결심했다. 하루, 일주일, 한 달까지 의지력을 시험하는 기간을 늘렸다. 교실의 밝은 분위기에 전염되어 하마터면 얼굴근육이 풀어질 뻔했던 위기의 순간도 있었지만, 나는 끝내 자신과의 약속을 지켰다. 맨 뒤에 앉아 이를 악물며 스스로 장 크리스토프나 베토벤이 된 듯 뿌듯했으니, 나야말로 속물이 아니었나.

술통을 잡고 데굴데굴 구르다 그는 지붕 위로 뛰어올랐다. 성룡의 무술 연기는 체육선생의 억지 농담보다 수준 높은 코미디가 아니었다. 끝내주는 코미디 액션에 빠져, 심각함을 추구하는 가식을 벗어 던졌다. 오로지 공부의 효율을 높이는 데로만 움직였던 몸에서 유희의 본능이 깨어나 유머의 고름이 터졌다. 오줌 마려운 줄도 모르고 큰소리로 킬킬거렸다.

종로와 충무로의 극장들을 순례하며 '동해물과 백두산'을 그날 하루 정말 마르고 닳도록 들었다. 일반은 1700원, 조조 및 중고생은 1300원. 사고파는 환상처럼 손쉽게 접었다 펴지는 의자에 파묻혀, 하루에 세 편을 연달아 보며 여고생의 무미건조한 생활에 마침표를 찍었다.

겨우내 내렸던 눈이 녹지 않은 빙판길에서 넘어지지 않으려 나는 엄마의 손을 꼭 잡았다. 신입생 예비소집일. 신체검사를 받으러 가는 길에 사람들과 깃발과 플래카드가 요란했다.

祝 합격!

교문 앞에 늘어선 가로수에 전주고 부산고 춘천고 청주고 우신고…… 전국 각지의 고교동문회에서 제작한 현수막이 걸렸는데, 지방이 서울을 압도했다. 모교인 S여고의 깃발은 없다. 바둑반이나 불교학생회처럼 개인의 취미나 종교와 관련된 모임들. 그리고 무슨 무슨 연구회를 알리는 종이들도 나붙었다. 환영의 글귀로 뒤덮인 리어카들에서 더운 김이 모락모락 피어오른다. 리어카를 개조한 포장마차를 세워두고 보온통에 담긴 커피를 신입생들에게 건네는 청년들. 잡상인들인가?

어? 돈을 받지 않네.

커피를 따라주는 젊은 남자들은 S대에 재학 중인 2학년, 3학년 선배들이었다. 추운 날씨에 리어카를 끌고나와 친절을 베푸는 이들이 선뜻 납득되지 않았다. 내가 붙은 건데, 왜 저이들이 난리를 피우지? 이게 대학의 낭만이라는 건가?

"이거, 드세요."

쑥 내미는 종이컵을, 쑥스러워서 나는 받아 마시지 못했다. 내 또래의 남성이 내게 처음 말을 걸었는데! 수줍어 대꾸하지 않았다. 첫 단추를 잘못 끼운 나는 그날 이후 같은 패턴을 반복한다. 남학생이 다가오면 겁이 나서 무조건 피했다.

청명한 겨울날이었다. 우리를 반기는 삽상한 햇살 속을 거닐며 캠퍼스의 주인이 된 내가 자랑스러웠다. 높이 솟은 문의 이쪽에서는 모든 것이 가능하며 우정이든 연애든 원하면 얻을 것 같았다. 약속의 땅에 들어서는 순간에 나를 찾아왔던 희열은, 십 분도 지속되지 않았다. 정문을 지나 언덕에서 나는 보았다. 하얀 눈 위에 힘차게 뻗은 글자들. 삼십 년이 지나도록 내 가슴에 아로새겨진 뜨거운 불의 도장(圖章).

자유 민주주의 만세!!

현수막이나 깃발이 아니라, 눈 위에 어찌 글자를 쓸 수 있는지 궁금했다. 입학하고 나서 대운동장의 언덕에 올라가 내 눈으로 직접 확인했다. 눈으로 덮인 풀밭에 구호를 쓰고 그 위에 불을 질러 생긴 진짜 '화인(火印)'이었다. 잔디를 태운 자리가 드러난 자연의 글씨들, 풋내기 1학년들을 맞이하는 서늘한 슬로건을 올려다보며 나는 무장해제되었다. 푸른 하늘 아래 하얀 눈, 검게 그을린 민주주의의 색채 대비가 눈부셔 묵직한 감동이 밀려왔다.

순결한 눈 위에 인쇄된 도도한 선언을 보지 않았다면 생이 다르게 흘러갔을까. 1980년 겨울의 평균기온은 영하를 밑돌았다. 날씨가 풀려 '자유'를 에워싼 흰색이 녹아 흘렀다면, 고딕체의 '민주'에 심장이 찔리지 않았다면 지금쯤 나는 다른 시간, 다른 장소에 있을까?

언니나 오빠가 없는 나는 대학에 대한 예비지식이 없었다. 청바지와 통기타가 내가 아는 대학문화의 전부였다. 정문을 통과하자마자 '민주주의 만세!'가 나를 강타하리라고 아무도 내게 귀띔하지 않았다. 신기해 자꾸 뒤를 돌아보는 딸을 붙잡고 어머니가 재촉했다.

"뭐하니? 어서 가지 않고."

신체검사를 받는 건물을 가리키는 화살표의 끝을 따라가느라 햇살 아래 빛나는 느낌표는 잠시 유보되었다. 학생회관 2층에서 마주친 남학생의 대다수가 안경을 썼다. 안경과 팬티만 걸치고 체중계에 올라선, 어른이 되다 만 소년 같은 몸들을 나는 좋아할 수 없었다. 시험공부에 혹사당해 윤기를 잃은 눈, 창백한 피부, 왜소한 어깨들. 내 앞에 얼씬거리는 그들은 모두 비슷비슷해 보였다.

몸통에서 뻗어나와 어설프게 건들거리는 어느 팔이 나를 안을까. 내가 그리던 백마 탄 기사는 어디에 숨었을까.

이성의 품에 안기고픈 구체적인 욕망이 꿈틀대기 전이었다. 남녀관계를 로맨틱하게 묘사한 연애소설만 들입다 읽었지, 나는 처녀였다. 가슴둘레와 키를 재는데 남학생들은 윗도리와 바지를 벗었고, 여학생들은 겉옷 밑의 브래지어를 벗었다. 노출 부위가 넓은 남자들이 여자들보다 더 부끄러워했다. 학원 동기라든가 어쩌다 아는 이성으로부터 인사를 받으면 서로 어쩔 줄 몰라 내뺐다. 팬티 차림의 남학생과 마주치지 않으려 나는 고개를 숙였다. 시력이 1.0을 넘는 내 눈은 노란 점과 녹색바탕을 구분했으며, 왼쪽과 오른쪽 귀 모두 딸랑이에 반응했다. 몸무게는 빈약하나 우려할만한 수준은 아니었다.

"오늘 내가 본 여학생 중에서 제일 크네"

내 키를 재던 의대생이 날린 감탄에 으쓱해, 한국여성의 평균치를 웃도는 신장이 대학 생활에 걸림돌이 되리라고 나는 걱정하지 않았다. 일 년 뒤 매캐한 가을날, 경찰에 연행되며 나는 나의 큰 키를 원망할 것이다. 1980년대의 대학 캠퍼스에서 170센티미터의 여학생은 어디서도 눈에 띄는 골칫덩이였다. 구두를 신으면 웬만한 남학생보다 컸다.

등록절차를 밟으러 우왕좌왕 몰려다니다 1동 앞에서 어머니는 사범대학 시절의 스승을 발견했다.

"어머, 선생님. 저를 알아보시겠어요?"

"아니, 자네가 여긴 웬일이야?"

우연히 마주친 노신사는 S대학 국문과 교수였다. 학부모인 옛 제자와 차를 마시며 그는 넌지시 충고한다.

"자네 딸을 국문과나 국사학과에 보내지 말게. 국문과에 가면 술이나 퍼마시고 데모에 휩쓸려."

대한민국의 국문학을 좌지우지하는 원로학자의 부정적인 언급은 문학소녀가 국문학에서 멀어지는 계기를 제공했다. 강의실에 앉기도 전에 문학개론이 시들해졌다. 문학만이 아니라 철학이나 역사도 덩달아 빛을 잃었다.

현장의 생생한 구체성을 획득하기 전에 기성세대의 혀에서 이미 진부해진 '데모'는 나를 매료시키지 않았다. 위험을 알리는 늙은 교수의 백발은, 스승의 경고에 지레 겁먹은 어미의 눈초리처럼 시시했다. 의식하지 못했지만, 벌써 나를 갉아먹을 모순의 씨앗이 심어졌다. 언덕 위의 민주주의가 눈에 밟혔지만, 데모를 금지하는 부모의 경고음이 울렸다. 참여와 방관, 양심과 출세를 갈등하며 나의 청춘은 소진되리라.

내 이름 옆에 학번이 인쇄된 수강신청서를 받고서 어엿한 대학생이 되었음을 실감했다. 인문계열 3반. 계열별 모집이라 소속 학과는 정해지지 않았다. 1학년은 교양 과목만 수강하니 무얼 배우든 내 맘이었다! 국민학교에서부터 고등학교까지 학생이 선생을 선택할 권리는 없었다. 내 머리에 들어올 지식을 내가 결정하다니. 레스토랑에서 메뉴를 보고 음식을 주문할 때처럼 감격스러웠다.

미래가 내 손에 달렸다는 흥분과 막막함이 번갈아 나를 들었다

놓았다. 수강신청서를 여덟 번 작성하고 나는 학교를 떠날 것이다. 외교관도 교수도 고학력 실업자도 될 수 있는 교차로에서, 나는 멀리 내다보지 않았다. 취업에 유리한 교과목을 신청하지 않았다. 독어가 아닌 불어를 제2외국어로 택하며 오믈렛과 돈가스를 망설일 때의 무게밖에 느끼지 못했다. 문학개론인가 철학개론인가. 커피와 주스의 양자택일보다 약간 긴 고민 끝에 소설에 미련이 남아 문학을 제일 위에 썼다.

등록절차와 수강신청을 마치자 입학식까지 보름 남짓, 딱히 할 일이 없었다. 벽에 붙은 수험생의 일과표를 떼어내자 밀려드는 시간을 주체하지 못했다. 시험을 통과한 현재에 안주하며 나는 게으름에 중독되었다. 그토록 원하던 자유가 주어졌는데 어떻게 요리해야 할지? 허둥댔다. '대학생이 되면'에 모든 것을 걸었는데, 대학생 배지를 달자 언제 어디서 무엇을 해야 할지? 당황스러웠다. 간섭할 사람이 없는데 뭔가에 쫓기는 기분이 들었다. 본고사를 앞두고 삼십 분 간격으로 시간을 쪼개 쓰던 성실녀가, 내일은 물론 오늘의 계획도 짜지 않았다.

소설책이 손에 잡히지 않았다. 입시의 중압감을 덜어준 톨스토이와 로맹 롤랑은 대학생이 되는 마지막 관문을 통과하자 매력을 상실했다. 시험이 끝나기를 벼르며 발길을 끊었던 정독도서관에 나는 다시 가지 않았다. 일기도 쓰지 않았다. 1979년 4월 7일 뚜껑을 닫은 일기장이 어디 처박혔는지? 꺼내려면 고생깨나 할 것이다.

남학생들은 당구장과 술집에서, 여학생들은 미용실과 다방에서

성년식을 치렀다. 1980년에는 카페보다 다방, 찻집의 간판이 흔했다. 고등학교 동창인 서희 그리고 수진과 종로서적 뒤의 신축건물에 자리 잡은 '준 Jun'에 첫발을 디밀었다. 이대 앞의 제화점에서 맞춘 소가죽 구두가 매끄러운 바닥에 닿아 또각거리는 소리를 들으며 계단을 내려갔다. 유리문을 열면 쿵쾅거리는 음악이 고막을 찌른다. 대낮인데도 실내가 어두워, 칸막이 처진 테이블을 둘러보며 눈을 깜박였다.

첨단 오디오시스템과 더불어 서울의 유흥업소 주인들은 은밀한 간접조명에 공을 들였다. 서양문물이 도입된 이래 대한의 국민들은 캄캄한 지하에서, 지하처럼 음침한 곳에서 술 마시고 노래 불렀다. 커피를 파는 다방도 예외가 아니었다. 지금은 대학가에 노천카페가 대세지만 (해외여행이 잦아지면서 2000년대 요식업소의 조명이 밝아졌다) 80년대에는 위에서부터 아래까지, 군사정권과 자본가들 그리고 체제에 저항하는 대학생들도 침침한 밀실을 선호했다.

동그랗게 말린 고데머리를 늘어뜨리고 서희가 나타났다. 감색 바바리와 롱부츠를 멋지게 소화한 서희에게는 이미 여대생 티가 물씬 풍겼다. 대학생 언니와 오빠를 둔 서희와 수진은 나처럼 어설프지 않았다. 넓은 홀이 자기 집 거실인 양 편안하게 소파에 기대 다리를 꼬는 친구들 옆에서 다소곳이 핸드백을 무릎에 올려놓고 가방이 밑으로 미끄러질까봐 전전긍긍하는, 나는 영락없는 서울 촌뜨기였다.

책상에서 책을 붙들던 팔은 책이 없어지자 방향을 잃고 혼란에 빠졌다. 탁자 밑으로 늘어진 긴 팔과 다리가 처치 곤란해 나는 오 분이 멀다 하고 자세를 바꿨다. 뜨거운 커피에 입을 데지 않으려 홀짝이며 친구들의 이야기를 경청했다. 신고식을 치르지 않은 여 대생들의 관심은 헤어스타일과 옷, 최근 개봉영화, 음악, 그리고 남학생이었다. 의대에 진학한 서희의 수다가 우리를 즐겁게 해주 었다.

여자의 미모는 머리가 결정해.

얼굴은 화장과 성형으로 얼마든지 고칠 수 있어.

얼굴보다 스타일과 몸매의 중요성을 역설하며 그녀는 마릴린 먼로처럼 풍만한 가슴을 내밀었다. 서희는 우리에게 종아리가 날 씬해 보이게 다리를 꼬는 법을 비롯해 숙녀라면 알아둘 몇 가지 에티켓을 전수했다. 그러나 그녀의 특기인 남자를 유혹하는 기술 은 가르쳐 주지 않았다.

서희는 블랙커피만을 고집했고 수진은 헤이즐넛, 나는 크림과 설탕을 듬뿍 넣은 비엔나커피를 주문했다. 혀끝에서 사르르 녹는 크림을 티스푼으로 떠먹는 재미도 재미려니와, 휘핑크림과 커피 가 미지근하게 섞여 입술이 데일 염려가 없기 때문이다. 우리 부 모는 손님이 왔을 때를 제외하고는 집에서 커피를 마시지 않았다. 카페인을 멀리한 엄마 덕분에 내 혀는 커피 맛을 알지 못했다. 모 카와 헤이즐넛을 구분하려면 계절이 한 바퀴 돌아야 했다.

과거와 결별하는 마지막 통과의례. 머리를 어떻게 처치할지 난 감해 뻔질나게 미용실을 들락거렸다. 고교 삼 년 간 두 갈래로 묶는 긴 머리를 강요당했기에, 바람에 날리는 짧은 커트가 멋있어 보였다. 거추장스럽지만 삼 년을 한번에 자를 용기가 없었다. 클레오파트라처럼 앞머리가 눈썹 위에 닿는 단발을 상고머리로 바꾸고, 일주일 만에 다시 길이를 확 치고 층을 내서 보글보글 볶았다. 파마용 롯드를 풀자마자 나는 후회했다. 이대 앞과 명동의 미용실을 오가며 머리가 짧아지더니, 머슴애처럼 귀가 드러난 쇼트커트가 입학식 사진에 찍혔다. 여고 삼 년간 변화를 모르던 머리가 한 달에 세 번이나 바뀌었다. 여대생이 되기는 쉽지 않았다. 독한 약품과 열기구로 지지고 볶으며 미용잡지에 나오는 최신스타일들을 두루 시험해본 뒤에 나는 지쳐 나가떨어졌다. 돈을 처바른 머리칼이 빗질도 못할 만큼 푸석푸석해지고, 더 이상 어찌할 도리 없이 싹둑 잘리고서야 불쌍한 머리에 평화가 찾아왔다.

스무 살의 자유는 축복이 아니라 재앙이었다. 책가방과 도시락통에서 해방된 손은 (어디로 뻗을지 몰라) 다방의 탁자 밑을 헤매고, 학생화를 벗고 뾰족구두로 갈아 신은 발은 극장의 뒷골목을 배회하고, 앞가르마와 검정 고무줄에서 풀려난 머리칼은 소녀에서 숙녀로의 변화를 감당하지 못해 거울 보기가 두려웠다. 이십여 년의 시행착오를 겪고서야 나는 자유를 내 손바닥 위에 올려놓고 노는 법을 터득했다.

화장품 가방을 둘러멘 아줌마가 벨을 누르면 엄마와 나는 안방에 요를 깔고 누웠다. 제품을 팔기 전에 수완 좋은 판매원은 우리 모녀의 피부를 칭찬하며 강판에 오이를 갈았다. 일주일에 한번 마사지를 해줘야 지금의 좋은 상태를 유지한다며 면 거즈에 구멍을 뚫었다. 엄마가 끝나면 내 차례였다. 남편의 벌이가 시원치 않을 때는 입에 넣지도 못하던 단백질과 비타민을, 계란과 오이를 피부에 문지르는 호사를 누리며 엄마의 얼굴에 윤기가 돌았다. 수험생 딸을 뒷바라지하던 어미에게 꿀맛 같은 휴식. 랑콤 아줌마가 우리 집을 드나들고 하얀색의 프랑스 화장품 병이 당신의 경대에 즐비하던 그때가 내 어머니의 전성기였다. 아이크림, 목의 주름을 방지하는 크림, 데이크림, 나이트크림…… 마음 약한 어미는 서비스로 제공되는 마사지를 받고 나서 지갑을 열었다. 내게는 국산인 주단학 스킨과 로션을 사주었다.

책이 멀어진 자리에 거울이 들어왔다. 동서고금의 위대한 문장에 나를 비추기를 그만두고, 거울에 자신을 비추는데 에너지를 바쳤다. 입학식에 입을 치마를 고르는 나. 뒷모습을 보려 몸을 돌린다.

"엄마, 어때?"

"주홍색은 야하지 않니? 밤색이 무난하지."

옷이 바뀔 때마다 내가 달라보였다. 디자인과 색에 따라 여인에서 여학생으로 요조숙녀로 변신을 거듭했다. 책이 주는 교양의 확대에 뒤지지 않는, 질리지 않을 기쁨이었다. 고급 옷을 싸게 판다는 소문을 듣고 엄마가 나를 데려간 곳은 후암동의 가정집이었다. 수입품 전문점을 운영했다는 아줌마의 방에 옷가지들이 수북한데 치수가 다양하지 않았다. 8사이즈가 없다며 (10을 건너뛰어) 그녀는 내게 12사이즈를 권했다. 내 허리둘레는 24인치를 넘지 않았다. 여성복 치수를 알았다면 헐렁한 모슬린 치마를 거절했을 텐데.

재고를 처분하려는 여자에게 우리 모녀는 쉬운 먹이였다. 차이나 칼라가 달린 실크블라우스를 분홍과 주황색 두 벌이나 샀다.

고등학교 1학년 겨울에 하루만 걸치고 포기했던 동복오버의 한을 풀려면 두 벌로도 부족했다. '높은 깃'에 대한 나의 집착은 2학년 가을까지 이어져, 차이나칼라의 바바리를 입고 시위에 가담하다 나는 경찰에 잡혀갔다.

여고 시절의 보상 심리가 작동한데다, 내 몸에 처음 닿은 실크였다. 만지면 닳아 없어질 것 같은 부드러움. 야들야들한 촉감과 고상한 광택에 판단력이 흐려졌다. 밑단이 구겨지지 않게 싸들고 집으로 돌아오며, 목에 차이나칼라를 세울 그날을 고대했다.

서랍장에서 양단 두루마기를 꺼내 다리며 어미의 주름이 펴졌다. 깨끗이 손질되어 현관 바닥에 나란히 놓인 흰 고무신과 검정 구두가 오늘이 무슨 날인지 말해준다. 한국전쟁이 끝난 뒤 결혼반지도 없이 부부의 인연을 맺고 이십오 년. 단칸방 신혼살림이 방세 개 짜리 독채전세로 늘기까지 두 사람의 신발이 오늘처럼 빛난 적이 없었다. 대학 못간 아비의 한이 풀리고 어미의 못 먹고 못 입은 설움이 녹은 날. 1980년 3월 3일. 이른 아침부터 엄마와 딸은 동네 미용실의 회전의자에 앉아 있다.

앞머리가 사방으로 뻗쳐 눈 뜨고 봐줄 수가 없었다. 뻗치지 않으려면 드라이보다 고데가 효과적이라며 미용사는 장갑을 끼고 화로에서 벌겋게 달구어진 쇠집게를 집어들었다. 열을 식히려 허공에 대고 흔드는데 딱딱– 요철이 맞부딪치는 소리가 독특했다.

저 여자는 하루에 얼마쯤 집게를 들고 허공을 자를까?

천직에 몰두한 장인들의 숙련된 동작은 언제나 나를 매혹시킨다. 저 날렵한 가위손이 내 머리통을 빙 둘러 한 바퀴 지지면, 뜨거워도 조금만 참으면 웨이브가 안으로 쏙 말리겠지. 풋내기처녀에게는 밖으로 삐치는 머리카락 몇 올이 며칠 밤을 뒤척일 만큼 중요한 문제였다. 불에 달군 쇠가 두피에 닿지 않게 종이를 대도 모발의 끝이 타들어갔다. 내 신체의 일부가 타는 냄새를 맡으며, 완벽해야 할 새 출발이 아침부터 어긋났다. 고데기가 식는 동안 미용사가 모녀에게 찬사를 늘어놓는다.

"엄마를 닮아 따님도 어쩜 그렇게 피부가 고와요?"

뻔한 칭찬이지만 기분이 풀렸다. 고데기로 고정한 컬은 물기가 닿지 않으면 이틀쯤 모양을 유지했다. 5월17일, 휴교령이 내릴 때까지 나는 일주일에 두 번 미용실에 들렀다.

남학생들은 검정색 교복, 여학생들은 치마 정장에 핸드백을 들었다. 시커먼 제복을 피해 뒤로 돌아가, 한 줌의 여학생들에 섞이며 나는 안도했다. 여학생이 전체의 십 퍼센트에 불과해 인문계열을 통틀어 이십 명도 안 되었다. 사회대와 경영대 그리고 법대에는 여자가 한 명도 없었다. 계열별로 서있는 신입생들은 고등학교 운동장에서처럼 질서정연하게 앞뒤 간격을 유지하지 않았다. 줄을 세우느라 악쓰는 선생도 없었다. 단상에서 가까운 앞만 반듯했지 뒤로 멀어질수록 줄이 엉망이었다.

"신입생들은 책임과 사명감을 다해…… 우리 역사를 어떻게 발전시켜야 할 것인지에 대해 의식을 갖고 노력해야 합니다."

사각모자와 가운을 걸친 총장이 '진리는 우리의 친구'의 라틴어를 가르쳐주며 새로운 제자들을 환영했다. 입학식이 끝나고 가족 사진을 찍는 내 뒤로 바지 주머니에 손을 찌른 남자들이 지나갔다. 그들의 가슴팍에 빛나는 라틴어, S대의 로고가 어깨 견장에 새겨진 대학생 교복은 곧 벗겨질 것이다. 개강하고 한 달이 지나 우리는 배지를 떼어버렸다. 유치하게 어디서 학교를 자랑하니.

1980년, 서울의 봄은 추웠다. 칼바람을 맞아 귀가 얼어붙는 것 같았다. 귀도 가리지 못하고 바싹 자른 머리가 원망스러웠다. 고등학생이라면 겨울 오버에 장갑을 끼었을 텐데, 여대생이 스타일 구기게 3월에 두터운 코트자락을 펄럭일 수는 없지. 입학식날처럼 주름치마에 재킷 차림으로 강의실을 찾아가는데, 모르는 길이라 더 추웠다.

캠퍼스가 어마어마하게 컸다. 학교 안으로 버스가 다니고 오십여 동의 건물들에는 번호가 붙었다. 산자락을 타고 장방형의 5층짜리 시멘트덩이가 우르르 들어섰는데 군대막사처럼 생김새가 비슷비슷 멋대가리가 없다. 1동에서 5동까지가 인문대, 한국사 수업을 듣는 대형 강의실인 4동만 누런 벽돌체의 외관이 독특했다. 하나의 도시처럼 거대한 캠퍼스에서 길을 잃지 않으려 나는 화살표만 따라갔다. 1동과 2동을 가리키는 방향표지판에 의지해서 일 년을 보냈다.

1동 입구의 벽보 앞에 몰린 학생들을 보고 나도 걸음을 멈추었다. 무슨 일이지? 커다란 흰색 마분지에 '학도호국단을 폐지하라!'

'어용교수 御用教授 물러가라!' 흥분한 글자들이 빼곡했다. 학생 회부활추진위원회, 복학생협의회, 학원민주화를 염원하는 인문대 학우 일동을 읽느라 숨이 찼다. 유신잔당, 군부파쇼의 음모와 술수를 낱낱이는 모르겠으나 굵게 휘갈긴 글씨에 담긴 분노는 내게 전달되었다. 핸드백을 찰랑거리고 숙녀용 구두를 신는 기쁨에 설렌 내게 무거운 구름이 내려앉았다.

1학기 첫 수업, 교수님은 들어오지 않았다. 조교가 휴강을 알리고 어수선한 분위기에서 반 대표를 뽑았다. 서울이 아니라 지방 출신, 현역보다는 재수 삼수한 남학생들이 반장을 하겠다고 나섰다. 경상도와 전라도가 고향인 그 애들의 사투리를 나는 절반도 알아듣지 못했다. 촌스럽고 겉늙어 보이는 현수가 인문대 3반의 스피커가 되었다. 현수의 어눌한 입은 3월을 지나 4월이 되면 아주 바빠질 것이다.

의식화의 물이 깊이 들지 않은 신입생들에게 어용인가 아닌가는 중요하지 않았다. 수업이 지루한가 아닌가. 영어선생은 유명한 시인이었다. 캠퍼스에 없는 낭만을 기대한 우리의 예상은 보기 좋게 빗나갔다. 들어오자마자 그는 출석을 부르고 딱딱한 말투로 우리를 제압했다. 교재를 설명한 뒤에 시국에 대한 언급은 없이 엘 뤼아르의 시를 읊조렸다.

나의 학습 노트 위에,

나의 책상과 나무 위에

나는 너의 이름을 쓴다……

나는 태어났다 너를 알기 위해서

너의 이름을 부르기 위해서

자유여.

강약 고저가 없는 은근한 목소리에 실린 자유는 힘이 없었다. 시를 읽어준 것은 그날뿐. 휴강을 하지 않고 시간을 엄수하고 웃지도 않고 영문독해에만 충실한 선생을 우리는 무서워했다.

교양불어1 강의실에서 주격변화를 모르는 사람은 나뿐이었다. 마사지가 필요 없는 스무 살의 탱탱한 피부에 오이를 올려놓는 대신, 프랑스문화원에서 불어의 기초를 다져야 하지 않았을까. 합격에 도취해 어영부영 보낸 한 달이 후회되었다. 불어의 연음을 멋들어지게 발음하는 여학생들의 열에 아홉은 개강을 앞두고 프랑스문화원의 어학강좌에 등록했었다. 수업이 시작되고 십 분도 되지 않아 진도를 따라잡지 못하는 나를 발견하며 대학생활이 처음부터 삐걱거렸다. 원서를 그냥 들이대는 외국어 강의는 우리를 긴장시켰지만, 뒤에 '개론'이 붙은 수업은 하품 나게 재미없었다. 일주일이 지나 내가 미학과 심리학 뒤에 붙은 '개론'에 속았음을 알아챘다. 해묵은 강의노트를 기계적으로 답습하는 선생들에게선 진리를 추구하는 정열이 감지되지 않았다. 밋밋한 목소리. 그럴듯한 용어의 나열이 학문이란 말인가. 허술한 강의에 실망한 우리는 선배들의 손아귀에 들어갔다.

"오늘 저녁에 신입생 환영회가 있으니까 한 사람도 빠지지 마."

싱글거리며 반장이 시간과 장소를 칠판에 적는다. 집과 학교만

똑딱 오갔지 3월이 가도록 나는 S대 주변에 발을 디디지 않았다. 우리 반 여학생 여섯 명 모두 참석해야 한다며 반장이 슬쩍 나를 쳐다본다. 나는 은영이를 쳐다본다.

"너도 갈 거니?"

"응."

여자 친구 곁에 강아지처럼 붙어서 대학촌 사거리에 진출했다. 상가 건물의 2층, 중국 음식점은 왁자지껄한 학생손님들에게 점령당했다. 인문대 세 반이 하나씩 방을 차지했다. 반쯤 열린 방문 밑에 끈이 풀린 운동화들이 겹쳐져 나뒹굴고 뒤축이 꺾인 검정 구두들도 섞여 있다. 밑창이 닳은 구두의 주인공은 우리를 환영하러 온 선배들. 수십 명의 재학생들이 새내기들 틈에 끼어 말을 시키고 술을 권하고 담배를 피운다.

"짜장면 먹을 사람 손들어!"

"우동 먹을 사람?"

백 명이 넘는 학생 대중을 반장인 현수가 우동과 짜장면으로 가른다. 하나 둘 머릿수를 세는데, 잘못 계산했다며 두 번 세 번 손을 들게 했다. 단체회식 경험이 전무한 내게 그의 '우-짜'는 개인의 다양한 취향을 무시하는 만행처럼 비쳐졌다. 나도 짜장면이라면 사족을 못 쓰지만, 오늘은 짬뽕이 당기는데. 마지못해 짜장에 손이 올라가며, 여긴 짜장면과 우동밖에 없나. 무슨 중국집이 이래? 하지만 나는 불만을 내색하지 않고 조용히 앉아있다. 낯선 무리 속의 서먹함을 견디지 못해, 짜장면 그릇을 비운 뒤에도 손이 허전해 괜히 단무지에 젓가락을 댄다. 누가 내게 말을 시키면, 예, 아니요, 더는 말을 못 붙이게 짧게 끊는다. 가장 흔한 질문.

"고향이 어디세요?"

"강원도 원주요."

서울에서 태어났지만 억센 지방 출신들에게 꿀리지 않으려 거짓말을 했다. 아버지 고향이, 본적이 강원도이니 새빨간 거짓말은 아니다.

"집이 어디세요?"

"평창동이요."

"부자 동네 사시네요."

부자라고 이죽거리는 입매가 싫어서, 언제부턴가 평창동이 아니라 세검정이라고 돌려 말했다.

"형제는 어떻게 돼요?"

"딸 셋에 맏딸이에요."

남자 형제가 없는 나는 이성에 대한 면역이 되어있지 않아, 남학생과 눈도 맞추지 못한다. 고개를 숙이고 핸드백만 옴켜쥐다 주위를 둘러본다. 도배지가 뜯겨진 벽. 수영복 모델이 술잔을 치켜든 달력, 밀레의 〈이삭 줍는 사람들〉의 액자를 지나, 털목도리를 두른 여자 선배가 보인다. 유주미. 이름처럼 예쁘고 눈빛이 포근한 여자가 술에 취해 담배를 물고 있는데, 분위기가 야릇했다. 그녀에게 홀린 어떤 남자가 시비를 걸었다.

"여자는 담배 피우면 안 돼."

모성을 강조하며 미래의 엄마와 아이에게 니코틴이 얼마나 해로운지, 길게 늘어진 참견을 듣던 그녀가 씨익 웃으며 연기를 내

뿜더니,

"내가 아이를 낳지 않아도 인류가 멸망하지 않아."

아, 그 재치. 그 여유에 나는 반했다. 담배에 대한 논쟁을 종식시킨 그녀는 일 년 뒤 1981년 S대 여자로는 최초로 데모를 주동해 감옥에 간다.

신입생 환영회 며칠 뒤에 4동의 대형 강의실에 1학년들을 모아놓고 학회 설명회를 진행했다. 선배들이 나와 자신이 속한 서클을 홍보하는데 이름부터 골치 아팠다. 역사철학회, 경제철학회, 대학문화연구회, 사회복지연구회, 경제법학회, 홍사단아카데미, 후진국경제연구회…… 무슨 연구회가 그리 많은지. '경제'와 '철학'이 나와 무슨 상관인가. 나는 돈을 세는데 서툴고, 논리로 누굴 이기고 싶지도 않았다. 학술단체처럼 길고 딱딱한 제목들이 운동권의 이념서클이라는 사실은 한참 뒤에야 알았다.

인문대편집실에서 학회 등록절차를 밟으라는데, 나는 등록이나 서류라면 질색이다. 쉬는 시간에 그네들이 나눠주는 선언문과 결의문과 성명서도 자꾸 보니 질렸다. 사춘기 시절에 보들레르의 이방인을 암송하며 "나는 친구라는 말의 뜻도 모르고, 조국이 어느 위도에 있는지도 몰라……" '몰라'에 정신이 몽롱해지던 내가, 동시와 투쟁을 받아들이려면 강력한 충격이 필요했다.

투쟁이라니. 나는 두 살 아래의 동생 채린과 싸우는 것만도 버거운데. 나보다 드세고 힘이 센 동생에게 밀려 사는 게 피곤한데. 무장한 경찰들과 어찌 맞장뜰 용기가 나겠는가. 운동권에 대한 나의 초창기 거부감은 언어의 문제였다. 획일적이며 반복되는 어휘들, 거친 문장들이 거슬렸다.

S여고 3학년 6반에서 인문계열 3반이 되었지만, 나는 집을 벗어나면 아무것도 스스로 결정하지 못하는 미성년자였다. 대학생이 되어 공간은 확대되었지만, 시간은 확대되지 않았다. 수업을 마치면 집에 돌아와 저녁을 먹고, 저녁뉴스가 끝나면 잠옷으로 갈아입고 열 시가 되면 불을 끄고 잠자리에 들었다. 교복은 벗었지만 나는 고등학교 4학년. 늦된 아이였다. 캠퍼스는 넓고, 아는 사람은 없고, 마땅히 갈 곳이 없었다. 친구라고는 고교 동창인 서희 그리고 대입과외를 같이한 은영이뿐이었다. 수업과 수업 사이의 붕 뜬 시간을 어디서 보냈을까? 은영에게 전화를 걸었다.

"학생회관 1층이던가? 음악감상실에서 음악을 들었지. 2층에는 본부 여학생휴게실이 있었어. 너 생각나니? 꽤 큰 방에 소파와 그랜드피아노도 있었어. 기독학생회 언니들이 모여서 성경공부하고 우리한테도 예수님 믿으라고 귀찮게 했잖아. 학생식당에서 점심을 먹었는데 밥값이 400원이었어. 정부미 밥알이 푸석푸석 맛이 별로였어. 옆 교직원식당은 비쌌지만 메뉴가 다양했지."

맛이 없어서라기보다, 남학생들의 시선이 거북해 나는 학생식당에 자주 가지 않았다. 쟁반을 들고 자리에 앉으면 수백 개의 눈알이 내게 꽂혔다. 숨을 쉴 수 없었다. 누가 나를 뚫어지게 쳐다보면 나는 음식을 소화시키지 못한다. 가족이 아닌 타인과 얼굴을 맞대는 식사는 내게 극도의 스트레스를 유발했다. 식당 같은 공공

장소에서 먹거나 마시는 시간이 싫었다. 서먹서먹한 여자애들과 차를 마셔도 불편하기는 마찬가지. 상대방에게 신경쓰느라 내 삶의 이유인 미각을 잃고 싶지 않아, 입학한 첫해에 도시락을 싸갖고 다녔다. 어디서 도시락을 푸나? 교내에서 남자들이 없는 곳은 여학생휴게실과 여자화장실뿐이다. 1동 4층의 인문대여학생휴게실에는 담배 연기가 자욱했다. 여자가 담배를? 하얀 은하수를 꼬나문 선배들에 충격을 받았는데, 이십 개월쯤 뒤에는 나도 골초가 되었다.

고독한 점심을 추구하는 내게 화장실은 이상적인 장소였다. 라디에이터에 찬밥을 데우고 마실 물도 넉넉하다. 세면대 맞은편에 놓인 나무벤치가 식탁 겸 의자였다. 중앙난방이 들어와 따뜻할 뿐더러 식사 뒤에 이를 닦으러 멀리 가지 않아도 되었다. 예쁘게 숟가락질하려 애쓰지 않고, 창밖으로 연못이 보여 전망도 좋았다. 우리 집에 없는 양변기, 우리 집에 없는 온수가 나오는 수도꼭지에 열광했던 것 같다.

방해하는 눈이 없으면 유혹하는 눈도 없다. 여자화장실이 아니라 학생식당에서 점심을 해결했다면, 진작 남자 친구가 생겼을 텐데. 그랬다면 남녀공학을 다니며 2학년이 지나도록 연애는커녕 데이트도 못 해보는 치욕은 면했으리라. 화장실에 처박히지 않았다면 내 귀는 계엄해제와 민주회복을 외면하지 않았으리. 4월에서 5월까지 대학가에서는 거의 매일 크고 작은 집회가 열렸다.

4월 11일, 도서관 밑의 아고라 광장에 학생 4천여 명, 총장과 교수들도 참석하여 학생회부활 기념식을 성대하게 치렀다.

4월19일, 아고라광장에 수천 명이 모여 4월 혁명 20주년 선언문을 발표했다. 1천여 명이 '비상계엄철폐' 현수막을 수십 대의 버스에 내건 채 전두환 퇴진의 구호를 외치며 서울 시내를 통과해 수유리 4·19 묘역을 참배했다는데…… 내가 거기 있었던가? 중요한 집회나 시위는 학우들의 참여를 유도하기 위해 점심시간에 맞춰졌는데, 12시부터 1시까지 나는 여학생 화장실에서 도시락을 잡수시느라 밖에서 뭔 일이 벌어지는지 몰랐다. 아니, 알고도 모른 척했다.

2장
훌라훌라

나는 봄이 오는 연못을 물끄러미 내려다보고 있었다.

인문대의 1동 뒤편에 꽃나무와 바위에 에워싸인 둥근 연못이 있었다. 아침이면 물안개가 자욱해 자무연(自霧淵)이라 불렸다. 물빛이 탁하고 주위에 심어진 관목들이 어려, 새로 조성된 아파트 단지의 조경처럼 어설픈 기색이 역력했다.

들쑥날쑥한 스무 살은 경치를 즐길 여유가 없었는지도 모르겠다. 와— 예쁘다, 라며 호들갑스럽게 감탄하지는 않았지만 자무연은 콘크리트와 유리의 직선들 틈에서 발견되는 희귀한 곡선. 살벌한 캠퍼스에서 보기 드문 서정이 흐르는 쉼터였다. 가만히 찰랑거리는 물을 응시하노라면 마음이 가라앉았다.

건물들에 둘러싸인 연못은 대낮에도 해가 들지 않아 어두웠다. 어두운 연못이 어두운 청춘을 위로해주었다. 그 옆에서 혼자 서있어도, 아무것도 하지 않아도 불안하지 않았다. 물이 얼마나 깊은지, 잉어가 몇 마리 사는지, 인공연못인지 자연의 일부인지, 고인 물인지 흐르는 물인지? 우리끼리 한가한 격론을 벌이기도 했다.

겉으론 얕아 보여도 은근히 깊어.

해마다 한 명씩 빠져 죽는대.

음대 여학생이 작년에 물에 빠져 자살했어.

늘 1등만 하다가 2등을 해서 자신을 비관했다나?

참 말도 안 되는 이유라고 생각했는데, 그런 말도 안 되는 사치스런 이유로 목숨을 버린 그녀가 누군지 서희가 내게 알려주었다. 자살한 음대생은 바로 S여고 동창인 완선이의 언니였다! 전교회장이었던 완선은 집안도 부유하고 외모도 출중해 모두가 부러워하는 선망의 대상이었다. 평범한 모범생은 아니었다. 교복 치마를 뒤집어 입었고 머리모양도 희한했다. 교칙에 걸리지 않을 만큼 적당히 앞머리를 길러 핀을 꽂아 뒤로 넘겼는데 성숙한 여인의 태가 완연했다.

완선이 글쎄, 담임선생과 연애하다 들켜 퇴학을 맞았대. 고교를 중퇴한 완선이 검정고시를 쳐서 서울의 사립대학에 들어갔다는 소문도 우리의 소식통인 서희로부터 벌써 전해 들었다. 인문대와 자연계열의 1학년 여학생들이 체육관에 모여 사교춤을 배운 뒤에 체육수업이 끝나면 둘이 만나서 그동안 밀린 수다를 떨곤 했다.

음대에 수석 입학했다는 완선의 언니가 내가 날마다 지나치는 연못에 풍덩 몸을 던졌다니. 그 실력, 그 미모, 그 집안에 도대체 뭐가 모자라서?

"그러길래 미인박명(美人薄命)이라잖니."

서희의 천연덕스런 눈이 빤히 나를 겨냥했다.

용모가 빼어난 여자는 대개 불행하대.

그럼 나도?

물안개보다 진한 안개가 내 앞을 가로막았다.

복잡해진 내 얼굴을 서희가 찬찬히 뜯어본다.

"너, 점 많네. 하나 둘…… 콧등에도 있네."

"그래?"

아침에 거울을 보면서 로션을 바르기 급급해 점에 신경을 쓰지 않았다.

"눈썹 사이에 박힌 점은 되게 재수 없다는데."

의대생인 서희는 자연과학도답지 않게 관상이나 운수에 관심이 많았다. 심심한 그녀에게 잡히면 누가 누구와 연애하고 누구네 집이 왕창 망했고 따위의 우리 둘 다 아는 (때로는 그녀만 아는) 지인들의 근황 끝에 꼭 어디에 용한 점쟁이가 있다더라,가 새나왔다. 아들인지 딸인지 귀신같이 맞춘대. 아무개 장군의 부인도 그 집의 단골이란다. 처녀 족집게 도사의 복채가 얼마인지를 듣지 않고 그애와 삼십 분 이상 대화하기는 불가능했다.

"애린아. 너 얼굴에 점 빼. 치아도 교정해. 웃을 때 잇몸이 보이잖니."

서희가 잡티 없이 매끈한 얼굴을 내게 들이민다. 미인은 아니지만 복스럽게 생겼다. 1학기 개강을 앞두고 서희는 치아교정기를 달고 도톰한 입술이 돋보이는 화장술을 배우고 운전면허를 땄다. 점을 없애라는 친구의 권유를 나는 따르지 않았다. 자기주장이 강한 그녀는 자신에게 좋은 일은 남에게도 좋다는, 단순한 선의의 소유자다.

"점이 많으면 복이 밖으로 나간대."

복이 나간다는 서희의 협박은 내게 먹히지 않았다. 멀쩡한 몸에 칼을 대는 것도 끔찍하거니와 좁쌀만 한 점 때문에 인생이 달라질 수 있다니. 믿기지 않았지만, 미인박명이란 저주는 가시처럼 걸렸다. 아주 작아서 보이지 않지만 지문처럼 박혀 걸리적거리는 가시.

수면에 어른거리는 나무 그림자를 잡으려고 벤치에 앉지 않았다. 엉덩이가 배기지 않을 평평한 바위덩이를 찾아 두리번거리지도 않았다. 일부러 가지 않아도 수업을 마치고 이동할 때, 저절로 자무연이 시야에 들어왔다. 먼지를 뒤집어 쓴 꽃잎들, 바위틈에 시들시들한 벚나무의 개화가 처참했다. 학생들이 버린 담배꽁초와 구겨진 종이컵이 떠다니고 뿌연 가루를 탄 듯 바닥이 뵈지 않는 심연이 나를 빨아들일 것 같았다.

내가 한 손에 커피가 담긴 종이컵을, 또 한 손에 여봐란 듯 담배를 들고, 검지와 중지 사이에 은하수를 끼우고 바위에 걸터앉아 풍경의 일부가 되기까지는 어느 정도 세월이 흘러야 했다. 시위에 가담해 무기정학을 받고 간땡이가 커진 뒤에야, 대학을 떠날 즈음에야 내 마음의 호수를 가까이 품을 수 있었다.

입학하고 4월 중순까지 나는 아버지의 승용차로 통학했다. 북악

스카이웨이를 뱅글뱅글 돌며 산에 산에 개나리와 진달래를 구경하는 기쁨은 오래 가지 못했다. 차에서 내리는 나를 보고 '애린이는 부잣집 딸'이라는 소문이 난 뒤부터, 주변의 시선을 의식해 버스를 탔다. 진짜 부자들에 비하면 아무것도 아닌데, 우리는 셋방살이를 못 면했는데, 억울했다. 부르주아의 딸이라는 오해는 졸업한 뒤에도 나를 괴롭혔다. 수군대는 그들 중에는 나보다 부유한 환경에서 자란 애들이 수두룩했다.

누구누구는 물러가라, 무엇 무엇을 쟁취하자는 외침이 어렴풋이 들려오지만, 나는 자리에서 일어나지 않는다. 빵을 조금씩 뜯어 입에 집어넣는다. 도시락을 싸오지 않은 날은 도서관 다과부에서 파는 옥수수빵이 나의 점심이었다. 노란 알갱이가 씹히는 고소한 맛에 나는 중독되어 있었다. 열람실에서 책을 읽기 위해서가 아니라 빵을 사러 도서관 쪽으로 걸어갔다. 2학년 1학기에 농촌활동을 준비하며 내 학생증은 처음 중앙도서관의 검색대를 통과했다.

'물러가라'가 점점 커진다. 광장에서 울려 퍼지는 함성에는 축제의 흥겨움이 묻어있었다. 모든 것이 허용되던 서울의 봄. 사랑도 미움도 분노도 팔팔 싱싱했다. 아무도 제지하지 않는 교내 시위는, 시위라기보다 놀이에 가까웠다. 떼를 지어 어깨 걸고 노래 부르며 행진하는 놀이. 행진곡 풍의 운동가요는 유행가보다 흥겨웠다. '우리들은 자유파다 홀라홀라 같이 죽고 같이 산다 홀라홀라'는 윤시내의 〈열애〉처럼 내 귀에 쏙 들어왔다.

1980년 4월. 대학에는 전투경찰이 상주하지 않았다. 오고 가는 학생들의 얼굴엔 희망이 넘쳤고 게시판은 온갖 구호로 뒤덮인 꽃밭이었다. 체육대회 단합대회 복학생환영회. 허구한 날 소란스러운 모임에는 신입생인 나도 얼마간 익숙해졌다. 내가 그리워했던 대학의 낭만과는 거리가 있지만, 자유를 외치는 청년은 멋있어 보였다. 기타를 들고 〈나 어떡해〉를 연주하는 팔 못지않게, 게시판에 대자보를 붙이는 팔은 내 눈길을 끌었다. 그러나 도서관 벽에 대자보를 붙일 기회가 내게 왔다 해도 남학생과 손을 맞대야 하는 벽보 작업을 꺼렸으리라. 손이 닿기는커녕 남녀가 단둘이 마주서서 이야기하는 것도 내게는 수상한 일이었다. 도서관에서 인문대 쪽으로 가는 길에서 웬 남자애가 나를 불러세운 적이 있다.

"저- 애린 씨. 얘기 좀 합시다."

놀라서 돌아보니 남학생 둘이 내 뒤에 서있다. 숨이 멈추고 머리에 피가 몰렸다. 엄마가 염려한 사건이 드디어 내게 일어났다!

사내들은 다 똑같아, 짐승이야.

가까이하지 마. 남자 앞에서 웃지도 마!

초경이 시작된 딸을 앉혀놓고 엄마는 설교했었다. 앞에 남자 비슷한 그림자가 어른거리면 나는 고개를 돌렸다. 교실에서도 웃지 않았다. 그런데 소속도 이름도 모르는 남정네들이 내게 다가와 말을 하잔다. "애린 씨. 우리, 얘기 좀 합시다."

얘기는 무슨. 가벼운 인사도 건네지 않았다. 내 앞의 그들을 보지 못한 듯 무시하고 서둘러 내 길을 갔다. 2동 쪽으로 내빼는 나를 그네들이 뒤쫓아왔다. 빨리 걷느라 숨이 가쁜데 저만치서 구세주가 나타났다. 강순자 언니. 별명이 깡패였다. 남학생들도 그녀

앞에서는 쩔쩔 매는 터프한 운동권의 여장부. 순자 언니를 보니 살 것 같았다.

"언니— 언니, 저기 남학생들이 날 따라와, 무서워요."

어떻게 좀 해달라는 나의 간절한 눈빛에서 상황을 짐작한 그녀가 턱, 팔짱을 끼고 적들을 꾸짖는다.

"어이, 뭐야? 싫다는데 왜 따라다녀?"

깡패 언니의 삼엄한 기세에 움츠린 남자들. 단추가 달린 체크무늬 겉옷을 걸친 애는 심하게 떨고 있고, 그 옆에 선배인 듯한 점퍼 차림이 체크무늬를 가리키며 본론을 꺼냈다. "얘가 애린 씨, 좋아한대."

"넌 왜 끼어들어?"

"내 후배가 차마 말할 자신이 없다 해서 내 도와주려 왔다."

살살 달래는 그는 순자 언니와 동년배로 아는 사이인 듯했다. 내 앞에 불쑥 나타난 머슴애는 인문대 1학년, 이름은 남진우였다. 촌티가 흐르는 체크무늬에게 내 남자친구가 될 자격이 있나? 시험 문제를 들이댔다.

무슨 책을 읽어요?

좋아하는 작가는?

《적과 흑》 봤어요?

스탕달을 좋아하세요?

속사포 같은 내 질문에 그 애는 대답하지 않았다. 난처한 표정을 짓는 체크무늬 뒤에 신입생들 서넛이 멈춰서 우리를 지켜보았다. 이애린을 좋아하는 남진우를 1학년의 절반이 알고 있었다. 2

동 앞뜰에서, 벌건 대낮이었다. 내게 애정을 고백한 남학생을 돌려보낸 뒤, 남진우가 망신만 당하고 돌아선 그날 이후 아무도 내게 얼씬거리지 않았다. 쌀쌀맞다 도도하다는 소문이 캠퍼스 전체에 퍼져 내게 접근하는 남자가 없었다.

나는 자폐가 심한, 결벽증 환자였다. 여학생 휴게실에서 노닥거리는 나를 보고 선배 언니가 매직펜을 주며 커다란 백지에 유인물을 옮겨 적으라 했는데, 잘 지워지지 않는 매직 잉크가 묻을까봐 몸을 사렸다. 4월 혁명 기념제에 참석했다 도중에 빠져나온 것도 더러운 돌계단과 먼지 때문이었다.

대학생이 되어 처음 맞는 풋풋한 봄을 계엄해제와 민주주의에 고스란히 바칠 수는 없었다. 무거운 재킷을 벗고 뭘 입어야 하지? 새내기의 고민을 선배 언니가 풀어주었다.

아침 등굣길. 두어 발짝 앞서가는 여학생의 뒤태가 근사했다. 연한 밤색의 코르덴으로 만든 원피스. 셔츠 깃에 단추가 달렸고 무릎을 살짝 덮는 기장에 허리띠를 둘렀다. 160센티쯤 되려나. 살이 적당하게 붙은 몸매. 재킷은 걸치지 않았다. 긴 생머리를 검정 고무줄로 묶고 가죽가방이 하나도 무겁지 않다는 듯 어깨끈에 가뿐히 걸렸다. 바람이 불고 치맛자락이 흔들린다.

아침 햇살을 안고 사뿐히 걸어가는 원피스가 상쾌한 기운을 사방에 흩뿌려 아, 봄이구나. 계절이 바뀐 줄도 모르고 칙칙한 겨울을 벗지 못한 내가 촌스럽게 여겨졌다. 누굴까? 1학년은 아니었다. 1학년 여학생에게 그처럼 귀퉁이가 닳은 숄더백이 있을 리 없다. 신입생들은 두꺼운 전공책을 표지의 영어 제목이 보이게 옆구리에 끼고 간단한 소지품을 넣은 핸드백을 따로 드는 게 대세였다. 인문대 여자들은 보통 치마를 입지 않는데, 궁금해 따라붙었다. 신입생 환영회에서 내게 각인된 시원한 이마. 쌍꺼풀이 없는 단아한 눈매. 유주미 선배였다.

그런데 뭐라 부를까. 선배는 왠지 딱딱하다.

주미 언니?

언니?

내게는 언니가 없다. 나의 진짜 언니는 오래전에 죽었다.

대학에 들어오며 나는 호칭 때문에 일대 혼란에 빠졌다. 갑작스레 내게 수십 명의 언니와 수백 명의 '형'이 생겼다. 나보다 나이많은 여자선배들을 (피를 나눈 자매는 아니지만 같은 대학사회의 구성원임을 감안하여) '언니'로 삼는 건 나름 양해가 되었다. 처음엔 '선배'도 어색해 남자 대학원생 X를 'X씨'로 불렀다가 건방지다며 된통 혼났다. 교회도 다니지 않고, 여고 시절에 그 흔한 문예반 활동도 하지 않고 또래 여자들하고만 놀다 대학이라는 큰물에 던져진 나는 '선배'가 어려워 두드러기가 날 지경이었다. 여자 선배보다 남자 선배의 호칭이 더 문제였다.

'형'이라니?

나보다 학년이 높은 남학생을 왜 내가 형으로 불러?

어째서 생판 남인 남자들이 내게 '형'이 되냔 말이다.

오빠라면 또 모를까. 나는 여자니까, 나보다 일찍 태어난 남자는 나의 형이 아니라 '오빠'가 맞다. '형'은 남자 형제들끼리의 호칭 아닌가. 사전적인 정의에도 맞지 않는 야만적인 관계를 내게 강요하는 저들이 이해되지 않았다. 대학 캠퍼스는 모두가 친척인 씨족 사회나 마찬가지였다. 나는 남학생 위주로 돌아가는 대학 문화에, 위계질서가 뚜렷한 운동권의 문화에 쉽게 적응할 수 없었다. 그때나 지금이나 나는 언어에 아주 민감한 동물이다. 이런저런 연유로 대학 일 년 간 나는 어떤 '형'과도 친하게 지내지 않았다.

'언니'들과는 친해지고 싶었지만, 친해질 방법을 몰랐다. 휴게실이나 복도에서 마주친 여자 선배들은 딱히 쌀쌀맞은 것도 아닌데 거리감이 느껴졌다. 처음 보는 2학년들에게 '이 선배' '철호 형'을 잘도 갖다 붙이는 영순이 같은 애들이 신기하기만 했다. 대학생 오빠가 여럿이라는 영순은 참견하기를 좋아해 툭하면 내게 시비를 걸었다. 애린아, 너 옷 야하다. 기분 나쁘게 키가 크네. 내가 뭘 물어보면 '그것도 모르냐'고 핀잔을 주기 일쑤였다. 영순의 두툼한 뿔테 안경 렌즈에는 나를 삐딱하게 보는 막이 씌워진 듯했다.

"저, 주미 언니."
역시 언니가 선배보다 자연스럽다.
"원피스 예뻐요. 멋쟁이세요 언니."
후배의 칭찬이 쑥스러운 듯 희미한 미소가 얼굴에 퍼진다.
"응? 이거?" 대수롭지 않게 넘어가는 주미 언니.
"그 옷 어디서 사셨어요?"
"산 거 아니야. 우리 이모가 옷가게를 해서……"
"전번에 신입생환영회에서 언니 멋있었어요. '내가 아이를 낳지 않아도 인류가 멸망하지 않아!' 속이 다 후련하던데요."

"그랬니? 내가? 술 취했었나보다."

자신의 활약을 잊어버린 그녀에게 나는 담배에 대한 논쟁이 벌어지게 된 전후사정을 설명해주었다. 직접화법으로 두 번, 간접화법으로 한 번, 같은 문장을 되풀이했다. 나란히 걸어가며 이야기에 몰두하다 연못을 지나쳤다. 앞서가는 학생들의 걸음이 빨라지고, 시계를 보니 8시 53분. 강의 시작 7분 전이었다.

"너는 강의실이 어디니?"

"2동 301호, 미학개론 되게 재미없어요."

"그래 저런. 그럼 잘 가. 또 보자."

멀어지는 뒷모습을 보며 결심했다. 원피스를 하나 맞춰야겠어. 주미 언니처럼. 내가 당장 그녀처럼 재치 있게 말할 수는 없지만, 그녀처럼 신비로운 아우라를 풍기지는 못하지만, 주미 언니처럼 담배를 노숙하게 피울 수는 없지만, 나도 원피스를 입을 수는 있다. 살까 맞출까. 백화점에 내게 맞는 예쁜 옷이 있을까. 맘에 썩 들지도 않는데 유명 브랜드라고 비싼 기성복을 사느니 맞춤이 낫다. 가격도 웬만한 백화점 옷보다 저렴하다. 오후에 이대 앞의 양장점에 가 볼까? 원단도 직접 고르고 어떤 디자인이 좋나? 고민하다보니 1교시 종이 울렸다.

마지막 수업을 마치고 정문까지 터벅터벅 걸어갔다. 버스 정류장에 도착하니 지연 언니가 보였다. 외국문학을 전공하는 지연은 나처럼 세검정이 집이다. 이웃 동네에 살며 같은 버스를 타다 친해졌다. 하굣길에 그녀에게서 대학생활이나 시국에 대한 정보를 얻고 그이의 전공이자 나의 관심분야인 문학을 논했다. 까마득한 선배인 그녀가 말하면 나는 듣는 편이었다. 대학에 가면 말이 통하는 친구를 만나야지, 전혜린이나 루이제 린저처럼 고상한 부류들을 고대했던 내게 맞는 대화 상대였다.

나보다 4년 위인 지연에게는 내가 대적할 수 없는 권위가 배어나왔다. 문학개론을 가르치는 교수도 자르지 못한 사춘기의 감상을 그녀가 싹둑 잘라냈다. 고교 3년간 나의 우상이었던 여자를 지연이 단칼에 베어 버렸다. 내가 전혜린을 말하자 지연 선배는 "아, 그 나르시스트? 자의식 과잉, 지적 속물이야." 비웃으며 한 쾌에 우주 밖으로 쫓아냈다.

세상에! 그럴 수가. 하늘이 무너졌다는 표현이 딱 맞다. 서른한 살에 자살한 여성 독문학자의 수필집 《그리고 아무 말도 하지 않았다》는 70년대 고교생들의 필독서였다. 전혜린과 헤르만 헤세를 모르면 대화 축에 끼지도 못했다. 그녀의 수필집에 나오는 작가들을 죄다 찾아 읽으며 《의사 지바고》와 니나 부슈만을 흉내 내 완벽과 고독을 추구했다.

완벽한 고요의 시간을 갖고 싶다. 죽은 듯한 정적. 완전한 아름다움, 완전한 평화, 완전한 사랑, 완전한 정열, 무어든 완전한 것만을 소유하고프다. 나는 길 잃은 나그네……라고 일기장에 썼다. 가을밤, 세계를 방랑하고파 잠 못 이루며 전혜린이 맥주에 김밥을 말아 먹었다는 독일의 도시를 그리워했다. 뮌헨의 가로등이 지금도 가스등인지? 정열적으로 삶을 불태우고 싶다고 만년필로 휘갈

긴 밑에, 나 자신에게 구토를 느낀다고 고백했다.

와르르 무너진 책 더미에 깔려 무어라 항변하고 싶지만 지연의 단호한 눈빛에 말을 잃었다. 나의 신앙이 함부로 취급됨을 참다못해 내가 《그리고 아무 말도 하지 않았다》의 '내가 아니고 싶다'는 구절을 들먹이며 반론을 펼쳤다.

"내가 아니고 싶다는 사람이 나르시스트가 될 수 있나요?"

내 반격을 접한 선배의 입가가 뒤틀리더니, 비꼬는 언어들이 쏟아졌다.

"전혜린이 순진한 애들을 많이 망쳐놨지. 쁘띠 부르주아, 관념적인 지식인의 한계를 벗지 못했어. 사치로 고민한 거지. 해방된 여성이 아니야 전혀."

"루이제 린저는 어때요?"

전혜린이 번역한 《생의 한가운데》의 주인공 니나 부슈만, 《잔잔한 가슴에 파문이 일 때》의 에리나는 여성으로서 나의 역할 모델이었다. "우리가 존재한다는 것은 아무것도 아니며 우리가 추구하는 것이 전부다"처럼 내 가슴에 파문을 일으킨 문장은 일찍이 없었다. 지연은 루이제 린저와 헤르만 헤세도 인기를 쫓는 대중작가라며 높이 평가하지 않았다. "새는 알을 까고 나온다"라는 명제로 1970년대 한국의 학원가를 지배했던 헤세, 내가 속했던 또 하나의 세계가 붕괴되었다.

대학생인 내가 새로 알아야 할 단어에 '쁘띠 부르주아 지식인'과 '자의식 과잉'이 추가되었다. 여자 선배의 부정적인 언급 그 자체보다 얕잡아보는 표정이 내겐 더 인상적이었다. 마치 엄마가 어린애를 대하듯, 저 높은 곳에서 전지전능한 신이 약점 투성이의 인간을 내려다보듯 연민과 경멸이 어린 시선. 지연에게 내가 배운 것은 냉소였다.

내 앞에 피어오르는 물안개가 복잡해졌다. 전혜린도 완선의 언니도 스스로 목숨을 끊었다. 나는 연못에 몸을 던지지 않을래. 수면제를 삼키지 않을래. 먼 훗날 누군가의 입에서 '자의식 과잉에 감상적인 지적 속물 X'라는 복잡한 껌으로 뱉어지고 싶지 않아. 지적 속물이 되지 않는다면 무슨 일이든 할 것 같았다.

하늘하늘 피어오르는 물안개가 내게 속삭였다.

수심 2미터의 차가운 거울이 내게 경고했다.

자신을 너무 오래 들여다보지 말라고.

지연 언니의 독설은 내게 일종의 통과의례이며 종교개혁이었다. 문학소녀가 지식인이 되려면 혹독한 진통을 겪어야 했다. 이제 나는 무엇이든 당연하게 받아들이지 않을 것이다. 나의 새로운 종교는 '모든 것을 의심하라'였다. 나의 지적 수준을 간접적으로 폄하했지만, 그러나 고맙게도 그녀는 내게 죄의식을 주입시키지는 않았다. 죄의식을 알았다면 나는 시위대에 섞였으리라.

내가 흠모하던 작가에 대한 그녀의 가차 없는 비판은 내가 자기만의 우물에서 나와 타인에게로, 사회와 역사에 눈을 돌리는 전환점이 되었다. 물론 당장은 아니다. 당장 나는 원피스가 필요했다.

지연 선배와 헤어지고 나는 이대 앞을 걷고 있다. 미용실과 의

상실과 커피와 밥집이 이어진 거리. 갈 때마다 새로운 물건이 진열된 가게들을 둘러보고 유리문을 기웃거린다. 양장점의 쇼윈도에는 오글오글한 디스코 파마머리, 어깨에 잔뜩 패드를 넣고 벨트로 허리를 졸라맨 마네킹들이 발끝을 들고 서 있다. 1980년의 여성복은 몸의 굴곡을 강조하는 복고풍이 인기였다. 소매 끝, 바지 끝, 치마 끝이 좁았다. 전체적으로 역삼각형이나 X라인이 두드러진 특징.

세련된 꽃무늬를 한참 들여다보다 의상실 문을 밀고 들어갔다. 패션 잡지와 옷본 책을 샅샅이 뒤지고 주인마담과 상의를 거듭한 끝에 원피스의 윤곽이 그려졌다. 짙은 자색과 연분홍 그리고 쪽빛이 섞인 수입 원단에 하얀 레이스 깃을 달고 허리에는 가죽벨트, 항아리처럼 폭이 좁아져 무릎까지 닿는 치마. 여기까지는 유행을 쫓았다. 그러나 어깨가 넓어 보이게 두 겹의 심을 넣는 건 작위적이라 싫었다. 내 어깨는 적당히 솟았다. 목에서 어깨로 이어지는 곡선에 자신이 있었다.

"패드를 빼면 안 될까요?"

"그럼 어깨선이 살지 않아요."

그런가? 성인이 되어 처음 의상실에서 옷을 맞추는 대학 1년생이 전문가를 이길 수는 없다. 서로의 의견을 존중해 얇은 패드를 하나만 넣기로 절충하고(그것도 싫으면 나중에 실밥을 뜯으라고 마담은 나를 안심시켰다) 선불금을 지불했다. 일주일 뒤에 가봉을 하고 5월 5일이 완성일. 그때까지 좀이 쑤셔서 어찌 참을꼬.

들뜬 기분은 막대기 모양의 스틱파이로 가라앉혔다. 가라앉기

느커녕 달달하게 달아올랐다. 이대 앞의 그린하우스 제과점은 운동장처럼 넓은데도 언제나 사람들로 붐볐다. 우리 동네 빵집에는 없는 미니 크루아상을 여기서 처음 시식했다. 어쩜 그리 얇게 밀가루를 반죽할 수 있는지. 대체 네가 몇 겹으로 갈라지나? 하나 둘 셋…… 여덟까지 세기도 했다. 세상의 케이크들이 다 모인 듯, 아무리 까다로운 입맛도 만족시킬 갖가지 빵과 쿠키가 유럽풍의 인테리어와 어우러져 미식가들을 유혹했다. 금방 구은 사과파이가 나의 베스트 No.1이었다. 우유가 풍부한 생크림케이크와 앙증맞은 샌드위치들을 다 맛보기까지 나의 순례는 멈추지 않았다. 입시와 직결된 구멍만 파던 공부벌레에게, 집 밥밖에 모르던 내게 그린하우스는 빠져나오기 힘든 감각의 온실이었다. 케이크를 싸 들고 골목으로 들어가 머리핀을 구경하면 날이 저물었다.

피곤한 다리를 이끌고 옛집의 계단을 오르려다, 깜짝 정신이 들어 발길을 돌렸다. 4월에 우리는 길 건너 2층 집으로 이사했다. 엘리사벳 교수가 외국에 나간 동안 가구며 살림살이를 그대로 쓰는 조건으로 일 년 간 임대한, 예전에 우리의 소박한 거처와는 비교가 안 되게 으리으리한 카펫이 깔린 저택이었다.

1층은 엄마와 아버지가 쓰고, 부엌과 거실이 있는 2층에서 세 자매가 방을 하나씩 차지했다. 세면대와 샤워기가 딸린 욕실이 두 개나 있었다. 아침마다 화장실에 가려고 식구끼리 순서를 정하지 않고, 몸을 씻는 시간이 길어졌다. 매일 파출부가 와서 진공청소기를 돌리고 집안 구석구석을 걸레로 문질러 집주인이 올 때까지 깨끗이 유지했다. 어머니가 백퍼센트 신뢰하는 성당 교우인 세실리아 아줌마는 음식 솜씨는 별로였지만 청소 하나만은 끝내주게 잘해, 물걸레를 들고 부지런히 1층과 2층을 오르내렸다.

그 집에서 가장 내 맘에 든 것은 장미넝쿨이 올라간 대문, 흔들의자가 놓인 정원 그리고 손을 짚고 옆으로 3회전 재주넘기를 해도 손목 관절에 무리가 없는 푹신한 잔디였다. 마당의 잔디 위에서 바닥이 꺼질 염려 없이 쿵쾅거리며 아침마다 체조를 했다. 2층의 내 방과 거실에도 카펫이 깔렸지만, 먼지를 마시기 싫어 1층으로 내려가 베란다 문을 열었다.

반들반들 윤이 나는 고가구들, 가죽소파와 고무나무 식탁, 등받이 높은 팔걸이의자, 거실의 장식거울에 비친 안락과 조화는 우리의 것이 아니었다. 잠시 빌려 사는 저택에서 우리는 조심조심. 혹시 카펫에 구멍이 뚫릴까, 비싼 가구에 기스가 나지 않을까 어머니는 노심초사(勞心焦思)했다. 이제야 발뻗고 살 만한데 당신 머리에선 걱정이 떠나지 않았다. 불쌍한 엄마. 막내 경린에게는 어머니의 당부가 통했지만 채린과 나는 제멋대로 의자를 끌고, 서로 엉켜 물을 엎지르고 카펫에 흠집을 냈다. 동생과 나는 숙명의 라이벌이었다.

쌍둥이처럼 닮은 자매는 양보하는 법이 없었다. 음식을 두고 죽기 살기로 덤비던 딸들은 사춘기가 지나자 자존심을 걸고 팽팽한 신경전을 벌였다. 두 살 터울의 채린과 나 사이에는 옷과 구두를 둘러싼 실랑이가 끊이지 않았다.

자라면서 세 자매의 체격이 비슷해져 엄마도 딸년들의 속옷을 구별하지 못했다. 빨래를 개키며 세 딸의 내의와 양말을 구분하는 게 큰일이었다. 옷이든 화장품이든 구두든 뭔가 없어지면 우리는 애꿎은 엄마를 닦달했다. 우리 집에서 아침이면 하루건너 벌어지던 시빗거리.

내 양말 누가 물어갔어?

엄마가 내 구두 채린이 줬지?

언니가 또 내 팬티 쓱싹했지?

니 말 못 믿겠어. 어서 엉덩이 까봐.

속옷을 둘러싼 아귀다툼을 방지하고자 엄마는 딸들이 입는 팬티의 시접부위에 바늘을 찔렀다. 서로 다른 세 가지 색깔의 실로 땀을 떠서 내의의 소유권을 표시했는데, 세탁기에 열 번쯤 들어갔다 나오면 색실이 풀려 말짱 도루묵이었다.

대학생인 나보다 고등학생인 채린이 더 크다.

키가 얼마냐고 물으면 동생은 '172.5'라고 소수점 이하까지 정확히 댄다. 여자만 아니라 웬만한 남자도 내려다보는 높은 키는 그녀의 자존심이었다. 나를 내려다보게 되면서 채린은 드러내놓고 언니인 나를 무시했다. 동생의 키가 나를 추월한 뒤부터 나는 두려웠다. 다른 것들도 동생에게 밀리지 않을까.

채린은 나보다 힘도 세다.

거실에서였다. 치열한 입씨름 끝에 채린이 나를 밀쳤다. 훌렁 뒤로 넘어져 벽에 머리를 부딪친 순간, 나보다 힘이 센 동생을 인정할 수밖에 없었다. 동생에게 밀린 그날부터 나는 채린과 몸싸움을 하지 않았다. 몸싸움으로 이어질 말다툼을 피할 뿐 아니라 대화 자체를 포기했다. 한집에 살면서, 식탁에서 밥을 먹으면서도 나는 그 애와 눈을 마주치지 않았다. 나이가 들면서 자매간에 티격태격 하는 빈도는 뜸해졌지만 감정의 골은 더 깊어졌다.

우리 식구 누구도 채린의 기를 꺾지 못했다. 둘째 채린은 독종 이다. 건드리면 안 된다. 그 애는 자신을 건드리면 엄마에게도 소 리를 지르며 극단적인 말을 서슴지 않는다. 막내와 싸우다 막판에 "나는 네가 싫어! 어서 내 눈앞에서 꺼져!" 심하게 해댄 뒤에도 후 회를 모르는 강심장. 나는 한 번도 동생 채린으로부터 '언니, 미안 해'를 듣지 못했다. 밖에서 보면 아는 척하지도 말라는 둘째 언니 를 금방 용서하고, 경린은 채린과 다시 해서 잘 지냈다. 드센 언니 들 틈에서 대충 자란 막내는 선이 굵고 골격도 사내애처럼 단단했 다. 성격도 무던해 웬만한 일에는 좋다 싫다 내색하지 않았다.

아버지는 내 편을 들었고 엄마는 사사건건 채린을 싸고돌았다. 아버지보다 엄마와 함께 하는 시간이 더 많았으므로 내게는 불리 한 상황이었다. 엄마는 외견상 중립을 지켰는데, 될 대로 되라는 막가파인 동생이 우세한 싸움판에서 중립은 곧 방관, 방관은 강자 의 손을 들어주는 거나 마찬가지였다. 중동분쟁에서 미국이 중립 을 지킨다며 이스라엘의 깡패 짓을 묵인해 결국 이스라엘 편에 서 는 것과 똑같다.

아침에 나가 밤에 들어오는 아버지가 집에서 있었던 일을 시시 콜콜 알 리가 없다. 이사한 뒤 아비의 귀가가 늦어져 저녁 식탁에 서 아비 얼굴을 보기 힘들었다. 밖에서 들어온 아버지는 여전히

'우리 애린이 어딨어?' 나를 찾았지만 차츰 그 빈도가 줄어들었다. 당신이 관리하는 고등학교를 대학으로 승격시키느라 아버지는 바빴다.

거의 매일 오찬 회의가 잡힌 아비를 만나려 나는 시내의 레스토랑에 갔다. 내 용건이야 뻔했다. 용돈을 더 뜯어내 옷을 사려는 딸의 속내를 아비는 외면하지 않았다.

"넌 맨날 고르는 게 엉터리야. 이따 너 아버지 사무실로 와. 같이 백화점에 가자."

큰딸을 앞세워 백화점 매장을 돌며 아비의 얼굴엔 웃음꽃이 피었다. 하늘색 플레어스커트를 팔락이며 내가 거울을 본다. 요리조리 몸을 튼다, 아비를 향해 돌아선다.

"이건 어때?"

어느새 어엿한 숙녀로 변신한 딸을 눈부시게 쳐다보는 아버지.

고객을 놓칠세라 이때다 싶어 비위를 맞추는 점원.

"어머 맞춘 것처럼 잘 맞네요. 저희 모델 해도 되겠어요. 이렇게 예쁘고 날씬한 따님을 두셔서 좋으시겠어요."

그 말이 떨어지기를 기다렸다는 듯, 아버지가 허허- 한 가지 자랑을 덧붙인다.

"애가…… S대를 다닌다오."

쇼핑백을 팔에 매단 딸을 옆에 세워두고 아비가 양복 뒷주머니에서 지갑을 꺼낸다. 고액의 수표와 만 원짜리 지폐가 두둑한 지갑. 1980년, 정치적 격변기에 아버지는 돈을 모았다. 학교 일을 보는 틈틈이 땅을 사고 골동품을 사고팔았다. 풍운아에서 생활인으로 변신은 순식간이었다. 양복 상의에 포켓치프를 꽂은 가장은 옛날처럼 화를 버럭 내지 않았다.

옛날의 아버지. 늦어도 아홉 시 전에 집에서 저녁을 들었다. 외출했다 돌아온 아버지의 손에는 신문이 들려 있다. 석간을 탁자 위에 획, 던지며 분통을 터뜨리곤 했다.

"나라꼴 조오타. 세상 돌아가는 꼴이라니. 개자식들!"

"어떻게 이 나라를 지켰는데, 내 목숨 바쳐 지켰는데 저런 놈들이 날뛰고 있어."

'저런 놈' 속엔 군인 출신의 정치인들이 다수 포함되었다. 아버지는 냉소를 모르는 분이었다. 멀찍이 물러서 세상을 냉소할 여유가 그에겐 없었다. 죽을 때까지 당신의 피는 식지 않으리. 요양원에 누운 팔십 세의 아비는 2014년에도 딸자식을 보면, 반신마비를 잊고 대한민국의 정치판을 개탄한다.

내 아버지가 분노하는 사람이었다면, 어머니는 걱정하는 사람이었다.

의자 끌지 마. 카펫 망가져.

(식탁의자를 끌지 않고 앉아서 식사를 마칠 수는 없다)

소파에서 음료수 마시지 마. 흘리면 가죽 약해진다.

(기대어 커피 마시라고 있는 소파 아닌가)

물 아껴 써. 너처럼 머리 감다가는 홍수 나겠다.

(엄마의 잔소리에도 나 몰라라, 샤워하며 물을 낭비했다)

사람이 없을 땐 불을 꺼.

(어둠 속을 더듬거리다 넘어져 멍이 들었다)

문 좀 살살 닫아. 문지방 까질라.

내가 문을 쾅 닫아서가 아니라 진공청소기 때문에 문지방의 칠이 벗겨졌다. 날마다 쓸고 닦는데도 방바닥에 떨어진 머리카락 한 올 때문에 엄마의 하루는 망쳐지기 일쑤였다. 울리다 만 전화벨 소리에도 민감하게 반응했다. 니 애비에게 여자가 생긴 걸까? 옆집에서 들리는 희미한 바스락거림에도 도둑이 들었나? 수돗물 내려가는 소리가 시원치 않으면 수도관이 막혔나? 애를 태웠다.

엄마의 예민한 코는 먼지만 맡으면 재채기를 했다. 엄마와 살며 내 귀에 박힌 말이 '문 닫아라 먼지 들어온다'였다. 알레르기가 심한 당신 앞에서 외투자락을 펄럭이면 야단을 맞았다.

야, 어디서 더러운 가루를 떨어뜨리니!

먼지와의 전쟁. 현관에서 신발을 털고, 외투는 거실이 아니라 내 방에서 벗고, 방에 들어가면 빈틈없이 문을 닫아야 했다. 환기와 청소를 위해 대기가 맑은 오전 11시에만 온 집안의 문이 활짝 열렸다.

다시 들어가고픈 내 방. 분홍색 침대 커버를 카펫 바닥까지 늘어뜨린 침대가 창가에 붙었다. 커튼이 반쯤 쳐진 창밖은 꽃나무가 우거진 정원이다. 발치에 붙박이 옷장. 문과 가까운 벽에는 5단 책장, 보루네오책상, 좌식경대와 전신거울이 방의 품위를 높여주고 있다.

거울 앞에서 스킨을 바른다. 나처럼 새내기 대학생이나 사회초년생을 겨냥해 한국화장품에서 출시한 주단학 스킨과 로션. 엄마에게 화장품을 대는 랑콤 아줌마가 갖다주는 저렴한 국산 기초제품이다. 가끔 엄마가 집을 비우면 살살 계단을 내려가 안방의 경대에서 비싼 영양크림을 슬쩍 발랐다. 목에만 바르는 크림도 있네!

손가락 끝에 로션을 묻혀 가볍게 문지른다. 검버섯도 잡티도 주름도 보이지 않는 얼굴. 지우고 싶은 흔적이 없는 무결점의 스무 살 피부는 그러나 행복하지 않았다. 내가 뭘 원하는지 몰라서. 어떤 인간이 되고 싶은지, 무엇을 추구하며 이십대를 보낼지 혼란스러웠다. 어떤 옷이 내게 어울리는지도 몰라 거리의 가판대에서 마구 사들인 싸구려 블라우스들을 며칠 못 가 버렸다.

눕자마자 잠이 쏟아진다. 산자락에 들어선 캠퍼스엔 계단이 끝없이 이어져, 하루에도 내 무릎은 수백 번 꺾였다. 정답을 얻을 수 있다면 수백수천이 아니라 수만의 계단이라도 기꺼이 오를 텐데.

밑으로 굴러 떨어지지 않으려 베개를 벽에 붙인다. 벌써 한 달이 되어 가는데 공중에 붕 떠있는 침대 생활이 익숙하지 않다. 레이스 주름이 잡힌 침대보 위에서 뒹구는 소원이 이뤄진 오늘. 동화처럼 예쁜 방의 주인은 내일은 뭘 입을까? 궁리하느라 뇌세포가 포화상태였다. 날씬한 각선미를 드러내려면 바지보다 치마가 낫겠지. 가봉일이 다가오는데 원피스에 어울릴 가방을 사야겠어. 밤색 통가죽은 어떨까? 주미 언니처럼 허리까지 내려오게 끈이 길어야겠지. 책도 들어가게 크기도 웬만하고 회수권을 넣고 빼기 쉽게 바깥 주머니가 붙었으면. 실크 드레스가 교정에 나부끼는 모습을 그리며 잠이 들었다. 5월의 여왕이 되려던 꽃무늬 원피스는, 화사한 봄볕을 쐬지 못하고 옷장 속에서 퇴색하리니.

진한 꽃향기를 밟으며 대자보가 붙은 벽을 지나쳤다. 병영집체훈련이 새로운 쟁점으로 부각되었는데, 나와는 상관없는 일. 1동 앞뜰에 라일락이 흐드러지게 피었다. 흩날리는 창백한 흰색, 수줍은 연보라에 취해 강의실에 들어갔는데, 우리 반 대표인 현수가 토론회를 해야겠다며 정중하게 교수님을 돌려보냈다.

문무대(文武臺)에 입소하지 말자.

국민의 정서를 고려해 훈련을 받자.

아니다, 마땅히 철폐되어야 한다……

팔을 걷어붙인 남학생들이 일어나서 심각하게 의견을 다투는데, 어리둥절한 나는 잠자코 토론을 경청했다. 남자친구를 문무대에 보내기 싫어 우거지상인 은영이를 통해 돌아가는 사정을 들었다. 1학년 남학생들은 열흘간 군부대에 입소해 교련교육을 받아야 했는데, 학원 병영화 정책이라며 반대의 목소리가 높았다. 신문과 방송에서는 교련교육을 거부하는 학생들을 국방의 의무를 저버리는 불순분자들이라 매도했다. 4월 14일 오전 최 대통령은 청와대 대변인을 통해 '군사교육 거부는 안 될 일이고 학원 사태는 질서문란의 원인이므로 계엄을 연장할 수밖에 없다'는 내용의 담화문을 발표했다. 같은 날, 오후에 최대통령은 청와대에서 국군 보안사령관인 전두환 중장에게 신임 정보부장 서리의 임명장을 수여했다.

아버지는 알았을까? 허수아비 대통령 뒤에서 권력을 향해 한 걸음 더 다가가는 시골남자의 야망을, 국군보안사령관이 중앙정보부장을 겸임하는 이례적인 사건을, 49세 현역장성의 이름이 대통령보다 굵게 신문 1면에 등장하는 사태의 의미를 군인 출신인 아비가 놓쳤을 리 없다. 식탁에서 아비는 딸자식에게 시국에 대한 말을 아꼈다. 나라와 국가를 위해 싸우다 감방에서 썩은 당신은, 대학생인 딸이 데모에 휩쓸리기를 원하지 않았다. 흐흠- 습관이 된 헛기침을 뱉으며 숟가락질에 몰두할 뿐. 소고기가 듬뿍 들어간 미역국에 흰쌀밥과 정의(正義)를 말아먹으며, 아이들이 공부 잘하고 자신의 사업이 순조롭기를, 어서 정국이 안정되기를 바랐다.

4월 내내 병영집체훈련에 대한 논란이 이어져 휴강이 잦았다. 대학가는 물론 온 국민의 관심사였던 논쟁을 지켜보며 찬성이든 반대든 어느 한편에 서서 입장을 정리해야 한다는 자각이 내게 싹텄다. 정리할 입장이 없는 게 문제였다. 단체행동을 싫어하는 나는 물론 교련이라면 질색이다. 그러나 내가 그것을 싫어한다고 팔을 들고 구호를 외치기도 선뜻 내키지 않았다. 인문대 1학년 대책회의에 참석해 어찌 되나 관망하다 술자리까지 따라갔다.

퀴퀴한 냄새. 습습한 지하의 방. 젓가락으로 두드려 뭉툭해진 술상 모서리들. 웅성거리던 말들. 문무대에 간다, 안 간다, 치고받는 토론을 접고 최근 터진 사북사태와 여자배우의 사생활을 도마 위에 올린다. 과외지도와 미팅이 우리의 숨길 수 없는 관심이었다.

특전사가 투입되어 M16 개머리판으로 찍었대. 사진 찍던 기자도 크게 다쳤대. 미스롯데가 재벌회장의 첩이라며? 니들, 로스트로포비치가 누군지 알아? 야. 좀 조용히 해. 안 들리잖아. 고2 남학생, 영어 한과목이야. 넌 인마 얼마 받니? 영필이 너 개랑 애프터했니? 남자는 상대가 맘에 안 들어도 예의상 전화번호도 묻고, 버스정류장까지 따라가고, 애프터를 한 번은 신청해야 하는 거야. 그게 매너야 매너. 이게 어디서 설교야? 야, 너나 잘해.

커다란 막걸리 통을 비우고, 이어졌다 끊어지며 노랫소리가 시끄럽다.

사노라면 언젠가는

좋은 날도 오겠지

흐린 날도 날이 새면

해가 뜨지 않더냐

새파랗게 젊다는 게 한밑천인데

쩨쩨하게 굴지 말고

가슴을 쫙 펴라

내일은 해가 뜬다

내일은 해가 뜬다

어? 뭐 이런 노래가 다 있어? 사랑타령도 아니고 쇳소리가 나는 투쟁가도 아니다. 진솔한 가사와 단순한 리듬, 피가 흐르지 않아서 거부감이 없었다. '언젠가는'에서 '가'를 높이는 게 유행하는 창법이었다. 젓가락을 두드리며 쩨쩨하지 않게 두 번, 세 번, 부르고 또 불렀다. 가슴을 내밀어 마른 오징어처럼 쫙쫙 아프도록 폈다. 젊은 혈기에 얼마나 세게 자주 두드렸으면 수저가 다 휘고 짝이 맞는 젓가락이 드물었다. 호마이카 상의 표면이 (젓가락의 공격을 받아) 너덜너덜 벗겨져 속살이 보였다. 나는 여학생들 틈에 끼어 다소곳이 노래만 따라했다. 같이 섞여 나도 그들 속에 있다는 소속감 때문에 얼마간 불안이 해소되었다.

고등학교 교실에서 나는 노래하지 않았다. 음악선생의 말인즉 나 같은 절대음치는 처음이라나. 막혔던 내 목이 트인 건 대학에 들어와서, 녹두거리의 술집에서였다. 여럿이 미친 듯이 불러젖힌 뒤에 우리 반 카수인 조영필이 숟가락을 들고 일어섰다. 영필이 숟가락을 마이크인 양 붙들고 유행가를 뽑는다. 눈을 지그시 감고, 누가 사랑을 아름답다 했는가. 애절한 〈창밖의 여자〉가 끝나자 앙코르가 쏟아진다. 벌써 술에 취해 쓰러진 녀석, 토하는 친구의 등을 두드리는 녀석, 옆에 아무나 붙들고 찔찔 눈물을 짜는 꺼벙이, 후끈 달아오른 실내에 휘휘 휘파람 소리.

영필이 이번에는 팔을 쳐들고 김추자의 〈파도〉를, 추자 누나처럼 파도를 휘젓듯 엉덩이를 실룩거리며 열창한다. 우레 같은 박수 속에 영필이 자리에 앉자 공포의 가요무대가 시작되었다. 너도나도 〈밤배〉를 부르겠다고 싸워, 그날 하루 뒤뚱거리는 〈밤배〉를 여섯 번쯤 들었다.

큰일났네. 어쩐다?

아는 노래가 없는데. 내 차례가 오기 전에 자리를 뜨려는 나를 입구의 남학생들이 막아섰다.

"애린아. 어디 가니?"

술이 들어가더니 간이 커졌나. 얘들 좀 봐. 반말이 그냥 나오네.

"응─ 머리가 아파서요." 기분에 따라 존댓말과 반말을 섞어 썼다. 거칠고 사내다움이 지나친 남자 동기들에게 나는 끝까지 말을 놓지 않았다.

"너 내빼려는 거, 모를까봐." 저 멀리서 현수가 나를 보더니 소리쳤다.

"야. 의리 없이 먼저 가려고? 애린아. 쫌만 더 있어라. 니들 여학생 단속 잘해. 꼭 붙들어."

누군가 내 가방을 뺏어가 집에 갈래야 갈 수 없었다. 엉킨 취객들로 미어터지는 방의 한구석을 다시 비집고 앉았다. 안주나 먹을까. 안주랬자 벌건 김치와 멀건 감자탕. 그나마 건더기는 초저녁에 동이 났고 기름이 떠다니는 국물에 뼈다귀만 젓가락 사이로 빠졌다. 시계방향으로 한 바퀴 돌아 드디어 내 차례였다. 쭈뼛쭈뼛 일어나 숨을 크게 쉬었다. 방에 나 혼자인 듯, 스스로에 집중하여 배에 힘을 주었다. 외로워 외로워서 못 살겠어요. 하늘과 땅 사이에 나 혼자……

박경애의 히트곡 〈사랑의 종말〉이었다. 앞의 네 소절만 내가 했다. '나 혼자' 뒤는 자신이 없어 내가 어물거리자 방 전체가 떠나갈 듯이 입을 모아 합창했다. 무슨 외로움을 그리 쉽게 그리 크게 밖으로 내보냈는지. 남들 앞에서, 남학생들이 우글우글한 방에서 지지리 못하는 노래를 지를 용기가 어떻게 일었는지. 그날 난 좀 술을 마셨다. 맥주 300cc나 되려나. 독한 소주는 잔만 받아놓고 OB 맥주 한 컵 반에 휘청거렸다.

4일로 예정된 입소일이 가까워 오는데도 결론이 나지 않았다. 집회와 철야농성이 잦아 이래저래 수업이 제대로 이뤄지지 않았다. 5월 2일. 태양이 빛나는 오후였다. 아고라 광장에 학생들이 모였다. 오늘 그들의 미래를 좌우할 중대한 결정을 내려야 한다. 나도 은영이랑 뒤에 서있다 집회가 길어지자 빈틈을 찾아 계단을 내려갔다. 바닥의 흙이 묻지 않게 신문지를 깔고 앉았다. 2일 새벽회의에서 결정된 병집응소의 방침을 총학생회장이 전하자, 1학년들이 거세게 반발한다. 1학년만 아니라 2학년 3학년들도 마이크를 잡고 총학생회의 잘못된 결정을 성토한다. S대 운동권의 비주류인 학림계열에서 박성연이 나와, 학생회 지도부의 비겁한 자세를 맹렬히 비난한다.

가지 말자, 끝까지 투쟁하자는 학생들을 어느 뛰어난 연설가가 흔들어 놓는다. 자신을 '빵'에 갔다 온 복학생이라고 소개하자 앞줄에서 박수가 일었다.

"학우 여러분! 문무대에 가면 안 됩니다. 우리가 어떻게 저들의…… 그러나 1학년 여러분! 일단 훈련소에 들어가십시오. 오늘이 끝이 아닙니다. 투쟁의 불씨를 살려서 나중에 힘을 합쳐 군부 팟쇼를 끝장냅시다. 우리는 멀리 내다보고 민중과 함께 싸워야 합니다."

그의 말, 말이 갖는 위력을 그때 나는 실감했다. 그의 문장은 길지 않았다. 거창한 이념을 동원하지도 않았다. 툭 던지는 한마디 한마디에 빨려드는 힘은 반전에서 나온다. '가면 안 됩니다'로 시작해서 '가십시오'로 끝나는 드라마. '가지 말자'에서 '가자'까지

십 분이 걸렸다. 그 십 분 동안 우리의 가슴은 애국심으로 붉게 물들었다, 파랗게 질렸다가 회색으로 망설였다가 지성인의 냉정을 되찾았다. '가지 말자'에 불끈 쥐어진 주먹이 '가자'에 풀렸다.

민주화 투쟁을 불순분자들의 난동으로 왜곡 선전하는 신군부를 비난하며, 비상계엄으로 언론이 통제된 상황에서 병영집체 거부는 국민들의 안보불안을 가중시킨다. 쿠데타의 빌미를 주지 말자. 지금은 민족사의 고비다. 우리 모두가 역사를 바꾸는 주체다. 총학생회의 깃발 아래 단결하자는 그의 웅변은 우리를 감동시켰다. 시원시원하고 우렁찬 목소리로 만여 명의 마음을 움직인 그는 사회대 복학생 강선동. 타고난 달변으로 5년 뒤에 동혁과 나의 결혼식 사회를 맡았고, 훗날 국회의원이 되었다.

"비상계엄 해제하라"를 외치며 2킬로미터가 넘는 긴 행렬이 교문을 향해 출발했다. 은영과 나는 어깨를 걸지 않고 뒤에서 졸졸 따라갔다. 정문 앞에서 전두한(前頭漢)과 신현악(新現惡) 총리의 허수아비를 태우며 화형식을 거행했다. 그러나 한 명도 철문을 뛰쳐나가지 않고 다시 아고라광장으로 돌아왔다.

남학생들이 교련 교육을 받는 열흘 동안, 수업이 없었다. 학교에 가지 않았다. 명동을 쏘다니고 영화를 보고 이대 앞의 의상실에서 완성된 원피스를 찾았다. 애들이 돌아오면 입어야지 벼르면서. 내 고운 맵시를 뽐낼 날을 고대하면서. 고생하는 남학생들을 위문하자고 누군가 제안해 1학년 여학생들이 학교버스를 타고 성남의 훈련소에 갔다. 스커트 차림에(남자애들을 즐겁게 해주기 위해 복장을 치마로 통일하자는 내부 요청이 있었다) 뒷짐을 지고 일렬로 선 깜짝 방문객들. 흙 묻은 교련복에 새까맣게 탄 얼굴들이 운동장에 도열해 여학생들을 환영하더니, 스크럼을 짜고 구호를 외치며 연병장을 돌았다. 군부대 안에서 기세등등하게 데모가 벌어지는데 별다른 제지가 없었다.

5월 14일. 아침부터 수십 대의 전경버스들이 정문 앞을 점거했다. 꼬리에 꼬리를 물고 늘어선 시커먼 장막. 창문도 없는 육중한 시위 진압차량들이 위협적이다.

이게 뭘까?

공상과학만화에서나 봄 직한 괴이한 페퍼포그(pepper fog) 차를 힐끗거린다. 무거운 헬멧과 방패를 내려놓은 전경들이 길가에 앉아 음료수를 마시고 담배를 피우는 풍경. 헬멧과 방독면을 벗은 그네들은 우리처럼 젊다. 처음엔 신경이 쓰였지만 나중엔 일상이 되다시피 아무렇지도 않게 지나친 독재의 배경들.

훈련을 마치고 남학생들이 돌아왔는데 강의실은 텅 비었다. 1학기에 우리의 정상수업은 5월 2일이 마지막. 1학년들이 돌아오자 첫날부터 환영식을 겸한 대규모 집회가 열렸다. 병영을 체험한 사나이들의 갈색으로 그을린 팔뚝에는 힘이 넘쳤고 앳된 눈에는 결연한 의지가 빛났다. 총학생회장이 나와서 '오늘까지 계엄을 해제하지 않으면 내일부터 더 강력한 투쟁을 하겠다'며 정부를 압박했다. 흥겹던 분위기에 긴장감이 돌았다.

출렁이는 물결. 위험을 느낀 잉어들이 날뛰었다. 연못가를 지나는데 누가 내 눈을 못으로 찌른 듯 뜨겁다. 눈을 뜨지도 숨을 쉴 수도 없다. 앞이 보이지 않는다. 내 코가 매캐한 최루가스를 처음 맡은 날.

철문을 사이에 두고 학생들이 경찰과 대치하고 있다. 헬멧과 방독면, 방패로 무장하고 눈만 빠끔 내놓은 전투경찰들이, 무장하지 않은 학생들에 밀린다. 돌멩이들이 날아들고 최루가스가 자욱하고 사과탄이 하늘을 뒤덮는다. 교문이 뚫렸다. 와- 수천의 함성이 학교를 나와 떼를 지어 행진한다. 영등포 여의도를 지나 한강대교를 건너서 광화문까지 걸어갔다. 비를 흠뻑 맞으며 경찰과 밀고 밀리는 공방전을 밤 열 시까지 계속했다.

5월 15일. 전국의 대학생들이 서울역에 모였다. 남영동 남대문 시청 광화문 을지로까지 뻗은 인간의 바다. 십만 명의 성난 젊은 이들이 서울의 심장을 점거했다. 시위 군중을 제어하기 위해 동원된 전경과 경찰 장비 또한 어마어마했다. 길은 막히고 버스는 멈췄다. 고가도로에 서서 구경하는 시민들이 떼를 이루었다.

오후 세 시. 민주화일정을 제시하라, 요구하며 학생들이 신군부와 최규하 정권을 성토한다.

오후 여섯 시, 신 총리가 정치일정을 앞당기겠다, 학생들은 학원으로 돌아가라는 성명을 발표한다는 소문이 돈다. 십여 명의 총학생회장단이 회의에 회의를 거듭한다. 서울역 하늘이 어두워질 무렵, S대 총학생회장이 임시연단인 버스의 지붕 위에 올라간다. 확성기로 '학교로 돌아가자'며 대중을 설득한다. 투쟁의지로 이글거리는 십만의 청중, 그들을 에워싼 전경버스와 진압차량들도 그의 말에 귀를 기울였다.

대학으로 돌아가자.

우리의 주장을 충분히 밝혔으니 내일의 투쟁을 준비하자.

돌아가 철야농성하자.

저녁 아홉 시. 시위대가 빠져나가며 서울역 광장이 확 트였다. 한국 학생운동사에서 가장 아쉬운 하루가 저물었다. 시위대의 끝은 이순신장군 동상을 지나 광화문에 닿아있었다. 광화문에서 청와대까지는 1킬로미터. 멀지 않다. 1킬로를 더 간다고 발병이 나지는 않는다. 조금만 더 나아갔다면, 청와대까지 진격했다면 저들의 숨통을 죄었을 텐데. 광주는 피를 흘리지 않아도 되었을 텐데.

쿠데타? 신군부가 퍼뜨린 헛소문, 교묘한 심리전에 학생들이 당했다. 대한민국 수도 한복판에서 군인들이 학생들에게 총을 쏠까? 외국 대사관들이 지켜보고 통신사의 카메라가 돌아가는데 무장한 공수부대원들이 아이들에게 무차별 사격을? 광주가 아니라 서울에서, 신발이 벗겨져 뒤돌아선 국민학생에게 방아쇠를 당긴 정권이 얼마나 유지될 수 있을까.

해산에 반대하는 학생들이 밤 열 시가 지나도록 도심 곳곳에서 전경들과 충돌했다. 사복경찰 여럿이 달려들어 귀가하는 여학생을 연행하는 사진. 한국에서 발행되는 매체에는 실리지 못했던 사진을 보며 의문이 솟는다.

내가 거기 있었던가?

나는 명동에 갇혀 있었다. 차들이 뒤엉켜 꽉 막힌 도로, 느릿느릿

기어가는 버스 안에서 두리번거리는 눈. 쇼핑을 마치고 데모대와 마주친, 나는 방관자였다. 14일이었나 15일이었나, 오후에 남대문 근처에 있었다. 5월 15일은 목요일. 오전에 수업이 있었다. 아침 최저기온은 12도, 낮 최고기온은 22.2도. 엷은 안개와 햇무리가 진다는 일기예보를 듣고 집을 나섰으리. 그리고 희미한 영상들.

플래카드와 태극기, 노래와 구호들, 검은 머리들, 검은 철망, 눈물, 눈물을 닦는 휴지들. 청산하라 타도하자! 펑! 후다닥 뛰는 소리, 이쪽으로 저쪽으로! 아우성, 비명들, 질질 끌려가는 바지들, 쇠막대와 몽둥이들, 지하도 입구에서 주민등록증을 제시하라는 입, 주민등록증을 꺼내는 손, 손수건으로 코를 가린 사람들, 사람들. 하나로 붙은 어깨들, 치켜든 팔, 깨진 돌멩이들, 하얀 연기, 뿌연 안개가 우리의 청춘을 삼켜버리고 추적추적 내리던 비…… 갑자기 주위가 조용해지고 축제는 끝난다.

'물러가라'는 현수막 밑을 지나가는 꽃무늬 원피스. 나의 야심작인 하늘거리는 레이스 깃은 투쟁의 깃발과 어울리지 않았다. 살이 비치는 비둘기색 팬티스타킹은 최루탄을 마시고 싶지 않다. 연보라빛 꽃무늬가 홀로 교정을 빠져나가는 장면에서 필름이 끊긴다. 끊긴 필름을 이으려 번호를 누른다. 아주 오래된 옛날로 통하는 번호들. 아직 살아있는 번호들. 살아남은 친구들.

　-오랜만이야.

　-그래 정말 오랜만이네. 마지막으로 본 게 언제더라?

　-니가 강원도로 이사한 뒤니까 2008년이던가, 80모임에서 봤지.

-그래 맞아. 기차 놓칠까봐 저녁 먹자마자 자리를 떴지.

-우리끼리 술 마시며 섭섭해했지. 우리 과 유일한 여학생인데 그때나 지금이나 우리랑 잘 놀지 않는다고.

코트를 벗고 자리에 앉아 식사를 주문하는 평화로운 시간. 광우의 회사에서 가까운 한식당은 그의 단골집이다. 할인쿠폰이 있다며 그가 점심 특선정식을 시켰다. 음식이 나오기를 기다리며 그간의 안부를 교환했다.

"부모님은 안녕하시냐?"

"아버진 뇌졸증으로 삼 년 전에 쓰러져서 요양원에 계셔. 어머닌 치매에 걸려 내가 넉 달쯤 모시고 살다……"

부모를 모두 요양원에 보낸 딸의 변명을 덧붙인 뒤에 나는 화제를 돌렸다. 이미 보름 전에 전화를 넣어 '80년대를 배경으로 소설을 쓰려는데 도와달라'고 취재 요청을 했었다. 까마득한 과거를 나는 되살려야 한다. 33년 전 '서울의 봄'(1979년 10월 26일부터 1980년 5월 17일까지의 정치적 과도기. 유신체제의 터널을 빠져나와 민주화를 요구하는 시위가 벌어졌다)이 식탁 위에 올려져 어른거리는 깃발들, 민주주의 함성이 드높다.

"광우야. 너 그날, 서울역에 나갔었니?"

"그럼. 형들 따라서 학교에서부터 노량진 지나 한강 다리를 건너갔었지."

"그 먼 길을 걸어갔단 말이니?"

"그땐 다 걸었지. 젊었으니까, 힘든 줄 몰랐지. 저녁에 돌아올 때는 비가 내렸어. 그래서 버스를 탔던 것 같아. 그러나 갈 때는 왕창 몰려서 걸어갔어요."

동기동창이라 만만할 텐데, 그는 내게 존댓말을 섞어 쓴다. 중년에 접어들었는데도 유들유들해지지 않은 진지한 얼굴, 광우의 주름진 이마에 청춘의 빛이 잠깐 머물다 지나간다.

"나도 거기 있었니? 난 도통 기억이 안 나."

"애린이, 너는 못 본 것 같애. 내 옆에 남학생만 우글거렸지 여학생은 없었어. 여학생들은 다리가 약해, 아마 걸어가지 않고 차를 탔을 거야."

"가다가 뭐 생각나는 것 있니? 인상적인 장면이라던가."

"상도동쯤인가, B대학교 앞을 지날 때였어. 우리 S대생들은 다 따로따로 놀잖아. 게다가 우린 신입생들이니 더 엉망이었지. 대오랄 것도 없이 그냥 뿔뿔이 흩어졌다 모였다 걸어가는데, 교문을 나오는 B대 애들은 딱 교련복 입고 교기 들고 줄을 맞춰 행군하더라. 걔네들은 데모하러 가는데도 절도가 있더라구. 신기했지."

그냥 흘려듣기 아까운 내용이지만 간만에 만난 동창생에게 첨부터 마이크를 들이대기가 뭣해, 우선 음식을 입에 넣었다. 적당한 시간에 본격적인 질문을 하려는데, 내가 녹음기를 꺼내기 전에 그가 나를 똑바로 쳐다보며 말했다.

"우리 80(학번)에는 국회의원 하는 인간이 없어."

"정말이야? 흥미로운 사실이네."

그러고 보니 여야를 통틀어 80학번 국회의원이, 출신 대학을 불문하고 한 명도 없는 것 같다. 우연일까. 대학 1학년에 서울의 봄

을 경험하고 '5월 광주'가 불도장처럼 스무 살의 몸에 새겨진 세대
는 뭔가 다르지 않겠나. 영양이 풍부하며 맛깔스럽고 정갈한 접시
들을 비우며, 살아남은 기쁨을 누린다. 부자는 아니지만 그나 나나
오십이 넘어 우아한 오후를 즐길 약간의 여유가 생겼다.

카바이드가 첨가된 싸구려 막걸리에 시어터진 김치뿐이던 술상
에 어쩌다 두부부침이 올라가면 허겁지겁 달려들던 그 시절, 최고
의 안주는 감자탕이었다. 시뻘건 국물 속에 숨은 감자를 찾으려,
고기가 붙은 뼈다귀를 건지려 젓가락을 다투었지. 맥주만 마셔도
부르주아적이라고 손가락질했는데…… 나는 요즈음 기네스가 아
닌 맥주는 입에 대지도 않는다.

2013년, 대한민국을 움직이고 여론을 주도하는 사람들은 아직도
사오십대다. 군부독재를 무너뜨리고 역사를 바꾼 세대. 그들은 여
전히 팔팔하다. 젊은이들처럼 정열적이며 자기표현이 왕성하다.

80년대는 이미 지나갔다. 80년대를 어떻게 기억하는가가 그의
현재를 규정한다. 대학을 졸업하고 중소기업에 입사했다가 IMF를
맞아 회사가 망했다. 명상학원을 설립하고 어찌어찌 버텨온 이광
우, 계엄군의 장갑차가 깔아뭉갠 그의 꿈은 무엇이었을까. 그 시절
에는 우리끼리 하지 않았던 질문.

"넌 취미가 뭐였니? 대학 오면 뭘 하고 싶었어?"

새삼스럽게 취미는? 미팅 하냐? 허허 머뭇거리다 광우가 말했다.

"하고픈 게 많았지. 바이올린을 배우고 싶었어."

공부밖에 모르는 모범생인 줄 알았는데 뜻밖이다.

"그래? 바이올린은 왜?"

"뭔 이유가 있겠어. 그냥 폼 나잖아. 바이올린이든 피아노를 치든. 시골에서 부모들이 누가 그런 걸 시키나. 여자애도 아니고, 형제 많은 남자애한테 음악을 하게 하냐구."

서울에 올라가면 대학생 오케스트라를 조직하려던 소망을 접고 그의 스무 살은 어떻게 흘러갔나. 휴대용 녹음기의 버튼을 눌렀다. 서울역에서 몇 시쯤 돌아왔어?

저녁에 깜깜할 때, 학교로 왔어. 그냥 헤어지지 않고 중앙도서관에서 농성에 들어갔지. 밤을 새다시피 토론하고 그 다음날 유인물을 만들고 있었겠지. '서울역 회군' 다음날이 금요일인데, 학교에 대자보가 붙었어. 복학생들이 군부대의 이동상황과 17일에 전군주요지휘관회의가 예정돼 있다는 정보를 포착하고 쿠데타의 가능성을 지적했지. 그래서 뭔가 있을 것 같다고 선배들이 농성장에 들어와 유사시 우리의 행동 강령을 유포했어. 휴교령이 내려지면 영등포에서 가두시위를 하기로 결의했지. 나는 토요일 저녁에 고등학교 동창회가 있었어. 늦게까지 동창회에서 술을 먹고 돌아와서 자는데 새벽 네 시나 되었을까?

기숙사 다동 3층에 있었는데, 한 방을 네 명이 사용했지. 네 명 중 한 명은 3학년이나 4학년을 집어넣어 방장을 시키고 세 명이 신입생인거야. 사회대 1학년 애랑 자연대 다니는 애랑 나랑 세 명이서 한 방에 잤지. 방장이 공대 4학년 선배였는데, 그 양반은 감을 잡아서 그날 안 들어왔어요. 새벽 네 시, 세 시쯤 되었으려나? 룸메이트인 자연대 1학년 애가 나를 흔들어 깨우더라고.

왜 그러냐? 물었더니 "야, 너 놀라지 말고 들어라. 지금 공수부대 애들이 들어와서 기숙사를 완전 장악하고 각 층마다 두 명씩 배치가 되어있다. 우리 층에도 공수부대 애들이 와서 각목 들고 지키고 있다." 하더라고.

기숙사가 니은자 모양으로 굽어 있거든. 굽어 있는 가운데 부분에 계단이 있어요. 내려가려면 그 계단으로 내려가야 돼. 계단 건너편에 샤워실과 화장실이 있었어. 그런데 나는 술도 덜 깬 상태에서 내 눈으로 확인해야겠다고, 겁 대가리 없이 나갔지. 나갔더니 진짜 전투복 입고 완전무장한 두 명이 각목을 들고 서있더라고. 자세히 보니 각목이 아니라 생나무를 잘라서 그대로 칼로 다듬은 거야. 야구방망이보다 더 두꺼운 걸 딱! 들고 서있더라고. 나는 항의하러 가려고, 니들 여기서 뭐 하냐, 이러려고 술김에 객기 부린 거지. 그런데 나가보니 슬금슬금 겁이 나는 거야. 가다가 화장실로 쓱 들어가서 곰곰이 생각해봤지.

'다 자고 방에서 아무도 나오지 않는데, 여기서 나 혼자 대들어 봐야 개죽음 당하는 거다. 아침에 일어나면 기숙사에서 다들 가만있지는 않을 거다. 지금은 일단 들어가자.'

그래서 조용히 방으로 들어왔지. 그리고 아침에 좀 이른 시간이었던 것 같은데, 기숙사에 있는 사생들을 전부 끄집어내는 거야. 군대식이지 뭐. 선착순 하듯이 뛰어나오라는 거야. 정신을 쏙 빼놓고 생각할 겨를을 안 주는 게 걔들 주특기잖아. 천천히 가면 뒤에서 몽둥이를 휘두르고. 그래서 기숙사 잔디밭에 다 끌어모아 무릎 꿇게 하고 두들겨 패기 시작하는 거야. 우두머리인 듯한 고참

장교가 나와서 '어이 하사! 매 잘 패는 두 놈 데려와!' 하니까 진짜 두 놈이 왔어. 한 놈은 패고, 한 놈은 가면서 워커로 무릎 위를 콱 콱 밟는 거야. (무릎 위를 가리키며) 바로 여긴데, 무지 아팠어. 왜 거길 팼냐면- 여기는 까져서 피가 나도 밖에서 보이지 않잖아. 반 바지를 입어도 가려져서 모르잖아. 집에 가서 파스 붙이고 약도 발랐지. 한 달이 지나도 멍이 가시지 않더라. 나동 앞마당에서 무 조건 다 맞았어.

"이 새끼들 밤새 우리가 행군해왔다. 이 새끼들이 데모해? 다시 데모할 거야?"

처음엔 아무도 대답을 안 했어. 그랬더니

"다 일어서!" 앉아 있던 애들을 세우더니 묻는 거야.

"다시 데모할 거야?"

"아니요!"

그런데 한 사람이, 고학년인 것 같애. 다시 데모하겠다고 손을 들었어. 혼자 항거한 거지. 죽도록 맞았어. 여럿이 덤벼들어 발로 차고 개 패듯 팼어. 지들이 얼마나 무서운지 보여주려고 일종의 무력시위를 한 거지.

"우리는 너희를 다 죽여도 된다는 허락을 받고 왔다."

일장연설을 하더니 손 검사를 했어. 그 당시만 해도 등사기로 유인물을 수작업手作業 했으니, 등사잉크가 손에 묻었는지를 보는 거야. 이놈들이 기숙사에서 유인물을 찍었나? 몰래 작업한 애들을 색출하려는 거지. 잡혀 나오면 개 패듯 패고 완전히 심리적으로 제압을 했지. 우리는 1학년들이니까 속으로 '선배들이 나설 거다'

믿었는데, 그럴 겨를도 주지 않았지. 프로와 아마추어의 게임인 거지. 시스템으로 장악해버리니까 전혀 움직일 수가 없었어. 걔들은 그런 훈련을 많이 받았겠지. 손 검사가 끝나자 다시 들어가래. 방으로 들어가 짐을 챙기래.

전부 짐을 싸서 퇴소해, 기숙사를 다 나가라는 거야. 한꺼번에 내보내면 애들이 모여 뭉치니까, 절대 애들은 뭉치면 안 되는 거잖아 걔들한테는. 데모하지 못하게 쪼개서 한 명씩, 한 명씩 내보내는 거야. 학교 정문을 피해 후문쪽으로 내보내는데도 (우리가) 모여서 반격을 가할까봐, 간격을 두고 내보냈지. 쟤들이 충분히 갔다, 싶으면 다시 보내는 식으로. 기숙사를 비우는데 거의 반나절 걸렸을 거야. 나도 꽤 오래 걸려서 나갔어.

일단 기숙사에 있는 짐은 싸서 나왔는데, 휴교령 내렸으니 정문 앞에 모여 있을 것 같은데, 그 때 무슨 핸드폰이 있어? 교통편이 원활하기를 해. 후문에 도착해보니 몇 명이 안 가고 기다리고 있더라고. 어떻게 해야 하나, 정문에 한번 가봐야 하지 않느냐, 설왕설래했지. 이놈의 가방이 제일 문제인거야. 우린 1학년이니까 선배 자취방을 아는 곳도 없고 가방이 처치곤란인거야. 하여튼 이렇게 저렇게 정황을 보다가 차라리 집에 빨리 가서 짐을 놔두고 다시 서울로 올라오는 게 좋겠다고 의견이 모아졌지.

그래서 오후에 고속버스를 타고 내려간 거야. 버스 안에서 의분을 못 이겨, 옆에 앉은 친구랑 싸웠어. K대 한의대생이 나보다 선배라고 엄청 잘난 척 하며 싸가지 없는 소리를 계속 해대는 거야. 학생이 공부를 열심히 해야지, 하는 이야기 있잖아. 나는 신입생인데 열이 좀 받쳤지. 내려가는 동안 그 양반이랑 싸웠어. 휴교령이 내렸으니까, 고속버스 안에 학생들이 상당수 탔지.

광주터미널에 내렸는데 어떤 여학생이 나를 부르더라고. 자기는 이대 다니는 3학년 학생인데, 내 바로 뒷자리에 앉아서 왔다는 거야. 말도 안 되는 친구랑 씩씩하게 이야기하는 모습이 기특하다고 나한테 격려를 해주고 가더라고. 그렇잖아도 기분이 아침부터 더러웠는데, 길에 사람이 아무도 없고 차도 없어. 마침 택시 하나를 겨우 잡아서 탔지. 타자마자 택시 기사가 묻는 거야.

학생이냐?

학생이다.

지금 서울서 내려왔나?

예.

그럼 빨리 집으로 가라. 집이 어디냐. 데려다주겠다.

왜 그러냐.

여기는 학생들 다 잡아가고 난리가 났다.

기사 아저씨 말을 듣고 무슨 일인지 보자고 집으로 바로 갔지. 광주는 그날 저녁에 이미 불이 붙었고, 5월 18일부터 나는 집에 감금되다시피 했지. 우리 아버지는 공무원이라서 지방에 계셨고 큰형이 직업군인이에요. 육사 나왔어. 결혼해서 하필이면 광주 상무대에 있었어. 그러니 우리 어머니는 내가 시한폭탄인 거지. 다른 집과 상황이 다른 거야. 우리 집 위치가 광주 시내에서 송정리 쪽, 상무대 가는 바로 큰길 옆에 아파트였어. 광주에 처음 들어선 고

층아파트 10층이니까 훤히 내려다보였지. 이미 송정리로 가는 중앙도로에 타이어를 쌓아 불을 붙이고 바리케이드를 쳐서 총을 쏘고 난리가 난거야. 시민무장이 시작된 거지. 공무원인 아버지와 군인인 큰형의 입장을 고려해 어머니가 말리는데 차마 못 나가겠더라고. 2학년이라도 되면 좀 알고 나가겠는데 당시에는 어렸잖아. 저녁에 총알 날아다니고 헬기 떠서 밑으로 쏘는데, 바로 눈앞에서 시민들과 군인이 대치하는 그 가운데 우리 아파트가 있었다고. 어머니한테 짜증만 부렸지. 우리 어머니는 내가 베란다 밖도 못 내다보게 하셨지. 총알 날아올까봐. 나는 바깥이 궁금해서 답답해 죽겠는 거지.

하루는 큰형이 보낸 사람들이 아파트로 찾아왔어요. 여기는 위험하니까 자기들을 따라서 가족들이 모두 송정리로 이동해야 한다는 거야. 그때 둘째형은 미국 가고 없었고 동생하고 나랑 어머니랑 셋뿐인데, 아버지도 안 계시니 내가 가장 노릇을 해야 하잖아. 큰형 부대에 있는 군인들인 그 사람들을 따라서 상무대 사택으로 갔지. 관사에 군인 가족들을 전부 다 옮겨 왔더라고. 거기 며칠 있었어. 소위 무력진압을 하기 위해 작전이 떨어졌던 것 같아. 전투가 벌어질 거니까 군인 가족들을 일단 피신시킨 거지.

광주 사태가 다 끝나고 진압된 이후에나 집에 돌아왔어. 아버지는 내가 걱정이 되어, 저 팔팔한 놈이 그냥 놔두면 서울 올라가 사고 친다고. 그래서 아버지가 뭐라고 구실을 만들어 나를 광양의 작은아버지 댁에 내려 보냈어. 광양에서 사나흘 논에서 모내기 하다가 서울로 올라왔지. 막상 올라왔는데 할 게 없는 거야. 마땅히

있을 곳도 없어서 다시 또 내려가서 그 이후로는 뭐 전혀 운동이
랄 것도 없고, 그냥 고립무원으로 고등학교 친구들과 잘 놀았지.
그러다가 2학기가 되어 휴교령이 풀리고 서울로 올라왔지.

광주 사태에 대한 이야기는 나도 후일담으로 들은 거야. 그래도
나는 오월 광주에 있었지. 참여는 안 했어도 본 건 있거든. 고향 친
구들 이야기를 들은 거지. 고등학교 동창 중에 전남대 의대생들이
있는데 예과 2학년이 시체처리를 했대. 실제로 시민군이 되어 좀
뛰었던 애들. 직접 총을 들지는 않았더라도 시내 구석구석 돌면
서 이것저것 봤던 애들. 장갑차 위에 타봤던 애들. 자기 소원이 장
갑차 한번 타보는 거라 장갑차에 올라가 시내 한 바퀴를 돌았다는
소박한 녀석도 있어. 아주 치열하고 진지해야 하는 상황에서도 젊
음의 치기가 발동한 거지.

별의별 애들이 다 있어. 점령되기 직전까지 도청에 있었던 애들
도 있고. 내 친구의 여자 친구가 광주 시내 중심가에서 다방을 경
영했어. 주방장이랑 다방 건물 옥상에 올라갔는데 갑자기 뭐가 픽
날아오더니 주방장이 푹 쓰러졌대. 여자애가 충격이 얼마나 컸겠
어. 나만 보면 사람들이 광주 사태에 대해 묻는 거야. 그런데 광주
를 이야기 하는 게 그 당시엔 위험한 일이잖아. 그리고 짧은 시간
에 되는 게 아니란 말야. 당사자인 광주 사람들은 그 이야기를 꺼
내는 자체가 아픔인거야. 들려줘서 의미 있게 작동하면 좋겠지만
일말의 호기심으로 물어보면 굉장한 거부감이 있지.

녹음기의 전원을 껐다.

버스를 타고 A신문사로 간다. 수위에게 주민증을 맡기고 독자 정보실로 올라간다. 옛날 신문을 열람하고 싶은데 요즘은 뭐든지 컴퓨터에 저장되어 있다. 1980년 5월, 내가 보았던 대한민국.

10월 말경 전철이 개통될 예정입니다.
잠실 미성 아파트 1차 분양
5월3일, 19평 24평 32평 400세대 아파트의 모델하우스가 공개.

비상계엄이 전국으로 확대되고 정치활동이 일체 금지되고 대학에 휴교령休校令이 내린 날. 누군가 방이 세 개인 32평 아파트에 자신의 미래를 건다. 분양신청서, 청약저축, 컬러텔레비전, 백화점 바겐세일, 연 30%의 높은 이자를 보장하는 회사채, 한번 장만하면 평생을 쓰는 가구…… 신문광고에 돈 냄새, 시멘트 냄새, 나무 냄새가 진동했다. 강남에 아파트 바람이 불면서 가구업계와 은행이 호황을 누렸다. 전두환에게 정치자금을 바치느라 기업들은 고금리의 보증사채를 남발했다. 우체국에서도 보증수표를 발행한다는 기사가 5월 23일자 사회면에, 광주의 데모 사진 옆에 실렸다.

칼라TV시대의 주역, 삼성전자의 保證社債를 권합니다
회사채는 2년간 연30%의 이자를 보장합니다
당신의 재산을 가장 안전하게 늘려드립니다
포니쓰리도어와 오토매틱으로 보다 편리한 생활을 누리십시오

첼로황제 다시 서울에 오다
지난 4월 워싱턴 내셔널교향악단을 이끌고 내한하여 매우 개성적인 지휘로 한국의 음악애호가들을 즐겁게 했던 므스티슬라브 로스트로포비치가 5월 30일 JAL항공편으로 서울에 온다.

저수지에서 미역감던 국민학생들에게 공수부대원들이 총을 쏘던 날, 로스트로포비치에게 초청장을 보냈다. 브람스의 〈첼로소나타 제1번 E단조 No.38〉이 세종문화회관의 청중들을 황홀경으로 몰아넣을 것이다. 강약이 오묘하게 조화된 바흐의 〈아다지오〉가 지극한 슬픔을 위로해줄까? 그러나 첼로의 황제는 서울행 비행기를 타지 않았다. 광주학살에 대한 항의의 뜻으로 공연을 취소했다.

戒嚴軍, 光州 장악
17명 死亡 2백95명 보호 중
27일 새벽 계엄군이 광주시에 진입, 도청 도경을 비롯한 주요건물과 전시 가지를 완전 장악했다……

계엄사 발표가 실린 5월 28일자 신문을, 나는 보지 못했다. 아버지가 아침에 조간신문을 갖고 나가지 않았다면, 내 손에 광주가 쥐어졌으리라. 제목은 훑었지만, 나는 보지 못했다. 알지 못했다. 2학기가 끝나도록 나는 광주를, 전라남도의 수도로만 알았다.
　알지 못했기에, 나는 알고 싶다.
　신문 뒤에 숨은 독재자. 탱크와 장갑차 뒤에서 돈을 세며 웃는 남자. 서두르지 않고 권력의 계단을 하나씩 오른 정치군인. 정치9단인 JP와 YS와 DJ의 허를 찌른 마키아벨리. 골프를 좋아했고 쇼를 좋아했고, 무엇보다 '각하' 소리 듣기를 좋아했던 남자.

그의 가로와 세로가 궁금하다. 그의 키와 몸무게를 나는 모른다. 책과 신문기사들을 뒤진다. 내가 찾는 정보는 없다. 인터넷 검색에선 신장이 164센티미터~174센티미터로 의견이 엇갈리는데, 모두 멀리서 본 사람들의 억측일 뿐이다. 재산은커녕 자신의 키와 몸무게도 공개하지 않은 정치인이 국민들 위에 8년을 군림했다.

3장
강을 건너

모든 것이 가능해 보였으나 아무것도 이뤄지지 않았던 1980년 봄은 우리를 배반하며 계엄군의 탱크 바퀴에 깔렸다. 갑작스런 휴교령은 내게 금지되었던 많은 것들과 친해지는 계기를 제공했다. 광주가 피로 물들 때, 내 위는 끈적끈적한 카페인으로 물들었다.

어머니가 금지하는 커피와 친해지면 무슨 일이 일어날까. 한가한 아침에 주방의 수납장에서 엄마가 아끼는 찻잔과 맥심을 꺼내고 주전자에 물을 끓였다. 다방에서 친구들과 휘핑크림이 올라간 비엔나커피를 홀짝였을 뿐, 나는 내 손으로 커피를 만든 적이 없었다. 커피와 물을 섞는 적정 비율을 모른 게 화근이었다. 밥숟가락으로 검은 알갱이를 듬뿍 덜어서 뜨거운 물을 부었다. 프림과 설탕을 넣고 휘저은 뒤에 한 모금 혀에 대보니 달착지근한 맛이 괜찮았다. 어, 맛있네. 숭늉 마시듯 쑤욱 들이키자 심장이 뛰었다.

놀란 나는 다시는 집에서 커피를 타 마시지 않았다.

마당에서 아침체조를 하다 지라시를 발견했다. 잔디 위에 떨어진 작은 종이에 '살인마 전두환'이 어쩌고 하는 원색적인 문구들이 찍혔는데 인쇄상태가 나빠 뭔 말인지 아리송했다. '북한의 삐라인가?' 누가 볼까봐 얼른 휴지통에 버렸다.

즐길 것들이 널렸는데 세상사를 걱정하고 싶지 않아, 추리소설처럼 가벼운 읽을거리를 찾았다. 그즈음 한 권에 690원짜리 동서추리문고가 한국 독자들에게 인기였다. 검은 표지에 하얀 글씨의 '살인'이 낭자한 서가를 보면 애인을 만나듯 설레었다. 애거서 크리스티와 엘러리 퀸의 작품은 새로운 제목이 서점에 꽂히면 며칠 안에 사보았다. 하루에 한 권씩, 《애크로이드 살인사건》처럼 얇싹한 책은 몇 시간 만에 독파하고 심심해 쩔쩔매다, 밤에 시내의 서점으로 '활자 아편'을 맞으러 달려갔다.

아침에 버스를 타고 종로서적에 가서 추리소설을 가방에 넣고 오는 길에 적선동 시장에서 김밥과 파운드케이크를 샀다. 오리엔트특급살인, 예고살인, 나일 강에서 죽다……책 속의 죽음에 빠져, 광주의 죽음을 알지 못했다. 'Y의 비극'에 열광하면서 우리 집에서 삼백 킬로 떨어진 남도의 비극에 눈을 감았다.

쇼핑에서 돌아와 케이크의 포장을 뜯을 때처럼 행복한 적이 없었다. 과실과 견과류가 들어간 파운드케이크를 칼로 생선 자르듯 4등분해 접시에 담았다. 케이크 접시와 우유가 담긴 쟁반을 옆에 놓고, 추리소설을 들고 내 방에 앉아 문장요리에 몰두했다. 파운드케이크 한 판에 책 한 권, 검은 활자와 밀반죽을 동시에 먹어치웠다. 잘게 자른 빵조각을 천천히 씹으며 설탕처럼 입안에서 사르르 녹는 문장들을 삼켰다. 두 가지 일을 한번에 못하는 내가, 유일하게 해내는 이중 작업이 독서와 먹기다.

접시가 깨끗해질 무렵, 살인사건의 미스터리가 풀렸다. 달콤한 케이크와 애거서 크리스티만 있다면 무슨 일이 일어나든 완전히 불행하지 않을 것 같았다. 오후 세 시면 이미 배가 불렀지만 '밥 먹어라'는 엄마의 독촉에 저녁밥상에 앉았다. 휴교가 몇 달 더 계속되었다면 체중이 불어 뚱땡이가 되었을 게다. 식구들과 저녁을 뜨는데 거실의 벨이 울렸다.

"전화 받아. 인문대 남학생이래……"

'남학생'을 발음하며 끔찍한 재앙이 닥친 듯 엄마는 안절부절 어쩔 줄 몰라 했다. 남학생에 모두 긴장해 나를 쳐다보았다. 딸에게 미팅도 금지한 아버지는 '웬 놈이야!' 못마땅한 듯 혀를 차고, 막내 경린은 숟가락질을 멈추었다. 아버지의 눈치를 살피며 "바꿔 줄까 말까?" 송화기 구멍을 손으로 막고 속삭이는 엄마에게서 전화기를 낚아챘다. 우리 반 대표 현수였다. 어눌한 말투로 인사를 건넨 뒤에 현수가 용건을 꺼냈다.

"역사연구 세미나 같이 할래요? 한국근대사를……"

"난 그런 데 관심 없어요."

톡- 쏘며 상대의 말을 다 듣기도 전에 전화를 끊었다. 주제가 역사가 아니라 문학이었어도 내 반응은 똑같았으리라. 여학생이 나를 불러냈다면 세미나에 참석했을까. 나중에 현수에게서 전후 사정을 들었다. 선배들의 지시로 광주항쟁을 알리고 사회과학 공부팀을 조직하려 1학년들을 호출했단다.

프랑스문화원에서 영화를 감상하고 미스유니버스대회를 보며 6월이 지났다. 오월의 피비린내를 지우려 저들은 세계의 미녀들을 세종문화회관에 모아놓고 쇼를 벌였다. 스포트라이트를 받으며 카펫을 걷는 하이힐, 춤추는 젖가슴과 엉덩이들, 출렁거리는 36-24-36이 '5-18'의 신음을 파묻었다.

그녀들의 사이즈를 나의 그것과 비교하며 열등감에 사로잡혔다. 살빼기 작전에 돌입한 나는 파운드케이크를 자제했다. 〈바람과 함께 사라지다〉의 비비안 리처럼 가는 허리를 만들려 매일 줄자로 허리둘레를 쟀다. 드디어 23인치! 목표치에 도달할 즈음, 반가운 뉴스를 들었다. 전국 4년제 대학에 내려졌던 휴업령이 1백7일 만에 해제되었다. 1980년 9월1일 전두환이 제11대 대통령에 취임하고 대학의 문이 다시 열렸다.

몇 달 만에 캠퍼스의 풍경이 확 바뀌었다. 벽보와 플래카드가 자취를 감추고 '민주주의'가 제거된 시멘트벽에 집회와 시위를 금지하는 포고령이 나붙었다. 현수막이 걷힌 하늘엔 흰 구름만 떠다니고, 봄날의 드높던 함성은 들리지 않았다. 똑같은 조다쉬 청바지에 운동화를 신은 짭새(사복형사)들이 나무 밑에서 먹잇감을 찾아 눈을 번뜩였다.

귀에 수신기를 꽂은 짭새들이 새떼처럼 내려앉은 교정을 지나 우리는 강의실에 들어갔다. 교실엔 그 무엇으로도 억누를 수 없는 젊음의 활기가 넘쳤다. 유행하는 소매 넓은 블라우스에 짧은 조끼와 풍성한 치마, 통굽 샌들로 한껏 멋을 낸 여학생들. 신입생 티를 벗은 머슴애들이 가만히 앉아 있지 못하고 쿡쿡 찌르며 그간의 소식을 나누었다. 야, 너 머리 볶았네. 무슨 파마니? 방은 어떻게 구했어? 룸메이트가 누구니?

수업은 여전히 재미없었다. 수십 년 전의 강의 노트를 답습하는 백발의 원로교수들이 제일 끔찍했다. 수업시간에 남학생과 손이 조금만 스쳐도 나는 깜짝 놀랐다. 개강하고도 여학생끼리만 몰려다녔고 첫 미팅까지 나는 남자와 마주앉아 말도 한 번 제대로 못했다. 2학기 초에 서희가 미팅을 주선하지 않았다면, 남학생과 레스토랑에서 고기를 썰어보지도 못하고 2학년이 될 뻔했다.

여자들은 S여고를 졸업한 1학년, 남자들은 Y대학 2학년들이었다. 남자가 여자보다 나이가 많아야 짝이 나올 확률이 크다며 서희가 엄선한 킹카들이었다. 수업을 마치고 우리 공주들은 왕자님을 만나러 신촌으로 몰려나갔다. 레스토랑 로코코는 대학생의 그룹미팅에 적당한 장소였다. 생화가 꽂힌 꽃병, 탁자 위에 깜박거리는 촛불, 늘어진 식탁보가 스타킹을 신은 여자애들의 발등을 감질나게 보여주었다. 칸막이가 쳐진 룸에 남자들이 먼저 와 있었다.

젊은 남녀들이 빙 돌아가며 자기소개를 했다. 이름과 전공을 대며 삼십 분쯤 계속된 전체미팅 뒤에 남자들을 밖으로 내보냈다. 몽마르트의 마담처럼 능수능란한 서희의 지시로 여자들이 핸드백에서 소지품을 하나씩 꺼내 테이블에 올려놓았다. 손수건, 안경집, 열쇠, 필통…… 마땅한 물건이 없는 나는 수첩을 꺼냈다. 서희가 신호를 보내자 남자들이 다시 들어와 앉았다. 여자들의 소지품을 남자들이 하나씩 고른다. 어머나! 탄성이 일고 희비가 교차한다. 손수건을 집은 남자는 손수건의 임자인 여자애와 짝이 되는, 80년대식 짝짓기가 성황리에 진행되었다.

내 짝은 나처럼 숫기 없는 사내였다. 둘이 자리를 옮긴 뒤에 머쓱한 말투로 그가 내게 물었다.

"무슨 음악을 좋아하세요?"

뭐라 답할지 당혹스러웠다. 축음기가 없는 집에서 자란 나는 음악에는 문외한이었다. 그는 윤시내의 열애를 좋아한다고 했다. 그룹미팅에 참가했던 다섯 쌍이 일요일에 교외로 놀러가기로 했는데, 나는 야유회에 불참했다. 몇 달 지나 미팅 상대였던 남자로부터 만나자는 전갈을 받았다. 약속 장소인 독수리다방으로 가는 길. 꽝꽝 귀를 때리는 굉음을 견디기 괴로웠다. 리듬에 흔들려 내 창자가 뒤집혀질 뻔했다.

Choo choo train a chugging down the track
Gotta travel on, never comin' back woo~ woo~

〈One Way Ticket〉이 1980년 서울의 하늘을 점령했다. 디스코와 군부독재는 어울리는 조합이다. 신촌의 다방에서 마주앉은 청춘남녀의 서먹서먹함을 덜어주던 요란한 비트가 무자비한 살육을 덮어버렸다. 사람의 생각과 감각을 마비시키며 피비린내 나는 죽음을 가렸던, 디스코야말로 파쇼의 음악이었다.

"뭘 마시겠어요?"

묻는 신사를 쳐다보지도 않고 깍쟁이아가씨는 새침하니 메뉴판만 뒤적였다. 키스오브파이어 (Kiss of Fire)처럼 속에 뭐가 들었는지 알 수 없는 칵테일이 수두룩했다.

"술을 못하시면 스크루드라이버(Screwdriver)를 드세요."

"그게 뭔데요?"

"위스키에 오렌지쥬스를 섞어 달콤한 맛이 나요. 여자들이 좋아해요."

그는 마티니, 나는 스크루드라이버. 마티니 한 잔을 다 마시도록 그가 본론을 꺼내지 못하고 미적거리는 동안, 나는 내 앞의 유리잔을 느릿느릿 비웠다.

"아버지가 얼마 전에 돌아가셨어요."

졸지에 부친상을 당한 그를 나는 따뜻하게 보듬어 주지도, 매정하게 내치지도 못했다. 다방을 나와 아현동 쪽으로 함께 걸어갔다. 웨딩드레스 상점들이 몰려있는 육교 밑에서 그가 걸음을 멈추더니 홱, 나를 향해 돌아섰다. 더는 못 참겠다는 듯이, 떨리는 목소리로 그가 말했다.

"저와 결혼해주시겠어요?"

결혼이라니. 스무 살의 내 사전에는 없는 단어였다. 부담스러웠다. 나는 아비를 잃고 상심한 아들이 기댈 전봇대 같은 여자가 못 된다. 두 번의 데이트를 합쳐 단둘이 보낸 시간이 반나절도 안 되는 우리는 손도 잡지 않았다. 그런데 청혼이라니. 여자의 수치심을 넘어 모욕감조차 들었다. 완곡하게 내 입장을 전달했다. 그는 나의 뜻을 존중했고 다시는 내게 연락하지 않았다. 나의 공식적인 첫 남자는 '무슨 음악을 좋아하세요'와 스크루드라이버의 쌉싸름한 맛을 남기고 이름도 얼굴도 없이 무대 뒤편으로 사라졌다. 먼 훗날 서울의 어느 육교 밑에서 마주치더라도 우리는 서로 알아보지 못하리.

12월 11일 11시 55분. 새침한 반코트가 도서관을 지나 학생회관 쪽으로 걸어간다. 허리에 벨트를 맨 빨간 모직코트는 우중충한 캠퍼스에서 불꽃처럼 도드라졌다. 보통 이맘때면 도서관 입구에서 남자애들이 한가로이 담배를 태우며 지나가는 여학생들을 감상하는데, 애들이 왜 날 보지 않지?

분위기가 이상했다. 학생회관 앞에 학생들이 몰려있는데 갑자기 무슨 소리가 들렸다. 사람들의 시선이 학생회관 3층의 창가에 꽂힌다. 머리에 검은 띠를 두른 남자가 확성기를 들고 '민주 학우여!'를 외친다. 수위들과 사복형사들이 후다닥 계단을 뛰어 올라간다. 베란다 난간에 서있는 그에게 여럿이 달려들어 곤봉과 주먹으로 끌어내린다.

어디선가 또 웅성거림이 들린다.

학생식당 옆의 장미넝쿨 받침대에 올라간 남자가 '전두환 타도'를 외치고 유인물을 뿌렸다. 눈처럼 날리는 전단을 잡으려 뛰는 다리들. 나도 뛰어가 손을 내밀었다. 하늘에서 내려온 종잇조각에는 필기체의 글씨들이 빽빽했다.

내 가슴에 폭풍이 몰아쳤던 정오로부터 삼십삼 년이 지나, 그날의 문건을 인터넷에서 다운받았다. 여전히 요령부득, 온전히 독해

되지 않는 반파쇼 학우투쟁선언.

> 반민족 파쇼 지배집단의 물리적 탄압과 파시스트 제도언론의 조직적인 선전 음모에 의해 민중의 삶은 압살당하고 있다. 한국의 정치사는 국내 매판 독점자본, 매판 관료집단, 매판 군부 이 세 개의 매판 집단의 역학관계의 변천사에 불과하다…… 살인마 전두환에 맞서서 이 땅의 민주주의와 통일을 위해 몸 바친 2000여 광주의 넋 앞에 이 글을 바친다.

복사 상태가 좋지 않아 중간중간 지워진 글자들은 상상력으로 메웠다. 쇠와 살이 부딪치던 청동시대의 유물들, 숨가쁘게 이어진 문장들을 읽으며 무엇이 나를 움직였는지 추적해본다.

선언문이 아니라, 눈빛이었다. 거부하는 몸짓이었다. 태극기를 몸에 두르고 끌려가는 그의 간절한 눈빛에 나는 감전되었다. 손과 발이 붙들려 질질 끌려가면서도 그는 외쳤다. 반파쇼투쟁에 민주학우여! 모두 참여하라! 긴박한 장면에서 나는 눈을 떼지 못했다. 안타까이 지켜보며 분노를 삼킨 순간, 내가 누구 편인지 분명해졌다. 구호를 따라하지는 않았지만, 마음속으로 나는 그를 응원했다.

당신이 옳아.

저들이 나빠.

내 인생을 바꾼 십 분이었다. 아고라광장에 수천이 모였던 4월의 집회가 한바탕 놀이였다면, 소수의 인원만 가담해 십 분 만에 끝난 12월의 시위는 전쟁이었다. 어느 한쪽이 항복하기 전에는 끝나지 않을 싸움. 군부독재 타도를 외치다 끌려가는 학생들을 목격하고, 나는 선택해야 했다. 그들과 같은 공기를 호흡하는 나는, 교문 앞에 진을 친 전투경찰 부대를 지나쳐 등교하는 나는 누구의 편인지.

주동자들이 잡혀가고 사람들이 흩어졌다. 시위 현장에서 나처럼 화려하게 차려입은 여학생은 없었다. 빨강은커녕 분홍 비스름한 색도 어른거리지 않았다. 상황 파악을 못하고 아무것도 모른 채 이대 앞의 양장점을 들락거렸던 내가 부끄러웠다. 부끄러워 쥐구멍에라도 들어가 당장 외투를 벗고 싶었다. 내 몸을 감싼 부드러운 털이 가시처럼 나를 찔렀다.

집에 들어와 내 방문을 잠그고 붉은 색을 살해했다. 비싼 돈을 주고 맞춘 하프코트를 내 손으로 뜯어 찢었다. 가위가 말을 듣지 않아, 느린 가위가 질긴 옷감을 자르지 못해 손으로 실밥을 뜯어 북북, 해체해버렸다. 빨간 반코트를 찢은 뒤, 나는 옷이든 구두든 붉은 물감을 내 몸에 걸치지 않았다.

그해 겨울이 가기 전에 나는 고전문화연구회의 문을 두드렸다. 내가 1학기 초에 들어갔다 사회과학뿐인 커리큘럼에 실망해 탈퇴한 오픈 서클(대학에 등록된 본부 서클)이었다. 지하로 숨은 언더의 학회와 달리, 오픈 서클은 아무나 들어갈 수 있었다. 80년대에 대학가의 집회와 시위를 주도한 것은 '언더' 학회들이었다. 언제 데모를 칠지, 누구를 학생회장으로 추대할지, 서로 다른 학회의 같은 학번들끼리('서울의 봄'은 4학년 '77학번 언더'가 주도했다) 긴밀한 논의를 거쳤다. 이념 서적을 탐독하는 학회들은 커리큘럼을 공유했다. 오픈은 언더보다 느슨하고 세미나 교재도 한 단계 수준이 낮았다. 당국의 검열 때문에 원전은 출판되지 못해, 일본에서 들여온 이와나미岩波의 문고판 사상서들이 인기였다. 《자본주의 발전연구》《제3세계 종속이론》《러시아혁명사》를 복사해 돌려 보았다.

1980년대 전반기까지는 오픈이 언더의 지도를 받아들이지 않더라도, 언더가 오픈을 지도하려는 경향이 강했다. S대에서 회원이 가장 많은 본부 서클인 고전문화연구회를 자신의 영향권 아래 두려고 '언더'에서 요원을 심어놓았는데, 세미나에 잘 나오지 않으면서 회의에서 강경한 발언을 하는 애들을 우리는 '프락치'라며 경계했다.

'서울의 봄'이 좌절된 책임을 둘러싸고 학생운동권 내부에서 이른바 '학림'과 '무림'의 노선투쟁이 벌어졌다. 무림파는 현재 대중운동 역량이 부족하니 군부독재와 직접적이며 소모적인 투쟁을 자제하고 노동현장에 투신하자는 '현장론'이 대세였다. 무림의 준비론에 반발해 학림파는 군부독재와 전면적이며 선도적인 투쟁을 주장했다. (조직원들이 학림다방에서 모였다고 '학림', 안개 속의 조직이라며 공안당국이 '무림霧林'이라 명명했다 한다)

S대 총학생회는 무림이 장악하고 있었다. 5·18 광주항쟁 이후 위축된 민주화운동에 활력을 불어넣기 위해 소수파인 학림은 무림의 지도부에 거듭 투쟁을 요구했으나 거절당했다. 무림과의 연대를 포기한 학림은 S대에서 신군부의 권력찬탈일인 12·12 쿠데타 1주년 시위를 계획했다. 이 첩보를 입수한 무림 측은 시위를 막는 것이 불가능하다고 판단해, 12월 12일의 학림시위 하루 전인

11일에 〈반파쇼 학우투쟁선언〉을 뿌렸다. 학생운동의 주도권을 뺏기지 않기 위한 무림의 무리수는 조직원들이 구속, 강제 징집되며 결국 무림의 와해로 끝났다. 이후 학생운동의 주도권은 학림 쪽으로 옮겨갔다. 12월 11일 내가 가담한, 가담했다기보다 구경한 최초의 불법시위는 무림의 '데모를 하지 말자'는 데모였다.

학생회관 3층 계단을 올라가 〈고전문화연구회〉 팻말 앞에 선 나는 아직 무림이 무엇인지, 학회가 무엇인지 모르는 멋쟁이 여학생이다. 서클룸의 문을 열자 직사각의 커다란 탁자 주위에 남자들이 어른거렸다. 뻘쭘하게 서있는 나를 현애가 3학년 대표인 정환에게 소개했다.

"E. H. 카의 《역사란 무엇인가》 읽었니?"

"아니요."

"그럼 《우상과 이성》은 봤니?"

"아니요."

"일어는 할 줄 아니?"

"못해요."

아니요, 못해요 밖에 모르는 여자애. 정장구두를 신고 맹하게 서있는 나를 앞에 두고 정환 선배가 곤욕을 치렀다. 곧 2학년에 올라가지만 기본공부가 되어있지 않은 나를 1학년 세미나에 넣을지, 2학년에 넣을지 망설이더니 그는 나를 80학번 모임에 합류시켰다. 1학년부터 서클 활동에 열심이었던 현애가 내게 러시아혁명사 교재를 설명해주고 강독회가 열리는 시간과 장소를 알려주었다.

전주가 고향인 현애는 말투가 딱딱하고 물에 물을 탄 듯 맹숭맹숭, 사람이 재미가 없어 '맹물'이라는 별명이 붙었다. 80학번 철학과 여학생인 맹물과 나는 2학년부터 실과 바늘처럼 붙어 다녔다. 사학과사무실과 철학과사무실이 5동의 3층에 나란히 붙어있어, 수업이 끝나면 현애를 불러내 같이 학생회관의 서클룸으로 가며 단짝이 되었다.

상도동의 자취방. 바닥에 둘러앉아 2단계 혁명론을 공부하는 대학생들. 남자 여섯과 여자 셋의 무릎 위에 일본어로 인쇄된 20여 쪽의 복사물이 놓였다. 못하는 일어를 들키지 않으려 뒤로 물러나, 밀린 진도를 따라잡느라 안간힘을 쓰는 나. 발제에 귀를 기울이지만 절반도 알아듣지 못했다.

디알(DR; Democratic Revolution), 엔디알(NDR; National Democratic Revolution)의 차이가 뭐지? 발제자인 재규의 입술에 떡처럼 달라붙은 개념어들이 내겐 어려웠다. 내가 웬만큼 노력해서는 그네들을 따라잡지 못했다. 하루가 다르게 새로운 이념서적과 이론이 쏟아지던 80년대에, 선배들과 술을 마시면서 배우는 운동권에서 1년의 차이는 엄청났다. 세미나와 수련회에 참석하고 유행하는 사회과학서들을 찾아 읽어도, 친구와 이야기를 나누다 내가 들어보지 못한 단어가 나와 당황스러웠다.

토론에 끼어들지 못하고 공책에 적기만 하는 내가 딱했는지, 80학번의 이빨인 재규가 나를 밖으로 불러냈다. 사투(사상투쟁)의 핵심용어들이 적힌 작은 종이를 보여주며 재규가 내게 '썰'(設)을 풀었다.

"스트(ST) 수준을 높여 엘엠(LM)과 에스엠(SM)이 연대해야 해. 아메는 다이쬬(大中)가 아니라 와이에스(YS)를 선택할 거야."

무슨 말인지 알겠는가. 다이쬬는 (김)대중의 일본식 발음이고 아메는 아메리카. ST는 struggle, LM은 Labor Movement(노동운동), SM은 Student Movement(학생운동)을 지칭했다. 보통사람들이 사용하는 언어로 옮겨보겠다.

"투쟁의 수준을 높여 노동운동과 학생운동이 연대해야 해. 미국은 김대중이 아니라 김영삼을 선택할 거야."

보안상의 요구에 의해 탄생한 약어들이 해가 거듭될수록 남용되었다. 저들이 들으면 위험한 내용만 '우리'말로 바꾸다, 좀 길다 싶으면 죄다 간단한 약칭으로 대치되었다. 핵심보다 주변부에서, 출신성분에 대한 열등감이 높을수록, 여학생보다 남학생들에게서 언어파괴가 심했다.

전두환 정권이 더 버티었다면, 국민들 간의 원만한 소통을 위해 전문통역사가 필요했으리라. 무슨 뜻인지 몰라도 앞뒤 문맥으로 때려잡을 수 있으면 다행이었다. 내가 모른다는 사실을 상대가 모르게 해야 한다. 나의 무지가 드러나면 그는 나의 수준을 의심해 중요한 일에 끼어주지 않을 것이었다. 파마머리를 나풀거리며 벙어리처럼 말없이 왔다 갔다 치맛바람만 일으키는 여자애가 왜 여길 들어왔을까. 어서 나가주었으면…… 세미나 시간이 변경되었는데도 그들이 내게 알리지 않았듯이, 불이익을 당할 게 뻔했다.

약속 변경을 알렸는데도 내가 '개발새발'을 들춰보지 않아 몰랐을 수도 있다. 개발새발은 휴대전화가 없던 시절에 우리의 알림장이었다. '아무개야 어디로 몇 시에 와라' '캐비닛 세 번째 칸에서 책 찾아가라' 손글씨로 채워진 공책이 서클룸의 책상을 돌아다녔다. 간단한 메시지만 아니라 때로 길게 시대의 고뇌도 털어놓았다. 역사, 현실, 사회, 지식인의 의무…… 개발새발에 단골로 등장했던 단어들이다.

"너는 패밀리가 어디니? 나는 아카야."

은근히 '아카'를 강조하는 여자 친구를 멀뚱멀뚱 쳐다보며 나의 무지를 감추었다. 패밀리(family)가 언더의 집안, 학회를 뜻함은 짐작했지만 아카는 뭐야? 아카시아도 아니고. 4학년에 올라가서야 수수께끼가 풀렸다. 아카는 '흥사단 아카데미'였다. 내게 '아카'를 자랑한 그녀는 '대립물의 통일'이나 '본질과 현상'같은 어려운 문자를 동원하지 않고는 대화를 잇지 못했다.

혈통 좋은 집안의 언더 출신은 공개 서클에 대해 우월감을 가졌고, 논리전개가 뛰어난 애들은 그렇지 못한 친구들을 얕잡아 보았다. 남들보다 일 년 늦은데다 말이 서툰 나는 고전문화연구회의 이방인, 조직문화에 적응하지 못하는 아웃사이더였다. 어려서 말을 더듬어 성인이 되어서도 말이 두서가 없었다. 여럿이 모이는 자리에 가면 흥분해 실수를 남발했다. 대학을 졸업한 뒤에도 운동권 주변을 맴돌며 나는 태생의 콤플렉스를 극복하지 못했다. 말을 못해 '백치미인'이라 불리던 내가 작가가 되다니, 글쓰기의 숙명을 나는 받아들인다.

정원이 열세 명인 사학과에서 2학년 여학생은 나 혼자였다. 계열별 모집이라 1학년 2학기를 마치고 학과를 선택했고, 과에 들어온 2학년들을 진입생이라 불렀다. 교수들도 함께한 진입생 환영회에서 왜 역사학을 선택했는지, 자신을 소개하는 시간이 있었다. 내 차례가 되어 쭈뼛거리며 일어난 나는 "이 세계에서 무슨 일이 벌어지는지, 신문기사들이 사실인지 알고 싶어 사학과에 왔습니다." 라고 당당하게 내 생각을 토로했다. 과연 서클 물을 먹은 약발이 대단했다. 진입생환영회에서 로라 언니가 내게 《지식인을 위한 변명》을 선물했다.

'다른 사람들과 함께 해방되지 않고는 스스로도 해방될 수 없다'

사르트르의 문장이 나를 붙잡아 꼼짝할 수가 없었다. '자유인으로 살겠다'가 내 모토였는데, 다른 사람과 함께 해방되지 않으면 나도 자유롭지 않다니. 이제 더 도망갈 데가 없구나. 체념하고 선배가 이끄는 길을 따라갔다.

전경(戰警)이 상주하는 살벌한 교정에도 봄은 왔다. 라일락 향기가 흐드러지면, 두근두근 어질어질 마음을 어디 두지 못했지. 4월에 이미 우리는 5월의 냄새를 맡았다.

나는 술을 마시고 있었다. 학생들이 '강 건너'라 부르던, 바위산 유원지 입구에 엉성하게 터를 잡은 야외주막에서였다. 강 건너는 교내 술집이나 다름없었다. 교문을 나설 필요 없이 학교와 유원지의 경계를 따라 흐르는 개울을 건너면, 술상이 차려진 마루가 보였다. 우리가 강 건너에 간다는 말을 듣고 나는 웃음을 터뜨렸다.

"뭐라고? 다시 말해봐. 무슨 이름이 그래?"

화사한 봄기운에 실려 선배들을 따라나선 길이었다. 피가 솟구치고 뼈마디가 들쑤시는 봄날 오후였다. 병든 강아지도 미처 날뛰는 자연의 섭리를 누가 막으랴. 겨우내 움츠리든 나무들이 푸릇푸릇 새잎을 틔우고, 막 피어나는 인간 여자의 몸에서 일어나는 호르몬의 변화를 나는 거역할 수 없었다. 대기에 충만한 봄을 만끽하며 나는 '그들과 함께'이고 싶었다. 그들은 3학년 남자 선배 정환, 늙다리 아저씨 같은 4학년 회장, 푸짐한 몸집으로 허허실실 웃는 80학번 '비곗덩어리' 그리고 잘생긴 1학년 남학생이었다. 하교하는 무리들에 섞여 서로를 잃어버리지 않게 앞뒤 간격을 유지하며 손목시계를 보았다. 저녁 여섯 시인데도 햇살이 눈부셔 손바닥으로 해를 가렸다.

굽 없는 운동화와 비둘기색 스타킹. 시대의 우울을 모르던 새하얀 운동화를 다시 신을 수 있다면…… 얼룩이나 긁힌 자국 없는 신발을 흐뭇해하던 봄날 저녁은 거기서 끝난다. 담배연기가 떠다니는 술집에서 어두운 진실이 우리를 기다리고 있었으니.

파쇼, 광주, 투쟁처럼 무시무시한 말들이 허름한 탁자를 오갔고 나는 묵묵히 그들이 주는 술을 받아 마셨다. 쓴 맛이 싫어 고개를 내젓던 민속주가 청량음료처럼 달달했다. 전에는 껄끄럽던 단어들이 술술 가슴으로 흘러들어갔다. 카랑카랑한 정환의 목소리가 오월의 진상을 고발하며 가늘게 떨렸다. 저 쪽에서 산을 내려오는 등산객들이 보이자 4학년 회장이 주의를 주었다.

"누가 들을라. 목소리 낮춰라"

1학년생까지도 의미심장하게 고개를 끄떡이는 중대한 사태를 내가 몰랐다니. 자괴감이 나를 때렸다. 그가 다치고 그녀가 피 흘릴 때, 너는 어디에 있었니?

너는 어디에 있었니?

이 지극히 단순한 질문에 대답하기 힘들던 시대가 한국의 1980년 대였다. 한국의 지식인들에게 공통된 원죄는 '나는 거기에 없었다' 였다. 대학 근처에 있던 누구도 시대로부터 자유롭지 않았다.

너는 5월 내내 추리소설의 늪에 빠져 있었지. 애거서 크리스티와 파운드케이크를 포식한 뒤에 백화점에서 가죽가방을 샀지. 연한 밤색 천연소가죽에 가운데 지퍼가 달렸고 밖으로 주머니가 있어 버스표를 휴대하기 편리했지. 입학식에 들었던 핸드백은 책이 들어가지 않아 불편했잖아. 네가 학교든 어디든 외출할 때마다 들고 다니던 물건인데 설마 모른다고 하진 않겠지? 조금 전까지 네 어깨에 들려 있다 술상 밑으로 치워진 가방이야. 세일 기간이어서 정가보다 싸게 샀다며 좋아했잖아.

그래. 그날이 틀림없어.

롯데백화점을 나와 버스를 탔는데 교통정체가 심해 승객들이 수군거렸지. 명동에서 종로까지 삼십 분도 더 걸렸어. 지하도 입구마다 경찰이 행인들을 검문했지. 너는 버스에 앉아 왜 길이 막히냐고 짜증을 터뜨렸지. 바로 옆에서, 이백 미터도 떨어지지 않은 광장에 학생들이 모인 것도 모르고. '서울역 회군'이라 역사에 기록될 시위도 모르고, 다음 날 아침 신문의 하단이 검열로 비워진 까닭도 모르고. 곧 학교의 문이 닫히고 봄이 끝나고, 그리고 남도에서 벌어질 유혈사태도 모르고…… 먹고 입고 노닥거렸지.

부끄러움의 벼랑에 몰려 나는 술잔을 부여잡았다. 막걸리 두 사발과 소주 한 잔을 들이켰을 뿐인데 나른했다. 더 마시기가 겁나 벌떡 일어났다.

"저, 아르바이트 가야해요."

더 있다 가라는 선배의 손을 뿌리치고 교문을 향해 걸어갔다. 걸음을 옮길 때마다 땅이 솟아올랐다. 가만히 서있던 나무들이 움직이기 시작했다. 햇빛을 받아 보석처럼 반짝이는 연하고 진한 초록 잎들이, 그림자들이 서로 겹쳐졌다. 해롱대는 이파리들이 아무런 주저 없이 반짝, 순간에 몸을 뒤집었다. 벌겋게 달아오른 얼굴 위로 바람이 지나가며 머리카락이 춤추듯 나부꼈다. 가로수들이 나를 에워싸더니 비틀거리는 나를 남겨두고 요란하게 물결치며 시야에서 사라졌다. 멀어지는 녹색의 가지 끝에는 축 늘어진 십대의 마지막이 걸려있었다. 1981년 4월의 어느 날, 내 속에서 반란이 시작되었다.

강 건너에서 나는 취했고 휘청거렸고 다시는 돌아오지 않을 다리를 건넜다. 나는 달라질 것이다. 회색의 아스팔트가 솟아올라 푸른 하늘과 맞닿는 기적을 목격한 그날, 나는 무언가를 위해 기꺼이 나를 버렸다. 그것이 무엇인지도 모른 채.

내가 버린 것은 '계집애가 밤늦게 다니면 안 된다. 데모대에 얼씬도 마. 남학생들과 쓸데없이 어울리지 마라.' '안 된다'로 일관된 부모의 엄포였다. 명문대학 다니는 딸을 자랑스러워하던 아버지,

열 아들 부럽지 않은 딸이라는 어머니의 자긍심을 나는 짓밟을 것이다. 수업을 마치면 곧장 집으로 오던 얌전이가 칼같은 귀가시간을 어기고 남학생들과 취하도록 술을 마셨다니. 대문을 열어주며 엄마는 나를 야단쳤다.

지금이 몇 신데 이제 들어와. 너, 술 먹었니?

응—

아무렇지도 않게 대꾸하며 야릇한 미소를 지어 나는 엄마를 더욱 놀라게 했다. '너는 어디에 있었니?'를 되뇌며 돌아온 밤, 나의 잠자리는 편하지 않았다. 내 방의 슈퍼 싱글침대는 평정을 잃고 삐걱거렸다. 사르트르의 《지식인을 위한 변명》도 태극기로 덮인 몸도 '찢어진 너의 젖가슴'처럼 내 속을 후벼 파지는 않았다.

그날 이후 나의 저녁귀가가 늦어졌고, 술집에서 보내는 시간이 늘어났고 막걸리를 마신 뒤끝과 소주를 마신 뒤끝의 차이를 알게 되었다. 술맛을 안 뒤에 겁이 없어져 남학생들과 수련회에 가고 아버지의 권위에 도전하는 나쁜 딸이 되었다.

5·18 1주기를 맞이해 격렬한 시위가 벌어졌다. 시위대를 따라다니다 지쳐 과사무실에서 쉬고 있는데 누군가 뛰어들어왔다.

"도서관에서 사람이 떨어졌어."

모두 뛰쳐나갔고 경찰이 최루탄 폭탄을 퍼부었다. '전두환 물러가라' 외치며 도서관 5층에서 떨어진 그는 시험공부에 매진하던 학구파. 과격한 운동권과는 거리가 먼 모범생이었다. 그의 죽음은 우리가 하는 일이 장난이 아니며, 목숨이 걸린 '큰일'임을 내게 확인시켰다. 엄한 현실을 인식하고 내가 당장 투쟁가가 된 건 아니다. 내 옷차림은 전보다 수수해졌으나 운동권 여학생의 평균 수준에는 못 미쳤다. '국풍81'을 깬다고 여의도에 집결할 때도 나는 바지를 입지 않았다. 내가 끝끝내 치마를 고집한 이유의 하나는 맞는 바지가 없어서였다. 시중에 파는 여자 바지는 껑충하니 짧았다.

1981년 5월 28일부터 6월 1일까지 천만 관객을 동원한 '국풍81'은 광주학살을 지우려는 정권의 관제 축제였다. KBS가 주관한 전국대학생 민속국악 큰잔치 포스터가 시내에 나붙고, 전통예술제 가요제 연극 씨름대회 팔도명물 먹거리 장까지 열려 엄청난 구경거리를 제공했다. 광주의 피가 마르기도 전에 놀자판을 벌이는 저들의 불순한 잔치를 망가뜨리는 게 우리의 목표였다. 교내 시위를 마치고 서클룸에 모여 남녀 짝짓기를 했다. 검문을 당하지 않으려면 커플이 유리하다나.

"스크럼을 짜려면 높이가 비슷해야 돼."

현수가 우기는 바람에 제일 키 큰 남녀가 짝이 되었다. 능글능글한 껑다리 현수와 저녁까지 붙어 다니며, 내가 맞네 니가 틀리네 시답지 않은 일로 삐지고 다투었다. 축제를 즐기려는 사람들. 축제를 방해하려는 젊은이들. 그리고 헬멧과 곤봉으로 무장한 전투경찰들. 팔도에서 올라온 음식들과 쓰레기봉투가 뒤엉킨 여의도는 난장판이었다. 우리는 모였다 흩어졌다를 반복하며 행사장을 휘젓고 다녔다. 난생처음 남학생들과 어깨 걸고 뛰며 구호를 외쳤다.

"국풍 반대!"

"독재 타도!"

첨엔 입도 벙긋 못했는데, 따라 외치니 익숙해졌다.

"어이, 여기 좀 서 있거라. 운동화 끈이 풀렸어."

현수가 나를 아스팔트에 세워 놓고 운동화 끈을 고쳐 맸다. 무릎을 구부린 자세로 내 치마 속을 염탐하려는 녀석의 꼼수를 눈치채고 뒤로 물러났다. 정말, 사내들이란, 못 말려. 기회만 생기면 호시탐탐…… 여의도에서 도망치다 넘어졌다. 치맛자락이 뒤집히며 발목을 삔 뒤에 나는 청바지를 입었다. 내가 운동권 여학생의 유니폼인 헐렁한 바지에 적응한 건 여름이 지나서였다.

"학교 다닐 때 너는 완벽한 마네킹이었어."

경혜의 말을 일기장에 옮길 때만 해도 기분이 나쁘지 않았다. 어쨌든 '완벽한' 무엇이었다니까. 완벽하면 뭐든 용서되지 않을까? 내가 쇼윈도의 마네킹처럼 날씬하고 옷을 잘 입었다는 칭찬으로 들었지만, 께름칙한 앙금이 남아 공주의 자존심을 건드렸다. "너는 완벽한 마네킹이었어"를 지금 나는 "너는 허울뿐인 육체였어"라고 번역한다. 학점이라도 좋았다면 내 머리를 조금 인정받았을 텐데. 나는 학점에 관심이 없었다. C+ 천지인 성적표를 받고도 나는 개의치 않았다. 세미나와 술자리와 집회에 참가하느라 운동권 학생은 특별히 머리가 좋거나 성실한(영악한?) 경우를 제외하고 성적이 나빴다. 성적관리를 잘하는 애들은 '소시민적이다' '이중적'이라고 매도당했다.

여름농활(농촌봉사활동)을 앞두고 학생식당에서 점심을 먹는데 3학년 배정환 선배가 내 머리칼에 시비를 걸었다.

"애린아, 너 머리 당장 잘라."

"왜요?" 영문을 몰라 눈을 깜박거렸다.

나의 도회적인 외모가 농민들에게 위화감을 준다. 농활 가려면 긴 파마머리를 자르라는 남자선배의 요구에 나는 반발했다. 나는 무른 두부처럼 여리지만 누가 날 누르면, 내 자유를 침해당하면 용수철처럼 튀어오른다.

절대 못 잘라. 얼마나 힘들게 기른 머리인데.

완강히 버티던 나는 기차를 타기 전날까지 갈까? 말까? 거울을 보다 해결책을 찾았다. 치렁치렁한 웨이브를 고무줄로 묶으니 단정해 보였다.

남녘의 들판으로 달리는 기차 안. 열흘치의 식량을 담은 가방을 선반에 올려놓고 우리는 재잘거렸다. 앉을 자리가 모자라 남자애들은 대강 서 있었다.

"야- 너 애 별명이 뭔지 알아? 비곗덩어리야."

"모파상의 단편소설 제목이잖아."

친구들이 놀려도 돼지비계처럼 희고 살집이 두둑한 비곗덩어리는 흐흐 웃으며 기분 나빠하지 않았다.

"애린아, 너는 오늘부터 '롱펠로(Long fellow)'야."

키가 크다고 누군가 붙여준 별명에 나는 이의를 제기하지 않았다. 비곗덩어리만큼 재미있지는 않지만, 시인이 백치미인보다 백배 맘에 들었다.

"동산에 아침햇살 구름 뚫고 솟아와……"

'내 땅에 내가 간다!'로 힘차게 마무리하는 〈천릿길〉을 열 번은 불렀을 게다. 학교종이 땡땡땡- 손뼉 치며 동요도 불렀다. 농촌 현실과 동떨어진 유행가는 삼갔다. 끝말잇기, 묵찌빠, 종이학을 날리며 젊음을 발산했다. 놀러가는 게 아니라 일하러 가는 길이지만, 김제에 도착하기까지 네 시간이 대학 시절 가장 즐거운 때가 아니었나. 아침부터 밤까지 일하고 토론하는 강행군의 시작은 더없이 발랄했다.

주민 대부분이 천주교 신자인 마을이었다. 이장에게 서울의 어느 성당 청년회라 속이고 (신부님만 우리의 정체를 알았다) 스무명의 젊은이들이 성당에 딸린 건물에서 8박 9일 먹고 잤다. 여학생들은 따로 떨어진 별채에 짐을 풀었다. 아침에 제일 먼저 일어나 방방이 돌며 애들을 깨우는 게 내 일이었다. 규율부장으로서 내 임무를 성실히 이행하느라 잠을 자지 못해 변비에 걸렸다.

여섯 시에 일어나 밥을 지어 먹고 부녀반 청년반 아동반으로 나뉘어 흩어졌다. 경혜와 현애는 부녀반, 나는 아동반을 맡아 애들에게 동화책을 읽어주고 율동을 가르쳤다. 오전엔 꼬맹이들과 '나비야 나비야 이리 날아 오너라' 놀며, 오후엔 호미를 들고 밭에 나갔다. '얻어먹지 말자'가 우리의 규율이어서 아줌마들이 고구마를 주어도 받지 않았다. 남자들은 삽을 들고 개울 치우기, 도로 정리를 하고, 여자들은 고추를 따고 감자를 캤다. 점심식사 뒤에 다시 일하고 저녁식사 후 분반모임을 가졌다. 다들 피곤해 회의 중에도 반은 졸고, 선후배끼리 각을 세워 부딪치기도 했다. 빡빡한 일정을 비판하는 후배들에게 '놀려면 왜 농활 왔냐. 자세가 틀렸다'며 선배가 군기를 잡자, 1학년 후배가 '권위는 세우는 게 아니라 존재하는' 거라며 반기를 들었다.

도배지가 떨어져나간 흙방에 주름투성이의 노파가 홀로 앉아 있었다.

"애린아, 너 이런 데 처음 와보지? 이렇게 늙은 사람 본 적 없지?"

동행한 선배의 '너는 없지'라고 단정하는 말투에서 우월감이 느껴졌다. 나는 서클 사람들에게 가난했던 어린 시절을 떠들지 않았다. 나도 신문지로 도배한 흙방에서 살았었다고 출신성분을 자랑했다면, 나를 보는 부정적인 시선이 걷혔을까. '이렇게 늙은 사람'이 내 귀에 걸릴 때, 노파의 방문은 열려 있었다.

마지막 날에 주민들과 마을회관 앞에서 단체사진을 찍었다. 밀짚모자에 가려져 내 얼굴은 잘 보이지 않는다. 모자만으론 안심이 안 돼, 땡볕에 나가기 전에 나는 자외선 차단제를 듬뿍 발랐다. 잠을 못 자 푸석푸석한 피부에 선크림이 스며들지 못하고 회칠한 듯 겉돌았다. 허연 얼룩이 묻은 얼굴을 본 남자애들이 '애린이 농활 와서 화장했다'는 소문을 퍼뜨렸다. 억울해서 술을 퍼마셨나.

봉사활동이 끝난 뒤, 전주의 어느 절에서 하룻밤 자며 평가회를 했다. 성당에서 시작해 절에서 마무리했으니, 하느님과 부처님이 함께한 농활이었다. 반별로 돌아가며 청년반에서는 뭘 잘했고 뭘 잘못했고, 평가를 마친 뒤에 소주병을 돌렸다. 스테인리스 밥공기에 소주를 부어 마셨다. 내 몸에 알코올을 들이부으면 무슨 일이 생길지 궁금해, 부르주아적이라는 비난을 잠재우려 만용을 부렸나. 물 마시듯 겁도 없이 벌컥벌컥 하나 둘 셋…… 공기 잔을 비우고 필름이 끊겼다. 내 생애 처음이자 마지막으로 기억이 지워진 황당한 사고였다.

아침에 깨어나 보니 이불만 개켜져 있고 아이들이 사라졌다. 다역으로 가고 경혜만 내 옆에 남아, 딱하다는 듯 날 내려다보았다. 경혜가 날 역전 다방으로 데리고 가더니 술 깨는데 좋다며 커피를 샀다. 카페인이 위벽을 자극하며 가슴 속에서 뭔가 끊어지는 소리가 들렸다. 머리가 아프고 속이 울렁거렸지만 '소주'라는 장애물을 넘은 뒤라 올림픽에서 메달을 딴 듯 뿌듯했다. 자기 파괴의 미학을 배운 여름이 종착역을 향해 달렸다.

서울로 돌아가는 기차 안에서 애들은 곯아 떨어졌다. 낯선 숙취를 견디며 창밖을 물끄러미 응시했다. 휙휙 달음질치는 논이며 밭이 새롭게 다가왔다. 서울역에 가까워질 무렵, 현수가 깨어나 눈을 비비며 내 앞에 앉았다.

"애린아. 니 참 엉뚱하다. 못 먹는 술을 와 그리 마셨노?"

싱글거리는 그 애의 어깨 너머로 도시의 불빛들이 나를 반기는 듯 일렁거렸다.

시골의 햇볕에 그을린 뺨에 오이를 올려놓고 내 방에 누웠다. 나를 끌어당기는 서로 다른 두 개의 세계를 어떻게 화해시킬지, 고민하며 8월이 갔다. 김제의 초가집과 평창동의 빌라, 황토처럼 거친 노파의 살가죽, 여성잡지에서 날 유혹하는 모델의 매끈한 피부가 겹쳐져 혼란스러웠다. 대학생이 되어 새로 산 비키니수영복은 바다를 구경하지 못하고 옷장에서 썩었다.

모래밭에서 친구들과 뒹굴고 파도타기를 하겠다는 꿈을 나는 접었다. 이십대에도 삼십대에도 사십대에도 나는 수영복 차림으로 해변을 서성인 적이 없다. 그럴 기회도 친구도 없었다. 푸른 물결을 가르는 파도타기도 잊은 지 오래. 내가 어느 쪽을 택하든, 한 번의 선택이 평생의 취향과 정서와 연애를 지배할 것이다.

"다음은 이애린, 얘는 잘 모르겠어."

인문대 여학생휴게실에 들어가려다 문밖으로 새나오는 내 이름을 엿듣고 멈칫했다. 후배들의 성향과 기질을, 직업적 혁명가가 될 싹수가 있나 없나를 모여서 평가하는 선배들.

"얘가 맹한 구석이 있지만 날라리는 아닌 것 같아."

내게 후한 점수를 준 선배는 로라 언니였다. 모임에 나오라는 로라 언니의 권유를 받고 '여우회'에 나갔다. 여우회는 기존의 학회에서 여학생들을 키우지 않는다며 괄괄한 선배들이 따로 만든 인문대 여학생들의 이념서클이다. 오픈과 언더의 성격이 반반인 애매한 비밀조직이었다. 고전문화연구회만도 벅차지만 나는 당분간 둘을 병행하기로 했다.

금요일 저녁에 상도동의 자취방에서 고전문화연구회 세미나를, 화요일에 인문대 선후배들과 여성해방이론을 공부했다. 같은 학년들만 모이는 고연과 달리 여우회 세미나에는 1, 2, 3학년이 섞였고 수다스러우며 가족적인 분위기였다. 남성지배사회와 맞서 싸우는 투쟁의지로 충만한 여자들과 친하게 지내며 나의 스타일이 변한다. 넉넉한 바지와 랜드로버가 원피스와 구두를 밀어냈다. 물론 가끔 미친 척, 레이스 달린 치마를 입고 나타나 놀림감이 되곤 했지만. 레이스가 달리지는 않았지만 은근히 멋스러운 치마를 걸치고 어느 흐린 오후에 나는 그를 만났다.

"애린아 너를 좋아하는 애가 있어. 괜찮은 친구니까 한번 만나봐."

은영의 소개로 신촌의 2층 다방에서 이진국과 마주앉았다. 무역학과 80학번 이진국은 덩치가 푸짐하니 크고 눈이 맑고 순박한 충청도 남자였다.

"애린 씨, 사회사상사 들으시죠? 저도 그 수업 들어요. 영국사 리포트 제목은 정했나요? 지난주엔 안 보이시던데."

"개교기념일에 러시아혁명사 심포지엄 준비하느라 바쁘거든요."

사학과 조교를 꾀여 내 수강신청서를 열람해, 내가 듣는 선택과목만 아니라 전공필수인 영국사도 청강한다는 진국에게 나는 '러시아'와 '혁명'을 들이대며 그를 시험했다. 여우회 선배들이 칠판에 내 이름을 적고 활동가가 될 확률을 점수로 매겼듯이, 나는 그가 내 동지가 될 자격이 있나, 시험문제를 던졌다.

트로츠키를 어떻게 생각하세요? 세계혁명론이 소비에트 정권에 위기를······

이념서클에 가입하지 않은 진국은 내 말을 알아듣지 못하겠다는 듯 꺼벙한 눈망울을 굴렸다. 내 입에선 그놈의 혁명이 마르지 않는 샘처럼 쏟아지고, 나는 그가 사랑을 고백할 틈도 주지 않았다. 어긋난 우리는 어두워지기 전에 자리에서 일어났다. 이미 강을 건넌 내게 운동권이 아닌 남자와의 교제는 참을 수 없는 이율배반으로 다가왔다.

로라 언니와 교문까지 걸어가며 나는 급진좌파 이념에 포섭되었다. 노동자와 농민의 열악한 상황을 폭로하고 서구의 이런저런 이론을 비판한 뒤에, 그녀는 사회주의 카드를 꺼내 들었다.

'어머, 이 언니가 빨갱이구나!'

깜짝 놀랐지만, 내가 받은 충격을 표현하지 않았다. 그녀의 뒤를 따라가며 의식화의 마지막 관문을 통과했다. 태극기에 덮인 무방비상태의 몸을 뜨겁게 연민하고 8개월 만에 내 의식의 바퀴는 왼쪽으로 선회했다.

세미나를 마치면 시장골목에서 순대볶음이나 김밥으로 허기진 배를 달랬는데, 그날은 순자 언니가 우리를 근사한 식당으로 끌고 갔다. 세미나에 잘 나오지 않던 주미 언니까지 합석해 두부김치와 해물파전과 조개탕, 푸짐한 안주를 놓고 술자리가 늦게까지 이어졌다. 술이 올라 치명적인 매력을 발산하는 유주미 앞에 파전접시를 밀어놓으며 "많이 먹어 둬."라고 챙기는 순자 언니. 평소보다 무거운 회식이 끝나고 헤어질 때, 로라 언니가 슬쩍 흘렸다.

"주미가 말이지. 멀리 떠난단다."

"어디 가는데요?"

내가 원하는 답은 주지 않고 의미심장한 눈빛을 교환하는 선배들. 특별했던 그날이 주미 언니의 환송식이었음을 일주일 뒤에야 알았다.

5동 게시판 위에 올라간 주미 언니를 보고 나는 심장이 터질 것 같았다. 크로스백을 메고 머리를 뒤로 묶고 바지 위에 목이 긴 파란색 스웨터. 지금은 9월 중순인데 두꺼운 겨울 스웨터를 입고 왜 저길 올라갔지?

의아해하는데, 눈 깜짝할 사이에 주미 언니가 가방에서 유인물을 꺼내 아래로 던졌다. 낙엽처럼 흩날리는 지라시를 줍고 망연자실 위를 올려다보았다. 게시판 꼭대기에 위태로이 서서 '학우 여러분!' 외치더니 〈우리 승리하리라〉 노래를 불렀다. 군부파쇼와 맞장을 뜨는 여자가 멋있어, 매혹적인 목소리에 홀려 얼마쯤 지났을까? 전경들이 나타났다. 주미 언니가 잡혀가는 모습을 보고, 나는 돌을 들었다. 돌맹이를 주워 남학생들에게 건넸다.

오래된 의문을 풀려고 주미 언니에게 전화했다.

"언니- 왜 그날, 9월인데 두꺼운 겨울 니트를 입었어?"

"빵(감방)이 햇볕이 안 들어 춥잖아."

"내가 왜 하필 그 시간에 거기 있었을까? 선배가 미리 '데모 뜬다'고 귀띔해줬어?"

"미리 알려주진 않았고, 순자 언니나 로라가 네게 책을 줄 게 있다든가, 무슨 핑계를 대고 5동 앞에서 보자고 약속을 만들어 후배들을 동원했겠지."

"그런데 언니, 얼마 있다 잡혔어?"

"구호 외치고 시계를 보았지. 오 분이 지났는데도 잡으러 오지 않데. 그럴 경우에 대비해 손바닥에 노래 가사를 써놓았어. 손바닥 보며 노래를 한 곡 불렀는데 그래도 전경들이 잡으러 오지 않아 당황했지. 별수없이 한 곡 더 불렀어. 그제야 빡빡 깎은 머리들이 보이더라."

　유주미가 학교에서 사라진 뒤, 나도 학교에서 사라진다. 주미 언니가 잡히고 한 달쯤 지나 나는 닭장차에 실려 경찰서로 가고 있다. 학교 정문을 벗어나자마자 보는 눈이 없자 저들이 본색을 드러냈다.

　"대가리 박아! 이 새끼들아."

　"뭐 잘했다고 이년들이 꼿꼿이 머리를 쳐들어?"

　고함과 동시에 그는 내 머리를 가격했다. 한 대씩 맞은 뒤에 우리는 고개를 팍 숙이고 호송버스에 웅크렸다. 10월 축제기간이었다. 시위가 끝나고 친구들과 대학본부 앞을 지나다 짭새들에게 잡혔다. 체육수업이 있어 바지를 갈아입고 학생회관 쪽으로 가는 길이었다. 본부 지하에 학생들의 동향을 감시하는 수사기관이 상주했는데, 모르고 그 앞을 지나간 게 잘못이었다.

　나의 유난스런 옷차림이 화를 불렀다. 우아한 바바리코트 밑에 두드러지는 추리닝 바지를 보더니, 시위를 예상하고 체육복 차림으로 학교에 왔다며, 너는 골수 데모꾼이라며 형사들이 나를 족쳤다. 경혜와 현애는 '애린 네가 키가 커서, 눈에 띠는 너 땜에 우리까지 덩달아 잡혔다'며 두고두고 나를 원망했다. 펄럭이는 옷자락이 카메라에 찍혀 검거되었으니 친구들 말이 맞았다.

　"야, 니들 오늘 한 짓을 여기 전부 적어. 아침부터 지금까지 한 일을 죄다 쓰란 말이야. 알겠어?"

　볼펜과 종이를 주며 다그치는 형사들의 지시를 우리는 충실히 이행했다. 몇 시에 학교에 왔고 어디서 노래를 부르고 돌멩이를 날랐다, 라고 앞면이 모자라 뒷면에도 나의 행적을 낱낱이 밝혔다. 고함치는 형사들과 항변하는 학생들. '서울의 봄' 이후 S대에서 발생한 최대 규모의 시위로 이백여 명이 경찰에 연행되었는데, 여학생은 우리 셋뿐이었다. 건너편 책상에 인문대 동기인 철수가 보였지만 '글'을 쓰느라 아는 척할 겨를이 없었다.

"어이 김 형사, 얘들 주머니 뒤져 봐."

본인의 자술서와 주머니 검사를 토대로, 돌가루나 등사잉크가 묻지 않고 죄질이 가벼운 애들은 훈방조치했다. 호주머니에서 돌가루가 나온 우리는 적극가담자로 분류되어 유치장에 감금되었다. 시위대의 앞에서 돌을 던진 철수는 하루 만에 풀려났는데, 뒤에서 돌을 운반한 나는 구류 10일에 무기정학이 떨어졌다.

"너는 그 사람들 시키는 대로 다 쓰더라. 난 '억울하다' 잡아뗐지. 손바닥에 묻은 돌가루와 긁힌 상처도 '계단에서 넘어져 다친' 거라 우겼지."

나중에 철수에게서 나의 고지식함을 지적받고 얼마나 억울했던지. 언더의 조직원인 그는 만일의 경우에 대비해 선배들에게 '이럴 때는 어떻게 발뺌하라'는 다양한 매뉴얼을 교육받았다 한다. 2학년 여학생인 우리는 '여우회'나 고전문화연구회의 선배들로부터 경찰에 대처하는 요령과 방법을 전수받지 못했다. 언더와 오픈의 차이다. 제대로 된 '패밀리'와 그렇지 않은 집안은 아주 미세한 부분에서 차이가 났다.

"브래지어도 벗어!"

여경의 지시를 받들어 하나 둘 옷을 벗어 바구니에 담았다. 후크가 풀리지 않아 고생했다.

"신발도 벗어 옆에 놔."

발가락 사이에 면도칼이라도 감췄나, 샅샅이 확인받은 뒤에 다시 옷을 걸쳤다. 브래지어는 자해의 위험이 있다며 착용이 금지되었다.

유치장의 1층과 2층이 대학생들로 미어터졌다. 중앙에 탁자가 놓인 홀이 있고, 그 주위에 부채꼴로 퍼진 유치실에 분산 수용된 수감자들을 남자 교도관 둘이 교대로 감시했다. 하나뿐인 여자 유치실에 들어가, 칸막이 없이 뻥 뚫린 변기구멍을 보고 우리는 경악했다. 여기서 어떻게…… 창살 밖에 간수들이 왔다 갔다 하고 건너편 남자 유치실에서 다 들여다보이는데…… 개방변기 옆에서 오줌 냄새를 맡으며 늦은 저녁을 먹었다. 정부미에 반찬은 단무지와 절인 고추뿐. 먹는 둥 마는 둥 딱딱한 바닥에 누웠다. 우리 말고도 절도죄로 들어온 술집 여종업원이 둘 있었다. 잡범들과 인사는 나누었지만 잘 때도 깨어서도 우리끼리 붙어 생활했다. 뒤가 마려울 때도 셋이 같이 일어나, 급한 친구 주위에 외투를 펼쳐들어 밖에서 보이지 않게 가려주었다. 강제연행의 빌미가 되었던 나의 바바리코트는 길이가 길고 폭이 넓어 가리개로 유용했다. 그래도 틈이 생겨 밖에서 보일까 조마조마해 배설이 정상적이지 않았다.

80년대가 내게 준 가장 끔직한 형벌은 배설장애다. 여름농활에서 심한 변비를 경험한 나의 항문근육은 유치장에서 아예 작동을 멈추었다. 자유가 속박된 열흘 간 나의 대장은 응고된 형태를 밖으로 내보내지 못했다. 밥맛도 잃었다. 둘째 날부터 부모님이 넣어준 사식은 반찬만 집어먹고 밥은 남겼다. 쭈그려 앉아 옷을 내리기 싫어 물도 조금 마셨다. 여자들끼리 생활하면 월경 주기가 비슷해진다. 지방 출신인 경혜와 현애는 부모님이 면회를 자주 못 와, 내 어머니에게 위생패드를 사이즈별로 요청했다. 차입된 물건들이 쌓인 탁자 위에서 교도관이 포장지를 뜯더니 코텍스 생리대를 흔들며 내게 이죽거렸다.

"뭐 이쁜 짓을 했다고 엄마가 이런 것까지 넣어주냐?"

건너편에서 남학생들이 지켜보는데, 발끈했지만 뭐라 항의 못하고 분을 삭였다. 다음날 아침, 나의 실수로 반찬통 뚜껑이 창살 밖으로 튕겨져나갔다. 손을 뻗어 바닥을 더듬는데, 어제의 그 교도관이 내 쪽으로 다가왔다.

"아저씨, 저것 좀 주워주세요."

내 말투가 거슬렸나. 그가 발로 걷어찬 그릇이 데굴데굴 내 손이 닿지 않는 곳으로 굴러갔다.

"지금 뭐 하는 짓이냐"며 내가 짜증을 질렀다.

"아니 이게 어디서 큰 소리야!" 쨰려보는 간수.

유치장에서는 사소한 일로 당신의 인격이 시험대에 오른다. 스트레스를 받고 수분 섭취가 줄어서인지 유치장에서 생리불순에 걸렸다. 패드는 넉넉한데, 피가 비치는 듯하더니 멈추었다. 그리고 1년 7개월간 생리가 끊겼다.

우리만 아니라 그들도 지루하다. 심심한 시월의 밤. 교도관들이 수감자들에게 방방이 돌아가며 노래를 시켰다.

"우리가 저들의 노리개가 될 수는 없어."

"유행가는 부르지 말자."

여자 셋이 의논을 거듭하다, 투쟁가도 유행가도 아닌 〈백치 아다다〉를 뻣뻣이 서서 멋대가리 없이 합창했다. '초여름 산들바람 고운 볼에 스칠 때……' 노래라기보다 가사를 읽는 수준이었다. 1절을 마치자 그만! 하는 지시가 떨어졌다.

"너, 유주미 알지?"

간수의 입에서 뜬금없이 '주미' 언니가 나오자 나는 긴장했다.

"유주미는 말이야. 노래만 아니라 여기서 춤도 췄어. 남자 친구랑 블루스를 땡겼다구. 근데 니들은 뭐야? 목석같이 노래도 못하고."

주미 언니가? 데모를 주동한 그녀가 유치장에서 춤을? 믿기지 않았다. 통통한 술집여자가 당직 교도관과 통정하는 소리에 우리는 잠을 설쳤다. 창살을 사이에 두고 속닥거리며 손을 뻗어 만지고 난리도 아니었다. 유치장은 밤에도 불을 끄지 않는다. 눈이 부셔 뒤척이다 서로 더듬는 남녀를 보고, 얼른 눈 감고 자는 척했다.

어제는 초코파이가 꿈에 나왔어.

넌 나가면 뭘 제일 먹고 싶니?

짜장면.

친구들과 소곤거리는데 젊은 간수가 빙글빙글 웃으며 우리에게 다가왔다.

"야. 저기 남자애들이 너희랑 미팅하고 싶다고 소개시켜 달래.

치과대학 1학년이라는데……"

여기가 어딘데, 유치장에서 무슨 미팅? 흥분한 우리는 '정신이 틀려먹었다'며 후배들을 꾸짖었다.

집회와 시위에 관한 법률을 어기지 않겠다는 반성문을 쓰고 우리는 풀려났다. '우리가 뭘 잘못했냐' 반성문을 못 쓰겠다고 버티다 부모님의 설득으로 저들과 타협했다. 유치장 밖에 대기한 아버지의 차에 올라타며 나는 당신의 귀한 딸로 돌아왔다.

"니들 주장이 다 옳아. 그러나 지금 네가 나서면 너만 다쳐. 힘을 키워서, 공부를 마친 다음에 해도 늦지 않다."

차 안에서 아버지의 훈계를 들으며 삼촌이 주는 두부를 한 입 베어 물었다. 감방의 때가 묻은 몸부터 씻고 싶어, 엄마가 차려준 진수성찬도 마다하고 동네 목욕탕에 갔다. 내 손으로 때를 밀 기운이 없어 때밀이에게 몸을 맡겼다. 평일 대낮이라 손님이 없었다.

"어휴 때가 엄청 밀리네. 어디 여행이라도 다녀왔수?"

아줌마의 수다를 들으며 스르르 눈이 감겼다. 따뜻한 물에, 흐르는 물에 머리를 적시는 게 얼마나 행복한지. 한가한 공중욕탕에서 평생이라도 살 것 같았다.

학과 동기들이 내게 두부와 술을 사겠다고 불러냈다. 낙성대의 술집에서 남자애들과 간만에 길게 말을 섞었다.

"너 잡혀갔단 소문 듣고 다들 모여서 울었다."

같이 잡혀간 우리 셋을 '미녀삼총사'라며 칭송했다는 이야기를 들으니 두부김치가 더 맛있었다. 자리를 옮길까? 2차는 어디서 하

나. 다들 취해 일어나 우왕좌왕하는데 광우가 내 팔을 잡아당겼다.

"애린아. 재룡이가 네게 할 말 있대."라며 나를 인근 찻집으로 데려가려는데, 낌새가 수상해 나는 뒤로 물러났다.

"무슨 말? 말이야 여기서도 할 수 있잖아."

허탈한 듯, 퍼마시는 광우와 재룡이를 남겨두고 술집을 나왔다. 서클에서도 출소를 축하한다며 환영회를 열었다. 구류가 대단한 감투인양, 날 무시하던 선배들에게 '빵'에 갔다 온 무용담을 늘어놓았다. 그동안 고생했다며 한바탕 마시고 떠든 뒤에 아무도 나를 찾지 않았다. 서클 수련회에 참석하는 것 말고는 뚜렷한 일이 없었다. 스스로 '일'을 찾을 만큼 나의 의식수준이나 운동역량이 높지 않았다. 주미 언니가 감방에 들어가고 순자 언니가 학교를 떠난 뒤에 여우회는 흐지부지. 신입생 세미나는 81들과 영순이가 맡았다.

집에서 노는 딸을 보다 못해 아버지가 내게 지중해의 바람을 불어넣었다.

"너, 그리스로 유학 가라. 고대사 전공교수가 부족하다며? 유럽은 학비가 없다니 생활비는 내가 대마"

아비 앞에선 시큰둥한 반응을 보였지만, 내 방에서 세계지도를 펴놓고 에게 해를 건넜다. 제주도도 못 가봤는데, 그리스는 너무 멀었다. 어떻게 나만 떠나나.

지금 조국을 등지면 배신이나 마찬가지라 생각해 그리스 행 비행기를 타지 않았다. 여기 이곳에서 내가 할 일이 있을 거라 믿었는데, 학교에서 쫓겨나니 갈 데가 없었다. 시위하다 잡혀서 유치장에 갇혔을 때 나는 친구들과 함께였다. 뜻이 통하는 사람들과 함께라면 지옥에서도 당신은 웃을 수 있다. 혼자가 아니라 여럿이 겪은 일은 그렇게 쓰라리지 않았다. 황당했던 변기구멍도 추억이 되리니. 유치장을 나온 뒤가 더 힘들었다. 매일 일어나 세수하고 빈둥거리며 나 홀로 채워야 했던 24시간이 내겐 지옥이었다. 망가지지 않고 노는 게 제일 힘들다.

할 일이 없었기에, 나는 나를 파괴했다. 강촌의 민박집에서 엠티를 하며 은하수를 입에 물었다. 콜록거리며 기침을 하고 돌아와, 내 방에서 담배를 피웠다. 거울을 보면서 주미 언니처럼 노숙하게 연기를 내뿜는 연습을 했다. 입술을 오므렸다 펴는데 열중하느라 등 뒤에 자욱한 연기가 보이지 않았다. 담배를 태울 때는 창문을 열어야 한다는 상식을 몰랐던 나는, 엄마가 아니었다면 질식해 죽었을지도 모른다. 굴뚝이 되어버린 딸의 방문을 열고 엄마는 억장이 무너졌다.

"이게 뭐야? 너, 너 담배 피웠니? 어떻게 내 딸이…… 우리가 널 어떻게 키웠는데…… 계집애가 감옥 가고 담배질 하라고 내가 새벽같이 일어나 밥 해 받쳤다든? 안 되겠다. 너 차라리 수녀원에나 가 있어라."

엄마가 다니는 성당의 본원인 부산의 수녀원에서 겨울을 보냈다. 개인피정을 온 나도 수녀회의 규율에 복종해 아침 일곱 시부터 밤까지 하루 네 번, 무릎 꿇고 기도하며 찬송가를 배웠다. 내 또래의 노비스(예비수녀)들과 탁구를 치고 성경책도 읽고 저녁식사 뒤에 원장수녀님의 어깨를 주물러드렸다. 원장수녀보다 나이든 수녀님이 한 분 계셨는데, 내 앞머리를 뒤로 넘기시며 "수산나야, 너 수건 쓰면 예쁘겠다. 늦기 전에 (수녀) 지원해라"라며 나를 꼬드겼다.

내 얼굴이 맑아 세상에 나가면 살기 힘들 거라는 예언이 솔깃했지만, 주전부리를 끊지 못해 나는 수도자의 길을 걷지 않았다. 새벽기도 뒤의 아침식사는 꿀맛이었지만, 군것질이 그리워 병이 날 지경이었다. 친하게 지내던 예비수녀와 나는 몰래 수녀원을 빠져나와 길거리에서 붕어빵이며 튀긴 고구마를 사 먹었다. 다행히 아무에게도 들키지 않았지만, 거리의 맛을 보니 수도원의 단단한 울타리가 갑갑했다. 예비수녀들이 하느님과 결혼하는 서원식에 참석해, 흰 수건에서 검은 수건으로 바꿔 쓴 데레사 수녀와 눈물로 작별하고 나는 서울로 돌아왔다.

외부와 단절된 수녀원에서 통제되었던 식욕이 집에 오자 폭발했다. 파운드케이크와 소설에 빠져, 읽기와 먹기 외에 마땅한 소일거리가 없었다. 김밥, 파운드케이크, 옥수수빵, 스틱파이, 짜장면, 강냉이…… 무기정학과 더불어 내게 정열적인 탐식의 시대가 열렸다.

소시지가 보석처럼 박힌 김밥은 어린 시절 나의 로망이었다. 내가 국민학생이던 1970년대에 소시지는 부잣집 애들의 반찬이었다. 김밥에 대한 나의 갈망은 적선동 시장통의 꼬마김밥을 날마다 물고 빨아도 채워지지 않았다. 음식이든 책이든 한번 붙들면 뿌리를 뽑을 때까지, 지겨워질 때까지 하나에 골몰했다. 내 인생은 하나의 극단에서 다른 극단으로의 질주였다. 유년기에 극심한 허기를 경험한 자의 특징이라고 나는 이해한다.

봄이 되자 몸무게가 10킬로그램이나 늘었다. 맞는 바지가 없어 엄마 바지에 단을 내어 입고 머리를 짧게 잘랐다. 열흘 만에 몸무게를 5킬로그램 감량한다는 신문광고에 혹해 단식원에 들어갔다. 단식원에서 주는 변비약을 먹고 2킬로그램이 빠지면서 나는 둘코락스에 중독되었다. 80년대, 나의 진짜 적은 군부파쇼가 아니라 변비약이었다. 봄부터 겨울까지 하루도 빠짐없이 둘코락스를 복용했다. 단식원에서 나온 뒤 폭식과 단식이 주기적으로 반복되었다.

불규칙한 식사와 급격한 체중변화로 생리도 멈추었다. 달거리를 안 하는 딸이 걱정된 엄마가 나를 산부인과에 데려갔다. 성 경험이 없다고 말하니까 내진은 하지 않고, 중년의 여의사는 내게 "언제부터 생리불순이냐. 변비는 없냐"라고 물었다. 유치장에서부터 비롯된 나의 배설장애를 듣더니 의사는 '육이오 전쟁 중에도 생리가 멈춘 여성들이 많았다'며 호르몬주사를 놔주었다.

내가 유치장에 들어갔다 나온 뒤부터 부녀 사이가 멀어졌다. 살을 뺀다고 거실에서 크게 음악을 틀고 춤추는 나 때문에 아버지는 휴일에도 푹 쉬지 못했다. 반바지 차림으로 엉덩이를 흔들며 땀을 흘리는데, 안방에서 나온 아비가 엄마가 있는 주방을 향해 싸늘한 한 마디를 던졌다.

"여보– 우리 쟤, 내보냅시다."

아버지에게 혼나고 며칠 뒤에 나는 여행가방을 들고 집을 나왔다. 아비의 셔츠를 걸치고 아비의 지갑에서 훔친 돈으로 전국을 방랑했다. 대전 광주 대구 포항 경주…… 돌아다니다 돈이 떨어지면 현지에서 아르바이트를 구했다.

종업원이 열 명이 넘는 대구의 제과점에 학생증을 맡기고 제일 먼저 배운 일은 아이스크림을 흘리지 않고 콘에 담기였다. 빛바랜 제복을 걸치고 기계에서 아이스크림을 뽑아 손님들에게 주다 보면 날이 저물었다. 주야간 교대 없이 아침 8시부터 밤 10시까지, 빵과 음료를 나르고 바닥을 청소하다 건물 옥상의 거지같은 방에서 열댓 명의 아가씨들과 엉켜 잤다. 옥상에 화장실이 없었다. 밤 11시가 넘으면 아래층으로 통하는 문이 잠겨, 실수를 하지 않으려 저녁에 나는 아무것도 먹지 않았다. 시멘트바닥에 수도꼭지를 틀어 몸을 씻고 소변을 내려 보내는 포로수용소 같은 곳에서 내가 어찌 한 달을 버텼는지. 한 달이 지나도 월급을 주지 않자 나는 도망치듯 대구를 떠났다.

밤늦게 서울역에 내려 봉변을 당할 뻔했다. 역 앞의 언덕길을 올라가는데, 어둠 속에서 웬 아가씨가 내 팔을 잡아끌었다.

"아저씨- 하룻밤 자고 가세요."

아저씨? 내가? 짧은 머리에 큰 덩치, 통 넓은 기지바지와 남자 셔츠 차림의 나를 남자로 착각해 벌어진 해프닝이었다. 여자로 보이지도 않게 내 몸이 불었던 게다.

2학기 만에 무기정학이 풀렸다. 우뭇가사리로 식사를 대신하는 극단적인 다이어트로 체중을 감량해, 복학을 앞두고 예전의 몸무게를 되찾았다. 강의실과 서클룸을 오가며 안정을 찾을 즈음, 종로 일대에서 대규모 시위가 있었다. 자정 무렵까지 고전문화연구회의 친구들과 스크럼을 짜고 가투(가두투쟁)를 뛰다, 3학년 회장인 박한이의 집에 몰려갔다. 얼마 전에 다리를 다쳐 목발을 짚은 박한이가 우리에게 자기 방을 내주었다. 피곤한 우리는 씻지도 않고 쓰러져 잤다. 벌레가 기어가는 느낌에 깨어나 보니 박한이가 내 몸을 더듬고 있었다. 놀라서 소리도 지르지 못하고, 징그러운 손을 내게서 떼어놓고 옆으로 돌아누웠다. 지렁이 같은 손이 또 내 옷속을 파고들려 하자, 일어나 앉았다. 벽에 기대 뜬눈으로 밤을 새웠다.

'더럽혀진' 내 몸을 공중목욕탕에서 비누 수건으로 빡빡 문질렀다. 흐르는 물에 두 번 세 번 씻었지만, 치욕이 씻어지지 않았다. 두 시간이나 목욕탕에 앉아 나오지도 않는 때를 미느라 땀을 흘렸던 가을날, 내 생일이었다. 스물두 살이 되도록 남자의 손이 닿지 않았던 순수를 잃고 괴로운 속을 여자 친구에게 털어놓았다.

"너도 그랬니? 나도 개한테 당했어."

마치 동네 개한테 물린 듯 담담하게 말하며 경혜는 내게 그만 잊어버리라고 충고했다.

"아주 상습범이네."

욕했지만, 우리는 그를 공개적으로 비판하지 않았다. 당시 분위기가 그랬다. 운동권만 아니라 한국 사회 전체가 경미한 성범죄를 용인했다. 서클 회장의 추행을 고발하면 저들에게 이용당할 테니 참았지만, 그날 이후 서클룸에 가기 싫어졌다. 운동을 하려면 그보다 더한 일도 견뎌야 한다는 경혜도 보기 싫었다. 며칠 뒤 학생식당에서 보자는 지렁이의 전갈이 사학과사무실의 칠판에 적혔다.

"미안하다 애린아."

눈을 내리깔고 사과하는 그와 오래 앉아 있고 싶지 않아 '없던 일로 하자' 했지만, 수업에 집중할 수 없었다. 학과 공부에도 서클 활동에도 정을 붙이지 못하고, 다음 학기에 나는 자진 휴학했다.

음식의 포로가 되어 또다시 잔인한 봄을 보냈다. 밤차를 타고 역에 내려 캄캄한 새벽에 혼자 지리산 노고단을 올라가는 미친 짓으로도 답을 얻지 못했다. 운동을 계속할지, 여기서 그만둘지, 어떻게 무엇을 해야 할지, 헷갈리던 5월에 미국에서 이모가 왔다. 수잔 이모와 제주행 비행기를 탈 때 내 몸무게는 67킬로그램. 70에 육박했을지도 모르나 체중계 저울이 67을 가리킨 이후 몸무게를 재지 않았다. 나보다 네 살 위인 이모와 3박 4일로 섬을 돌았다. 서귀포의 호텔에서 나이트클럽에 가네, 마네, 다투다 수잔이 내 문제의 핵심을 건드렸다.

"사람들이 너를 인정해주지 않아서 고민하는 거지. 네가 옳다고 생각하는 일을 해. 넌 아직 사회주의를 극복하지 못했어. 미련이 남아있단 말야. 두 발을 온전히 그 속에 담그고 열심히 일해 봐. 그후에 결정해도 늦지 않아."

LA의 한인단체에서 일했던 수잔은 내 속을 훤히 꿰뚫고 있었다. 수잔을 떠나보내고 홀로 제주 시내를 배회하다 종업원을 구한다는 광고를 보았다. 구시가의 뒷골목, 지하의 음악다방이었다. 제주대 연극패였다는 노처녀 마담은 나를 보더니 몇 마디 묻지도 않고 가게 열쇠를 맡겼다. 느긋한 주인 언니는 점심때가 되어야 화장한 얼굴을 내밀고 오전에는 나뿐이었다. 아침엔 손님이 없어 놀고 먹기였다. 아르바이트 대학생이 없는 오전에만 음료를 나르고 음악이 끊이지 않게 삼십 분마다 레코드판을 갈아주기만 하면 만사 오케이. 구석에 앉아 책을 읽거나 단골손님인 환쟁이들과 문학과 예술을 함부로 논하며 노닥거려도 야단칠 사람이 없었다.

잠자리가 불편하지 않았다면 더 있었으련만. 다리를 뻗지 못할 정도로 방이 작았다. 밤에 가게 문을 잠그고 가로세로 170센티미터도 안 되는 음반실에서 베토벤의 얼굴에 다리를 얹은 채 새우잠을 자며 살이 빠졌다. 공중목욕탕의 체중계에 올라가는 게 두렵지 않게 되었을 때, 자주 드나드는 미대생으로부터 누드모델 제의를 받았다. 파마머리에 액션이 커서, 성냥을 위로 치켜들고 사무라이가 칼을 내려치듯 성냥갑에 부딪쳐 담뱃불을 댕기던 그는, 내가 모델 제의를 거절하자 발길이 뜸해졌다.

손님이 없으면 대낮에 문을 닫고 다 함께 바닷가로 놀러갔다. 함덕 근처였다. 모래밭에서 기타 치며 노래 부르던 여름밤. 내 이십대에 드물게 명랑한 나날들이었다. 먹여주고 재워주고 좁은 공간에 내 몸을 구겨 넣어도 맘이 편해서였을까. 6월의 어느 맑은 날, 밑이 축축하게 젖었다. 화장실에서 생리를 확인하고, 막힌 둑이 터지며 기쁨이 솟구쳤다. 마담에게 그만두겠다 통고하지도 않고, 계산대에서 내가 일한 만큼의 돈을 꺼내 비행기표를 샀다.

서울로 날아가는 하늘 위에서 나는 예감했다. 이 모든 아픔과 기쁨을 글로 풀어내리라. 맺히고 터진 시간의 매듭들을 문장으로

품을 그날을 그리며, 솜처럼 펼쳐진 구름 위에 붉은 피를 쏟았다. 내가 흘린 피 냄새를 맡으며, 여름이 가기 전에 누군가 내 앞에 나타나기를…… 나는 빌었다.

내가 복학한다는 말을 듣고 동혁이 과사무실로 나를 찾아온 그날부터, 나는 그의 것이었다. 내가 그의 존재를 알기 훨씬 전부터 그는 나를 '신붓감'으로 찍었다. 휴학서를 내고 잠적한 나를 찾으려 그는 사립탐정처럼 내 주위를 캐고 다녔다.

"애. 웬 남자가 가평의 작은 아버지 댁에 찾아와 네 행방을 물었대."라고 엄마가 내게 전해주었다.

"애린아, 동혁이 형이 널 좀 소개시켜달라고 난리다." 현애가 날 붙잡고 사정했다.

"내가 존경하는 선배야. 대단한 사람이지." 영철 오빠가 동혁을 치켜세웠다.

나를 찾아 가평까지 갔다는 남자의 정성이 갸륵하여 한번 만나주자고 나갔는데, 이 년 동안이나 동혁에게 잡혀 살았다.

비 오는 오후에 과사무실에서 동혁을 처음 보았다. 굵은 빗소리를 들으며 어두운 실내에 앉아있는데 유령처럼 그가 나타났다. 첫인상은 예의바른 선배. 그 이상의 느낌은 없었다, 라고 일기장에 적혀있지만 나는 이미 그에게 포섭되었다. 나보다 네 살 위의 복학생, 군대 가기 전에 S대의 이념서클을 이끌던 노련한 선배는 운동과 연애를 꿈꾸던 내게 '백마 탄 기사'였다. 그는 대학가에 떠도는 온갖 논쟁에 빠삭했고 현란한 언어로 나를 사로잡았다. 나를 골빈 여자애라고 경멸하면서 뒤에서 내 몸매를 감상하는 운동권의 소심한 남자들과 달리, 동혁은 내게 적극적이었다. 투철한 운동가임을 증명하고 싶어서 내게 가혹했던 선배들에 질린 터라, 여자인 나를 예쁘게 봐주는 그가 좋았다. 수업이 끝나면 그가 사학과 사무실에 와서 나를 데려갔다. 밥을 먹고 차를 마시고 교정을 거닐며 우리는 캠퍼스 커플이 되었다.

한 남자와 한 여자를 연인으로 만드는 모든 절차를 거쳐, 양수리의 여관에서 나는 그의 여자가 되었다. 가을단풍 구경하러 따라나선 길인데 날이 저물어 돌아가는 차편이 끊겼다. 어두운 방에서 내 옷이 하나씩 벗겨지고, 마지막 남은 수치심도 벗겨졌다. 가쁜 숨결 밑에 누워 나는 저항하지 않았다. 여자에게만 순결을 요구하는 가부장제 이데올로기를 공격하는 여성해방론을 배우며, 스물세 살이 되도록 견고했던 처녀의 성이 거추장스러웠다.

생살이 찢어지는 아픔. 이게 로맨스의 끝인가. 허탈했다. 처녀의 딱지를 떼고, 가족과 사회가 내게 강요한 무거운 짐을 내려놓아 후련했다. 자신의 남성이 찢은 나의 여성을 확인하며, 핏자국을 보고 만지며 동혁은 전리품을 획득한 장수처럼 흐뭇해했다. 이튿날 아침, 여관을 나와 동혁이 나를 배에 태웠다. 노를 젓자 배가 흔들리며 아랫도리가 쓰려왔다. 그만 가자고 졸라도 그는 듣지 않았다. 신이 나서 노를 젓는 동혁 앞에서 첫날밤의 통증을 참느라, 북한강과 남한강이 합쳐지는 경치를 음미하지 못했다.

그의 여자가 된 뒤에 나의 시간은 그의 것이었다. 늦게까지 연구실에서 공부하는 그를 위해 나는 먹을 것을 싸들고 다녔다. 그에게 잘 보이려 꾸미고 가꾸느라 학교수업에 소홀했다. 틈만 나면 그는 친구들에게 나를 소개하느라 바빴다. 학교 안에서도 밖에서도 우리 단둘의 데이트보다 그의 선후배 동료들과 보낸 시간이 더 길었다. 사람들에게 내가 자신의 '여자'임을 선포하는 의식을 통해, 동혁은 아무도 자신의 보물을 건드리지 못하게 장막을 쳤다.

그는 나의 공간도 지배했다. 부모님 집을 나오라고 그가 나를 충동질했다. 학교에서 집이 멀어 피곤하다, 학교와 가까워야 학업에 열중할 수 있다는 딸의 거짓말에 우리 부모는 잘도 속아 넘어갔다. 대학촌에 자취방을 얻었다. 동혁의 후배인 철수의 여자 친구가 쓰던 연립주택의 작은 방이었다. 그러니까 철수와 철수의 여자 친구가 뒹굴던 곳을 우리가 물려받은 것이다. 좁아터진 공동부엌에서 만든 도시락을 나는 정치학과대학원 연구실로 배달했다. 동혁과 그의 연구실 후배들에게 영양가 높은 반찬을 만들어 주느라 몇 시간씩 재료를 씻고 다듬으며 싱크대 앞에 서 있었다. 생선전을 부치고 김을 굽고 도토리묵을 무쳤다. 낮에는 내가 그의 연구실을 찾아가 함께 도시락을 먹었고, 밤에는 그가 나의 자취방으로 슬며시 들어왔다.

동혁과 붙어다니며 나는 여자 친구들과 멀어졌다. 어쩜 이렇게 연락이 안 되냐며 은영이 나를 붙잡고 통사정했다.

"어떡하니 애린아. 진국이가 지금도 널 좋아한댄다. 하루도 니 생각을 안 한 날이 없대. 같이 밥이나 먹자"

은영이 졸라서 마지못해 점심 약속을 잡았다. 짝사랑을 거절당하고도 나를 잊지 못한다는 순애보에 감동했지만, 나는 이미 동혁의 여자. "오늘은 점심 약속이 있어서 형한테 못 가."라고 내가 말하자 한 시간만 앉았다 오라며 동혁이 엄포를 놓았다. 내가 진국과 열두 시에 점심을 먹는 보쌈집 근처의 사회과학서점에서, 동혁은 한 시 삼십 분에 날 데리고 어딘가로 갈 계획을 세웠다.

날배추에 돼지고기를 올려놓고 진국이 내게 떠듬떠듬 사랑과 혁명을 고백했다. 내게 '러시아혁명' 세례를 받고 그는 빈민운동단체에 들어가 열심히 활동했다. 날 기다리는 동혁이 걸려 이야기가 편하지 않았다.

"난 거기가 남자로 보이지 않아요."

잔인한 말을 해주고 숟가락을 놓자마자 나는 일어섰다.

경쟁자가 나타나자 그는 결혼을 서둘렀다. 성탄절을 앞둔 12월, 학교 근처의 카페에서 동혁이 내게 영화에서처럼 정중하게 프러포즈했다.

"나와 결혼해주겠어?"

벼락같은 그의 청혼은 '오늘밤 어때?'처럼 내게 심상하게 들렸다. 결혼이란 말에서 풍기는 세속적인 냄새가 별로였지만 크리스마스 무드에 들떠 나는 한껏 부풀었다. 그날 밤 평창동 집에 들어가 엄마에게 동혁의 사진을 보여주었다.

"잘생겼는데, 눈매가 무섭다. 잔인해 보여."

딸의 남자 친구를 마뜩잖아 하면서도 엄마는 '뭐 하는 사람이냐? 나이는? 집안은? 형제는? 고향은 어디냐?' 꼬치꼬치 캐물었다.

정치학과 대학원생이야. 나보다 네 살 많아. 시간강사해서 용돈은 벌어. 집은 가난해. 아버님은 시골 초등학교 선생이었는데 지금은 그만두고 집에서 놀아. 형은 노동운동하고, 남동생은 대학생이고 여동생은 간호대학 다녀. 고향은 대구……

엄마의 질문에 충실히 대답한 뒤에 내가 슬그머니 말을 던졌다.

"나, 동혁 씨와 결혼할까?"

"너 미쳤니? 안 돼. 하더라도 졸업한 다음에 해."

흥분한 엄마의 손에서 묵주가 미끄러져내렸다.

다음날, 아침식탁에서 아버지가 못마땅한 얼굴로 딸을 추궁했다.

"너, 엄마한테 결혼하겠다고 했다며?"

"응."

"안 돼. 만일 (결혼) 한다면 한 푼도 줄 수 없어. 알아서 해."

아직 너는 어려.

학교 졸업한 뒤에도 늦지 않으니 나중에 합쳐라.

동혁의 불확실한 미래와 배경을 문제 삼아 엄마와 아버지가 반대하는 이유를 구구절절 들으며, 얼른 그와 합쳐야겠다는 생각이들었다. 대한한국을 빛낼 여성 외교관을 만들려는 아버지의 기대를 저버리고, 평창동 부자들의 높은 콧대를 꺾을 훌륭한 사위를 맞으려던 어머니의 소원을 무시하고, 나는 그와 결혼할 것이다. 부모가 반대하는 가난한 남자와 결혼하는 게 사랑, 이라고 나는 믿었다.

4장
아무도 위로해줄 수 없는 저녁

사당동. 스물두 살의 여대생이 한 남자의 여자가 되어 살림을 차렸던 곳. 길가에서 가까운 아담한 주택의 2층이었다. 계단을 올라가 오른편에 꽤 커다란 안방, 작은 마루를 사이에 두고 부엌과 화장실이 딸린 독채였다. 1층에 주인 부부가 살았지만 출입구가 독립되어, 안에서 무슨 일이 벌어지는지 서로 알지 못했다. 학생 신분인 우리가 등하교하기 쉽게 학교에서 가까운 사당동에 셋방을 얻어주며 우리 부모는 딸을 시집보내는 심정이었을 게다. 혼인 신고만 하지 않았지, 양가 부모에게 알리고 공개적인 동거에 돌입한 우리는 부부나 마찬가지였다.

가구며 그릇이며 살림 도구 일체를 평창동에서 실어왔다. 엄마는 딸이 살림에 불편이 없게, 음식 준비하느라 공부를 소홀히 못하게 깨끗이 손질한 파와 마늘을 냉장고에 넣어주었다. 크기가 다

르게 자른 대파와 쪽파를 비닐봉투에 싸서, 성질 급한 딸이 구별
하기 쉽게 겉에 용도를 써서 붙였다.

이건 국거리용이다.

이건 나물 무칠 때 넣어라.

친정 엄마가 뻔질나게 드나들며 밑반찬과 김치를 대고 살뜰히
보살피니, 주인댁도 우리를 학생부부라 불렀다. 분홍빛 레이스가
주렁주렁 달린 신부 잠옷을 입고 밤마다 나는 그를 기다렸다. 얇
고 투명한 천에 안감을 댄 원피스 잠옷을 걸치고 나는 예비신부
연기에 열중했다. 화사한 분홍에 속아, 그는 멀어지는 여자의 마음
을 눈치채지 못했다.

장롱이 있었나? 경대는 철퍼덕 주저앉는 좌식이었나. 의자가 딸
린 서양식이었나. 서랍장 위에 접이식 손거울을 놓고 화장을 했
나. 가족이 아닌 사람과 내가 처음 의식주를 같이 하던 공간이 기
억나지 않는다. 쭈그려 앉는 수세식 변기가 놓인 화장실과 일자형
의 좁다란 부엌은 어렴풋한데, 안방은 잘 그려지지 않는다. 그러나
그해 여름에 내 피부에 닿았던 랑콤의 파란색 화장수는 또렷이 잡
힌다. 몸체에 올록볼록 요철이 있는 타원형의 반투명 유리병. 열고
닫기 쉬운 둥근 마개를 종이에 그릴 수 있다. 수입이 한푼도 없이
부모가 주는 돈으로 생활하던 대학생 신분에 맞지 않는 비싼 외제
화장품과 화려한 잠옷은 곧 깨질 관계에 어울리지 않는 사치품, 6
개월 지속된 불안한 결합의 잔인한 증인이었다. 날마다 아침과 저
녁에 예쁜 유리병의 마개를 열고 스킨과 젤 타입의 로션을 얼굴에

발랐다. 마치 신혼 첫날밤인 듯 정성을 다하여 여자가 되려는 치장에 몰두했다.

사당동에서 나는 한 번도 온전한 여자가 되지 못했다. 밤이면 그는 강제로 문을 두드렸지만, 나의 은밀한 문은 열리지 않았다. 그는 나를 소유했지만, 내 몸을 열지는 못했다. 육체가 가장 정직할 때가 있는 법. 우리가 서로 사랑하지 않음을, 몸이 먼저 알았다.

우리의 섹스는 짧았다. 쾌락이 아니라 의무가 밤을 지배했다. 속옷을 겹겹이 입어, 벗으려면 시간이 꽤 걸렸다. 브래지어, 면 팬티, 어깨끈이 달린 슬립 위에 잠옷을 갑옷처럼 두르고 두려움에 떨며 내가 반듯이 누워있다. 애무를 생략하고 바로 그곳을 파고드는 거친 남자의 욕망에 반응하기 위해서 내겐 상상력이 필요했다. 어릴 적 삼촌의 방에서 훔쳐본 포르노 잡지를 떠올리며 나는 아픔을 참았다. 내가 읽은 책이나 영화에 나오는 야한 장면들, 채털리 부인의 사랑처럼 우리와 아무 관계없는 이야기와 이미지들에 의지해 잔인한 시간을 견뎠다.

그는 내 몸을 좋아하지 않았다.

그는 내 가슴을 좋아하지 않았다.

그러나 그는 내게 "당신 가슴은 새 가슴이야"라고 대놓고 분위기를 깨는 구정물을 끼얹지 못한다. 결혼식을 올린 뒤에, 내가 그의 확실한 소유물이 된 뒤에야 그는 노골적으로 내 신체에 대한 불만을 토로했다. 작은 가슴의 말라깽이 여자는 그의 취향이 아니었다.

형상기억합금이 기억하는 나의 슬픈 젊은 날.

보이고 싶지 않은 치부를 가리려 잘 때도 나는 브래지어를 찼다. 가슴을 예쁘게 모아준다는 둥근 심이 박힌 메모리 브라. 형상기억 합금도 나의 고민을 해결해주지 못했다. 일본에서 새로이 개발한 얇은 철사에 둘러싸여, 부풀어 오르지 못한 젊음이 한숨짓는다.

동혁과 헤어지고 내가 만난 어떤 남자도 내 몸을 모욕하지 않았다.

"당신 가슴은 작지만 예뻐. 예쁘고 아주 민감해."

내 옆에 누운 J가 속삭인다. 중년인 우리는 신혼부부처럼 서로를 탐하며 뜨거운 밤을 보낸다. 신혼이었을 때 내가 누리지 못한 기쁨이 오십에 찾아왔다. 지금 내 애인은 침대 위에서 내가 아무것도 걸치지 않은 알몸이기를 원한다. 전성기가 지난 우리의 나체는 환한 불빛 아래서도 부끄러움이 없다.

저녁이 돼도 식지 않은 열기를 식히려 얼음에 적신 물수건으로 얼굴을 씻었다. 레이스 달린 잠옷을 입던 그때처럼 천천히 로션을 바르던 때도 없었다. 얼굴 전체에 보습 성분이 퍼지게, 두 손가락을 펴서 살살 두드리듯이 문지르려 얼마나 주의를 기울였는지 이마에 주름이 잡히고 땀이 맺혔다. 불쑥 불쑥 솟는 공동생활에 대한 염증을 누르며 머리를 빗었다. 그에게 나의 환멸을 들키면 나는 무사하지 못할 것이다. 그러나 푹푹 찌는 여름날, 닦아내도 닦아내도 금세 맺히는 땀처럼 흘러넘치는 피로와 권태를 숨길 수는 없었다.

백화점 가는 길이었다. 운전대를 잡고 백미러로 나를 훔쳐보던

택시기사가 내 외모에 대한 찬사를 늘어놓더니,

"아가씨, 애인 있수?"

"저, 결혼했어요."

"남편이 뭐 하는 사람이유?"

"대학원생이에요."

"아 좋겠다, 신혼이라……"

"좋긴 뭐가 좋아요. 일독에 빠져 사는데. 밥하고 청소하고……"

짜증 섞인 목소리를 드러내는 순간, 그가 뒤로 손을 뻗어 내 치마를 만졌다. 깜짝 놀라, 치마 밑을 더듬는 손을 뿌리치고 택시에서 내렸다. 장 보러 가는 차림치고는 꽤 차려입은 젊은 유부녀의속을 떠보려는 심사였을 게다. 모르는 남자의 추잡한 손이 만지작거린 흰색 바탕에 검은 무늬가 새겨진 플레어스커트는 나의 작업복이자 외출복이었다. 마 소재의 캐주얼한 투피스의 하의로 무릎길이에 품이 넉넉해 움직이기 편했다. 동혁의 할머니 초상을 치를때도 상복이 없어, 검정색이 들어간 그 옷을 입고 백 명에 가까운문상객들이 먹을 음식을 만들었다.

그의 연구실이 아니라 우리 집에서 대학원 세미나가 열리는 날. 손님 맞을 준비를 하느라 내 손은 바쁘다. 쌀을 씻고 찌개를 끓이고 도토리묵을 무치고 맥주와 음료수를 사서 냉장고에 넣고, 일곱명이 넘는 남녀들이 마실 컵을 씻고, 그들이 들이닥치기 전에 빨래를 걷고 청소를 끝내려, 현관문이 열리기 전에 몸을 씻고 주부의 피곤을 지우려 그가 보지 않는 곳에서 아침부터 저녁까지 종종걸음. 강박에 걸린 환자처럼 일을 해치웠다. 산더미처럼 쌓인 더러운 접시들이 원망스러웠다. 음식 장만과 설거지에 치여 내 머리에 선 텅 텅 그릇들 부딪는 소리만 나고, 운동과 논쟁에 대해서라면 모르는 게 없는 선배에게 복속되어 나만의 의견과 논리가 실종된 지 오래. 나를 표현하고 싶어서 그들의 대화에 끼어들었다 망신을 당했다. 푹 죽어지내다 감히 나섰으니, 내 전공인 서양근대와 관련된 주제였으리라.

느닷없이 방문을 열어젖힌 나를 안쓰럽게 바라보던 그네들. 네가 뭘 안다고 잘난 척이야? 너처럼 어린 인형은 정치철학 근처에 오지도 마. 힐문하는 듯한 시선에 찔려 나는 더듬거렸다. 인정받고 싶어서 앞뒤가 맞지 않는 황당한 단어들을 나열했다.

겨우 네 살 차이인데, 내가 왜 그토록 기를 펴지 못했는지?

1980년대 한국의 대학에서 일 년 선배는 사회에서 십 년에 맞먹는, 사회생활을 십 년 더한 만큼의 권위가 있었다. 79학번은 80학번보다 열 배쯤 다양한 언어와 (특히 약어로 된 운동용어!) 전문지식을 (지식이라기보다 정보를) 자랑했고 담배를 피우는 폼도 훨씬 멋있었다. 자연적인 나이가 아니라 학번이 지배하는 학원에서, 나이가 어리더라도 학번이 앞서면 무조건 선배 대접을 해줘야 했다.

여학생의 경우, 1학년과 2학년은 머리나 옷차림이나 가방 드는 모양새가 멀리서도 구분이 되었다. 2학년이 되면 뽀글거리는 파마머리가 사라지고, 제복처럼 위아래가 똑같은 색의 정장은 촌스러워 옷장에 처박혔다. 중간에 끼인 2학년과 3학년은 비슷했다. 4학년은 3학년보다 노숙했고 여자 냄새를 풍겼다. 밖에서는 우리를 비슷하게 봐도 우리끼리는 그 차이를 예민하게 받아들였다.

최근에 S대를 방문해 도서관의 카페에서 차를 마신 적이 있다. 내 앞에 앉아 빵 봉지를 뜯는 남학생은 한참 어려 보였다. 1학년인지 2학년인지 가늠되지도 않았다. 저렇게 어린 애들이 뭘 안다고 민주주의를 외치고 혁명을 논했는지. 젊디젊은 우리의 어깨가 왜 '독재타도'와 '직선제 개헌'이라는 무거운 시대의 짐을 짊어졌는지…… 군부의 총칼에 맞서 돌멩이를 들고 싸우던, 겁 없는 젊음이 역사를 바꾸었다.

앞장서 싸울 용기가 없어, 나는 부엌으로 도피했다. 그가 밥을 달라고 청하면 말없이 밥상을 대령하고, 그는 명령하고 나는 순종하는 익숙한 패턴을 반복하고 있었지만, 따분했다. 이게 정녕 내가 원하던 삶인가? 이게 아닌데, 이게 아닌데, 하면서도 빠져든 수렁에서 벗어나고 싶던 어느 날 경혜가 나를 찾아 왔다. 경혜는 사당동의 집을 방문한 유일한 내 대학친구였다. 동혁의 패거리들만 뻔질나게 드나들며 술 내놓아라 소란을 피웠지, 내 동무들은 집들이에 초대하지도 않았다.

동혁을 만난 뒤부터 나는 투쟁의 현장에서 멀어졌다. 77학번 운동권 선배와 연애하면서, 역설적으로 나는 학생운동으로부터 멀어졌다. 대학은 부글부글 끓고 있었다.

1984년 1학기부터 이른바 학원자율화 조치가 내려졌다. 해직교수의 복직, 1300여 명의 시국 관련 제적학생의 복학을 허용한 학원자율화 조치는 5공화국 최대의 실수, 스스로의 숨통을 죄는 올

가미였다. 시위에 대한 강경한 대응이 효력을 발휘하지 못했다는 자체 반성, 교황 방문과 아시안게임을 앞둔 '살인마 전두환'의 이미지 개선, 혹은 지하에 숨은 과격한 학생들을 비교적 온건한 학생대중과 분리해 처벌하려는 전술적 포석이었든…… 정권의 뜻대로 사태가 돌아가지 않았다. 일단 문이 열리자 백 사람의 논객이 다투어 자기주장을 발표했다. 복학생들이 전국적인 학생조직을 만들고, 노학(勞學)연대를 모색하고, 활동가들이 강력한 재야단체를 결성하며 정권을 위협하는 수준으로 성장하였다.

1984년 2월 29일, 전국의 모든 대학에서 사복경찰이 철수했다. 전경이 사라진 캠퍼스에 자유와 민주주의, 웃음과 박수소리가 넘실댔다. 인문대와 사회대의 학과 사무실은 강제징집되거나 학원 사태로 제적돼 '빵을 살다' 돌아온 복학생들로 넘쳤다. 2학기에 총학생회가 부활했다. 총학생회의 부활은 잠재된 모든 욕구들의 부활이었다. 총학생회장 선거에 나온 어느 후보는 '강 건너'로 가는 육교를 교내에 설치하자는 귀여운 공약을 내걸어 인기를 끌었다. 캠퍼스와 유원지의 경계를 흐르는 개울에 육교를 설치하면, 교문을 나와 멀리 돌아가는 U턴을 하지 않아도 '강 건너'로 직행해 막걸리를 마실 수 있었다. 개구리처럼 허리를 구부려 개구멍을 통과해 개울을 건너지 않아도 되니, 품위를 따지고 치마를 즐겨 입는 여학생들은 환영할 일이었다.

도서관 가는 길에 대자보와 느낌표가 붙지 않은 벽을 찾기 힘들었다. 졸업정원제와 상대평가제를 폐지하자! 강제징집 철폐하라! 총학생회 사수하자! 학원의 자율화는 사회의 민주화를 통해

서만 이룩할 수 있다. 파쇼, 매판자본, 제국주의, 헤게모니, 구조적 모순…… 우리끼리 속삭이던 말들이 선거철이 되어 대형스피커를 통해 광장과 계단에 울려 퍼졌다. 6월 항쟁을 준비하며 달아오른 무기고 같은 교정에서 나는 홀로 고립된 섬이었다.

오며가며 지나가다 총학생회장 선거유세를 들었지만, 준수한 외모에 양복을 깔끔히 차려입은 아무개의 열변에 솔깃한 적은 있지만, 누가 회장으로 선출되든 내겐 별 상관이 없었다. 무기정학과 자진휴학으로 동기들보다 3학기나 뒤진 나의 초미의 관심은 졸업에 필요한 학점, 그리고 연애였다. 학원을 길들이는 군부독재의 손이 부드러워져, 이전에는 금기시되던 사회주의 계열의 사상을 가르치거나 혁명을 논하는 교과목이 늘었다. 솔솔 부는 자유의 바람을 타고 나도 일반선택 과목으로 '소련정치론'을 수강했다. 혁명을 배우기 위해서라기보다 학점관리를 위해서 대형 강의실에 앉아 있었다.

출석을 부르지 않고 학점을 잘 주기로 소문나 수강생들이 몰리는 교실에는 다른 과 남학생들도 많았다. 중간고사가 가까워지면 내게 공책을 빌려달라는 더벅머리 남학생들도 더러 있었지만, 내 앞을 가로막는 그네들과 말을 섞기는커녕 눈도 마주치지 않았다. 내게는 이미 남자가 있으니 한눈을 팔면 안 된다고 배웠기에. 고지식한 엄마와 도덕 교과서가 주입시킨 정조관념에서 나는 자유롭지 못했다.

4년 연상의 복학생과 소문난 캠퍼스 커플이 된 뒤로 내 또래의 남학생은 물론 여학생들도 여간해선 내게 다가오지 않았다. 내가 속한 사학과가 아니라 그의 대학원 동료인 정치학과 사람들을 상대하는 시간이 늘어났다. 어쩌다 학생회관 3층의 고전문화연구회 서클룸에 가면 모르는 얼굴이 아는 얼굴보다 더 많았다. 동혁과 데이트하느라 과 여행에 따라가지 않았다. 농촌활동이나 수련회에도 참석하지 않았다. 경혜를 만난 뒤부터 내 가슴에 시대의 태풍이 몰아쳤다.

동아리 활동이 뜸해진 나를 부추기며, 경혜가 뜻밖의 제안을 했다.

"애린아. 같이 현장에 들어가자."

'현장'이란 말이 나를 때린 순간, 내 몸의 신경세포들이 생산라인의 톱니바퀴처럼 격렬히 움직이기 시작했다. 1980년대 의식화된 대학생들의 궁극적인 현장은 대학이 아니라 공장이었다. 졸업을 앞둔 운동권 대학생들의 선택은 두 가지였다. 데모를 치고 빵에 들어가거나, 아니면 당시 유행처럼 번지던 공장에 들어가는 것. 대졸학력을 속이고 공장에 위장취업해 낮에는 일하며 밤에는 노조를 조직하고 파업을 선동한다?

무서웠다. 난 원래 싸움에 소질이 없는 사람이다. 큰소리칠 줄도 모르고 욕할 줄도 모른다. 싸우고 또 싸워야 하는 험난한 투쟁의 길은 내게 너무 멀고 아득해 보였다. 직업적인 혁명가가 되겠다는 야심도 없었다. 난해한 사회구성체 논쟁, 조직노선을 둘러싼 첨예한 갈등, 한쪽이 거꾸러지기 전에는 도저히 끝날 것 같지 않은 이론투쟁, 조잡한 지하 팸플릿을 도배한 섬뜩한 슬로건들이 내겐 생경했다. 독재타도, 자유, 민주주의 정도면 내겐 충분했다. 당연한 일을 하는데 그렇게 많은 이론이 필요한가? 나는 내심 의아해했고 그래서 세미나와 학습을 게을리 했다.

그런데, 나를 함께할 동지로 여기고 의미 있는 일을 제안하다니. 보통의 운동권 여학생들과 다른, 머리도 길고 옷도 화사하고 개인주의적인 성향이 강한 나를 대개는 부르주아적이라 치부하며 멀리했다. 나처럼 동요하는 회색인은 중요한 모임에 끼워주지도 않는 분위기였는데, 나를 찾아온 친구가 고마웠다.

오랜만에 친구에게서 시대에 관한 심각한 담론을 들은 저녁, 집에 들어온 동혁을 맞는 내 눈빛에 생기가 돌았다. 고분고분하던 내 입술이 도전적으로 열렸다. 내 이야기를 듣자마자 그는 어이없다는 듯 단호하게 말했다.

"당신 같은 사람이 거기를 어떻게 들어간다고 그래?"

"나 같은 사람이 어떤 사람인데?"

분을 참지 못한 내가 목소리를 높였다.

"당신, 공장이 어떤 데인 줄 알기나 알아?"

물론 나는 공장을 모른다. 공장 근처에 가본 적도 없다. 현장이 어떤 곳인지, 거기서 무슨 일이 벌어지는지 알지 못했지만 짧은 언쟁 끝에 그의 말을 따르기로 했다. 말로 나는 그를 이기지 못한다. 게다가 그의 형이 유명한 노동운동가라 그쪽 사정에 훤한 듯했다.

그의 형, 동진은 전태일이 분신한 1970년에 이미 대학생 배지를 떼고 공장에 들어간 전설적인 인물이었다. 1987년 7~8월의 노동자 투쟁을 이끌고 민주노총(전국민주노동조합총연맹)을 탄생시킨 숨은 주역이었다. 동혁은 기회만 닿으면 그의 형 자랑을 했다.

우리 형은 대단한 사람이야. 차비를 아낀다고 글쎄, 방학에 서울에서 대구의 집까지 걸어왔지 뭐야. 지독한 사람이지.

형이 생활비 걱정 안 하고 노동운동에 전념할 수 있도록 동혁은 매달 돈을 보냈다. 대학원 조교로 일하며 받는 얼마 안 되는 월급의 상당액을 형에게 송금하고 나머지는 자기 용돈으로 쓰며, 내게는 한 푼도 내놓지 않았다. 같이 살며 나는 그에게 생활비를 요구하지 않았다. 내 집에 들어와 거저 먹고 자며 떵떵거리는 남자에게 나는 불만을 제기하지 않았다. 내가 그와 결합한 이유 중의 하나는 활동가인 그의 형을 도우며 운동의 보조자가 되기 위함이었기에. 현장에 가까이 있지는 못하지만, 보이지 않는 희생이 따르는 소극적인 방식으로나마 내 몫을 다하고 싶었다. 나의 학비는 물론이고 우리 둘의 생활비와 용돈도 친정에서 댔다. 모자람 없이 넉넉하게 내 통장으로 매달 꼬박꼬박 들어왔다. 열렬한 반공주의자인 내 아버지의 피와 땀이 딸을 통해 좌익의 젖줄로 흘러들어갔다.

며칠 뒤 다시 찾아온 친구에게 나는 변명하듯 말했다.

"난 자신 없어. 결혼 할래."

내 의사를 확인하곤 경혜도 더는 나를 설득하려 애쓰지 않았다. 끝낼 생각이면서 웬 결혼? 갈팡질팡했던 그때를 떠올리면 나는 길을 잃는다. 동혁이 내 옆에 있었던 때는 내 인생에서 가장 불안했던 시기. 스물두 살에서 스물네 살까지 의식의 흐름을 잡지 못해 사건들의 앞뒤가 몽롱하다. 설악산 산행이 먼저인지, 경혜의 방문이 먼저인지, 칼부림이 먼저인지. 다만 문장들이 튀어나오고 흐릿

한 영상들이 어른거릴 뿐.

우리 사이에 미묘한 균열이 생기던 여름이었다. 방학이 끝날 무렵, 수업도 세미나도 없는 한가한 휴일. 늦은 아침을 차려먹은 뒤였다. 욕실에서 칫솔을 들고 이를 닦는데, 동혁의 치켜올라간 눈썹이 세면대 거울에 비쳤다.

"우리 설악산 가자."

웬 등산? 날씨도 더운데. 내가 시큰둥한 반응을 보이자 단호한 어조로 그가 말했다.

"우리 설악산 가자."

"언제?"

"지금."

동혁이 같은 말을 두 번 할 때는 순순히 따라야 뒤탈이 없다. 우리 사이의 불문율이었다. 내키지 않았지만 그가 시키는 대로 당장 짐을 쌌다. 비누 샴푸 칫솔 치약 여행용화장품, 수영복, 속옷, 수건, 쌀과 김치, 생선통조림, 코펠…… 내가 짊어질 물건들을 학생용 배낭에 욱여넣었다.

어릴 적 겪은 교통사고 후유증으로 무릎이 부실한데 어떻게 설악산처럼 높은 산을? 겁이 났지만 그에게 끌려나오다시피 집을 나섰다. 갑작스런 산행이라 나는 등산화를 준비하지 못했다. 사당동의 내 신발장에는 등산화가 없었다. 밑창이 푹신한 운동화도 없었다. 하나뿐인 나이키운동화는 평창동 집에서 가져오지 않았다. 별수 없이 그냥 시장갈 때 신는 홑겹의 헝겊신을 신을 수밖에. 버스에서 내려 산길을 걷는데, 얼마 지나지 않아 다리가 저리고 등에 땀이 배었다.

"힘들어. 형- 우리 쉬었다 가자."

그러나 그는 쉬지 않고 성큼성큼 앞만 보고 걸었다. 백담사에서 하루 자고 봉정암, 대청봉을 넘어 저녁에 비선대로 내려간다는 게 그의 계획이었다. 내가 '동혁 형'이라 불렀던 남자는, 한번 계획을 세우면 무슨 일이 있어도 밀어붙이는 사람이었다.

남자가 앞서고 여자가 뒤따르는데 다정한 대화도 없이, 서로 손을 잡지도 않고 앞만 보고 걸어가는 우리 둘을 누가 본다면, 연인이라 여기지 않으리라. 어두워지기 전에 텐트를 쳐야 한다며 그는 걸음을 서둘렀다. 어둑어둑해진 뒤에야 백담사 입구에 도착했다. 물이 흐르는 계곡 옆에 드디어 짐을 내려놓고 텐트를 쳤다. 불을 피워 밥을 짓고 꽁치통조림에 김치를 넣어 찌개를 끓였다. 담배를 피우고 차가운 물에 세수한 뒤 잠자리에 들었다. 바위에 부딪치는 물소리만 파고들 뿐, 사방이 적막했다. 반경 오백 미터 이내에 살아 있는 인간이라곤 우리뿐이었다. 천막 안에 누워 우리는 대낮의 갈등을 잊고 남자와 여자가 되었다. 그가 잠든 뒤에도 나는 한참 깨어있었다. 울퉁불퉁한 땅바닥, 처음 자보는 야외용 침낭이 춥고 불편하여 잠이 오지 않았다.

이튿날 아침, 일찍 밥을 해먹고 다시 배낭을 어깨에 짊어졌다. 세면도구와 옷가지와 이틀치 식량을 넣은 내 배낭은 텐트와 침낭이 들어간 그의 큼직한 등산배낭 못지않게 무거웠다. 무거워 축축 늘어졌다. 설마 여자인 내게 이걸 끝까지 짊어지게 하려구? 내 짐을 좀 덜어달라고 애원했으나 그는 쌀쌀맞게 대꾸했다.

"등에 짐을 져야 무게중심이 잡혀 덜 피곤한 거야. 알겠어?"

시나브로 산속 깊숙이 들어가는데, 시간이 지날수록 어깨끈이 살을 파고들어 아팠다. 내가 맨 싸구려 패션배낭은 어깨끈이 넓지 않고, 등산용 배낭처럼 하중이 걸리는 부위에 두터운 솜을 덧대지도 않았다. 가방이 불편한데다 신발도 좋지 않아 여러 차례 발을 헛디뎠다. 헉헉거리며 그를 따라가도 이내 뒤로 처지는 나를 가끔 돌아보며 그는 버럭 짜증을 냈다.

"갈 길이 먼데 왜 이리 걸음이 느려."

그에 이끌려 무리한 산행을 강행하다 사태골에서 추락할 뻔했다. 사태골은 경사가 심해 사고가 많기로 유명한 곳이다. 방심한 사이에 그만 발이 찍 미끄러져 아래로 굴렀다. 깎아지른 비탈을 몇 바퀴 구르다 튼튼해 보이는 나무밑동을 잡고, 간신히 나는 위로 올라왔다.

바둥거리며 암벽을 올라오는 내 팔을 힘껏 끌어당긴 사람은 그가 아니라, 사고를 목격한 다른 등산객이었다. 죽을 고비를 넘기고 살아 돌아온 여자의 손을 남자는 잡지 않았다. 동행한 애인이 아찔한 순간을 넘겼는데도 그는 인상을 찌푸리며 야단치기에 바빴다. 부주의하다고, 왜 밑을 보지 않고 가냐…… 옆에서 우리를 지켜보던 사람들이 수군거리는 소리가 들렸다.

"남자는 등산화를 신었는데 여자는……"

"저걸 신고 어떻게 설악산에 왔을까?"

그들이 흘린 말들이 내 가슴에 커다란 의문부호를 새기며, 나를 동정하는 타인의 시선을 의식하며, 나는 그에게서 멀어졌다. 나는 이제 그의 말을 잘 듣지 않을 것이다. 동혁은 여전히 나의 '형'이고 까마득한 선배였지만, 사고 뒤에도 나는 그를 '동혁 형'으로 불렀지만 그는 내게 옛날의 권위를 상실했다. 설악산에서 나의 최초의 반항.

"대청봉까지 나는 못 가."

'못 가요'가 아니라 '못 가'였다.

힘들어서 더는 못 가겠다고 완강히 버티는 나를, 그도 어쩔 수 없었다. 애초에 목표했던 대청봉은 포기하고 소청봉에서 발길을 돌려 내려갔다. 그의 계획대로 그날 밤에 속초에 닿기 위해 어둠에 쫓겨 뛰다시피 능선을 타고 산길을 더듬었다. 내 다리가 그때처럼 혹사당한 적은 없었다. 저 만치 앞서가는 그를 따라가느라 무릎뼈가 덜컹거리고 발목이 시큰거렸다. 충격을 흡수하는 쿠션이 없는 엉터리 운동화를 신고 울퉁불퉁 튀어나온 돌과 바위들을 밟느라 발바닥이 벗겨지고 살갗이 까졌다. 비선대의 그 아찔한 계단들을 헐떡거리며 내려와 자정 무렵에 우리는 목적지에 도착했다.

아침에 백담사를 출발해 봉정암을 지나 소청봉을 넘어 비선대로 하산했으니, 만 하루도 되지 않는 열댓 시간 만에 설악산을 오르내렸다는 계산이 나온다. 처음 오르는 해발 1,550 미터의 봉우리를 여자가 운동화도 신지 않고 반나절에 완주한다? 미친 짓을 몸이 망가지는 줄도 모르고 젊은 혈기로 감당했다.

숙박비를 아끼기 위해 동혁은 그의 대학원 동료 부부가 신혼여행 와서 묵고 있는 설악동의 콘도를 찾아갔다. 콘도에는 우리 말고도 정치학과 대학원생들이 여럿 진을 치고 놀고 있었다. 여자라고는 갓 식을 올린 신부와 나, 둘 뿐이었다. 신혼부부가 안방을 차지하고, 모두가 인정하는 예비부부인 동혁과 내게도 작은 방이 하나 배정되었다.

전망이 아름다운 콘도의 2층 거실에서 그와 나 사이에 말다툼이 벌어진다. 내가 뽀로통해 있자 사람들 앞에서 그가 나를 뭐라고 윽박지른다. 자존심이 상해 우리 몫으로 할당된 방으로 들어간 나는 문을 잠갔다. 문 열라고 그가 소리를 질렀다.

"안 열면 부수겠어. 어서 못 열어!"

탕, 탕, 세게 방문을 치고 손잡이를 비틀었다. 그가 나를 덮치면 어떡하지? 오그라든 나는 침대 위에서 바들바들 떨고, 그는 문을 두드린다. 두드리다 못해 발로 쾅쾅 걷어찼다. 내가 끝까지 버텼다면 그에게서 진작 벗어날 수 있었을 텐데. 문이 열리고 그가 방에 들어왔다. 살벌한 눈빛에 질린 나는 뒷걸음쳤다.

설악산 콘도의 위층에서 여자가 남자로부터 폭행당할 때, 아래층에선 남자의 친구들이 화투짝을 돌린다. 고도리가 나왔다고 즐거워하며 위층의 껄끄러운 소음을 화투방석 밑에 꼭꼭 숨긴다. 두귀로 듣고 한 귀로 흘린다. 두 남녀의 사랑싸움에 끼어들지 말자고, 미래의 정치학자들이 자신들의 정치철학을 화투판에 늘어놓는 동안, 남의 비싼 문이 부서질까 겁난 여자가 문을 열고……

세월이 흘러도 흉터는 희미해지지 않았다. 동해 바다가 보이는 스카이라운지에 앉아 오렌지주스를 마신다. 발밑에 하얀 물거품이 일고, 쓰라림과 달콤함이 하나로 섞여 부서진다. 얼음이 녹고 유리잔이 미지근해질 무렵, 스물세 살의 내가 물 위에 떠있다.

"당신. 어디 가? 어디 갈려구?"

미쳐 날뛰던 목소리가 언제 그랬나 싶게 잦아들고, 어느새 부드러워진 눈빛이 나를 쳐다본다. 떠나려는 여자를 보며 풀이 죽은 남자가 애타게 매달린다.

"내가 당신을 얼마나 사랑하는데……"

사랑. 사랑에 나는 약하다. 누가 내게 사랑이 묻은 사탕을 던지면, 간이라도 빼준다. 몸도 주고 돈도 주고 집도 내준다. 뻣뻣하던 마음도 흐물흐물 풀린다. 사랑, 때문에 나는 다시 주저앉는다.

처음 내 몸에 '손'을 대고 그는 엉뚱한 논리로 자신을 합리화했다.

너무 사랑해서,

헤어지기 싫어서, 때릴 수밖에 없다.

무릎 꿇고 싹싹 비는 모습이 측은해, 전가의 보도처럼 휘두르는 사랑에 속아 나는 그를 용서했다. 그가 잘못을 인정하고 내게 다정히 대해주면, 미움이 녹았다. 우리는 늘 그런 식이었다. 나는 여전히 그의 여자였다. 나는 그의 그림자였다. 그가 움직이면 나도 움직이고, 그가 멈추면 나도 멈추었다. 그가 그만 자자고 말하면 불을 끄고 그 옆에 누웠다. 반복되던 가해와 고해에 지친 내가 그를 떠나기로 결심했을 무렵, 그의 아이를 가졌다는 사실을 알게 되었다.

그의 아이, 라고 쓰고 속이 부대낀다.

그의 아이가 아니라, 나의 아이였다.

우리의 아이였다.

모두의 아이였다.

예정일이 지났는데도 생리가 시작되지 않았다. 사당동에서의 어느 아침. 책상 위에 널린 책들을 한쪽으로 치우고, 마치 갓난아이를 다루듯 조심조심 임신진단막대를 내려놓는다. 흔들리면 결과가 잘못 나올 수 있다. 5분은 길다. 시계를 쳐다보고 사용설명서를 주의 깊게 읽는다. 자주색이면 양성반응. 음성이면 흰색 그대로 색채의 띠가 생기지 않는다.

내가 원하는 색이 무엇인지? 확실하지 않다. 소변에 섞인 임신호르몬과 약품이 화학반응을 일으키는 동안, 기대와 초조가 격렬하게 교차한다. 젊고 건강한 나의 여성은 양성반응을 기대하고, 철없는 이성은 변화를 바라지 않는다. 결과창의 색이 분명해져야 내가 뭘 원하는지 분명해질 것 같다. 드디어 색깔이 나타났다.

붉은 띠를 보고 뿌듯함이 밀려들었다. 내가 진짜 여자가 되었다는 뿌듯함에 곧 다른 것들이 끼어든다. 걱정. 미래에 대한 불안. 나는 학생이었다. 엄마가 될 준비가 되어 있지 않았다. 뻐끔담배지만 하루에 반 갑을 피웠고 저녁마다 변비약 둘코락스를 복용했다. 아이가 어떻게 나오는지, 나는 정확히 몰랐다. 성(性)에 대한 지식이 부족했다. 팬티가 벗겨지고 다리를 벌려 그의 물건을 받아들이면 생명이 잉태될지도 모르는데, 피임도 하지 않았다.

삼십 년 뒤에 내 몸을 더듬는 남자에게 나의 무지를 들키며, 오줌 나오는 구멍과 생명이 태어나는 구멍의 상세한 위치를 알았다. 오십 세가 되어서도 클리토리스와 질이 어떻게 다른지, 대음순과 소음순이 어디를 가리키는지 알지 못하는 나를 보고 J는 충격을 받았다. 요도가 어디 붙어 있는지도 모르는 나를 그도 처음엔 믿지 않았다.

"정말 몰랐어? 모르면서 어떻게 남자랑 섹스를 했어? 지스팟 G-Spot도 모르는 여자가 페미니즘 소설을 쓰다니 당신, 대(對)국민 사기 친 거야. 호기심 많은 사람이 어떻게 참았어? 궁금하지도 않았어?"

인체의 구조에 정통한 남자 친구에게 자극받아, 침대에 누워서 손거울을 들고 나의 하체를 면밀히 관찰했다. 더는 생명을 잉태하지 못하는 몸이 되어, 여자의 생식기에 대해 제대로 알게 되었다. 피임이 필요 없는 나이가 되어, 여자와 남자의 성에 대한 호기심이 솟아 인터넷에 접속했다.

임신이 진단되지 않는 나이가 되어, 약국에서 임신진단시약을 구입하고 사용설명서를 읽는다. 아침에 첫 소변을 받으라는 주의사항을 그대로 지켰을 테니, 이른 아침이었다. 출근하기 전이니 동혁도 옆에 있었으리라.

신기했다. 내가 생명을 잉태했다. 배를 내려다보고 손으로 만져본다. 달력을 보고 날짜를 계산한다. 설악산에서 생긴 아이? 사태골에서 미끄러지고 내 마음이 그에게서 멀어졌는데, 그를 떠나려는데…… 떠나려는 난자와 정자가 결합해 수정란이 만들어졌다. 운명인가? 졸업을 하려면 두 학기나 남았다. 머지않아 중간고사도 치러야 한다. 복잡한 감정에 휩싸여, 내 생애 가장 긴 아침이 밝았다.

내 몸에 정자를 뿌린 남자, 동혁에게 먼저 소식을 알렸다. 그런데 기뻐해야 할 그의 목소리와 안색이 밝지 않다. 대학생인 딸을 임신시켰다고 우리 부모님에게 추궁당할까봐? 미리 알아서 피임하지 않은 여자 친구가 원망스러웠나? 부잣집 사위가 되려는 계획에 차질이 생겨서? 그는 내게 자신의 어둡고 찬란한 속내를 보여주지 않았다.

그의 냉랭함을 알아채고 나는 얼어붙는다. 그는 아이를 원하지 않는다. 나는? 여자의 인생에서 중요한 선택을 앞두고, 나는 밖으로 나간다. 의과대학에서 수련의 과정을 밟는 친구를 찾아가, 어떻게 해야 하나? 내 문제를 털어놓는다. 고민하는 내게 서희가 해결책을 제시한다.

네가 그 남자와 결혼할 거면 애를 낳아.

헤어질 거면 낳지 마.

수술할 거면 빨리해야 네 몸이 상하지 않아.

결심이 서면 연락하라며 그녀가 아는 산부인과 전문의 이름을 내게 주었다. 서희와 헤어진 뒤, 버스를 타고 평창동으로 갔다. 엄마는 뭐라고 하실까? 착해빠진 우리 부모는 동혁을 불러 야단치지 않았다. 미래의 사위에게 딸을 책임지라는 요구도 하지 않았다. 나의 어머니와 아버지는 그들만의 일로 바빴다.

내가 어두운 낯으로 평창동 집의 벨을 누른 그날도 엄마는 거실의 소파에 앉아 뜨개질을 하고 있었다. 실과 바늘을 잡고 있거나 얼굴에 달걀을 바르고 누워, 새파랗게 젊은 애와 바람난 아버지에게 끓어오르는 원망을 진정시키고 있었다. 1층의 식당에서 엄마가 차려준 따스운 밥을 몇 술 뜬 뒤에 나는 본론을 꺼냈다. 뭐든지 에둘러가지 않고 있는 그대로 내뱉는 엄마와 딸이 각을 세우며 서로를 건드렸다. '속도를 위반한' 딸이 엄마는 창피했다.

"어째 네 인생이 꼬이려나보다. 그래 내 뭐랬어? 이런 일 생기기 전에 조심하라구 그랬지. 너, 내 말 안 듣더니 꼴 조오타."

사범대학을 졸업한 우리 엄마는 국어교사 자격증을 써먹지도 못하고 내 아버지와 결혼했다. 치열한 경쟁을 뚫고 들어간 대학을 졸업하기도 전에 내가 미혼모가 되어, 당신처럼 꿈도 펼쳐보지 못하고 가정주부로 눌러앉는 꼴을 엄마는 보고 싶지 않았다. 엄마는 내가 당신처럼 창백해지기를 원치 않았다.

그날을 내가 왜 기억하나.

그날이 먼 훗날 되풀이되리라는 걸 내가 알았던가.

서둘러 아침밥상을 치운 엄마가 모처럼 외출준비를 한다. 우리 엄마한테도 저렇게 예쁜 옷이 있었나. 약간 도타운 천의 눈부신, 흰색이 아니었다. 연한 상앗빛의 겨울재킷이었다. 엄마는 때 탄다고 흰옷을 입지 않았다. 그날을 관통하는 까닭 모를 슬픔이 누런색을 하얗게 탈색시켰다.

"엄마. 어디 가?"

"응, 병원 가. 너도 엄마랑 같이 갈래?"

내가 놀던 경계를 벗어난 먼 길. 넓고 완만한 내리막길을 엄마와 나란히 손잡고 걸으며, 바쁜 우리 엄마를 오늘 하루 내가 독차지했다는 기쁨에 나는 촐랑거렸다. 돌아오는 길에 엄마는 내게 기댔다. 내 작은 손을 꼭 쥐고 한쪽 다리씩 천천히 떼어놓는데, 중심을 잡지 못해 비척거리는 당신의 체중이 내게 전해졌다. 집에 오자 엄마는 아랫목에 이불을 깔고 누웠다. 어찌나 안색이 창백한지, 나는 우리 엄마가 금방 죽는 줄만 알았다. 다 꺼져가는 촛불처럼 힘없는 목소리로 엄마가 나를 부른다.

-애린아. 이리 와 봐.

어린 너한테 못할 짓이지만, 엄마는 찬물에 손을 대면 안 된대. 저기 구석에 아버지 와이셔츠 있지? 그걸 빨아야 하는데, 너 할 수 있겠니?

-응. 지금 할께.

-아니, 손 좀 녹인 후에 해.

발딱 일어서려는 나를 엄마가 불러 세워, 누운 채 손을 들어 시범을 보였다.

-와이셔츠 에리를 비누칠 해 이렇게…… 살살 비벼야 돼. 단추 안 떨어지게.

마당의 수도는 꽁꽁 얼어있었다. 엄마의 지시대로 아궁이의 물을 바가지로 퍼부어 수도관의 얼음을 녹였다. 차가운 물이 손끝에 닿을 때마다 얼얼했지만, 아랫목에 누운 엄마를 생각하며 팔뚝을 걷어붙이고 와이셔츠를 비비는 손에 힘이 들어갔다.

-다 했어. 엄마.

-우리 애린이 다 컸구나. 와이셔츠도 빨 줄 알고. 어서 와, 손 녹

여라.

　기특해하는 엄마 앞에서 의기양양했던 하루를 내가 기억하는 이유…… 아침의 눈부시게 빳빳한 흰빛이 허망해서다. 병원에서 나온 어머니의 등은 무참히 구겨져 있었다. 엄마는 임신 4개월이 넘었고, 위험해서 안 해주겠다는 의사를 설득해 억지로 수술을 했다. 도살장에 끌려가는 기분이었지. 그때 긁은 애가 꼭 사내애 같았는데…… 사내애를 낳지 못한 '죄인'이었던 우리 엄마는, 밖에서 아들을 낳겠다며 외도를 일삼는 아버지를 막을 수 없었다.

　해가 시들시들 흐린 대낮에 집을 나왔다. 고개를 숙이고 현관문을 나가는 딸에게 엄마가 돈을 쥐어주며, 별 대수롭지 않다는 투로 툭 던졌다.

　"십만 원이면 해준댄다."

　청춘남녀의 소꿉장난은 끝났다. 낭만의 구름이 걷히자, 현실은 돈과 서류를 요구했다. 서울의 어느 병원에서 여자는 치마를 벗고 누웠다. 동혁의 일터에서 가까운, 오백 미터도 떨어지지 않은 곳이었다. 산부인과 침상에 누워서 나는 순진의 대가를 치렀다. 나는 혼자였다. 동혁은 내 옆에 없었다. 걸어서 십 분도 걸리지 않는 병원에 그는 잠깐 얼굴을 내밀지도 않았다. 출근하면서 그는 내게 몇 시냐며, 수술이 예약된 시간을 묻지도 않았다. 우리는 따로따로 집을 나서, 따로따로 귀가했다. 마취가 깨어 허청거리며 병원 문을 밀고 나가는데, 내 남자의 비겁함이 발에 밟혔다. 그는 나를 사랑하지 않는다! 태어나 처음 맛본 환멸이었다.

6개월 남짓한 동거 끝에 '헤어지자'가 내 입에서 나온 날, 전쟁을 앞둔 오후에도 나는 얼굴에 스킨을 바르고 있다. 멀리 태평양을 건너온 마법의 물. 세련된 파리 여인의 향이 방 안 가득 퍼진다. 달콤하되 지나치게 달지 않고, 시원하되 차지 않고, 열렬하나 천박하지 않고, 섹시하지만 노골적이지 않은 여인의 향. 은은한 잔향에 취해 잠깐이라도 행복했을까. 해초 성분이 포함되었다는 깊고 푸른 바다 냄새가 비극을 잠시 유예할 수 있을까. 순면의 화장솜에 적신 사랑의 향기가 전운이 감도는 안방에 평화를 선물할까? 어떻게 말을 꺼내지?

　장미와 해초에서 추출한 치명적인 향은 남자를 유혹할 수도, 찌를 수도 있다. 그러나 나는 그를 도발하려 화장수를 사지 않았다. 나는 그를 유혹하려 기름을 몸에 바르지 않았다. 신부용 분홍 잠옷처럼 랑콤의 토닉 두세르(Tonique Douceur)는 불행한 나를 외면하려는 도피의 도구였다.

　'완벽한 피부 표현'을 내세운 광고의 문구처럼 삶을 연출하려는, 허황한 속을 감추기 위한 덮개였다. 투쟁의 현장에서 멀어진 나의 죄의식을, 혁명의 나라에서 수입한 꽃향기와 방부제가 덮어주었다. 백화점의 진열대에서 잡티 없이 매끈한 얼굴로 대중을 노려보는 모델처럼, 우리의 관계는 과도하게 포장되었다. 우리의 어정쩡한 결합은 살벌한 칼부림으로 끝났다.

　늦게 그가 집에 들어왔다. 저녁밥상을 치운 뒤, 나는 안방으로 간다. 남자를 차마 똑바로 쳐다보지 못하고 눈을 밑으로 깐 채, 내가 결별을 선언한다. 왜 그런 결정을 내렸는지, 전후좌우 길게 설명을 늘어놓지 않는다. 길게 설명하는 건 내 스타일이 아니다. 싫어졌다는데 무슨 말이 더 필요한가. 지구의 탄생 이래 짝짓기에 실패한 수많은 남녀들이 되풀이해온 아주 단순한 한 마디.

헤-어-지-자.

"뭐라구?"

내 말을 이해하지 못한 듯, 그가 다시 물었다.

"우리, 헤어지자."

불의의 습격을 당한 동혁의 표정이 일그러지더니 주먹이 내게 날아왔다. 타격이 가해질 때마다 내 몸이 중심을 잃고 휘청거렸다. 매서운 주먹을 이리저리 피하지만, 숨을 곳이 없다. 맞는 부위를 최소화하려 몸을 웅크리고 얼굴을 가렸다. 그래도 눈이 찢어지고 머리털이 뽑히고 입술이 화끈거린다.

여기까지 쓰고 나는 일어선다. 여기는 서울 세검정의 카페. 4월인데도 눈보라가 치는 궂은 날씨 탓인지 손님이 별로 없다. 드디어 그날을 자판으로 건드리고 나니 아랫배가 싸하다. 십 년, 이십년, 삼십 년 묵힌 응어리를 배설하려 화장실로 간다. 북한산이 보이는 찻집, 깨끗한 화장실에서 오래된 덩어리를 물로 흘려보낸다. 비누로 씻어도 씻어도 없어지지 않는 젊은 날의 얼룩들.

때리는 게 힘에 부쳤는지, 그는 벽에 기대앉았다. 앉아서 가쁘게 숨을 몰아쉬던 그가 무슨 생각이 들었는지, 벌떡 일어나 부엌으로 갔다. 부엌 쪽에서 달그락거리는, 쇠 부딪는 소리가 나더니 그가 다시 안방에 들어왔다. 그의 손에 쥐어진 번쩍이는 물건을 두 눈으로 똑똑히 목도했음에도 불구하고, 나는 얼른 사태를 파악하지 못했다.

저게, 저 생선 자르는 칼이 왜 저 인간 손에 있지?

(그날까지 동혁은 부엌칼을 들고 요리를 한 적이 없었다)

저걸로 무얼 하자는 거지?

파를 썰거나 두부를 토막 내는 데 유용한 살림도구가 무기로 변신하리라고 상상할 수 없었던 나는 어리둥절, 그와 칼을 번갈아 응시했다. 형광등 불빛 아래 번뜩이는 칼날, 시퍼렇게 날선 증오를 그의 충혈된 눈에서 읽은 순간, 심장이 멎는 듯했다. 내 목에 칼이 들어왔다.

더 쓰고 싶지 않다.

지워버리려고 발버둥친 시간을 언어로 복원하기 싫어서, 파리로 바르셀로나로 속초로 도망갔다, 다시 서울로 왔다.

날카로운 칼날을 피해 뒤로 물러난 여자가 장롱에 기대 서있다. 여자 앞으로 바짝 다가온 남자가, 무기를 쥐지 않은 팔을 뻗어 옷장을 손바닥으로 짚고, 도망가지 못하게 막아서며 여자를 내려다본다. 여자는 남자에게 포위되어 꼼짝할 수도 없다. 장롱문과 그의 거대한 몸뚱이 사이에 끼여, 날뛰는 분노와 광기의 틈바구니에서 몸을 움직일 한 뼘의 공간도 확보하지 못한 나는, 힘이 빠져 서 있기도 힘들다. 등을 뒤에 기대지 않았다면 그 자리에서 스르르 무너졌으리라.

언제 내 목을 벨지 모르는 칼날이 나를 겨누고……

숨이 멈춘다. 내 입에선 말이 나오지 않는다. 살려달라고 빌고 싶지만, 혀가 굳어서 움직이지 않는다. 흥분한 그의 입에서도 제대로 말이 나오지 않는다. 으으- 신음소리만 배어나온다.

정말 나를 찌를까?

죽음의 냄새를 맡은 1분, 2분…… 10분이 지났을까? 내게 영원처럼 긴 시간이 지나고, 그가 제풀에 지쳤는지 씩씩거리며 뒤로 물러났다. 입에 거품을 문 채, 방바닥에 쓰러진 남자가 낯설었다. 내가 알던 '동혁 형'이 맞나?

자는 건지 기절한 건지 알 수 없는 그를 방에 내버려두고 나는 밖으로 나갔다. 충격이 가라앉지 않아 머릿속이 멍하다. 펄펄 몸이 뜨겁고 줄줄 식은땀이 흐른다. 사태를 수습할 방법을 찾아야겠다. 먼저, 저 위험한 칼을 치워야겠다,고 본능이 내게 가르쳐준다.

잠자는 폭군 옆에 살금살금 다가가 바닥에 떨어진 칼을 주워 내 손에 들었다. 이걸 어떻게 해야 할지? 부엌에 도로 갖다 놓으면? 안 된다. 지금은 지쳐 뻗었지만 그가 언제든 다시 일어나 칼을 들고 나를 해칠 수도…… 어디로든 이걸 버려야, 그 인간의 눈에 띄지 않는 곳에 버려야지.

1층으로 내려가는 계단참에 서서 부엌 식칼을 손에 들고, 떨고 있는 내가 보인다. 나를 위협하던 흉기를 아무도 없는 아래층으로 던졌다. 칼이 데굴데굴 구르는 소리를 듣고 거실에 나온 할머니의 얼굴이 얼핏 보인다. 착한 노인의 낯에 걱정이 스치더니, 그러나 아무도 2층으로 올라오지 않았다.

식칼을 치우고도 불안이 가시지 않았다. 집안에 흉기가 될 만한 물건들, 과일 깎는 칼과 가위를 숨길 장소를 찾아 나는 두리번거린다. 잠자는 그의 눈에서 멀리, 현관 밖의 쓰레기통에 쇠붙이들을 버렸다. 그래도 뛰는 가슴이 진정되지 않아, 안방의 전화기를 들고 숨을 몰아쉬며 머릿속에 입력된 번호들을 누른다. 그가 깨어나지 않게 목소리를 죽여, 가까운 이들에게 도움을 청한다. 고등학교 동창인 수진이 전화를 받았다.

"너, 당장 그 집에서 나와. 거기 있다간 뭔 일 당할지 모르겠다."

가방을 들고 집을 나왔다. 주인에게 월세보증금을 돌려받고 짐을 빼는 성가신 일은 어머니가 대신 해주었다. 대학을 졸업하고 나는 다시는 사당동 근처에 얼쩡거리지 않았다. 랑콤의 스킨을 내 얼굴에 바르지 않았다. 찢어진 신부의 꿈을 기억하는 물건을 사려 지갑을 열지 않았다. 레이스가 달린 옷을 사지 않았다. 불행했던 시절에 알던 사람을 피했다. 그 남자의 이름을 내 앞에서 발설하는 지인은 당분간 내 전화를 받지 못할 것이다. 나의 잘못된 선택과 관련된 사진이나 가정용품들을 보이지 않게 치워버렸다.

그를 용서하지 못해서, 나를 용서하지 못했다. 홀로 보낸 수백수천의 밤, 캄캄한 어둠속에 깨어나 그 생각이 나면 다시 잠들지 못했다. 얼마 전, 집 근처의 상점에서 침대 옆에 놓을 스탠드를 사 갖고 돌아와 나는 오열했다. 그와 헤어진 뒤에 나는 신혼의 달착지근함을 상기시키는 물건을 사지 않았다. 불빛이 은은한 조명기구는 내 집에 들여서는 안 될 사치였다.

지금까지 내가 쓴 글들을 다시 읽어보았다. 사건과 사건의 연결이 자연스럽지 않은 곳들이 거슬린다. 옛날 일기장을 뒤적이다 내가 순서를 잘못 배열했음을 알았다. 내가 학교를 그만두고 공장에 들어가겠다고 해서 사당동의 2층에서 크게 싸움, 이라고 일기에 적혀 있다. 노동현장에 가겠다는 내게 동혁이 야유를 퍼부었고, 까칠해진 내가 헤어지겠다고 말하자 헤어질 바에야 '너 죽고 나 죽자'며 그가 내게 칼을 들이댔다. 싸운 뒤에도 우리는 같이 살았고 아이를 가졌다. 수술하고 얼마 되지 않아 그가 나를 설악산으로 끌고 갔고, 무리한 산행으로 내가 사태골에서 미끄러졌다. 동혁이 가을에 또 나를 때렸고, 더는 못 참겠다고 내가 짐을 싸서 평창동 부모님 집으로 들어갔다.

　사건의 순서를 실제와 다르게 왜곡한 것은 아주 오래전이라 희미한 탓도 있지만, 그의 학대를 설명할 그럴듯한 이유를 내가 찾으려 했기 때문이다. 내가 그를 도발하지 않았나? 나의 어떤 말과 행동이 그의 분노를 폭발시켰을까? 되짚으며 두 남녀의 감정싸움을 논리로 엮으려 노력했다.

　그러나 내가 틀렸다. 어떤 이유가 있어서, 내가 무슨 잘못을 해서 그가 나를 때린 게 아니다. 그는 원래 때리는 남자였다. 내가 맞는 여자였듯이. 동혁과 끝낼 즈음, 지연 언니로부터 그의 과거에 대한 새로운 이야기를 들었다. 동혁은 수업시간에 선생을 심하게 폭행해 고등학교에서 쫓겨났고, 고교 졸업장이 없어서 검정고시를 치고 S대에 들어왔다. 주변에선 다 아는 사실인데, 나만 몰랐다. 왜 내게 귀띔해주지 않았냐고 따지자, 그녀가 허허 딱하다는 듯이 나를 바라보았다.

　"동혁이 무서워 모두 쉬쉬했지. 지난 일을 들춰서 뭐하나. 괜히 끼어들었다 본전도 못 찾을 텐데. 애린이만 바보였지."

5장
쇠와 살

동거를 끝낸 뒤에도 나는 동혁에게서 벗어나지 못했다. 내가 그를 멀리하자 그는 내 주변을 들쑤시고 평창동으로 나를 찾아왔다. 아버지의 고삐 풀린 외도와 어머니의 히스테리로 우리 집은 바람 잘 날이 없었다. 반경 오백 미터 이내의 여자는 건드려선 안 된다는 바람둥이의 철칙을 어기고, 아버지가 비서인 로리타를 건드리며 집안에 풍파가 일었다.

"처녀 하나 버려놨으니 니 애비가 나쁜 놈이지."

아버지에게 직접 해대지 못하고 속을 끓이는 엄마가 싫었다.

"니가 데모하다 감옥 가서, 니 애비가 마음이 허해 저렇게 나대는 거야."

아비의 바람이 내 탓이라는 듯 나만 보면 들들 볶는 엄마가 지겨워, 나도 엄마를 긁었다.

"왜 그게 나 때문이야?"

톡 쏘며 어미가 차려준 밥상에 앉았다. 아버지의 외도가 불거진 뒤 모녀 사이는 날로 팍팍해졌다. 가시 돋친 말을 주고받지 않고 하루를 그냥 넘기지 않았다. 정숙과 도덕의 화신인 우리 엄마에게는 내가 로리타처럼 부정한 여자로 보였는지. 묵주기도를 바쳐도 화를 삭이지 못한 어미가 내게 말했다.

"동혁이랑 몸을 섞었으니 너도 결혼해야 한다."

책임을 지라는 어머니에게 나는 뭐라고 반박하지 못했다. 대학에 와서 여자 선배들이 내게 주입시킨 자유연애와 여성해방론은 엄마의 '책임론' 앞에서 힘을 쓰지 못했다.

평창동 집에 다시 들어와 살던 그해 겨울, 어느 날 옷장에서 내가 아끼는 검정오버가 사라진 사실을 발견하고 나는 엄마와 대판 싸웠다. 동생 채린이 내 옷장을 뒤져 몰래 입고 나간 게 분명했다. 대학생이 된 채린은 나처럼 부모 속을 썩이지 않고 공부에만 몰두해 부모님의 기대를 한 몸에 받았다. 명문 법대를 다니는 채린은 싹수가 노란 나를 제치고 어느덧 집안에서 장녀 대접을 받았다. 음식이든 옷이든 그 애가 눈독을 들이면 그 애 차지가 되었다.

"엄마가 내 오버 채린에게 줬어?"

"난 모르는 일이다."

모른다고 잡아떼던 엄마는 "그래 동생이 니 오버 좀 입으면 어떠냐"며 날 야단쳤다. 며칠 뒤, 동혁의 전화를 받고 나는 집을 나갔다. 카페에서 차를 마시고 밥을 먹고, 옛날처럼 우리는 커플이 되었다. 동혁과 함께 있으면 아버지와 어머니의 지지고 볶는 소리가 들리지 않아, 그를 뿌리치지 못했다. 결혼은 내게 선택이 아니라 도피였다. 사고치는 아버지로부터, 어머니의 넋두리로부터, 동생과의 보이지 않는 경쟁으로부터, 우울한 집 안에서 벗어나려는, 그리하여 나 자신으로부터의 도피.

동혁과 다시 입을 맞추고 한 달 뒤에 결혼식 날짜를 잡았다. 양가 상견례를 하고 예물을 사고 청첩장을 돌렸다. 아현동의 웨딩드레스 상점을 뒤져도 내 맘에 드는 천이 없어 새로 맞추었다. 위는 붙고 아래는 퍼지는, 구슬장식이 없는 깔끔한 디자인. 보통 드레스에 사용하는 시폰이나 새틴이 아니라 순면의 광택이 없는 소재를 골랐다. 순백의 레이스가 청초한 신부를 돋보이게 할 그날을 기대하면서.

드레스 가봉을 마치고 동혁에게 달려가며 손목시계를 보았다. 삼십 분이나 늦었다. 카페에 들어선 나를 맞는 싸늘한 눈. 내 남자의 몸에서 뿜어져나오는 살기에 질려 나는 숨을 죽였다. 37분 늦은 예비신부를 예비신랑이 야단쳤다. 왜 늦었냐고 호통 치는 남자. 잘못했다고 싹싹 비는 여자.

형, 잘못했어. 미안해. 다신 안 그럴게.

그렇게 시간 개념이 없어서 어떡해!

동혁은 나의 지각을 삶 전반에 대한 잘못된 태도와 결부시켜 철학적이며 사회학적인 용어를 동원해 오래도록 나를 비판했다. 다그치는 목소리가 커서 커피를 마시던 손님들이 우리를 돌아보았다. 옆에 사람이 없었다면 그는 나를 때릴 기세였다. 야속해 내 눈에 눈물이 고였다. 눈물이 나도록 호되게 몰아세우는 동혁에게 오만 정이 떨어졌다. 지각했다고 야단치는 그의 눈은 식칼을 들고 날뛰던 눈빛과 닮아 있었다. 그가 정말 나를 사랑하나? 콩나물 자라듯 날이 갈수록 쑥쑥 커지는 의혹에 가지가 돋고 잎이 달렸다.

"아버지. 저─ 이 결혼 못 하겠어요."

아비 앞에 무릎 끓고 나는 간청했다.

"안 돼. 이미 청첩장 돌렸는걸. 이제 와서 취소하면 내 친구들 창피해 못 봐."

친구들 창피해 못 봐. 무뚝뚝하게, 담담하게, 사무적으로 말하곤 당신은 방을 나갔다. 한 시간쯤 예식장에 앉아 있다 잔치국수를 먹고 이를 쑤시며 나갈 친구들이 딸의 미래보다 중요했나. 딸의 인생이 걸린 순간에 당신이 보여준 평정심이 놀라웠다. 말을 꺼낼 기회를 엿보다 용기를 낸 딸에게 당신은 화를 내지 않았다. 소리를 지르지도 않았다. 아버지는 냉정했다. 냉정한 아비가 화를 내는 아비보다 요지부동이었다. 아버지는 이미 나를 포기했다. 아버지가 나를 포기했으니, 나도 나를 포기해야지.

"다시 내 몸에 손을 대면 그날로 이혼이다"를 동혁에게 단단히 약속받고, 나는 4월의 신부가 되었다. 잔인한 햇빛이 쏟아지는 날. 파운데이션과 가루분으로 불안을 가리고 만인 앞에 섰을 때, 내게 삶이란 돌이킬 수 있는 것. 마음에 안 들면 언제든 취소하고 돌아올 수 있는 여행이었다. 이혼을 예감하며 나는 결혼했다.

"찡그리지 말고 웃으세요. 다들 치즈─"

신부대기실에서 친구들에 둘러싸여 사진을 찍었다. 예식장을 누비는 니콘카메라라는 두터운 메이크업 밑에서 진행되는 드라마를 모른다. 채린이 들어와 꽃다발을 전해주는데, 팬티선이 비치는 허연 치마가 거슬렸다. 결혼식이 끝나고 28년 뒤에 은영이가 내게 그날을 상기시켰다.

"너, 무지 예뻤어. 니 동생도 너와 다르게 화려하니 예쁘더라. 흰색은 원래 신부만 입는데, 니 동생이 하얀 옷을 입고 왔더라. '이 자매도 보통 사이가 아니구나. 힘들겠다' 생각했지 내가."

반짝거리는 시폰 투피스를 사놓은 채린이 못지않게 아버지도 오늘을 고대했다. '이미 청첩장 돌렸는걸'을 선언할 때, 이미 아비는 딸의 결혼식 축사를 써두지 않았나. 마이크 앞에 선 아버지는 멋있었다. 길고도 독창적인 축사였다. 하객들은 신부 아버지의 우람한 풍채와 목소리를 칭찬하느라 국수가 식는지도 몰랐다. 국수 오백 그릇이 순식간에 동난 성대한 결혼식이었다. 예식장으로 빌린 대형 강당에 S대 운동권이 총출동했다. 80학번 여학생 중에 제일 먼저 결혼한 신부를 축하하러 온 젊은 하객 중에는 인문대 동기 뽀식이도 있었다.

"S대 사학과 출신의 재색(才色)을 겸비한 신부 이애린 양은……" 주례사를 듣고 심사가 뒤틀린 뽀식이가 옆에 친구에게 흘린 말이 어쩌다 내 귀에 들어왔다.

"주례 선생이 말한 '재색'의 '재'는 재주 재(才)가 아니라 재물 재(財)야."

뽀식이가 잔치판에 뿌린 '재'를 축하의 박수 소리에 묻고 나는 인사하기에 바빴다. 재색(財色)을 겸비한 신부는 첫날밤을 여인숙에서 잤다. 제주공항에 내렸는데 당장 오늘밤 잘 곳이 없었다.

"걱정 마. 여긴 관광지라 숙박업소가 널렸어."

자신만만한 남편을 따라 제주시의 여관 골목을 뒤졌지만 빈 방이 없었다.

"보아하니 신혼부부 같은데, 일요일이라 예약이 모두 찼어요."

문전에서 딱지를 맞고 헤매다 뒷골목의 허름한 여인숙에 짐을 풀었다. 여관 간판을 달고 신랑 신부 손님은 처음이라며 여자 주인이 우리를 반갑게 맞았다. 미리 신혼여행 숙소를 예약해두지 않은 신랑에게 나는 불평을 늘어놓지 않았다. 운동권 정서가 몸에 밴 나는, 신혼여행이라고 꼭 부티 나는 1급 호텔에서 잘 법은 없다고 자위했다. 더러운 여관방에서 나를 안으며 동혁이 중얼거렸다.

"너희 (사학)과 남자애들도 참 바보다. 어떻게 너 같은 여자애를 여태 처녀로 놔뒀니?"

그날이 우리의 첫날밤은 아니었다. 우리는 벌써 몸을 섞은 사이인데 왜 '처녀'라며 좋아할까? 동거하며 나를 임신시켰던 남자의 '처녀' 예찬이 뜬금없었다. 샘소나이트 화장가방을 들고 (가방 값이 특급호텔 숙박비보다 비쌌다) 여인숙을 나오는, 낡은 그림을 이제 지우련다. 이애린 성질이 더러워 옆에 남자가 붙어 있질 않는다고 문단에서 수군거렸다. 80년대에 잘못 그린 벽화를 지우지 못해 내 옆에 남자가 없었다.

2박 3일의 관광을 마치고 친정집에 들렀다. 신혼여행비로 쓰라고 사위에게 돈 봉투를 건넸다는 엄마의 말을 듣고 화가 치밀었다. 왜 나한테 주지 않고…… 가난한 사위의 자존심을 세워주려던 장모. 우리 엄마가 준 두둑한 지폐들을 어디 썼냐고, 왜 호텔방을 예약하지 않았냐고 남편에게 나는 따지지 않았다.

그에 대해 말하는 건 아직도 내게 힘든 일이다. 기억 속에서 그는 하나의 압축파일로 저장되어 있다. 그냥은 풀려나오지 않는 상형문자, 희미해진 이미지들을 복원하고 싶다. 그래야 잠들 것 같다. 그에 대해 말하기는 힘들지만, 칠이 벗겨진 3단 서랍에 대해서라면 더듬거리지 않을 수 있다.

이사할 때마다 내가 버리지 못하는 애물단지. 손잡이가 망가져 전자레인지 받침대로 사용하는 서랍장은 내 집에서 제일 오래된 가구다. 이혼한 뒤 장롱처럼 덩치가 큰 물건들은 처분하고 저것 하나만 남았다. 어디 내다 팔지도 못하는 구닥다리를 내가 여태 끼고 있는 건 애틋한 감정이 남아서가 아니다. 잊기 위해 나는 장롱을 버렸고, 완전히 잊지 않기 위해 이 작은 유품을 남겨두었다. 너는 알고 있겠지?

"반찬이 왜 이 모양이야? 싱거워서 못 먹겠어."

결혼 전에 시어머니가 해주던 밥보다 못하다고 동혁이 불평을 늘어놓았다. 경상도 남편의 입맛을 서울 여자인 나는 맞추지 못했다. 그는 친구들에게 내가 '밥을 해주지 않았다'를 이혼사유로 꼽았다지만, 압력밥솥과 찜통냄비가 남편의 식욕을 만족시키려 애쓴 부인을 증명하리. 학교에서 돌아오면 앞치마를 두르고 부엌에 들어섰다. 쌀을 씻어 매일 저녁에 밥을 지었다. 아침에 새로 밥을 안치기 번거로워, 전날 남은 밥을 찜통에 쪄서 김이 모락모락 오르는 쌀밥을 아침상에 올렸다. 펄펄 끓는 찜통에서 꺼낸 밥을 그는 '찬밥'이라며 좋아하지 않았지만, 바쁜 아침에 어떻게 밥을 해서 바치나. 대학 4학년인 나는 수업 듣고 졸업논문 준비하랴, 새색시 노릇하랴 하루 24시간이 모자랐다.

일요일 아침마다 시댁에 갔다. 시할머니, 시아버지, 시어머니, 시아주버니 동진 내외, 시동생, 시누이, 우리 부부까지 합쳐 아홉 식구의 밥상을 차리고 치웠다. 남자들은 부엌에 얼씬거리지도 않고, 시어머니의 지시로 시누이와 내가 일을 분담했다. 간호원인 시누이는 집에 없을 때가 많았다. 식탁이 없어 기다란 접이식 교자상에 상을 차렸다. 시아버지는 식구들과 따로 상을 차려주라 해서, 두 개의 밥상에 올라갈 국을 끓이고 반찬을 만들었다. 파를 다듬고 멸치를 조리고 호박을 썰었다. 시댁의 좁고 불편한 싱크대에서 설거지를 마치고 나면 등이 땀으로 젖었다.

남편이 출장 가서 이때다 싶어 동무들을 불렀다. 서희, 노는 데라면 빠지지 않는 황주리, 르누아르의 여인처럼 통통한 핑크. 동네의 호프집에서 생맥주를 마시고 우리 집에서 2차 술판을 벌였다. 여자애들끼리 방바닥에 퍼질러 앉아 떠들다, 수다가 마르자 누군가 '벗기 고도리'를 하자고 충동질했다.

"그게 뭔데?"

"그것도 모르니? 어머 얘 좀 봐. 아주 숙맥이네."

나서기 좋아하는 황주리가 우리에게 게임의 규칙을 알려주었다.

"꼴찌한 사람이 하나씩 벗는 거야. 한 판이 끝날 때마다 하나씩."

"그럼 속옷도?"

"그러엄―그 재미에 하는 건데."

"양말은 두 짝인데, 한 켤레로 쳐주니?"

"너 양말 한 짝만 신고 다니니?"

"좋아. 누가 볼 사람도 없는데 뭐."

나의 동의로 안방에서 고스톱 판이 벌어졌다. 동혁은 출장 가서 내일이나 올 테니 뭐가 걱정이람. 논문 쓰랴 밥하랴 쌓인 스트레스도 풀 겸, 좀 놀아도 되겠지.

잡기에 능하지 않은 내가 화투판에 끼었으니, 광을 팔아보지도 못하고 싸기만 했다. 여름이니 옷도 두껍지 않아 네 번쯤 꼴찌를 하면 바로 속살이 나왔다. 핑크의 탐스러운 유방을 구경하며 입을 딱 벌리는데, 아래층에서 쿵쿵 발소리가 들리더니 2층으로 통하는 쪽문의 벨이 울렸다. 이 야심한 시각에 벨을 울릴 사람은? 남편밖에 없다.

야―니들 빨리 옷 입어!

혼비백산 옷가지를 주워 단추를 꿰고 난리를 피웠다. 얼른 옷을 걸치고 나가 문을 열어주었다. 출장이 일찍 끝나 역에서 곧장 집으로 귀가한 동혁은 피곤해 보였다. 라면 냄비, 과일 접시, 맥주병과 화투패가 어지러이 흩어진 방을 둘러보며 동혁이 이마를 찌푸렸다.

"안녕하세요." 황주리가 계면쩍게 인사해도 그는 거들떠보지 않았다. 사태를 짐작한 내 동무들이 황급히 신발을 신었다. 여자들이 나가자 동혁이 불편한 심기를 터뜨렸다.

집안 꼴이 이게 뭐야? 어디서 화투판이야!

당신은 유부녀야, 내 아내라구.

남편이 없을 때도 조신해야지. 어디서 술을?

"난 마시면 안 돼? 형은 툭하면 후배들 데려와 술상 차리라면
서……"

몇 마디 대꾸도 못하고 남편의 부릅뜬 눈이 무서워 꼬리를 내
렸다.

"그래, 내가 잘못했어. 알았으니 그만해."

우리가 다툰 밤, 동혁은 더 거칠게 욕망을 채웠다.

그가 집을 비우면 답답한 가슴을 식히려 나는 밖으로 나갔다.
남편도 시댁도 없는 여자애들과 술집에서 노닥거렸다. 왜 내가 어
쩌다 술을 마실 때마다 그는 일찍 들어오는지.

"왜 늦었어? 누구랑 있다 이제 와!"

"서희 생일이라 모여 놀았어."

"서희, 그 기집애는 내가 만나지 말랬지!"

"형이 뭔데 내 친구를 만나라 마라야?"

나도 참지 않고 말대답을 했다.

한바탕 전쟁이 끝난 뒤, 무더운 오후였다. 안방의 공 의자에 파
묻혀 음료수를 마시다 벽에 걸린 유리액자를 노려보았다. 실물보
다 과장된 신랑 신부의 얼굴. 진주목걸이와 귀걸이가 눈에 걸리며
가슴에 활활 불이 붙었다.

나는 그의 장신구였다.

잘난 그를 빛나게 하는 반지이며 목걸이였다.

내가 아니라 나의 조건을 그는 좋아했다.

작은 방의 서랍에서 앨범을 꺼내 방바닥에 패대기친다.

와장창, 얼굴들이 쏟아진다.

나를 빼놓고 다들 웃고 있다.

축하합니다.

행복하세요.

웨딩마치가 울려퍼지는데 나는 사진을 찢는다. 검은 머리와 하얀 장갑이 두 동강난다. 크림색 레이스가 뜯겨진다. 화장하고 가면 쓴 여자, 나 같지 않은 나를 찢는다. 사진에 불을 붙인다. 넥타이를 맨 남자들과 하이힐을 신은 여자들, 하얀 백합과 분홍 장미가 뜨겁다고 비명을 지른다. 대문 밖의 쓰레기통에 사진을 버리는 나를, 1층의 주인집 여자가 창문으로 훔쳐본다.

부부관계를 파괴할 폭탄이 장치된 집에서 그를 기다린다. 그를 기다리며 밥을 먹고 옷을 벗고 소변을 본다. 걸레로 마룻바닥을 훔치며 시계를 본다. 오후 세 시.

그가 빨리 오면 좋겠다.

아니, 오지 않았으면……

다시는 내 앞에 나타나지 않았으면.

민방위훈련을 마치고 쪽문 계단을 뛰다시피 올라온 동혁은 나를 보자마자 다그쳤다.

"앨범 어딨어? 응? 결혼식 사진 어따 치웠냔 말야!"

'어따'라고 말하며 그의 오른팔이 허공으로 치솟았다 내려왔다. 후덥지근한 실내에 찬바람이 일었다.

(어떻게 알았을까?)

(주인집 여자가 일러바쳤나?)

"거기 있겠지 뭐. 늘상 두던 곳에."

눈을 내리깔며 내 손에서 걸레가 헛돌았다. 너덜너덜한 걸레를 목숨줄 붙들 듯이 부여잡고 바닥을 문질렀다. 남편이 신발도 벗지 않고 건넌방으로 뛰어들었다. 드르륵. 서랍이 열리며 내용물이 쏟아지고, 분노를 다지는 소리가 내 목을 죄어왔다.

"없잖아. 응? 없어."

나오던 땀이 도로 들어가고 한여름인데도 소름이 개털처럼 돋았다. 뭔가 나쁜 일이 벌어질 것 같아 입안이 바싹바싹 타 들어가는데, 그가 도깨비처럼 내 앞에 섰다. 훈련복 차림의 그에게서 땀냄새가 났다.

"이 쌍년아. 니가 치웠지, 응? 어서 바른 대로 말해. 어서!"

핏발선 눈에서 살의가 느껴져 나는 뒤로 물러섰다.

"그-으-래. 내-가 버렸어."

"어디 있지? 어디 두었어?"

소리치며 그가 내 쪽으로 다가오고 나는 뒷걸음질 쳤다.

"어딨냔 말야! 이년아. 어서 말해!"

"대-문 쓰레기통에"

음절 하나하나를 짜내듯 뱉고 나서 나는 재빨리 덧붙였다.

"하지만 소용없을걸. 이미 청소부가 치웠을 텐데."

내 말이 떨어지기 무섭게 그의 눈썹이 들썩거렸다. 그 무언의 신호가 무얼 의미하는지 잘 아는 나는 안방으로 쫓겨갔다. 무릎이 후들거려 공 의자에 털썩 주저앉았다. 탁, 탁. 그가 안방의 문을 닫고 창문을 잠갔다. 바깥으로 통하는 문이란 문은 죄다 잠근 다음, 아래층의 주인집으로 통하는 마루의 유리문에 커튼을 쳤다. 휘익- 마룻바닥에 커튼이 쏠리는 소리를, 잠 못 이루는 밤이면 나는 들을 것이다.

방 한가운데 서서 남편이 말없이 나를 노려보더니 씨익, 웃으며 윗도리를 벗었다. 티셔츠의 단추를 끄르고 찰칵, 바지의 혁대 버클이 끌러지는 금속음이 나를 후려쳤다. 그의 입가에 야릇한 미소가 흐르고 눈알이 번뜩였다. 한손에 버클을 쥐고 다른 손으로 가죽을 훑는 폼이 동물을 채찍질하는 조련사처럼 능숙했다. 혁대로 나를 때릴까? 겁만 주려는 건가? 움직이고 싶어도 몸이 움직여주지 않았다. 근육과 관절이 뻣뻣해지고 신경계도 마비되었는지. 픽, 픽. 처음 몇 대는 별 느낌 없이 지나갔다. 맞기 전의 초조함에 비하면 매질이 시작되자 긴장이 풀어져 오히려 편했다.

눈가가 화끈거리더니 입안에 비릿한 액체가 고였다. 피 맛을 보고서야 통증이 자각되었다. 으- 으- 내 입에서 신음소리가 새어나왔다. 반바지에 민소매 차림으로 나는 쓰러졌다. 타격의 방향에 따라 몸이 이리저리 흔들렸다.

"고개 들어! 이년, 이 시팔년아. 그래 그 잘난 쌍판은 다치기 싫은가보지? 응? 흥! 어떤 개뼈다귀 같은 놈한테 처녀라 속이고 다시 시집가려고 그러지? 내가 니 수작 모를 줄 알아? 누구 맘대로 결혼식 앨범을 없애? 이 쌍년 같으니. 우리 집이 가난하다고 날 무시했겠다!"

중얼거리다 열에 들떠 나댔다. 명문대 정치학 강사, 인간해방을 외치며 투쟁의 한복판에 있었다던 사람의 입에서 상스러운 욕들이 쏟아졌다. 팔다리는 견딜 만했지만, 피부가 여린 눈 주위가 찢어지는 아픔은 참기 힘들었다. 방어하는 나의 팔을 밀치며 그는 내 얼굴을 표적 삼았다.

팍, 팍, 때리는 주먹에 가속도가 붙었다. 더 세게, 더 빨리 두드렸다. 나는 죽을힘을 다해 손으로 얼굴을 감싸고 이마가 무릎에 닿도록 등을 구부렸다. 아무 것도 보이지 않았다. 남편의 욕지거리도 들리지 않았다. 두 사람의 살이 부딪치는 소리도, 내 안의 신음도, 거리의 소음도, 정각을 알리는 시계 종소리도 들리지 않았다. 결혼 전의 약속이 신의 계시처럼 울려퍼졌다.

"다시 날 때리면 우린 그날로 이혼이다. 난 그럼 안 살 거야."

"안 그러겠다고 약속할게. 다신 당신 몸에 손 안 댈 거야. 믿어줘 제발."

믿어달라고 그는 애원했었다. 그는 '때린다' 대신에 내 '몸에 손을 댄다'는 표현을 즐겼다. 니 몸은 내 것이니까, 애무도 구타도 내 맘대로라는 식이다.

픽 픽, 아− 아−

(그래 때려라 때려! 하지만 이걸로 너와 난 끝장이야.)

그의 주먹이 닿을 때마다 내 몸이 부서지며, 아픔이 기쁨이 되었다. 살이 찢어지며 해방감이 밀려들 즈음, 매질이 멈추었다. 지쳐 쓰러진 그를 무슨 짐승 구경하듯 내려다보았다. 함께 살며 남편의 얼굴을 찬찬히 뜯어본 적이 없었다. 날이 선 이목구비, 정돈된 듯하나 뭔가 안정되지 않은 인상. 치켜올라간 눈썹, 얇게 찢어진 입술. 폭력을 휘두른 흔적은 어디에도 없이 평온하게 잠든 모습을 보자 분노가 끓었다. 옆에서 먹고 자며 마지못해 살아온 몇 개월이 몇 년처럼 아득했다. 그의 거짓말, 그의 허세, 그의 웃음, 그의 키스를 참았다. 그의 노예가 되어 지루한 밤의 노역을 견디고 아침 밥상의 의무와 다녀오세요, 이 모든 구역질을 참았다.

동혁이 몸을 뒤척이더니 돌아누웠다. 돌아누운 그가 잠잠해지자 약국에 갔다. 팔과 다리에 멍든 자국, 부풀어오른 살덩이들에 물파스와 연고를 발랐다. 눈가가 찢어지고 몸에서 열이 나고 입이 바싹바싹 탔다. 그가 깨어나기를 기다려 내가 말했다.

"우리 이혼하자."

"흠, 그래. 그러자. 대신, 너 나랑 혼인신고 한 다음에 이혼해. 그리고 친구들 앞에서 결혼했으니까 친구들 불러 헤어지자."

그가 고집을 피워, 친구들 앞에서 헤어지는 80년대식 이혼이 팡파르를 울렸다. 식은 올렸지만 우리는 혼인신고를 하지 않았다. 대학졸업을 앞둔 나는 취업에 불이익을 당할까봐 서류상 독신상태를 유지했다. 혼자서 사태 해결이 어려우면 그는 친구들을 끌어들였다. 연애하면서도 내가 헤어지자 하면 줄줄이 데리고 나와 인해전술로 나를 이겼다. 이번에도 그렇게 당할 순 없었다. 동혁이 친구들한테 전화하기를 끝내자, 나도 내 동무들을 호출했다. 서희, 수진, 은영이 영문도 모르고 달려왔다. 여자들은 다방에, 남자들은 신혼집에 모여서 서로 니들이 와라 실랑이를 벌이다, 남편의 친구들이 다방에 모습을 드러냈다.

"일요일이라 쉬고 있는데 이런 일로 불려나와야 하냐. 둘이 해결해야지"라며 화를 내는 서희.

"애린이 이렇게 나올 땐 다른 말 소용없다. 못 산다. 참견하지 말고 우린 가자"는 은영.

여자들에게 떠밀려 남자들이 자리를 떴다. 서희와 은영을 보내고 다방에서 수진과 뒷일을 의논했다. 동혁이 냉정을 되찾은 뒤에야 이야기가 먹힐 텐데, 그와 같은 공간에 더는 있기 싫었다. 남편이 집에서 버티고 있으니 내가 나갈 수밖에. 수진의 아파트에서 며칠 신세 지기로 하고 짐을 싸러 들어갔다. 동혁의 친구들이 안방에 모여 담배를 피우고 동혁은 작은 방에 뻗어 있었다. 통장이 든 손가방을 가지러 작은 방에 들어갔는데, 동혁이 누운 채 내 발목을 잡았다.

"가지 마. 돈 갖고 가지 마."

잡는 손을 뿌리치고 가방을 들고 밖으로 나왔다. 내가 머물던 수진의 아파트로 동혁의 친구인 승호가 날 찾아왔다. 아파트 단지의 벤치에 앉아 이혼취소를 설득하려다 실패한 승호가 내게 물었다.

"애린 씨. 앞으로 뭘 할 거죠?"

"혼자 살 거예요."

'운동할 거냐?'고 묻는 그에게 나는 '자신 없지만 조금이라도 그 사람들 도와주며 살겠다'고 대답했다. 일주일 뒤에 나는 수진의 집을 나왔다. 마지막으로 시댁을 방문했다.

"어머님. 죄송하지만 저, 동혁 씨랑 헤어져야겠습니다."

내 이야기를 듣더니 시어머니는 "니가 맞을 짓을 했겠지"라며 나를 나무랐다. 시아주버니 동진은 '알아서 하시라'며 동생의 이혼을 말리지도 찬성하지도 않았다. 결혼하지 않은 시누이만이 내 입장을 조금 이해했다. 안됐다는 듯이 나를 보며 그녀가 말했다. "작은오빠 성질이 고약한데 어떻게 참고 살까 궁금했지요."

동혁은 엉뚱하게도 내게 위자료를 요구했다.

"이 집은 당신 아버지가 나와 당신이 함께 살라고 얻어준 거니, 나도 이 집에 대해 권리가 있어. 그러니 방 빼면 그 돈의 반은 내 거야."

그런가? 전세금의 절반을 그에게 주려다, 아무래도 아닌 것 같아 은영에게 물어봤다.

"어머머– 웃긴다. 얘, 위자료는 매를 맞은 네가 요구해야지. 세상에, 너 정말 잘못 걸려들었구나. 정신 똑바로 차려라. 너 당장 병원에 가서 진단서 떼고……"

펄펄 뛰는 친구를 내가 진정시켰다. 은영의 충고대로 나는 병원에 가지 않았고, 위자료를 요구하지도 않았다. 그때쯤엔 얼굴의 상처가 아물어 진단서 떼기도 뭣했고, 위자료다 소송이다 난리치며 시간을 끌고 싶지 않았다. 내 몸만 빠져나오면 됐지. 골치 아프게 관공서 뛰어다니며 일을 시끄럽게 만들기 싫었다.

나를 불쌍히 여긴 친구가 내게 일기장을 선물했다. '1985년 12월 31일에 은영이 선물한 것'이라고 맨 앞장에 자랑했다. 그러니까 그해의 마지막 날에 나는 혼자가 아니었다. 은영이 내 곁에 있었다. 1986년 1월 1일부터 나의 행적은 나보다 일기장이 더 잘 안다. 동혁을 떠나, 나는 여자들과 가까이 지냈다. 동혁과 헤어진 뒤에 나는 세상 남자들을 크게 두 부류로 나누는 버릇이 생겼다. '때릴 놈'과 '때리지 않을 놈'으로 구분했다. 때릴 것 같은 남자는 피했다. 남자친구를 새로 사귀며 술을 마시다 살살 나는 캐물었다. 혹시 여자를 때린 적이 있냐고. 그렇다고 고백하는 남자와는 다시 약속을 잡지 않았다.

신학기가 시작되는 봄이 되어야 집이 나갈 거라고 부동산중개소 아저씨가 말했다. 다른 세입자를 구할 때까지 춥고 불편해도 참아야 했다. 보일러가 고장 났는데, 주인이 비싸다고 수리를 해주지 않았다. 불을 때지 않아 온기라곤 숨을 들이마셨다 내쉬는 내 몸뚱이밖에 없는 냉방. 전기장판에 의지해 겨울을 났다. 걸리적거리는 남편이 없어졌다는 기쁨도 잠깐. 뭔가를 해야 하는데, 뭘 해야 할지. 나는 내가 뭘 원하는 지조차 몰랐다.

의식이 붙어있는 동안 나는 음식을 먹거나, 먹을 궁리에 골몰했다. 담배가 떨어지거나 주전부리가 궁하거나 만화책을 빌릴 때를 제외하고는 외출을 하지 않았다. 뚱뚱해진 모습을 보이고 싶지 않아 친구들과 식사 약속도 삼갔다. 쉼 없는 포식을 멈출까봐, 먹는 동작을 멈추지 못할까 두려웠다. 누워도 잠을 잔 것 같지 않고 나른했다. 늘 배에 가스가 찼고 더부룩했다. 둘코락스를 삼키고 조금 지나면 배가 살살 아프고 설사가 시작된다. 시도때도 없이 화장실을 들락거리며 무료한 날들이 지나갔다.

열한 시쯤 일어나 세수를 하는 둥 마는 둥 거리로 나가 보급 투쟁 하듯 비닐봉지들을 모았다. 김밥 풀빵 호떡 군고구마 뻥튀기…… 하루의 고독을 견딜 먹을거리를 싸들고 귀가했다. 비닐봉지에 싸인 음식들을 접시에 덜어 담지도 않고, 포장을 풀어헤쳐 조금씩 잘라 씹었다. 과일칼로 자를 수 있는 최소한의 단위로 잘라, 넘쳐나는 시간과 절망을 천천히 토막 내 자근자근 씹었다. 몽유병자처럼 자다 깨어 냉장고 문을 열고 아무거나 집어먹고, 다시 자리에 누웠다. 무언가 잘못된 것 같은데, 내가 앓는 질병의 이름을 나는 몰랐다. 내 입과 배설기관만 살아 있을 뿐, 나는 죽었다. 내 속의 여자도 죽었다. 뚱뚱해진 몸은 성적 욕구도 느끼지 못했다. 불난 집에서 발가벗고 달아나며 쫓기는 꿈을 꾸었다.

십 년 뒤, 장편소설을 집필하며 불거진 불면치료를 위해 신경정신과를 찾아갔다. 진료실 밖에 비치된 얇은 책자를 보고서야 당시 내가 폭식과 제거행동을 반복하는 신경성 대식증에 걸려있었음을 알았다.

친정에서 보내주는 돈으로 생활은 해결했지만 어쩌나 무료했던지, 평소 안 하던 짓도 거리낌 없이 저질렀다. 내가 처음 훔친 물건은 비누와 초콜릿 그리고 생리대였다. 매장에서 그것들을 보자마자 두근거리는 가슴을 진정시킬 수가 없었다.

쿵쾅쿵쾅 저걸 가져야 해.

쿵쾅이 내게 속삭였다.

안 돼.

또 다른 쿵쾅이 내게 소근댔다.

해! 안 돼! 해! 안 돼!

두 개의 쿵쾅이 싸우는 틈에 벌써 매장을 서너 바퀴 돌았다. 누가 날 보고 있지 않나? 기회를 놓칠까봐 조바심치다 얼른 초콜릿을 집어 핸드백에 넣었다. 한 번 성공하자 다음부터는 대담해져서 별로 머뭇거리지 않고 진열대에서 상품들을 주워 담았다. 동네 슈퍼마켓이나 백화점을 어슬렁거리며 욕심나는 것도 없으면서 물건들을 훔쳤다. 그때 내가 생리 중이었나? 생리하는 여자들이 간혹 이상행동을 한다는 신문기사를 읽고 나는 안심했다. 스스로를 변호했다.

그건 내가 한 짓이 아니야.

그 방이 날 살짝 돌게 만든 거야.

앞이 보이지 않아 막연히 죽음을 생각하던 겨울, 지연 언니로부터 연락이 왔다.

"이애린. 뭐해?"

뭐하다니?

지연 언니의 전화를 받기 전에 나는 아무것도 안 하고 있었다.

내게 안부를 물어 봐주는 사람이 있다니. 고마웠다.

"집구석에만 처박혀 있지 말고 밖으로 나와."

그녀가 하자는 대로 따라나섰다. 눈 쌓인 겨울 산을 오를 등산화를 빌리고 아이젠을 사면서 소풍 가는 아이처럼 들떴다. 지연 언니와 나, 그리고 은영이. 우리 여자 셋은 아침 일찍 북한산으로 향했다. 정릉 유원지에서 올라갈 때는 별 문제가 없었다. 영하의 날씨인데도 등산객들이 심심찮게 웅성거려, 길눈이 어두운 우리는 앞서 가는 사람들을 따라가기만 했다. 무릎까지 올라온 눈에 아이젠을 꽂으며 그간 뜸했던 수다를 한꺼번에 조잘대고 깔깔거렸다. 최근 개봉영화, 시사, 학교, 정치, 사랑…… 겁 없이 아무 주제나 수다 상에 올렸다. 겉늙은 맏언니, 서른 살의 지연이 이십대의 중턱에서 헤매는 후배들에게 충고했다.

"이십대 후반을 열정적으로 살아."

가슴 속 응어리를 다 헹궈낼 것 같은 신선한 공기. 차갑지만 상쾌한 바람, 웬만큼 짓밟아서는 더럽혀지지 않을 두터운 눈. 내 칙칙한 고민 따위는 한 방에 날려보내는 대자연의 품에 안겨 나를 돌아보았다. 내가 빠진 수렁은 별게 아니야. 여기 이 깊은 계곡에 비하면 아무것도 아니야.

정상에 서서 내려다본 세간(世間)은 작고 초라했다. 얽히고설킨 아수라장에서 개미처럼 꾸물대는 거뭇거뭇한 점들이 인간이라니. 나는 나를 주저앉게 만든 세상을 비웃고, 그를 비웃고, 그의 자잘한 계략들과 거기 속아 넘어간 어리숙한 자신을 마구 비웃었다.

준비해간 버너로 점심을 끓여 먹고 커피를 마신 뒤에 우리는 하산했다. 내려가는 길은 세 갈래였다. 구기동 불광동 그리고 정릉으로 통하는 길 중에서 누가 제일 빠른가를 놓고 설왕설래하다, 각자 다른 길을 택해 누가 먼저 내려가나 내기를 했다. 배낭을 메고 일어나며 걱정이 쏟아졌다.

"하지만 언니. 나는 길을 모르는데……"

"괜찮아. 앞사람만 따라가세요. 겁은 많아 가지구"

겁이 많다는 말에 반발심이 뻗친 나는 한 번도 가본 적이 없는 불광동 쪽을 택했다. 그 길엔 사람이 드물었다. 앞만 보고 걷는데, 어디부터인가 앞서 가던 사람이 보이지 않았다. 햇살이 기운 없이 축 처져 금방이라도 해가 넘어갈 것 같았다. 나는 서두르지 않고 터벅거리며 산속을 내려왔다. 이윽고 자그만 공터가 나오고 끝이 두 갈래로 갈라졌다.

어느 쪽을 택할까?

어느 쪽이든 상관없어.

"상관없어"는 내가 길을 잃었음을 알아챈 순간부터 내 속에 들어와 있던 생각이었다. 사람은커녕 움직이는 생명이라곤 하나도 보이지 않는데도 겁이 나기는커녕 안도감이 엄습했다.

될 대로 되라지.

덤불을 헤치고 눈을 찌르는 나뭇가지들을 손으로 꺾으며 앞으로 나아갔다. 계곡이 나오면 건너고, 철조망이 나오면 넘었다. 얼마쯤 지났을까. 다리가 아파 쉬고 싶었다. 주위를 둘러보니 눈 녹은 양지바른 비탈에 수북한 가랑잎 더미가 푹신해 보였다. 마른 풀을 베개 삼아 머리에 베고 풀썩, 쓰러져 누웠다.

하늘을 보았다. 흐리고 텅 빈 하늘. 아침의 푸른빛을 잃고, 오후의 붉은 광채도 잃고, 근사한 황혼조차 만들지 못하고 사그라드는 하늘이 막막한 내 신세처럼 측은했다. 잔가지 부스럭거리는 소리도 없이 사방이 적막했다. 숲이 윤곽을 잃고 어둠 속에 뭉개졌다. 나도 그만 잠들까. 이대로 그냥 가만히…… 갈잎에 등을 대고 누우니 노곤해 금세 잠이 올 것도 같았다. 이렇게도 가는구나, 싶었다. 여기서 산 채로 얼어붙는다면 피도 안 흘리고, 독한 약을 구해 먹을 필요도 없으니 고것 참, 간편하고 평화로운 죽음이리라. 조용히 이 세상을 하직한다는 게 마음에 들었다.

그런데 어디 빚진 건 없나?

유서를 써야 되지 않나. 뭐라고 쓰지?

한줄기 바람처럼 24년의 우여곡절이 스치고 지나갔다. 두고 떠나기 아쉬운 얼굴이 떠오르지 않았다. 그리운 사람도 없었다. 좀 억울했다. 이런 저런 공상을 하는 중에 오 분, 십 분, 이십 분…… 잠은 오지 않고 몸이 바들바들 떨리며 오줌도 마려웠다. 춥고 어둡고…… 분명 자살하기 좋은 날은 아니었다. 죽더라도 따뜻한 곳에서 죽어야지. 환한 불빛 아래 한가로이 유서라도 쓰면서.

추위를 이기지 못해 자신과 타협한 나는 몸을 일으켜 다시 걸었다. 이번엔 뛰다시피 냅다 서둘렀다. 앞도 보지 않고 무작정 걷는데, 앞에서 뭔가 튀어나왔다.

"손 들어!"

움찔할 만큼 큰 소리에 그대로 멈추어 손이 올라갔다. 기다란 총부리가 나를 겨누고 있었다. 철모를 쓰고 완전무장한 군인이 총으로 나를 쏘려는, 영화 같은 장면이 실감나지 않았다.

"누구야!"

내 가슴에 닿은 총부리에 놀라, 내가 누군지 나는 잊었다. 내가 가만히 있자 그가 다시 외쳤다.

"누구야!"

"저어– 등산객인데– 길을 잃었어요. 친구들과 산에 왔다가……"

"주민증 좀 보여주세요."

'주민'이라는 말에 퍼뜩 정신이 들었다. 길을 헤매다 철조망을 넘어 나도 모르게 민간인 출입제한지역으로 들어온 것이다. 주민증을 안 갖고 왔다는 나의 변명을 듣더니 그는 총을 내렸다. 총부리를 거두며 자기를 따라오라고 손짓하는데 그의 말투가 한결 부드러워졌다.

"오늘 운 좋은 줄 아세요. 아까 쏠 수도 있었어요. 규칙이 그렇거든요."

위기일발의 순간이 지나자, 딱딱한 제복과 철모 안에 들어간 청년이 보였다. 여리고 앳된 남자의 얼굴이 훈훈했다. 그가 이끄는 대로 산길을 내려가니 너른 평지가 나왔다. 군용 헬리콥터가 착륙해 있고 담요와 군복들이 널린 빨랫줄이며 텐트, 수용소 같은 막사들…… 내가 끌려간 곳은 수도경비사령부의 헬기착륙장이었다.

그의 뒤를 따라 나는 말로만 듣던 군대의 내무반을 처음 구경했다. 러닝 차림으로 삼삼오오 앉아 텔레비젼을 보거나 마루 위에 엎드려 〈선데이 서울〉이나 〈주간여성〉을 읽는 병사들은 아무도 내 쪽으로 고개를 돌리지 않았다. 허튼 말을 걸지도 않았다. 남자들만의 공간에 불청객처럼 엉거주춤 서있는 내게 그가, 아까 나를 체포했던 병사가 자리를 권했다. 고단한 몸을 딱딱한 의자에 걸치고 주위를 둘러보았다. 방 한구석에 놓인 수동식 세탁기와 김칫독이 눈에 들어왔다. 대한민국의 여느 집과 비슷한 살림도구를 보니 긴장이 풀렸다. 길을 잃고서 군부대에 끌려오기까지 곤두섰던 힘줄이 느슨해졌다. 여기도 사람 사는 데구나. 안도하며 실내가 더워 모자를 벗는데,

앗! 여자잖아! 여자래.

여자, 라는 누군가의 외침을 신호로 막사 안이 술렁거렸다. 나도 웃고 그들도 웃었다. 머슴애처럼 큰 키에 짧은 머리의 나를 그들은 여태 남자로 알았던 게다. 코르덴 바지와 누비파카 위에 목도리와 털모자를 단단히 둘러썼으니, 그네들이 나를 남자로 착각할 만했다. 내 신체 중 밖으로 드러난 곳은 눈과 코와 뺨의 일부분밖에 없었다. 내무반에 오기까지 짧지만 서너 토막의 말이 오갔는데 목소리로 남자와 여자를 분간 못할 정도로 병사도 긴장했던 게다.

그의 상관인 듯한 젊은 장교가 와서 나를 심문했다. 내가 어디 사는 누구이며, 길을 잃게 된 전후 사정과 가족의 전화번호를 알려 주었다. 장교는 내게 군부대 안에서는 외부로 연락할 수 없다는 규칙을 설명하며, 부근의 사찰에 설치된 전화로 내 신분을 확인할 때까지 내무반에서 대기하라고 명령했다.

금녀(禁女)지역에 들어온 젊은 여자는 시선을 어디에 둘지 난감해 벽만 두리번거렸다. 장식도 무늬도 없이 희멀건 벽면에 대통

령 사진이 걸려있고 액자 안에 'ㅇㅇ신한국건설' 따위의 고리타분한 5공화국의 슬로건, 옆에 뜻을 알 수 없는 문구가 적힌 종이가 붙어 있었다.

문 닭 씻
지 고 고
르
자

"도대체 이게 무슨 뜻이지요?"

"아, 그거요. 동상방지 표어예요."

아이구. 세로로 정렬된 표어를 가로로 읽는 실수를 하다니. 무슨 심오한 군사용어일 거라고 막연히 추측했는데, 허를 찌르는 지극히 상식적인 표어가 재미있었다. 터지는 웃음을 참으며 소리죽여 키득거리는 내 곁에 병사들 서넛이 다가왔다. 짓궂게 이것저것 물었다.

"나이가 어떻게 되세요? "

(내 나이는 그들보다 두어 살 많았다.)

여동생이 있느냐. 뭐 하느냐. 이쁘냐. 소개시켜 달라.

그네들의 탐문공세에 건성으로 답하며 나는 벽에 걸린 시계만 보았다. 오늘은 아주 길고 힘든 하루였다. 빨리 집에 가 쉬었으면…… 사찰에 파견됐던 병사가 돌아왔다. 그가 내미는 간단한 서류에 사인한 뒤 나는 풀려났다. 밖으로 나오니 캄캄한 밤이었다.

나를 처음 발견하고 내무반으로 데려갔던 그가, 나를 지프차에 태워 민간인 지역에 내려주겠다고 했다.

헤드라이트 불빛이 닿는 곳마다 숲이 살아났다. 덜컹거리는 차 안에서 운전대를 잡은 군인과 묘령의 등산객 사이에 침묵이 흐른다. 어색한 침묵이 그들을 남자와 여자로 돌려놓는다. 남자가 먼저 여자에게 말을 건넨다.

"누님. 무슨 음악 좋아하세요?"

"아무거나."

어느새 내 호칭이 누님으로 변했다. 나는 그의 평범한 질문이 새삼스러웠다. 내게 뭘 좋아하느냐고 묻는 남자가 여기 있다. 대학교 1학년 가을의 미팅 이후로 내가 무슨 음악을 좋아하는지, 물어보는 남자가 없었다. 자신이 여자임을 느끼게 하는, 부드러운 남성의 목소리에 나는 오랫동안 굶주렸다.

그가 라디오를 틀었다. 약간 유행이 지난 로맨틱한 팝송이 흘러나왔다. '누님'을 배려해 고른 곡 같았다. 바깥에서라면, 운동권 출신 여자라면 왼쪽 귀로 듣고 오른쪽 귀로 버렸을 감미로운 가사들을 느긋하게 음미했다. 처음 듣는 노래처럼. 다시는 못 들을 노래라도 되듯이.

우리는 한밤의 드라이브를 즐겼다. 몇 시간 전까지만 해도 서로의 존재도 모르던 남과 여가 밤길을 달리며 음악을 듣고 대화를 나누었다. 우연이지만, 앞으로 이런 짧은 동행을 즐길 것 같은 예감이 들었다. '어서 집에 갔으면'과 '이대로 더 달리고픈' 충동이 교차되었고, 밤을 만끽하며 끝없는 길을 질주하는 쾌감이 신선했다.

차가 멎었다. 먼저 차에서 훌쩍 뛰어내린 그가 지프의 앞을 돌더니 영화에서 보던 장면을 연출했다. 나를 위해 문을 열어주는 군복 차림의 신사에게 나도 최대한의 예의를 갖춰 고마움을 표현했다. 그가 내민 손을 잡기 전에, 몸을 비틀어 지프에서 빠져나오기 전부터 나는 그에게 선사할 감사와 이별의 말을 찾느라 고심했었다. 우리는 오래 사귄 남녀라도 되듯이 진지한 작별의 의식을 치렀다.

"태워줘서 고마웠어요."

"편지해도 되나요?"

악수를 청하며 그는 내 주소를 물었다. 그가 내민 손을 쑥스럽게 잡으며 그에게 내 주소를 알렸다. 내가 곧 이사 나올 집이 아니라, 앞으로 살게 될 평창동의 주소를 가르쳐주었다.

구파발이었나. 허허벌판에 나 홀로 서있다. 야간등을 켠 차들이 내 앞을 질주하고, 깜빡이는 후미등을 피곤한 눈으로 쫓으며 나는 진짜로 길을 잃는다. 어딘가 목표를 향해, 목적지가 있어 달리는 빨간 점들이 부러웠다. 사람 사는 동네로 돌아왔는데, 그런데 어디로 가야 하나? 어디로……

어디를 망설이는 동안 버스 몇 대가 매연을 뿌리며 지나갔다. 나를 익숙한 곳으로 데려다줄 번호에 올라타고 나의 방, 나의 감옥으로 돌아왔다. 얼어 죽으려다 총 맞아 죽을 뻔한 기막힌 하루는 그렇게 막을 내렸다.

얼마 뒤, 봄이었다. 평창동의 부모님 집으로 서울 인근 군부대의 소인이 찍힌 엽서가 한 장 날아왔다. 나를 차에 태웠던 수도경비사령부의 병사가 부친 편지에 나는 답장하지 않았다. 한밤의 드라이브를 즐겼던 군인아저씨의 우정인지 애정인지 모호한 연애편지에 응답하는 것보다 더 시급한 일이 내 발목을 붙잡았다.

경혜가 다쳤다. 구로공단 점거농성 중에 S대 제적생 최경혜가 2층에서 떨어졌다는 신문기사를 읽고 병원으로 달려갔다. 경찰병력이 외부인의 접근을 차단한 복도에서 친척이라 속여 중환자실에 들어갔다. 척추 뼈가 부러져 진통제를 달라고 간호원에게 소리지르는 친구를 보자 울컥, 미안함이 솟았다. 그녀처럼 노동운동에 투신했다면 내가 다쳐서 누워 있었을지도…… 경혜를 면회하고 돌아와 루쉰의 《아Q정전》을 읽었다.

"알지 못할수록 행동하지 못하고, 행하지 않을수록 알지 못하게 된다."

그래 바로 이거야. 공부라도 하자. 광화문과 신촌의 사회과학서점을 어슬렁거렸다. 80년대에는 대학가만 아니라 중산층이 밀집한 반포의 서점에서도 '혁명'을 내건 책들이 잘 팔리는 상품이었다. '빨간 책'들은 젊은이들의 호기심을 자극했고, 구호를 외치거나 돌을 던지지는 않지만 서서히 5공화국을 무너뜨렸다. 무슨 이론서나 논쟁서보다 혁명가의 전기에 먼저 손이 갔다. 로자 룩셈부르크와 콜론타이의 삶을 다룬 M. 멀러니(Marie M. Mullaney)의 《혁명기의 여성 The Revolutionary Women, Gender and Socialist Revolution》을 사서 한동안 끼고 살았다. 페미니즘 서적에서 부추기는 삶과는 동떨어진 나의 현실을 인식하면 할수록,

나는 책밖에 의지할 데가 없었다.

이혼은 내가 직면한 최초의 현실이었다. 친정으로 돌아온 딸을 어머니는 수치스러워했다.

"집안의 치욕이야. 이게 어디라고 기어들어와. 동네 부끄러우니 밤에만 다녀."

"이혼이 무슨 죄라고……"

항변했더니 어미의 푸념이 쏟아졌다.

"우리가 널 어떻게 키웠는데, 지금 이게 뭐냐. 데모한다고 여자가 감방 가. 나오더니 어디서 거지같은 놈 물고 와 결혼시켜 달래. 못마땅한 게 한두 가지 아니었지만 자식 이기는 부모 없다고 집까지 장만해 보냈더니 이혼하고 들어와? 동네 창피해서 못살겠다. 그동안 먹을 것 못 먹고 니 뒷바라지하다 똥구멍 빠진 내가 불쌍하고 원통하다."

어머니에게 내가 동혁과 헤어진 이유를 설명했다. 엄마, 동혁이 나를……

"야, 너만 맞고 사니?"

어미가 무심코 내뱉은 말이 동혁의 주먹보다 아팠다. 결혼 전에 내가 쓰던 2층의 방은 이미 동생이 차지했다. 언니는 출가외인이니 처녀 적의 방을 쓸 수 없다고 우기는 동생에게 내 방을 내주고, 문간방에 짐을 풀었다. 식구들의 따가운 눈총을 받으며 눈물 섞인 밥을 먹으며 나는 깨달았다. 한국에서 이혼녀로 산다는 것은 형벌임을.

내 고민을 받아줄 혼자만의 공간이 절실했다. 방을 얻으러 돌아다니면서도 부동산 중개업자나 집주인이 "결혼하셨나요?" 물으면 오금이 저려왔다. 했다고 하기도 뭐하고, 안 했다고 하기도 뭐해서, 거짓말하기 싫어 "이혼했어요."라고 대답하면 사람들은 별난 마녀를 보듯이 나를 위아래로 훑어보았다.

평창동의 부모 집을 나와 과천에 전세를 얻었다. 부엌과 화장실이 딸린 7.5평의 독신자 아파트. 엘리베이터가 없는 3층이었다. 세탁기 놓을 공간이 없어 짤순이를 현관에 두고 배수호스를 연결해, 빨래하는 날은 물을 빼느라 현관과 계단이 물바다가 되었다. 싱글 침대가 창가에 붙었고 그 옆에 장롱, 책상으로 사용하는 2인용 식탁, 서랍장, 타자기와 시디플레이어가 있는 방에서 독신생활을 즐겼다. 누구의 며느리로 살면서 누리지 못하던 여유. 독일 사회민주당의 관료조직과 싸우던 로자에 공감하며, 책을 놓고 베토벤의 피아노소나타에 젖었다. 누구의 아내일 때는 들리지 않던 음악이 크게 들렸다. 〈월광 소나타〉에 가슴이 저미며 지난날들이 떠올라, 지난날들을 쫓아내려 창문을 열었다. 쏟아지는 달빛. 밤바람이 차가워 창문을 닫았다.

결혼 1주년에 동혁의 편지를 받았다. 그림엽서에 "4월 27일. 이 날을 기억해야 할지 잊어야 할지 모르겠소" 단 한마디만 적혀 있었다. 연애하면서 그는 내게 편지는커녕 성탄절 카드도 보낸 적이 없다. 생일이라고 내게 선물한 적도 없다. 그는 드라이한 사람이었다. 그답지 않은 예쁜 카드. '이 쌍년!' 하며 때리던 때와 너무도 다른 '모르겠소'라는 정중한 문체에 나는 속지 않았다.

만나고 헤어지기를 반복했던 남녀가 완전히 갈라서기까지 마지막 한 번의 환멸이 남아 있었다. 그의 편지에 내가 답장하지 않자 동혁에게서 전화가 걸려왔다.

한번 보자, 할 이야기가 있어.

그래, 어디로 나갈까.

약속장소는 낙성대 부근에 막 생기기 시작하던 분위기 있는 카페, 낮에는 커피를 팔고 밤에는 술을 파는 레스토랑이었다. 늘 그랬듯이 약속 장소를 정한 것도 그였고, 술을 주문한 사람도 그였다. 술이 약했던 나는 맥주나 칵테일을 시키려 했는데 동혁이 마주앙을 주문했다. 사이가 좋던 때도 단둘이 밖에서 마신 적이 없는 와인을 마시며, 헤어진 부부가 마주앉아 무슨 대화를 나누었는지. 말끔한 양복을 차려입은 동혁이 앉자마자 단호한 어조로 말했다.

"당신이 먼저 나하고 합치는 걸 전제로만 이야기하겠어."

먼저 할 이야기가 있다고 날 불러낸 사람이 누군데, 대화할 기분이 싹 가셨다. 날 엿 먹이려 작정한 날 같았다. 비싼 술과 안주를 시킨 동혁이 계산할 때는 뒤로 물러나, 내가 술값을 계산하고 밖으로 나왔다. 어둠 속을 앞만 보고 달리는 차들. 차량이 드문 길가에 서서 그가 집이 어디냐고 내게 물었다.

"과천" 내가 짧게 대답했다.

"그럼 사당역까지 지하철 타고 거기서부터는 버스 타고 가면 되겠네."

그것이 우리의 마지막 대화였다. 여자는 사당동으로, 남자는 대방동 방향으로 발길을 돌렸다. 지하철 입구로 들어서는 나를 그는 보지 않았고, 길을 건너는 그의 뒷모습을 나는 마음에 담지 않았다. 남남으로 갈라서는 실전연습을 마치고 다시는 서로 연락하지 않았다.

"여대생 박정애 투신자살"

회색인으로 살기 괴롭다며 술에 취한 상태에서 한강에 몸을 던졌다고, 1단으로 처리된 작은 기사였다. 신문을 읽은 뒤, 엊저녁에 마시던 포도주를 비우고 아침부터 정처 없이 돌아다녔다. 나보다 두 학번 아래인 정애를 여학생 휴게실에서 두어 번 본 적이 있었다. 그녀를 아는 누군가와 말하지 않으면 미칠 것만 같아 공중전화에 매달렸다.

"정애가 죽었대. 정애가. 너 박정애 알지?"

"응? 으응."

심드렁한 어투로 황주리가 전화를 받았다. 방금 잠자리에서 일어난 듯 혼곤한 목소리였다. 지연 언니는 전화를 받지 않았다. 아무도 만나지 않고, 누구와도 나의 슬픔을 공유하지 못하고 점심때가 되어 집에 돌아왔다. 흑과 백의 시대에, 흑과 백이 삶과 죽음처럼 갈라지는 80년대에 회색인으로 사는 게 가능한가? 아픈 질문을 우리에게 던지고 그녀는 떠났다.

먹고 마시며 집 안에 갇혀 있는데 지연 언니가 이혼을 축하한다며 마주앙을 들고 찾아왔다. 국문과 대학원에 갈까? 신춘문예에 소설을 응모할까? 진로를 정하지 못하는 나를 보더니 그녀가 한글 타자부터 배우라고 충고했다.

"이애린처럼 개발새발인 글씨를 누가 읽어준대?"

선배의 협박에 겁을 먹고 종로에 나가 공병우 타자기를 샀다. 김수영과 바흐만의 시들을 타자기로 두드리며 한글자판을 익혔다. 독신자 아파트. '혁명기의 여성'과 타자기. 희선이 나를 부를 때 나는 그녀가 원하는 건 뭐든지 들어줄 준비가 되어 있었다. 희선 언니의 전화를 받고 나의 방황이 끝났다.

희선은 나보다 두 살 위의 여우회 선배지만 별다른 왕래가 없었다. 쌍꺼풀 없이 가는 눈매, 짧은 생머리, 만만치 않은 인상이지만 친해지면 편한 스타일. 표준말을 쓰나 경상도 억양이 강해 사나워 보이는, 똑 소리나게 똑똑한 여자였다. 나의 이혼을 알고 있던 희선 언니가 내게 물었다.

"요새 어떻게 지내니?"

"그냥 혼자 밥 해먹고 놀아요……"

"너, 일어 할 줄 아니?"

"조금 해요"가 아니라 모른다고 대답했어야 했다. 2학년 때 벼락치기로 히라가나와 가타가나를 익혔지만, 동혁을 만난 뒤로 서클에 나가지 않아 일어책을 안 본 지 한참 되었다. 그러나 나는 희선이 내게 주려는 기회를 놓치고 싶지 않았다.

"너, 《자본》 번역팀에 들어올래?"

네?

내 귀를 의심했다. 1986년에 마르크스는 금지된 이름이었다. 마르크스의 저작을 소지하거나 읽다가 발각되면 처벌 받던 시절. 심정적 기질적으로 좌편향이지만 이론에 관심이 없는 나는 《자본》

을 구경해야겠다는 욕망조차 품지 않았었다. 번역과 정치경제학 세미나를 병행한다는 말에 나는 혹했다. 체계적인 공부를 하고 싶던 참에 좋은 기회였다. 그녀 덕분에 나는 먹고 마시고 배설하는 게 전부인 생활에 종지부를 찍었다. 1986년 5월에 나는 잠에서 깨어나 시대의 용광로에 몸을 담갔다. 희선이 나를 원전 번역팀에 넣어 주지 않았다면, 나는 운동에 대한 부채의식을 영원히 짊어지고 살 뻔했다.

사회주의 원전 번역이 어떤 조직적인 차원에서 추진되는지 나는 몰랐다. 다만 우리가 하는 작업이 위험한 일이고 아무에게도 발설하면 안 되며, 동료들끼리 가명을 써야 한다는 정도의 보안 수칙만 숙지했다. '진주'란 가명을 지으며 스파이가 된 듯 긴장감에 휩싸였다. 내가 독학으로 3주간 익힌 일본어 실력으로 일어판 《자본》1권을 번역했다면 누가 믿을까. 젊었기에 무모한 짓을 저질렀다. 일본어 문법책에 밑줄을 빡빡 그으며 기본 문형과 동사의 활용을 급하게 머리에 집어넣었다.

대학을 졸업한 스물다섯 살의 남자 네 명과 여자 하나가 7.5평의 원룸에 모였다. 인문대 동창인 남자 1호만 본명을 알고 나머지 셋은 초면이었다. 자신의 진짜 이름이 아니라 가명을 대고, 장소를 제공하는 내가 연락책이 되었다. 모이는 날짜가 고정되지 않아 우리 집에 오기 전에 그들이 내게 전화로 약속 시간을 확인했다.

일거리를 받아온 남자 1호가 우리에게 작업 방식을 설명했다. 제1편 제1장을 다섯 명이 십여 쪽씩 나눠 가지고 책임지고 번역한다. 일주일 뒤에 각자가 번역한 초고를 가져오면 차례대로 읽으며 서로 잘못된 부분을 지적했다. 일어판을 주된 텍스트로 하고, 해방 직후 좌파 경제학자인 전석담이 번역한 고어체의 《자본론》을 참고했다. 가제본한 영어판도 어디선가 구했는데 몇 번 들춰보는 시늉을 하다 그만두었다.

초역이 끝난 원고를 남자 1호가 수거해, 독어를 아는 대학원생들로 구성된 교열팀으로 넘겼다. 일본어의 문장구조가 우리말과 비슷해 한글로 옮기기가 그다지 어렵지 않았지만, 할당된 분량이 많아 일주일을 꼬박 번역에 바쳐야 했다. 지금은 누가 돈을 준대도 마다할 고역을 보수도 없이 기꺼이 맡았다. 군부독재에 맞서 직접 싸우는 대신에, 나는 외국어와 씨름했다. 삼복더위에 선풍기도 없는 방에서 책상에 들러붙어, 밥 해먹는 시간도 아까워 짜장면을 배달시켰다. 하루에 원고지 100매를 채운 적도 있었다.

모르는 외국어가 나오면 불한사전과 독어사전과 영어사전을 펼쳐놓고 장님이 코끼리 더듬듯 어느 나라 말일까? 무슨 뜻일까? 수수께끼 풀이에 골몰했다. 웬 각주가 이리 많담! 원문보다 각주가 긴 페이지도 있었다. 역사 이래 인간의 머리에서 나온 가장 복잡한 구조물이 《자본》 아닐까. 다른 학자에 대한 비판이 지나쳐 비비꼬는 마르크스의 문체에 시달리다 멋진 표현을 만나면 생기가 돌았다.

"자본은 물적 존재가 아니라 물적 존재에 의해 매개되는 인간과 인간의 관계이다."

식민지에 영국의 화폐와 생활 수단과 기계를 대량 가져가고, 현지에 노예들이 넘쳐나도 자신의 노동력을 파는 임금노동자가 없다면 그는 자본가가 될 수 없다는 근대 식민이론. 자본이 돈이 아니라 인간관계라니. 진리를 만진 듯 짜릿했다.

번역을 맡은 우리 중에 경제학이나 사회학을 전공한 사람은 없었다. 정치경제학 전공자는커녕 사회대학 출신도 없었다. 남자 1호만 언더의 학회에서 제대로 교육을 받았고, 나를 포함한 나머지는 오픈 서클 출신이었다. 마르크스 경제학의 기본을 이해하려 일본에서 나온 〈자본주의 경제의 구조와 발전〉 (일명 '자구발')을 같이 모여 공부했지만, 애초에 우리의 능력을 벗어난 일이었다. 두어 번 과제물을 수거해간 뒤에 번역이 좋지 않다는 교열팀의 평가를 우리에게 전달하며 남자 1호가 분발을 촉구했다. 니들, 대충하지 말고 성의를 보여.

우리 중에 어떤 애는 내가 보기에도 한심한 수준이었다. 일어 실력을 따지기 전에 한국어가 서툴러 문장이 되지 않았다. 하지만 모두 부지런히, 어떤 보상도 기대하지 않고 자신이 맡은 숙제를 해왔다. 격려하지는 않고 비판만 일삼는 윗선이 야속했다.

그럼 자기들이 하지, 왜 우릴 시키나?

남자 4호와 내가 입을 모아 불만을 터뜨렸다.

마르크스가 친구나 가족들보다 친근했던 1986년 여름을 뒤적이며 흥미로운 사실을 발견했다. 내게 가장 중요했던 《자본》 번역이나 번역팀에 대한 언급이 한 줄도 없었다. 보안을 위해 일기장도 검열한 결과다. 남녀가 매주 얼굴을 맞대는데 로맨스가 싹트지 않을 리가 없다. 남자 2호가 내게 보내는 신호를 무시하고, 나는 남자 4호에게 마음을 빼앗겼다. 큰 키에 도수 높은 안경을 쓴 모범생의 어디가 좋았는지. 애린이 아니라 '진주'가 되는 오후를 나는 기다렸다.

이건 품이 크고, 저건 기장이 짧아.

여름바지들을 죄다 꺼내 거울을 보며 입었다 벗었다 땀을 흘리는데 현관벨이 울렸다. 삼십 분이나 먼저 온 남자 4호가 내 방을 둘러보다 타자기에 시선이 멈추었다. 이공계인 그는 기계에 관심이 많았다. 이 키, 저 키, 눌러보는 그에게 내가 한글타자를 가르쳤다.

"아무렇게나 누르지 말고, 손가락을 펴서 자판 위에 놓아. 니은에 넷째손가락을 놓고…… 잘 봐. 왼쪽 키는 자음이고 오른쪽은 모음이야."

남자 옆에서 손 모양을 시범 보이며 두 사람의 숨결이 닿았다. 팔이 스쳤다. 남자 4호가 활자를 누르는 간격이 빨라졌다.

"좀 연습하면 금방 늘겠는데."

칭찬하곤 냉장고에서 오렌지주스를 꺼냈다. 유리잔에 얼음조각을 넣으며 내가 말했다.

"다음 주에도 일찍 와서 타자 연습해라."

식사시간을 피해 오후 세 시쯤에 모였는데, 토론이 길어져 내가 동지들을 위해 멸치국물을 우려 잔치국수를 말았다. 호박을 채 썰어 프라이팬에 볶고 달걀지단을 부치고 국수를 삶아 체에 건졌다.

"고명에 간이 배었으니 양념장은 조금만 넣어."

"와, 맛있는데. 이 김치 니가 담근 거니?"

"그럼. 얼마나 간단한데."

오이소박이쯤이야 대수롭지 않다는 듯 음식 솜씨를 뽐내며 남자 4호를 곁눈질했다.

아파트 단지의 산책로에 코스모스가 필 무렵 《자본 1》의 번역이 끝났다. 번역팀이 해체되기 전에, 바람에 흔들리는 코스모스 같은 내 마음을 남자 4호에게 보여주었다. 결혼을 약속한 여자가 있다며 그는 고개를 숙였다. 영등포의 극장에서 남자 4호와 〈황진이〉를 보고 저녁을 먹었다. 술을 마시며 우리의 진짜 이름을 교환했다.

나는 강민호. 나는 이애린. 민호야. 애린아. 사용가치가 없어질 이름을 부르며 이별을 연장했다. 민호에게 잉에보르크 바흐만의 〈누구든 떠날 때는〉을 타이핑한 종이를 선물하고, 나는 돌아섰다.

집에 돌아와 멘델스존의 바이올린 협주곡을 들었다. 끊어질 듯 끊어지지 않는, 달콤하면서도 쓰라린 선율이 분수처럼 쏟아졌다. 음악을 틀어놓고 옷을 벗었다. 소나기가 퍼붓는 밤, 거울 앞에 발가벗고 서서 나는 무거운 한숨을 토했다. 사랑받지 못하고, 피어보지도 못하고 시들 육체가 아름다웠다.

퇴원한 경혜가 허리에 기브스를 두르고 나를 찾아왔다. 투쟁일변도의 노동현장에 질린 경혜는 인간을 구원하려면 혁명보다 문학이 필요하다며, 작가가 되는 공부를 하라고 내게 충고했다.

"애린아, 평범하게 살아. 네가 운동을 한다면 말리진 않겠다. 너는 자학하는 습관만 버리면 운동가로서 나무랄 데가 없어."

경혜에게 운동가의 길을 택하겠노라 선언하고 나는 일기장에 고백했다. 나는 결코 조직의 인간이 될 수 없다. 되더라도 조직의 노예일 뿐, 스스로 주인으로서 일을 하지는 못할 것 같다. 조직에서 살아남을 자신이 없다.

과천 시절, 나와 가장 가까운 사람은 희선 언니였다. 내 아파트를 자기 집처럼 드나들던 그녀가 어느 날 내가 조직의 인간이 될 수 없는 이유를 말해주었다.

"넌 너의 동요를 감출 수 있니? 너 자신을 감출 수 있냔 말이야. 넌 그렇게 하려고 해도 못해. 널 보면 나도 모르게 방어기제가 무너지지."

방어기제가 무너진 희선이 '미래의 애인'을 내게 들켰다. 《자본 1》을 교열하던 독문학과 대학원 선배 태호를 뭔 일로 희선이 과천의 우리 집에 데려왔다. 그가 가고 난 뒤 내가 "참 괜찮은 남자"라며 칭찬했더니 희선이 내게 오금을 박았다.

"태호 씨, 내가 찍었으니 너는 건드리지 마."

희선이 무서워 나는 태호 형을 넘보지 않았다. 희선 언니가 내게 운동권의 문건들을 갖다 주었다. 보통 지하에 유통되는 팸플릿들은 복사에 복사를 거듭해서 읽기 힘들었다. 보이지도 않는 글자를 해독하려다 우리의 상상력이 발달했는데, 희선이 내게 준 레닌의 《국가와 혁명》은 오리지널처럼 잉크가 선명했다. 한글 타자 서체도 낯익었다. 내가 없을 때 누군가 내 공병우 타자기로? 나의 짐작이 사실임을 며칠 뒤에 선배에게 확인했다. 희선 언니를 통해 그즈음 재야운동권의 논쟁들을 귀동냥했다.

"언니, 주사파(주체사상파)와 시에이(CA: Constitutional

Assembly 제헌의회 그룹)의 차이가 뭐야?"

"응. 주사파는 민족모순을, CA는 계급모순을 주요 모순으로 보지. 주사파는 우리나라 정부를 허수아비로 생각하는 거지."

내가 운동 노선에 대해 물어보면 희선은 귀찮다는 듯 짧게 답하곤 자기 일을 했다. NL(NLPDR: 민족해방 민중민주주의 혁명)과 CA의 차이를 정확히 모른 채, 나는 CA의 적극 동조자가 되었다. 희선은 나를 붙잡고 논쟁하기보다 잡담을 즐겼다. 나란히 누워서 속닥거리며 우리는 친해졌다. 어리병병한 후배와 논리 정연한 선배는 서로에게 좋은 대화 상대였다. 나와 성향이 다르지만, 쿨한 그녀와 이야기를 하다보면 내 고민의 절반은 정리되었다. 어떤 질문에 대해서도 답이 준비된 여자 선배 곁에서 나는 책에서는 배우지 못한 많은 것들을 알게 되었다. 아버지가 약국을 경영하는 중산계급 출신의 희선은 운동가의 출신 성분에 대해서도 확고한 신념을 갖고 있었다.

"아주 가난하거나 아주 부자이면 객관적인 관점에서 운동을 바라보지 못해. 너무 가난하면 한(恨)으로 운동하거나 감정이 앞서 눈이 흐려지지…… 주미나 로라도 다 한때 부자였다 몰락했잖아."

그녀는 내가 아는 가장 냉정한 여자였다. 내가 무슨 말을 해도 "그럴 수 있지."라며 전혀 놀라는 빛을 보이지 않았다. "애, 무슨 일이든 일어날 수 있어."가 그녀의 지론이었다.

불편하며 부당한 현실에 대해 분노를 표출하지 않는, 그녀가 민중을 사랑하는 법을 나는 알고 싶었다. 분노를 표현하는 게 부끄럽다 생각해서인가, 아니면 정말 분노하지 않고 살아가는 것일까.

분노 없이 혁명에 대한 열정을 유지할 수 있을까. 희선의 남다른 차분함은 타고난 성격이기도 하지만, 오랜 조직생활에서 터득한 생존의 지혜일지도 모른다.

사회주의에서 남녀관계라든가, 사적 소유가 철폐된 사회에서 발생할 문제에 대해 내가 의문을 제기하면 그녀는 너무 웅대해 거짓말 같은 비전을 내게 보여주었다. 모두가 모두를 위해 존재하며, 지식인도 노동자도 소외되지 않는 나라. 나는 감동했다. 감동하면서도 그처럼 완벽한 지상천국이 과연 가능할까? 의심이 들었지만 그녀에게 직접 들이대지는 않았다. 희선처럼 냉철하고 현실적인 사람이 운동가가 된 이유는 무엇일까. 논리의 아름다움에 반해 마르크스주의자가 되지 않았나? 의혹을 품은 것은 훨씬 나중 일이다.

마르크스와 고리키와 박경리에 대해선 말을 아끼지 않았지만, 희선은 자기 얘기를 하지 않았다. 애인인 태호 형과의 진도가 얼마나 나갔나? 내가 캐물으면 교묘히 빠져나갔다. 냉정의 표상 같은 여자가 내 앞에서 딱 한번 화를 냈다. 나의 설익은 결혼과 이혼 과정을 듣더니 희선 언니가 버럭 소리를 질렀다.

"어떤 놈이길래 너 같은 애도 못 데리고 산다니? 너처럼 순하고 물러터진 애도 못 데리고 사는 남자도 있니?"

그녀의 요구를 거절 못하는 내가 희선에겐 '물러터진 애'로 보였으리라.

"애린아. 급히 방이 필요해서 너네 집 써야겠다. 오늘 하루만 어디 딴 데서 자고 내일 들어올래?"

무슨 일이냐고 나는 묻지 않았다. 내가 알아선 안 되는 중요한 회합이 있겠거니 추측할 뿐. 내키지 않지만 열쇠를 넘겨주고 봉천동의 여관에서 하룻밤을 잤다. 이튿날 오후, 현관에 들어서는 나를 반기며 희선이 말했다.

"어떤 남자애가 밤늦게 전화해 애타게 너를 찾더라."

"누구래?"

"이름이 뭐라더라?"

발신인도 적어놓지 않은 희선이 그날처럼 얄미운 적이 없었다. 10월에 희선의 요청으로 방이 두 개인 홍은동의 아파트로 이사했다. 전세에서 월세로 옮기며 나의 유일한 재산인 천만 원의 전세금이 흐지부지 부서졌다.

홍은동의 산비탈에 세워진 쓰러질 듯 낡은 아파트였다. 안방은 내가 쓰고 건넌방에 희선 언니와 조직원들이 드나들며 우리 집은 그네들의 아지트가 되었다. 새로운 번역 팀에 들어가 볼셰비키의 팸플릿을 영어에서 한글로 옮겼는데, 레닌의 육성만으로는 부족했나. 남자 4호가 없어 혁명의 열기가 식은 나는 연탄불을 자주 꺼뜨렸다. 안방에 연탄가스 배출기가 달렸지만 집에만 들어서면 가스냄새가 진동했다. 주거 환경이 열악한 산동네에서 일산화탄소 냄새를 맡으며 나는 우울증에 빠졌다.

공안당국에 쫓기는 희선의 동지들에게 집을 내주고 11월에 나는 근처에 하숙을 얻어 나갔다. 가끔 내 집에 들르면 김준이 구멍 뚫린 양말을 신고 나와 쑥스럽게 인사하곤 했다. 김준은 작은 체구에 다리를 약간 저는, 까칠한 얼굴의 혁명가였다.

김준이 끓이다 만 오뎅국을 내가 보지 않았다면 그는 내 소설에 등장하지 않았다. 겨울옷을 가져오려 홍은동에 갔는데 부엌 아궁이 속의 냄비에 끓이다만 오뎅국이 들어 있었다. 반듯한 무 조각과 덴푸라가 떠 있는 냄비의 미지근한 온기가 내 양심에 파란 불을 켰다. 연탄이 떨어져 자기가 끓인 오뎅국을 먹지 못한 남자가 불쌍했다. 연탄을 충분히 사놓지 않은 내가 미안해, 김준이 구속된 뒤에 이십만 원의 영치금을 넣어주었다.

"우리가 나가니 이제 네가 들어와 살아."

희선의 전화를 받고 내 아파트에 들어갔다. 난장판이 된 집. 담배와 연탄가스, 음식 냄새에 섞인 지린내가 역겨워 창문을 활짝 열어젖혔다. 급하게 빠져나간 흔적들. 여기저기 나뒹구는 비닐봉투와 쓰레기, 화장실이 제일 엉망이었다. 희선과 그의 동지들이 철수하고 열흘이 지난 12월 24일, 대낮에 현관 벨이 울렸다.

"호구조사 나왔습니다."

정중한 말투에 의심하지 않고 문을 열었다. 건장한 남자들 서넛이 들이닥쳐 영장도 없이 나를 연행했다. 아파트 밖에 검은색 세단과 지프가 대기하고 있었다. 안이 들여다보이지 않는 창문이 달린 승용차에 태워져 어디론가 끌려갔다. 기다란 복도의 양쪽에 호텔처럼 방들이 주욱 붙어 있었다. 물이 흥건한 바닥, 욕조와 화장실, 간이침대, 탁자가 놓인 방에 들어서자 겁이 났다. 부천서 성고문 사건이 터진 뒤라 설마 나를 성고문하지는 않겠지. 그래도 걱정되어 수사관들에게 내가 결혼한 유부녀이며 남편이 대학강사라고 거짓말을 했다. 내 연기가 그럴듯했는지, 그들은 내게 폭력을 행사하지는 않았다. 저녁 늦게까지 나를 조사하며 그들은 내게 유주미의 행방을 집요하게 캐물었다. 희선이 아니라 왜 주미 언니를? 의아했는데, 나중에 신문을 보니 희선은 이미 잡힌 뒤였다.

너, 유주미 알지? 유주미 지금 어디 있어?

몰라요. 못 본 지 오래돼요.

정말 어디 있는지 몰라?

주미 언니와는 벌써 몇 년 전에 연락이 끊겼어요.

유주미가 전화하면 우리에게 알려야 돼. 알았어?

네.

나를 심문한 남자가 내미는 전화번호를 받고 나는 풀려났다. 내가 끌려간 곳은 '남산'이라 불리는 안기부의 조사실이었다. 남영동의 치안본부 대공 분실에서 20일 뒤인 1987년 1월 14일, 나와 비슷한 이유로 잡혀온 어떤 청년이 수사관들에게 물고문을 당해 죽었다. 박종철 고문치사 은폐─조작에 경찰과 검찰의 수뇌부가 개입한 증거가 폭로되며 정국이 요동쳤고 분노한 민심은 6월 항쟁으로 이어졌다.

'탁 치니 억 하고 죽었다'는 거짓말에 항의하며 대학생들이 동맹휴업을 결의했고 '고문 없는 세상에 살고 싶다'는 플래카드를 들고 시민들이 야간시위를 벌였다. 천주교 정의구현사제단의 단식농성, 개신교 목회자들과 스님들이 '살인정권 퇴진'을 촉구하며 머리를 깎았다.

대통령 직선제 요구가 거세지자 정부가 4월 13일 모든 개헌논의를 금지하는 '4·13 호헌 조치(護憲措置)'를 단행했다. 군부의 장기집권 음모를 비난하며 개헌을 요구하는 시국선언이 잇따랐다. 종교계와 학계, 문화예술인, 대중연예인과 해외동포까지 서명에 동참했다. 자고 일어나면 오늘은 또 어느 단체가 '호헌을 저지하며 민주주의를 염원하는' 성명서를 발표했다는 소식이 들렸다. 한국현대사의 자랑스러운 페이지가 열릴 즈음, 희선 언니의 공판이 열렸다.

포승줄에 묶여 호송버스에서 내린 희선 언니가 나를 보더니 '반갑다'며 밝게 웃었다. 방청석은 피고인들의 가족과 친구들, 민가협(민주화실천가족운동협의회) 회원들과 취재진이 몰려 빈자리가 없었다. 모두진술이 끝나고 변호인이 사건 관계자들의 병합심리를 요청했다. 주저하는 판사에게 김준이 일어나 말했다.

"법정소란을 일으킬까 두려워하는 것 같은데, 우리는 그럴 나이는 지났다. 염려 말고 병합심리하세요."

법정에 웃음의 파도가 일렁거렸다. 여유만만한 피고인들, 초조한 검사와 판사. 공판이 진행될수록, 5월에서 6월로 넘어가며 판검사들이 수난을 당했다. "반反국가사범이라고? 내 아들을 너희들보다 내가 더 잘 알아. 내 아인 반국가행위를 한 적 없다 이놈들아!" 어머니들의 야유에 재판이 서너 차례 중단되었다. 시국사범의 가족과 친구들은 정권의 시녀인 사법부와 싸우는 '공판 투쟁'에 열심이었다. 흰 달걀보다 멀리 날아가는 노란 달걀을 담당판사는 조심해야 할 것이다. 구호를 외치는 데는 서툴지만 던지기는 자신 있었다. 고교 체력장에서 던지기 종목에 만점을 받은 나는, 전국체

전에서 '투해머'로 메달을 딴 아버지의 딸. 내 몸에 흐르는 운동선수의 피가 어느 날 나를 뉴스의 인물로 만들었다.

　재판 시간이 얼마 남지 않았다. 달리듯 빠르게 걸으며 내 어깨에 둘러멘 가방 속의 날계란이 터질까 조마조마했다. 덕수궁 모퉁이를 돌려는데 "언니− 언니!" 소리가 들렸다. 날 부르는지 모르고 지나치려는데, 문득 동생 경린이 시야에 들어왔다. 원피스 차림의 막내 동생이 젊은 남자와 함께 덕수궁 정문 앞에 서 있었다. 데이트 중에 언니를 보고 반가워하는 동생을 나는 모른 척했다. 그녀가 경린임을 알고도 말 한마디 건네지 않고 내 갈 길을 갔다. 늦게 가면 방청석에 자리가 없었다.

　반국가단체를 결성하고…… 국가보안법 제3조 제1항 제2호, 형법 제30조 위반…… 검찰의 공소사실을 피고인들이 낱낱이 반박했다. 재판이 끝날 즈음에 지퍼를 열어둔 가방에서 달걀을 꺼내 "이따위 재판 집어쳐!" 외치며 재판정에 달걀을 투척했다. 내가 던진 계란들이 판사의 얼굴과 가슴에 맞았다. 다칠 정도는 아니지만 법복을 더럽히고 법관의 하루를 망치기에는 충분한 솜씨였다. 법정을 나오는데 전경들이 날 에워쌌다.

　"가방 좀 여시죠."

　"왜요?"

　반항하는 내 어깨를 전경들이 양쪽에서 잡았다. 위기를 직감한 나는 크게 소리쳤다.

　"왜 남의 몸에 손대? 이거 성희롱 아니야?"

　삽시간에 내 주위에 사람들이 모여들었다. 민가협의 아줌마 회원들 열댓 명과 젊은 부인들, 그리고 정체를 알 수 없는 구경꾼들이 뒤엉킨 긴 행렬이 서소문 법원을 나와 이백 미터 떨어진 파출소까지 나를 따라왔다. 끌려가며 나는 가방 안에 든 유인물이 걱정되었다. S의 부인에게 전달할 지하의 문건을 저들에게 들키면 어쩌나.

"당신들이 뭔데 내 가방을 열라 마라야……"

파출소 안에서 경찰들과 입씨름을 하는데, 열려진 창밖에서 어느 어머니가 내게 소리쳤다.

"가방 이리 던져!"

창밖으로 숄더백을 던지고 밖으로 뛰쳐나갔다. 나는 달리기를 못하는데 어디서 그런 힘이 솟았는지. 나를 쫓는 경찰들을 피해 차도로 뛰어들었다. 갑자기 뛰어든 나 때문에 빵빵거리는 차들. 서소문 길을 건너 시청 앞 지하도에 들어가서도 나는 걸음을 늦추지 않았다. 랜드로버 한쪽이 벗겨져, 손에 신발을 들고 뛰다 롯데호텔 앞에서 멈추었다. 롯데호텔에서 나오는 고급승용차를 가로막고 차를 세웠다.

"도와주세요! 저– 지금 쫓기고 있어요."

내 간절한 부탁을 삼십대의 여성운전자는 외면하지 않았다. 문이 열려 뒷좌석에 탔다. 강남 방향으로 가는 차였다. 강남에 내가 아는 사람은 로라 언니뿐. 가방이 없으니 지갑도 없고 수첩도 없다. 잠실 아파트 단지 입구에 내려 지나가는 이에게 동전을 구걸해 공중전화를 걸었다. 로라는 마침 집에 있었다. 로라가 차려준 밥을 먹고 차비를 빌렸다. 전화로 수소문해 희선의 어머니가 맡아

놓은 가방을 되찾았다. 서소문의 파출소에서부터 여러 사람 손을 거쳐 귀퉁이가 닳고 닳은 가방에서 내 신분증을 확인하고, 기나긴 하루가 끝났다.

법정 밖에서 전경들과 실랑이를 벌이는 내 모습이 방송국의 카메라에 잡혔다. 무장한 전경은 피했지만 카메라는 피하지 못했으니. 9시 뉴스에 나온 나를 알아본 이모가 전화로 나를 야단쳤다. 애린아 너, 지금 뭐하고 다녀? 니 엄마 속 태우지 말고 정신 차려 이것아.

6월 10일 정오, 잠실체육관에서 민정당원들이 노태우를 차기 대통령으로 추대하는 도장을 찍을 때, 우리는 남대문 고가 아래서 자유와 통일의 노래를 불렀다. '호헌철폐!' '독재타도!' 함성이 전국을 뒤덮었다. 명동성당 농성이 투쟁의 불씨를 살렸다. 아침밥을 먹고 10시쯤에 집을 나가 명동과 종로를 돌며 시위대를 따라다녔다. 저녁에 돌아와 세면대 수도를 틀어놓고 흐르는 물에 눈을 씻어 최루탄 가루를 떨어냈다. 날이 갈수록 시민들의 호응이 뜨거웠다.

6월 11일, 남대문 시장의 상인들이 농성장에 식음료와 의류를 공급했다.

6월 12일, 명동성당 입구에 백골단(헬멧 전경) 천 명이 배치되었다.

6월 13일, 경찰의 저지선을 뚫고 사제와 수녀들이 침묵시위를 벌였다. 넥타이를 맨 회사원들이 점심시간에 시위에 동참했다. '넥타이부대'의 등장은 파쇼의 지지기반인 중산층이 흔들린다는 징

조였다.

6월 14일, 최루탄을 쏘지 말라며 전경의 옷깃에 장미꽃을 꽂아 주는 민가협 어머니들.

6월 15일, 5박 6일의 농성을 풀고 학교로 돌아가며 태극기를 흔드는 대학생들.

6월 18일, 시민들에게 밀리는 경찰들. 헬멧과 장비를 뺏기고 공포에 떠는 전경. 신세계백화점 앞의 분수대에 빠진 경찰을 끌어내 구조하는 학생들. 불타는 전경 수송버스.

6월 10일에는 눈치만 보던 시민들이 6월 18일, 박수를 치고 구호를 따라 외쳤다. 피를 흘리는 학생들 옆에서 외국기자들이 방독면을 쓰고 타자기를 두드렸다. 정권의 나팔수인 대한민국의 신문과 방송을 믿지 못해 우리는 외신보도를 통해 상황을 가늠했다. "내부의 거대한 힘이 한번 움직이기 시작하면 어떤 외부세력도 이를 막지 못한다"라고 6월 25일자 뉴욕타임스는 기록했다.

열기에 휩싸여 매일 밖으로 나갔지만 나의 밤은 변하지 않았다. 대학 1학년에 용돈을 벌어주던 과외지도는 대학을 졸업한 뒤에도 내게 가장 쉬운 밥벌이였다. 밤에는 이웃집의 여고생에게 성문종합영어를 가르치고, 낮에는 햇빛 찬란한 거리로 나섰다.

서소문의 법정에 나타난 남자 4호를 보고 나는 다시 모양을 부렸다. 크림색 블라우스에 스커트를 걸치고 재판이 끝난 뒤 민호와 6월 26일 '평화대행진'에 참가했다. 동대문에서 영등포까지 걷다 서다 지치면 버스를 탔다. 전국의 37개 시읍에서 180만의 인파가 행진에 동참했다. 길가에 나온 시민들이 손수건을 흔들고, 버스는 경적을 울리고, 주차장에서 어깨춤을 추는 청년들. 노래하며 춤추는 축제의 거리에서 보고 싶지 않은 얼굴과 마주쳤다. 중앙우체국을 지나며 경적을 울리는 차량들을 구경하는데, 저만치서 옛 남편이 내 쪽을 보고 손짓했다.

"아는 사람이니?"

민호의 질문에 "아니"라고 얼버무렸다. 민호와 헤어져 낙원동의 뒷골목을 헤매었다. 행인이 드문 낙원상가 밑에서 유모차에 누워 자고 있는 아이를 보았다. 유모차 옆에는 아버지인 듯한 남자가 친구와 술판을 벌이며 정치 이야기를 하고 있었다. 골목만 벗어나면 최루탄이 자욱한데, 세상모르고 새근거리는 아이. 전쟁 속의 평화가 시처럼 강렬했다.

시위가 끝난 뒤, 텅 빈 거리에 산처럼 쌓인 신발들. 버려진 운동화들. 버려진 이념의 조각들. 광화문 광장에 나뒹구는 피 묻은 거즈 마스크. 찢어진 두건을 두개골인 줄 알고 놀랐었지. 두근거리는 가슴에 담아둔 빛과 형태들이 6월의 한구석에 접혀 있다.

6월 29일, 노태우가 직선제 개헌을 수용하고 김대중의 사면-복권을 약속하는 '6·29선언'을 발표했다. 정말 약속을 지킬까? 군이 이대로 물러날까? 반신반의하면서도 우리는 승리감에 도취했다. 1980년 '서울의 봄' 이후 7년 만에 새로운 사회의 가능성이 열렸다. 국민의 손으로 지도자를 뽑는 장치가 마련되었지만, 성급한 젊은이들은 소중한 한 표에 만족하지 못했다.

"NL이든 CA이든 어느 한쪽으로 빨리 통일이 되어, 우리의 에너지를 R(혁명)에 집중해야 돼"라고 쉽게 말하는 나.

"이건 단순한 노선 차이가 아니야. 운동에 대한, 삶에 대한 철학이 다른 거라구"라며 펄펄 뛰는 재규.

혁명인가, 개량인가. DJ를 밀어줄까. 민중 진영의 독자후보를 추대해야 하나. 신촌의 찻집에서 서클 동기인 재규와 시국토론을 벌였다.

"애린이, 너는 이론에 너무 약해."

나를 비판하는 재규에게 "당연한 일을 하는데 무슨 이론이 그렇게 많이 필요하냐?"며 내가 한 방 먹였다.

한국전쟁 이후 최대 규모의 노동쟁의가 공장을 휩쓸던 1987년 8월, 마르크스의 《자본 1》이 출판되었다. 《자본》을 출판한 사장은 구속되었고, 남자 1호가 번역팀을 소집해 '증정' 도장도 찍히지 않은 증정도서를 한 부씩 나눠주었다. 유령인물이 옮긴이로 인쇄된 《자본 1》을 읽으며 나는 오자와 오역을 표시했다. 초역자인 우리의 이름은 어디에도 없는 책을, 그 뒤 나는 다시 펼치지 않았다.

6월 항쟁의 불씨가 꺼지지 않은 가을에 나는 편지쓰기에 열중했다. 감옥에 갇힌 선배나 친구들에게 편지를 보내는 것도 80년대 우리들의 일상적인 '투쟁'이었다. 교도관의 검열을 피해, 희선의 동생인 희애의 이름으로 보낼 편지를 나는 여러 번 고쳐 썼다. 다시 읽어보니 감상이 지나쳐 차마 보내지 못한 편지를 나는 지금도 갖고 있다. 이십대의 내가 쓴 유일한 편지의 수취인은 희선 언니였다.

'부디 건강하게 지내기를. 1987년 9월 29일 동생 희애 올림'으로 끝을 맺은, 노란 종이에 밴 코스모스 냄새를 다시 맡으며 내가 희선을 그리워했음을 알았다. 나는 그녀를 좋아했었다.

서울 강북에 위치한 허름한 빌딩의 화장실에서 나는 크게 웃었다. 재래식 변소에 주저앉아, 웃다 울며 눈물을 흘렸다. 대중 집회를 쫓아다니느라 나도 모르게 둘코락스를 복용하지 않았는데, 약의 도움 없이 변을 보다니. 6년 만에 내 힘으로 내보낸 푸르죽죽 누리끼리한 똥이 얼마나 이쁜지 (단단한 덩어리는 아니지만 줄줄 흐르는 액체도 아니었다). 줄을 잡아당겨 물을 내리기가 아까웠다. 물탱크와 연결된 쇠줄이 망가져 엉거주춤 일어나 줄을 당겼다. 경찰서 유치장에서부터 나를 괴롭힌 변비가 뚫리며, 나는 과거의 터널에서 탈출했다.

대통령 선거를 앞둔 11월, 재야 단체의 사무실 화장실에서 나의 기나긴 고통이 끝났다. '운동'을 할까 말까 망설이던 대학시절에 얻은 병이, 민중후보 선거운동본부에서 자원봉사자로 일하며 치유되었다. 행사 준비하랴 벽보 붙이랴 뛰어다니기 바빠 '약'을 거른 덕에 몸이 생체리듬을 회복한 것이다.

포스터가 뜯기고 깃발이 접히고 박수가 멈추었다.

축제의 끝. 노태우가 제13대 대통령에 당선되었다. 군인이 대통령에 취임하는 꼴을 보려고 우리가 피 흘리며 싸웠나. 대선 패배의 후유증보다 내겐 홀로서기가 절실했다. 선거가 끝나고 생활비가 떨어져 평창동의 부모 집에 들어갔다.

"누구세요?"

"나야, 이 집 큰 딸."

"야! 좀 일찍일찍 다녀-"

인터폰에서 들리는 어머니의 짜증을 무시하고 철제대문-현관문-자바라 세 겹의 문을 통과해 마루에 진입했다. 고가구와 현대식 소파, 고급물건과 싸구려, 진품과 모조가 뒤섞인 거실을 녹슨 전구가 비추고 있다. 전기를 아끼려 30와트 전구를 끼워 마루 한가운데만 희미할 뿐, 귀퉁이는 캄캄했다. 어머니는 엉뚱한 곳에 돈을 아꼈다. 기분 내키면 남대문의 도깨비시장에서 50만원을 호가하는 일제코트를 잘만 사면서, 수도와 전기를 낭비한다고 아이들을 나무랐다. 아버지의 외박이 심해지며 마구잡이로 물건을 사들여 마루며 부엌이며 어느 한구석 빈틈이 없었다.

거실 소파에 앉아 눈을 감고 천천히 묵주알을 굴리는 엄마. 실핏줄이 앙상한 손에 묵주알만큼이나 자잘 토실한 근심들이 감겨 있다.

"밥 있어?"

배가 고프지도 않으면서 엉뚱한 소리를 내지르고 말았다. 엄마의 눈이 떠지고 가부좌가 펴지고 근심들이 굴러 떨어졌다.

"지금이 몇 신데 밥 타령이야. 응? 고만 싸돌아다니고 정신 차려 이것아. 너도 이제 꼴깍하면 서른이야. 아- 그놈의 운동인지 나발인지 누가 알아준다든? 너 그러다 꼼짝없이 늙어 길거리에 나앉는 신세 될까봐 내 눈이 안 감겨 못 죽는다. 자식이 웬수라더니. 휴우- 어서 다들 내 눈앞에서 사라졌으면……"

또 시작됐다 엄마의 지긋지긋한 푸념이. 당신의 처지가 처량했건만, 현재 내 '신세'에 빗대어 못 죽는단 말에 발끈한 나는 어미의 심기를 건드렸다.

"아버진 오늘도 안 들어왔어?"

'아버지'에 마술이 걸린 엄마의 눈빛이 묘연해지며 입가에 침이
돌았다.

"아, 지가 왜 들어오겠어? 그년 끼고 호텔서 나자빠져 있을 텐
데. 흥! 니 애비, 인간도 아니다. 뭐, 나하곤 대화가 안 통한다고?
아니. 이제 와서 그게 무슨 말이야. 삼십 년 넘도록 집에만 가둬놓
고 머슴처럼 부려먹고선…… 내 참 밸이 꼴려서. 지나가던 귀신이
다 웃겠다. 또 뭐라고 씨불였더라 그 인간이? 으응, 그래. 내가 멋
이 없고 교양이 없어 싫다고? 아니, 교양은 무슨 얼어 죽을 교양이
야! 교양이 애들 굶기지 않고 자기 옷 빨아주나?"

폭포처럼 엄마의 노여움이 쏟아졌다. 허공에 삿대질하며 바락
바락 악쓰는 모습이 평소와는 딴판이다. 아버지에게 찍 소리도 못
하던 어머니. 수줍음을 잘 타고 남이 당신을 모욕해도 웃어넘기던
사람이 아버지 얘기만 나오면 악다구니로 돌변했다. 폭 삭은 가래
가 입안에 괴자 욕을 멈추고 헉헉대는 모습이 가엾어, 어머니의
어깨에 손을 얹었다.

"진정해. 엄마"

내 팔을 뿌리치며 돌아앉는 당신의 등이 가늘게 떨렸다.

"너희들은 몰라. 내 얼마나 참고 살아왔는지. 그 지랄 같은 성
미로 감옥 드나들 때마다 내 속 다 문드러진 거 아무도 모를 거
다……"

차라리 욕이 낫지. 엄마의 넋두리를 참고 들을 수 없어 내 방으

로 건너갔다. 비나리라도 읊듯이 끊어졌다 이어지는 어머니의 탄식을 죽이려 녹음기 볼륨을 높였다가, 너무 높은 것 같아 다시 낮췄다. 이불도 깔지 않고 방바닥에 풀썩 드러누웠다. 추녀 밑 홈통에서 칠칠 빗물 떨어지는 소리가 들렸다. 창밖으로 빠져나가지 못한 담배연기가 뽀얗게 띠를 두르며 방 안을 맴돌았다.

하늘에 구멍이 뚫렸는지, 여름내 비가 추적였다. 지루한 장마에 갇혀, 어머니의 넋두리에 갇혀, 내 방에서 원고지를 메웠다. 빠져나오려 아우성치는 과거들이 한 가닥, 두 가닥 뽑혀 나왔다. 나오는 대로 받아쓰지 않고 감정을 조절하고 문장을 만들었다. 될 듯 말 듯, 소설의 문턱에서 나는 좌절했다. 한꺼번에 돌아보기에 그것들은 너무 가깝거나 멀었다.

피 같은 잉크가 묻은 종이들을 상자에 넣고 나는 다른 종류의 글쓰기를 시도했다. 입사원서, 이력서, 자기소개서. 주민등록번호와 생년월일과 전화번호, 나이 주소 입학-졸업연도, 아버지의 이름과 내 이름을 쓰며 신문의 구인광고를 오리며 희망에 부풀었다. 나의 취미에 맞는 어디선가 나를 불러주기를…… 그곳에 가서 나도 누군가의 명령을 받고 싶었다. 너 이렇게 살아, 알겠지? 네, 부장님.

이력서를 열 번쯤 채우고, 잘못된 글자를 스무 번쯤 화이트로 지우고 나는 가망 없는 코미디를 중단했다.

"이애린씨가 저희 회사에 들어오면 조직의 인화(人和)에 문제가 생겨요. 사보 편집실에서 일하기엔 너무 고학력입니다."

구로공단에 위치한 메리야스 회사의 홍보실 직원이 나만 모르던 상식을 내게 알려주었다. 내 나이가 많아서 곤란하다, 스물여덟 살의 대졸여자를 채용할 대한민국의 기업은 없을 거라는 말은 차마 하지 않은, 그는 친절한 남자였다. 신입사원이 되려는 화장을 지우고 서울올림픽 중계방송을 보았다. 메달을 따고 팔을 치켜드는 유도선수처럼 나도 언젠가 기쁨의 눈물을 흘렸으면.

88올림픽이 끝나고 개천절 특사로 희선 언니가 교도소를 나왔다. 청주교도소까지 마중 나가고 보름 뒤에 희선의 집을 찾아가 단둘이 방에 앉았다. 그녀를 헌신적으로 옥바라지했던 태호 형과 결혼식을 준비하는 희선은 감옥에서 고생한 티 없이 환하고 밝았다.

"연애를 하면 예뻐진다더니, 한 번 더 '빵'에 갔다 오면 미스코리아 나가도 되겠다. 언니─ 피부도 어쩜 이리 뽀얗고 매끄러워? 감빵에서 마사지 받았수?"

"고만 놀려 먹어라. 넌 요새 어떻게 지내니?"

의례적인 인사가 오간 뒤에, 오래 삭인 의문을 선배에게 털어놓았다.

"언니, 내가 운동을 했는지, 안 했는지 모르겠어."

희선의 얼굴에 복잡한 감정들이 들어왔다 나가고, 아무 말도 하지 않았다. 순둥이 후배의 돌연한 질문에 당황한 듯, 안개처럼 번지는 엷은 미소를 나는 놓치지 않았다. 내가 기대했던 답을 듣지 못하고 그녀의 아파트를 나왔다.

결혼한 뒤에 희선은 사법고시에 합격해 변호사가 되었다. 워낙 머리가 총명해 자신의 전공이 아닌 법학을, 법대생들도 어려워하는 시험을 이 년 만에 거뜬히 통과했다. 그녀와 같은 조직사건 연루자들, 그녀처럼 5공화국 말기에 '막차를 탄'(감옥에 갔다는 우리 식의 표현) S대 운동권의 상당수가 고시를 준비해 법관이 되었다. 구속되고 송치되어 재판 받는 과정에서 사법부와 싸우며 정반대편에 서고자 하는 욕망, 죄수복을 벗고 법복을 입겠다는 각성이 일었으리라. 뒤늦게 운동에 끼어든 사람들, 상황파악이 느린 친구들은 변신이 늦었다.

동과 서를 가로막는 벽이 뚫리자 환호의 소리와 몸짓이 터져 나왔다. 시멘트 조각을 치켜들고 소리치는 소년들, 아이를 안고 눈물을 흘리는 엄마. 서로 끌어안고 날뛰는 젊은이들. 서쪽으로 서쪽으로 향한 긴 행렬. 동쪽으로 향한 행렬은 없었다! 웃고 우는 몸짓이 진실했다. 생생하고 격렬한 표정이 모든 것을 말해주었다. 베를린을 보여주는 신문과 방송에서 내가 본 것은 '해방의 기쁨'이었다. 그들을 가두고 감시하고 통제하던 체제에서 벗어났다는 안도감. 벽을 허물고 자유를 만끽하는 사람들. 직업도 이름도 모르는 사진 속의 남자와 여자들이 내 어깨를 잡고 흔들었다.

네가 틀렸어. 너희들이 틀렸어.

(그럴 리가…… 뭔가 잘못되었어.)

베를린 장벽이 무너지고 몇 달 뒤, 어딘가에서 우리는 만났다. 인류의 미래에 대한 거창한 의문에 사로잡혀 표정이 어두운 나를 보더니 희선이 물었다.

"너, 무슨 고민이 있니?"

"고민이 많은데, 고민의 순서를 잡지 못하겠어. 언니, 마르크스가 틀린 거야?"

"마르크시즘은 인간이 생각해낸, 인류 최후의 유토피아지. 인간은 유토피아를 생산하지 않고는 살 수 없는 존재야. 페레스트로이카도 하나의 유토피아지. 마르크시즘보다 덜 정교하고 더 솔직한, 덜 사기 치는 것일지라도⋯⋯"

논리로 마르크스를 받아들였던 희선은 논리로 마르크스에게서 벗어났다. 그런데 나는? 내게 사회주의를 가르쳤던 선배의 배반을 목격한 뒤에, 나를 지탱하는 사슬 하나가 깨졌다.

대학로의 집회에 참석했다 발목을 다친 뒤, 나는 집회나 시위 현장에 얼씬거리지 않았다. 대학로에서 전국 규모의 노동단체협의회가 뜰 때였다. 전경의 방망이를 피해 도망치다 돌에 걸려 넘어진 발이 한 달이 지나도 낫지 않았다. 정형외과에서 정밀사진을 찍었다. 의사는 내 몸의 인대가 모두 늘어났고 연골조직이 육십 노인처럼 닳았다며 내게 '운동을 했냐'고 물었다.

네? 무슨 운동이요?

농구선수 아니세요?

아, 아닌데요.

대답하며 피식, 쓴 웃음이 나왔다. 설마, 대학병원의 의학박사께서 환자의 민주화운동 경력을 물을 이유가 없는데. 스포츠와 무브먼트(Movement)가 헷갈렸으니. 보통사람처럼 듣고 말하는 생활인이 되려면 넘을 산이 높았다. 시대에서 자유로워지려면 항문근육을 조이는 훈련만으로는 충분하지 않았다.

대학입시의 명가! 강남 최고의 실력!

수학의 정석, 이기자 선생님

지하철 안에 붙은 광고판을 들여다보다 나는 소스라쳤다. 잠자리테 안경을 벗은 그는 예전보다 살이 붙고 눈에서 독기가 빠졌지만, 김준 아닌가. 혁명가가 학원강사? 빵에서 나와 그도 밥벌이가 급했구나. 공안사범인 그를 공개수배하는 벽보를 본 게 불과 이 년 전인데. 수배자 전단과 지하철 광고판, 국가보안법을 위반한 김준과 학원강사 이기자가 겹쳐졌다.

이념의 홍수가 지나가고 우리는 돈벌이에 내몰렸다. 사회에서 인정하는 변변한 능력도 경력도 없는 우리는 서른 살의 문턱에서 걸음마를 배워야 했다. 80년대가 저무는 가을, 경혜가 내 곁에 있었다. 구로공단의 농성장에서 떨어져 척추에 쇠심을 박은 경혜는 재활이 끝나자 나를 끌고 돌아다니기를 좋아했다.

"너, 나랑 순이네 갈래? 노동자가 어떤 사람인지 너도 알아두면 좋을 거야."

순이네 놀러간 뒤에 '내가 헛살지 않았나' 자괴감이 깊어졌다. 결혼한 순이는 부천의 꽤 괜찮은 연립주택에서 블라우스 소매에 단을 다는 일을 하며 아이를 키우고 있었다. 미싱 위에 단추가 수북이 쌓인 방에서 실과 바늘을 들고 세 여자가 허물없는 잡담을 나누었다. 순이의 "너도 어서 결혼해라"를 들으며 경혜의 입가에 우수가 스쳤다. 자신이 동정하던 사람에게 동정 받는 쓸쓸함이 묻은 우수.

중학교를 중퇴한 순이는 우리와 비슷한 나이인데 나보다 야무지고 어른스러웠다. 노조활동을 그만두고 적금을 모아 집을 마련하고 아이를 기르며 행복하게 사는 그네의 작은 평화가 부러웠다. 순이의 집에서 맛있는 점심을 얻어먹고 돌아온 뒤, 경혜가 나를 꼬였다.

과외 때려치우고 우리도 학원강사 하자.

학원 강사 아무나 하니? 그거 중노동이야.

누가 강남에서 한대? 우리, 시골에 가서 살래?

경혜와 나는 부양할 가족이 없고 돈 욕심도 없었다. 먹고살 만큼의 돈만 벌어 조용히 살자, 의기투합한 우리는 기차를 타고 용문에 내렸다. 내가 아는 화가가 용문에 작업실이 있었다. 그가 우리를 마을의 이장님에게 소개했고 빈집에 들어가 살아도 된다는 허락이 떨어졌다. 몇 년간 방치된 폐가를 수리하느라 일주일에 두 번 청량리역으로 뛰어갔다. 걸레나 참치통조림 따위를 싸들고 열차를 놓칠까봐 계단을 헐레벌떡 올라갔다.

우리 손으로 황토와 시멘트를 섞어 시멘트 반죽을 만들어 구들의 구멍을 메우고 흙벽을 도배했다. 아궁이에 장작불을 때고 궁둥이가 데일 듯 뜨듯한 방바닥에 몸을 누인 첫날, 경혜와 나는 감격이 복받쳐 잠을 이루지 못했다.

우리 여기서 오래 살자.

동네 애들 가르치면 쌀은 나올 거야.

앞뜰에 상추도 심고 고추도 심고……

저 바위고개 너머에 뽕밭이 있던데, 우리도 누에 칠까?

양평 시내에서 학원 간판을 봤는데, 내일 버스 타고 나가보자. 애린이 너는 영어, 나는 수학 가르치면 되겠네.

서울처럼 경쟁이 치열하지 않으니 우리가 원한다면 당장 강사 자리를 얻을 줄 알았는데, 경기도 양평군에 하나뿐인 입시학원의 원장실에서 환상이 깨졌다.

"시범강의를 준비하세요."

학생들을 앉혀놓고 삼십 분 시범강의를 통과해야 강사로 채용하겠다는 원장의 제안을 받아들이며 나는 걱정하지 않았다. 뭐 어려울라고. 성문 기본영어쯤이야.

강의 촌평을 적은 아이들의 쪽지를 보여주며 원장이 결과를 통고했다. 경혜는 합격. 나는 불합격이었다.

'(영어) 선생님이 글씨를 너무 못 써요.'

'오버에 가려 칠판이 보이지 않아요.'

'말이 빨라요.'

나의 개발새발 글씨와 큰 키, 롱코트에 대한 집착이 내 앞길을 막았다. 하루에 세 번만 다니는 고물버스를 타고 경혜가 양평의 학원에 가면, 나는 책을 읽고 집안을 치웠다. 저녁에 같이 밥을 끓여 먹고 긴긴 밤. 밑도 끝도 없는 대화가 이어졌다.

"다른 이유 때문에 내가 지금 이 꼴이 됐다면, 사회에선 끼어들 틈도 없고 집에선 구박받고, 못 참을 것 같아. 못 참는 정도가 아니라 아마 못 살았을 거야. 안 살았을 거야. 그러나 나의 선택이라 생각하면 그다지 후회스럽진 않아. 당시 시대의 요구였고 그래서 우리 사회가 좋아진 건 사실이고, 내가 그 혜택을 받지는 않았지만 그게 역사다. 우린 그 도구로 쓰인 것이고. 각자 자기 앞에 놓인 삶은 자기가 개척해나가야지. 당장은 힘들고 지난한 길이겠지만."

"어렵다고 생각한 일이 가장 쉽더라. 소시민적인 삶을 경멸했었는데, 붕 떠서 현실과 괴리되어 사느니 열심히 뭐든 하는 게 나은 것 같아."

"내게 가장 힘든 건 사람들과의 관계 그리고 내 삶의 조건이었어. 기존에 맺어둔 사람들과의 관계는 계속 유지할 거야. 왜냐면 그것마저 없으면 나는 아무것도 아니잖아."

아침에 일어나보면 부엌에 마을 분들이 따온 호박이나 깻잎이 접시에 담겨 있었다. 큼지막한 바위가 동네 어귀에 서 있고 십여 채의 초가집이 (이장네만 벽돌집이었다) 산 밑에 띄엄띄엄 흩어진 작은 마을이었다. 고등학교 미술반이었던 경혜는 이웃마을의 화가 선생에게 데생을 배우더니 스케치북을 들고 내 초상화를 그리겠다며 나를 괴롭혔다. 야― 움직이지 마. 좀 가만히 있어.

나는 다시 소설에 매달렸다. 경혜는 그림을, 나는 글을 쓰고, 심심하면 개울 건너 화가의 작업실에 놀러가 술을 마셨다. 동생의 시골생활을 지켜보던 경혜의 언니가 돈을 빌려주어 심야 전기와 싱크대를 설치하고, 경혜는 방이 두 개인 농가의 실질적인 소유주가 되었다. 소꿉장난 같던 목가적인 생활에도 고비가 왔다. 눈이 다부지게 내리던 겨울밤. 무슨 일론가 둘이 틀어져 말다툼이 격해졌다.

"너하곤 못 살겠다. 당장 나가!"

집주인이 나가라는데 나가야지. 오버를 걸치고 밖으로 나왔다. 시골의 밤은 캄캄하다. 버스는 진작 끊어졌다. 비포장도로에 서서 행여 지나가는 트럭이라도 잡아탈까, 차 소리에 귀를 기울였다. 눈발이 거세지고 추위를 견디다 못해 나는 경혜에게 돌아갔다.

"야– 나가라고 진짜 나가냐?"

"너는 그럼, 이 밤중에 친구를 내쫓니?"

화가 풀리지 않아 다음 날 아침, 나는 첫차를 타고 서울로 돌아왔다.

내가 실업자, 잉여인간, 우리 집의 기생충이었을 때, 나는 길을 걷고 있었다. 내가 피켓을 들고 가두행진을 하던 영등포 시장 근처. 대통령 선거 패배에서 벗어나지 못한 겨울 저녁이었다. 우리가 외치던 구호를 벌써 나는 잊었고, '동지'라 부르던 사람들의 이름도 반쯤 지워졌을 때, 지하도에 들어가려다 나는 보았다.

귤껍질을 까는 늙고 말라비틀어진 손. 차도와 인도의 경계에 바싹 붙어 좌판을 벌인 할머니가 팔다 남은 귤을 먹고 있었다. 그 앞을 지나는 누구도 걸음을 멈추지 않았고, 쟁반에 수북한 과일 더미들이 처량했다. 할머니가 공간을 점유한 방식이 독특했다. 땅바닥에 철퍼덕 주저앉아 혼자만의 '먹기'에 몰두한 모습이 숭고했다. 비슷한 숭고미를 나는 나중에 반 고흐의 〈감자 먹는 사람들〉에서 체험한다. 남의 눈을 개의치 않는 공간이 무한히 커 보이고, 부지런히 입을 움직이는 동안만은 노파가 그 땅의 주인 같았다. 영등포시장 전체를 소유한 듯 당당했다.

더러운 손톱 밑에서 주홍빛 과실의 물기가 배어나왔다. 거리의 먼지를 뒤집어쓴 새까만 손가락과 싱싱한 귤의 속살. 서로 상반된 이미지의 대조가 잔인했다. 시각적인 충격은 정서적인 충격으로 이어졌다. 노란 껍질이 벗겨질 때마다 그녀의 생애가 벗겨지고, 주름진 입에서 씹히는 꿈. 귤처럼 시린 젊음의 추억. 며칠 뒤 따뜻한 내 방에서 귤을 까먹다 영등포의 초라한 손이 목구멍에 걸렸다.

세월의 잔 때를 벗기고
조각난 꿈들을
소리 없이 씹고 있는 그대는
누구의 어머니, 부인, 애인이었을까?

미완의 시를 쓰며 나는 여러 번 펜을 놓았다. 더 표현할 수 없는 언어의 한계를 절감했기 때문에. 내가 보고 느낀 것을 정확히 묘사하려면 글이 아니라 그림을 그려야 할 것 같았다. 그 저녁이 내 인생을 바꿔놓았다. 때 묻은 손톱과 귤껍질이 내 속에 잠재된 창작열에 불을 지폈다. 내 눈에 내 마음에 걸린 이미지들, 스쳐가는 순간을 영원히 고정시키려는 갈망. 그래서 헛되고 헛된 일상을 견디는 것. 무의미를 의미로 바꾸는 지난한 과정에서 나는 소진되리라. 마침내 재가 될 때까지……

그날부터 눈을 크게 뜨고 세상을 관찰했다. 길거리의 노점상처럼 익숙했던 풍경들이 짠하게 다가오고 내 감각이 예민해졌다. 내가 진리라고 믿었던 것들이 무너지고 유린당한 뒤에 나는 책을 멀리했었다. 책 속에 진리가 있지 않다는 회의가 들었다. 합리적인 것은 과연 합리적일 수 있는가. 존재가 의식을 규정한다는데, 과연 맞는 명제인가? 구체적인 인간 역사의 산물인 미술작품을 분석하며 사적 유물론의 기본명제들을 점검해보고 싶었다.

"대학원 시험을 볼 거야. 그러니 당분간 만날 수 없어"라고 나는 그에게 말했다. 그는 김준. 한국의 레닌이 되고 싶었던 남자. 그가 내 인생을 소설로 만들었다. 감옥에서 출소한 김준으로부터 새해 벽두에 전화가 걸려왔다.

"그동안 도와주어 고마워요. 한번 만나고 싶은데, 내가 학원강의 하느라 밤에만 시간이 나요."

조심스럽지만 간절한 목소리가 나를 건드렸다. 서로 말을 트고 1분도 안 되어, 그가 나를 좋아함을 눈치챘다.

서울 강북의 옛 동네, 정갈한 한옥에서 나는 그와 마주 앉았다. 그의 불편한 다리를 보지 않으려 시선을 하얀 셔츠 위로 올렸다. 크고 검은 눈망울, 진한 눈썹, 감각적인 입술, 깨끗한 얼굴을 보노라면 그가 불구라는 사실을 잊곤 했다. 그는 에너지가 넘쳤다. 남성과 여성이 섞인 듯한 금속성의 음성이 뿜어내는 활기는 매력적이었다.

왜 사학과에 갔니?

애린아, 넌 어떤 음식을 잘 먹니?

좋아하는 색은? 첫사랑은 누구니?

그처럼 나를 궁금해하는 남자는 없었다. 그는 편견으로부터 자유로운 사람. 나에 대한 선입견 없이, 아이가 처음 축구공을 만지듯이 이리저리 나를 굴려봤다. 그는 발자크와 플로베르를 인용했고 사물을 보는 자기만의 관점이 있었다. 문학과 예술, 레닌과 축구를 넘나들며 우리의 대화는 끝이 없었다. 이야기에는 훌륭한 섹스나 여행과 마찬가지로 시간을 정지시키는 힘이 있다. 언어의 황홀경에 빠진 우리는 다음 날 아침까지 입을 쉬지 않았다. 내가 이성과 그처럼 오래 자지 않고 앉아 있기는 김준이 처음이었다.

그나 나나 진짜 연애는 해보지 못한 짝사랑 전문가들. 그녀를 사랑할 때 자신이 얼마나 비참했는지를 토로하는 김준에게 맞장구를 치면서 내 보따리를 풀었다. 내가 남자 4호에게 느낀 절망의 풍부한 결을 생생히 묘사해 김준을 기죽였다. 밤이 깊어가고 우리는 은근히 서로의 공통점을 찾는 데 열중했다.

길가로 난 조그만 창문이 파르스름한 새벽빛으로 물들고, 그의 어머니가 미닫이를 열고 마루에 나와 목탁을 두드리는 소리가 들렸다. 목탁 소리에 나는 일어나 대문을 빠져나왔다. 어쩐지 그의 어머니를 마주치기가 송구스러워 나무 빗장을 살며시 밀어젖혔다. 인적이 끊긴 골목을 홀로 걷는 새벽이 스무 번쯤 반복되고, 그는 내게 청혼했다. 사랑이 아니라 우정이라고 내 입장을 정리했지만, 나는 흔들렸다. 주저하는 내게 그가 말했다.

"겁내지 말고 더 사귀어보자."

그의 제안을 받아들이고 김준을 평창동의 내 방에 들였다.

"무슨 어린애 표정이 이렇게 철학적이니? 어? 이 사진은 새까맣게 탄 데다 하얀 이만 보이는 게 꼭 시골 아가씨 같네. 애린아, 넌 어릴 때랑 지금 어쩜 웃는 게 똑같니?"

내 앨범을 뒤적이며 김준이 사진을 뽑아들었다.

"눈이 초롱초롱한 게 지금보다 예쁜데. 나, 너 말고 얘 뺑튀기해서 내 동생 삼을까?"

유머감각이 뛰어난 그는 가끔 말도 안 되는 소리로 날 웃겼다. 김준과 내 방에서 시시덕거리는데 엄마의 인기척이 들렸다.

"어머, 우리 엄마 들어오셨어. 어서 나가 형!"

서둘러 그를 내보냈다. 어머니의 잔소리를 듣고 싶지 않아 그를 숨겼다, 라고 변명했지만 정말인가. 그에 대한 나의 감정은 아주 복잡했고 모순적이었다.

내가 좋아하지 않은 김준.

급작스런 분노의 폭발, 관념에의 도취, 혁명에 대한 집착을 나는 감당하지 못했다. 그에게 필요한 무슨 자료를 찾는 일을 의논하다, 상식이 부족한 나를 들켰다. 도서관 어디를 뒤져야 할지, 헤매는 나를 보더니 "야! 그건 사회과학도서관에 가야지!" 벼락같이 화를 내는 그를 이해할 수 없었다.

시계추처럼 정해진 궤도만을 맴도는, 그처럼 논리적이며 답답한 사람을 나는 알지 못했다. 내가 무슨 말을 해도 귀를 기울이는 남자가 만만해서였나.

"너는 내 권위를 인정하지 않지?"라는 불만이 나올 만큼 운동권의 이론가인 김준 앞에서 그와 다른 나의 견해를 늘어놓았다. 희선 언니에게도 말하지 못한 인간에 대한 회의, 선거를 치르며 내가 경험한 진흙탕, 급진좌파의 교조적인 태도를 지적했다. '운동을 포기하겠다'는 나를 그는 받아들이지 않았다.

"애린이, 너는 운동을 했는지는 몰라도 운동가는 아니었어. 왜냐면 너는 운동을 통해서 자신을 변화시키지 않았으니까."

김준의 궤변을 반박하지 못하고 내가 그에게 도발적인 질문을 던졌다. 그는 왜 운동가가 됐을까? 사랑인가 분노인가. 지적 호기심인가? 스스로를 사회주의자라고 확신하는 그를 빤히 바라보며 내가 말했다.

"형은 정말 민중을 사랑해?"

"내가 민중을 사랑하는지 아닌지는 죽을 때 가봐야 알겠어."

김준과 나는 뭐든 대강 넘어가지 않았다. 빙빙 돌지 않고 본질을 찌르는 화법을 공유한 우리는 더없이 행복하든가, 격렬하게 부딪쳤다.

학원강사를 그만두고 동지들을 규합해 조직을 재건하려는 그. 미술의 바다에 빠져 자유분방해진 나. 혁명가 김준이 탐미주의자 이애린을 여행에 초대했다. "북에 가서 김일성을 만나고 싶어"라고 말하며 김준은 눈을 반짝였다. 난데없는 '김일성'과 북한에 내 간이 오그라들었다. 1989년 봄, 임수경이 북한에 가기 전이었다.

"북한에 어떻게 갈 건데?"

"배를 타고 일본으로 밀항해 북에 갈 거야. 너처럼 멋있는 여자와 동행하면 아무도 의심하지 않을 텐데. 애린이 너, 롱드레스 입고 싶댔지? 이 기회에 영화배우나 모델처럼 야하게 꾸며라 하하……"

김일성과 독대해 혁명을 논하겠다는 꿈에 부푼 김준을 보며, 그의 여자가 되면 감수해야 할 위험이 보였다. 나는 싫어. 가지 않을래. '내가 북한에 갈 이유가 없어'가 나의 거절 이유였다. 김준에 대한 반발과 우정을 오가며 갈피를 잡지 못하던 나는, 미술사 대학원 시험을 보겠다고 그에게 선언했다. 입학시험을 볼 때까지 만남을 자제하자는 내게, 그가 일기장을 빌려달라고 졸랐다.

너를 못 보는 동안, 네 일기라도 볼게.

난 널 연구 중이야, 라며 천진난만하게 웃던 김준.

그는 내 일기를 읽은 최초의 타인이었고, 내게 연애편지를 보낸 첫 남자였다. 김준에게 일기장을 주고, 나는 그의 편지를 받았다. '사랑한다 라는 말은 형용사가 아니라 동사다'로 시작해 '나는 가장 예리한 비수로 너를 찌르기 원한다'로 끝나는, 연애편지라기보다 리포트에 가까웠다. 사랑을 분석하고, 삶과 운동에 대한 나의 잘못된 태도를 비판한 여덟 장의 종이는 나를 변화시키려는 욕망으로 가득했다. 나를 변화시키려는 그를, 나는 거부했다. 시험을 마치고 그를 만났지만 예전의 우리가 아니었다. 주말이면 나를 태우려 그의 중고 프라이드가 우리 집 앞길에 서 있었지만, 그와 밤을 보내는 날이 차츰 줄었다.

김준이 다시 수배생활에 들어가며 우리는 헤어졌다. 한동안 연락이 뜸했던 김준이 어느 날 나를 불러내어, 현금카드를 주며 돈을 찾아달라고 부탁했다. CCTV에 찍히지 않게 모자를 눌러 쓰고 은행의 현금지급기에서 그가 알려준 비밀번호를 누르며 나는 알았다. 떨려서 숫자 버튼도 제대로 누르지 못하는 내가 어떻게 혁명가의 아내며 연인이 되겠는가.

6장
누구도 해치지 않을 농담

나는 제국출판사의 편집부원이었다. 1992년 1월부터 8월까지 장재욱을 사장님이라 부르며 고개를 숙였다. 서른 살이 되도록 누구한테도 고개 숙이지 않았던 내가, 독재자의 아들에게 허리를 굽혔다.

네. 사장님. 그렇게 하겠습니다.

커피 드릴까요? 설탕을 넣지 않으시죠?

내가 근무하던 제국출판사는 정규 직원이 열 명도 되지 않는, 이제 막 시작하는 출판사였다. 출근하면 거의 매일 사장을 보았다. 나는 그를 위해 커피를 따르고 골프잡지를 복사했다. 그는 신문과 잡지를 스크랩하고 자료를 복사하기 좋아하는 남자였다.

지금 뭔 소리를 하냐고 사람들은 내게 물을지 모른다.

광주를 피로 물들인 장군의 아들을 어떻게 사장으로 모실 수 있었냐고, 독재타도를 외치던 이애린이 '타도' 대상의 검은 돈을 받으며 소설을 썼냐고…… 내게 쏟아질 비난에 대한 변명을 나는 준비해두지 않았다. 강남의 3층 건물로 나를 잡아당긴 거대한 공백에 대하여 나는 말하지 않았다. 천천히 말할 것이다.

2013년 가을, 서울의 어느 종합병원 대기실에서 옛날 보스의 소식을 들었다. 응급실에 누운 어머니의 검사 결과가 나올 때까지의 지루한 시간. 의자에 앉아 멍하니 텔레비전 화면을 응시하는데 긴급뉴스가 자막으로 흘렀다.

장재욱 대국민 사과문 발표

서초동 서울중앙지검 입구에서 국민 여러분께 드리는 사과문을 읽는 장재욱. 옛날보다 옆으로 벌어진 몸, 엉성해진 머리숱, 90도 각도로 꺾인 허리가 국민을 향해, 나를 향해 고개를 숙인다.

깊은 사죄를 표현하려 앞으로 고꾸라질 듯 상체를 구부려 그의 얼굴은 보이지 않는다. 검은 뿔테 안경의 테두리와 탈모가 진행된 정수리만 보인다. 구겨진 양복바지가 추징금 자진납부를 결심하기까지 그의 고민을 말해준다. 장재욱 앞에서 나는 지금의 그처럼 깍듯하게 머리를 들지 못할 정도로 자신을 낮추지 않았다. 내가 당신을 사장으로 인정한다는 뜻을 전할 만큼, 꼭 그만큼만 굽히고 들어갔을 뿐. 그의 지나치게 낮은 자세는 진심일까 연기일까?

다음 날, 대한민국의 신문과 방송은 장두남 일가의 재산을 상세하게 보도했다. 장남인 장재욱의 재산목록이 가장 길다. 400억이 부동산과 미술품에 분산되었는데 그가 소장한 그림들은 오치균, 김환기, 박수근, 마크 로스코, 에드워드 호퍼, 이브 클랭…… 내가 좋아했던 화가들의 작품들이다. 예술서 편집부장인 나는 장사장과 박수근이 어떻고 로스코가 어떻고 따위의 한담을 주고받곤 했다.

"애린씨는 누구를 좋아하슈?"라고 묻기에 그 당시 내가 좋아하던 화가들을 언급했는데, 진짜 그들의 작품을 사들였다. 그러고 보니 앞뒤가 맞아떨어진다. 《현대미술의 선구자들》 총서를 기획할 때부터 미술품 구입 의지가 가득하지 않았나. 박이사와 외출했다 돌아온 사장은 화가 아무개의 딸을 만났다며 신나게 떠들곤 했다.

추징금 환수내역에 포함된 제국출판사 사옥. 푸른 통유리창을 알아보고 가슴이 뛴다. 그곳에 머문 여덟 달 동안 나의 착잡한 마음을 내보내던 유리창. 담배를 피우려 열어두었던 창문은 지금도 열려있을까. 예술서 편집부가 쓰던 방은 누가 차지했을까. 사장실은 2층이었나, 3층이었나? 매일 출근하던 곳인데 전생의 기억처럼 희미하다.

한번 가 볼까?

그런데 어떻게 가야 하나. 가까운 전철역은? 네이버 검색창에 제국출판사를 치고 지도를 수첩에 그렸다. 전철에서 내려 지상으로 올라왔다. 지도에 의지하지 않아도 어디로 향할지 내 발이 먼저 안다. 나의 과거로 통하는 골목에 벌써 나는 들어섰다. 오른쪽으로 붉은 벽돌담장을 끼고 걸어가면 4차선 도로가 나올 것이다.

신호등을 건너 완만한 경사로에 회색 콘크리트 3층 건물. 푸른 창틀이 앞에 솟아오르며 내 걸음이 느려졌다.

이십 년이 지났으니 나의 옛날 동료들은 이미 퇴사했으리라. 토요일이니 박 이사나 사장은 없을 터, 그래도 혹시? 창 너머 누군가 나를 보고 있을 것 같아 손가방에서 선글라스를 꺼냈다. 주말인데 회사 뒤편의 주차장이 꽉 찼다. 건물 주위를 빈틈없이 에워싼 승용차들, 진입금지 표지판이 시야에 들어오며 퍼뜩 솟구친 문장. "압구정동 ○○번지의 주인은 출판사가 아니라 주차장이다!"라고 소리치고 싶은 충동을 억누르며 횡단보도를 건넜다.

압구정동 사옥에는 두 부류의 인간, 차가 있는 임원과 없는 직원이 공존했다. 사장과 박 이사 그리고 정호승의 우람한 차가 운전면허도 없는 내게는 딴 세상 같았다. 시공할 때부터 주차공간을 염두에 두고 설계한 듯, 건물 규모에 비해 주차장이 어마어마하게 크고 서 있는 차들이 대단했다.

방금 회색 그랜저 문을 열고 키를 돌리는 저이는 박 이사 아닌가? 어, 내 쪽을 쳐다보네. 날 알아보았나? 두려웠다.

그런데 뭐가 두려워? 내가 근무하던 출판사를 찾아가는 게 범죄행위인가. 상식적으로 판단하면 위험하지 않은데 두근두근 나를 옥죄는 불안감의 정체가 가까이 다가갈수록 분명해졌다. 1층의 출입문을 가린 경비업체의 보안 철창이 감옥처럼 나를 막아섰다. 감옥처럼, 5공화국의 감옥처럼. 무심코 튀어나온 단어를 곱씹는다. 제국출판사가 내게 감옥이었나. 내 불안의 진원지에 들어가기는 커녕 경보음이 울릴 것 같아 기웃거리지도 못했다.

제국출판사 근처만 가면 감정이 엉키며 문장이 뒤죽박죽. 글이 차분해지지 않는다. 내가 이름도 들어보지 못한 출판사의 예술서 편집부 자리를 제의받았던 겨울도 지금처럼 쫓기는 기분이었다.

1991년 봄부터 겨울까지 나는 유목민처럼 떠돌았다. 평창동 집이 팔렸는데 이사 날짜가 맞지 않아 신축빌라가 완공될 때까지 머물 곳이 없었다. 막내는 목동의 이모네 아파트로, 나는 대학가의 하숙집으로 식구들이 뿔뿔이 흩어졌다. 엄마는 새 주인의 양해를 얻어 옛집의 지하실에 피난민처럼 장판을 깔고 새우잠을 잤다. 나는 봄학기부터 대학원에 휴학계를 내고 신촌의 싸구려 하숙집에 몸을 의탁했다. 창문이 없는 방. 원래 방이 아닌데 하숙생들을 더 받으려고 임시로 칸막이를 친, 주방 옆의 창고 같은 방에서 몇 달 살았다. 바퀴벌레들이 돌아다녀 밤에도 불을 켜고 잤다.

교수가 학생의 눈치를 보던 80년대의 S대와는 사뭇 다른, 교수를 신神처럼 떠받드는 한국대 대학원에 나는 적응하지 못했다. 미술사학과 학과장인 허영심 교수와 틀어지며 학교생활이 순조롭지 않았다. 수업시간에 프랑스혁명과 이데올로기에 대한 선생의 잘못을 나서서 바로잡은 대가를 호되게 치렀다. 1학기가 끝난 뒤에 허 교수가 나를 부르더니 생야단을 쳤다.

"너처럼 똑똑한 애가 왜 대학원에 왔어? 더 배울 게 없으니 당장 그만 둬!"

다음 학기에 등록하지 말라며 자퇴를 강요하는 교수의 싸늘한 눈이 나를 노려보았다. 아무런 항변 없이 연구실을 나왔다. 허영심의 협박에도 불구하고 나는 2학기에 등록했다. 선생이 학생에게 공부를 그만두라 명령해? 오기가 뻗쳐 '오냐 내가 이놈의 대학원을 반드시 졸업하마.' 결의를 다졌지만 돈을 빨아먹는 미술공부에 차차 흥미를 잃었다.

허 교수의 눈 밖에 났으니 미술판에 발붙이기는 글렀어.

휴학계를 내고 해외유학을 갈까? 작가가 될까? 망설이다 생활비부터 벌자고 운동권 선배가 경영하는 사회과학 출판사에 취직했다. 내게 월급을 주었던 첫 직장, 깃발출판사는 사원이 다섯인 작은 회사였다. 영업부만 고물차를 한 대 굴리고 사장도 자가용이 없어 급하면 택시를 탔다. 편집부라 해봤자 아무것도 모르는 신입사원인 나, 출판경력 십 년의 편집장, 두 사람뿐이었다. 깐깐한 편집장 밑에서 손에 풀을 묻히고 칼로 종이를 자르며 일을 배웠다. 오 개월쯤 지났을까. 사장이 바뀌며 내가 잘렸다. 망치로 맞은 듯 얼떨떨했다.

망치로 맞은 듯한 아픔이 또 있었다. 망치와 낫이 그려진 붉은 기를 설명하는 개그맨의 수다를 들어주며 나는 택시에 장착된 라디오를 부수고 싶었다. 소련이나 동구로 짧은 관광여행을 다녀와서 페레스트로이카 전문가로 행세하는 연예인과 교수들. 사회 지도층 인사와의 대담 프로가 그즈음 꽤 유행이었다. 페레스트로이카를 발음하는 그의 목소리가 그럴 듯했다. 내가 알지 못하는 러시아어를 들으며 어지러웠다. 살다보니 인기 개그맨에게서 혁명을 배우는 날도 있네.

신문 펼치기가 겁났다. 일부러 저녁뉴스를 보지 않았다. 우울한 날들. 말없는 하늘.

북한산이 한눈에 들어오는 정남향이라고 아버지는 흐뭇해했다. 새 집이 완공되어 식구들이 다시 모였다. 3층 '빌라'라고 엄마는 말했지만 연립주택이 더 어울리는 소박한 32평의 신축빌라, 거실의 한 면은 거대한 유리창이었다. 식구들이 잠든 밤에 베란다로 나가 달빛을 껴안고 나는 물었다.

무엇이 지금 끝난 것인가?

사회주의란 대체 무엇인가. 이웃에 대한, 약자에 대한 사랑이 아니었던가. 내게 사회주의의 출발은 계획경제가 아니라 인간에 대한 사랑과 연민이었다. 이론이 아니라 가슴으로 사회주의에 접근한 이들에게 소련의 몰락은 '해석'의 차원을 넘어선 무엇이었다. 어떤 말로도 설명할 수 없는 상실이었다.

소설이나 써야겠다, 작심하고 짐을 싸서 신림동의 고시원에 들어갔다. 친구에게 빌린 돈으로 다섯 달 치 방세를 선불하고 매주 단편 하나를 완성하겠다는 야심찬 계획을 세웠다.

날마다 내가 지나다니던 개천가 버스정류장 옆에 공중전화 박스가 있었다. 수화기를 입에 대고 깔깔대며 찌푸리며 소리친다. 버스를 기다리느라 목을 길게 뺀 무표정한 얼굴들과 대조적으로, 공공의 유리상자 안에서 몸을 움직이며 신체의 자유를 만끽하는 사람들. 가로 2센티의 구멍에 동전을 넣는 순간, 작동되는 생기발랄한 풍경을 관찰한 글을 꺼내보며 서른 살의 나를 떠올린다.

누군가와 통신하는 입들을 나는 부러운 시선으로 쳐다보았다.

체온으로 뜨뜻해진 수화기의 손잡이, 기계에서 만져지는 타인의 온기가 나를 울렸다. 탯줄에 매달린 아이처럼 전화선에 붙들린 인류를 묘사한 2백자 원고지 석 장이 가을부터 겨울까지 나의 몸부림을 증명하는 초라한 결과물이다.

신춘문예 마감이 닥쳤는데 나는 단편소설 한 편을 완성하지 못했다. 신춘문예와 문예지에 응모할 단편과 중편과 장편을 구상하고 작품 제목만 나열한 공책을 넘기기가 고통스러웠다. 내 안에서 웅성거리는 문장들을 내 손은 받아 적지 못했다. 4개월 동안 원고지 100매도 채우지 못해 초조해진 나는 미치기 직전이었다. 방세가 바닥나는 새해초가 되면 하루 세끼 날 먹이고 재워주는 고시원에서도 쫓겨날 판이었다.

올해 안에 문단 입성을 목표로 매주 단편 하나씩 끝낸다는 빡빡한 계획은 매달 한 편씩으로 축소 수정되었다. 〈피기도 전에 시든 꽃〉〈자살하는 여자〉는 시작도 하지 못했다. 〈결별〉〈아름답게 꽃 필 적에〉는 몇 줄 끄적거리다 흐지부지되었다. 헛된 결심들로 얼룩진 일기장. 한 편도 마무리하지 못했으면서 마음만 급해 11월 30일까지 초고를, 12월 4일에 제본소에서 식자를 치고 줄 간격을 넓게 교정 공간을 확보하자! 라고 느낌표까지 찍었다. 12월 6일에 1차 교정을 보겠다는 자신과의 약속을 나는 지키지 못했다.

쓰지 못하고 나는 읽었다. 신림천변의 중고서적에서 구입한 소설들을 다 읽은 뒤에 되팔았다. 《백년 동안의 고독》《환멸》《동의보감》을 천원에 사서 오백원에 파는 헌책 장사에 재미를 붙일 즈음, 감기에 턱 걸렸다. 마르케스를 감기약과 맞바꾸고 독감은 수그러졌는데, 이번에는 위장에 탈이 났다. 방에서 배를 잡고 신음하다 손가락을 바늘로 찔렀다. 피를 보니 희한하게 체기가 뚫렸다. 막힌 내 글도 돌파구를 열어주면 뚫리려나…… 누워서 쉬고 있는데 벨이 울렸다. 고시원에 들어온 뒤 엄마에게서 받은 최초의 전화였다. 너를 찾는 사람이 있다며, 엄마가 내게 정호승의 전화번호를 알려주었다.

아는 남자니?

아니, 몰라.

이름만 알지 한 번도 맞대면하지 않은 대학원 선배였다. 전직 큐레이터이며 인사동의 실력자라고 애들이 수군대는 소리는 얼핏 들었다.

나를 찾는 사람이 있어!

감격하여 외투를 걸치고 공중전화 쪽으로 걸어갔다. 내가 머물던 여자 고시원의 전화는 수신전용, 응급한 상황을 제외하고는 발신이 허용되지 않았다. 오버코트 주머니에서 나를 호출하는 번호가 적힌 종이쪽지를 만지작거리니 몸의 통증이 사라졌다. 지저분한 거리가 덜 지저분해 보이고, 성탄을 앞둔 상가의 휘황한 조명도 덜 거슬렸다. 작지만 넓은 우주와 소통하는 구멍에 백원짜리 동전을 밀어 넣었다.

"아, 애린씨. 왜 이리 연락이 안 돼요. 내가 얼마나 찾았는데……"

가벼운 원망이 담긴 남자의 목소리가 나긋나긋했다.

"제국출판사에서 미술책을 편집할 사람을 뽑아요. 애린 씨에게 좋은 자리일 것 같은데, 어때요?"

만나서 자세한 이야기를 하겠다는 정호승과 저녁약속을 잡았다. 징글벨 소리가 요란한 강남의 레스토랑. 말쑥한 정장 차림의 정호승이 반갑게 나를 맞이했다. 윤기 흐르는 곱슬머리, 잘나지도 못나지도 않은 얼굴이 편해 보였다. 그는 내가 상대하던 좌파 성향의 남자들과 전혀 닮지 않은, 유들유들한 말투에 매너가 끝내주는 신사였다. 롱코트를 벗고 자리에 앉으려는데 느닷없이 나타난 팔이 내 외투를 받아 옷걸이에 건다. 운동권 투사들에게서 받아보지 못한 숙녀 대접이 싫지 않았다.

"내년 1월부터 예술서 편집부를 새로 구성해요. 현대미술 전공한 이광수 알지요? 그 녀석도 논문만 끝나면 오기로 했어요. 애린 씨와 광수 말고도 예술학과 졸업한 애들을 두어 명 더 뽑을 거예요."

여자처럼 보드라운 '해요'체는 미술품을 사고파는 직업에서 얻은 습관인 듯했다. 출판사 사옥은 강남에 신축한 3층 건물이라는데, 좀 의외였다. 전통적으로 한국의 출판사들은 강북에, 마포와 합정동 일대에 몰려 있다. 주인이 누구이기에 땅값이 비싼 강남에 출판사를 지었을까?

"사장이 누군데요?"

허허실실 풀려있던 그의 입매가 단단해졌다.

"애린씨. 지금부터 내가 하는 말은 비밀이에요. 어디 밖에 발설하면 안 돼요."

5공의 핵심이 운영하는 출판사, 라고 말하며 그는 의미심장한 미소를 지었다. 5공이 쳐들어오는 순간, 나의 놀라움을 어디에 숨겼는지. 우아한 양식 테이블 위에 떨어진 '5공화국'은 누구도 해치지 않을 농담 같았다. 나는 충격에 반응하는 속도가 느리다. 가까운 사람이 죽거나, 사랑하는 연인과 헤어질 때도 아무렇지도 않은 척하다가 두고두고 오열한다.

그런데 왜 나를?

누가 나를 추천했는지 몹시 궁금해졌다.

"허영심 선생. 학과장인 허 교수에게 좋은 사람 추천해달라 부탁했더니 애린씨를 소개하던데."

허 교수가? 미술사학과 대학원 애들은 다 안다. 그 여자, 허영심이 날 얼마나 미워하는지. 그런데 그녀가 나를? 왜? 도무지 믿기지 않아 정말이냐고 따지는 내게 정호승이 씨익 웃더니 삶의 교훈 하나를 내게 가르쳐주었다.

"선생이 학생을 견제한 거죠."

그러니까 나를 학교에서 내쫓기 위해, (내가 부탁하지도 않은) 취직을 알선했다? 사장이 누구인지 나보다 먼저 알았을 허영심 교수가 제국출판사에 나를 집어넣어? 왼쪽에 치우친 나의 정치적 성향을 빤히 알면서…… 날 엿 먹이려는 그녀 식의 복수인가. 그러나 나는 한 푼이 아쉬운 백수였다. 지푸라기라도 잡고 싶었다. 사장의 대리인인 정호승에게 80학번인 내가 왜 1985년에 졸업했는지, 시위 전력과 무기정학을 술술 토해냈다. 그래야 페어플레이가 아닌가. 나는 저쪽의 색깔을 아는데, 저쪽도 나의 색깔을 알아야지.

장소를 옮겨 특급호텔의 술집에서 늦게까지 술을 마셨다. 성탄절이라 객기가 발동한데다, 5공화국을 안주 삼아 꼭지가 돌도록 마셨다. 위스키와 맥주가 배 속에서 섞여 무서울 게 없는 내가 그를 심문했다.

"누구죠? 5공의 핵심이라면?"

알코올로 붉게 물든 뺨을 보이며 그가 내게 진실을 실토했다.

"사장은 장두남 장군의 아들, 장재욱이에요."

술이 확 깨며 추위가 몰려왔다. 담배에 불을 붙이고 정호승에게 생각할 시간을 달라고 했다. 만취해 다리를 휘청거리는 나를 그가 택시에 태웠다.

이튿날, 나는 공중전화기에, 주미 언니에게 대롱대롱 매달렸다.

"언니. 나, 여기 다녀? 말아?"

"너, 오라는 다른 회사 있니? 지금이 혁명의 시기도 아닌데 뭘 고민하니?"

못 다닐 이유가 없다, 나보다 깊숙이 민주화운동에 가담했던 유주미의 허락이 떨어지자 정호승에게 연락을 취했다. 그가 내 이름을 부른 지 사흘 만인 12월 26일. 야릇한 운명의 부름에 나를 맡겼다.

내가 깃발출판사에서 잘리지 않았다면, 아버지가 젊은 과부와 눈이 맞아 평창동 집을 팔지 않았다면, 일 년에 네 번 거처를 옮기지 않았다면, 창문이 없는 하숙방에서 바퀴벌레와 씨름하며 내 손에 곤충의 피를 묻히지 않았다면, 허 교수로부터 퇴학을 강요당하지 않았다면, 이 모든 불운이 겹치지 않았다면…… 다른 선택을 했을까.

소련이 해체되었고 나는 혼자였다. 레닌의 동상이 끌어내려지는 방송을 보며 고시원에서 아침밥을 먹었다. 어떻게 그런 일이?

소비에트 붕괴 과정을 분석한 국내외 학자들의 글이 실린 신문을 정기구독할 돈도 내게 없었다. 1층 식당이 썰렁해지는 늦은 아침, 고시생들이 읽다 버린 신문을 내 방으로 갖고 가서 정치 사회 국제 문화면을 샅샅이 훑었다.

어디가 어떻게 잘못되었는지? 충격을 나눌 사람이 절실했다. 소련식 사회주의는 실패했지만 우리의 이념은 여전히 유효하다고, 이론은 잘못되었지만 자유와 평등을 추구하는 이념은 영원하다고, 그네들의 실험은 실패했지만 우리는 잘할 수 있다고, 서로 위로하며 의지할 동지가 옆에 없었다. 번듯한 직장도 집도 없는 나는 실업자. 남편도 애인도 아이도 없는 서른 살의 독신녀였다. 신림동의 좁아터진 고시원을 벗어날 기회가 내게 왔을 때, 나는 주저하지 않았다.

압구정동 제국출판사의 2층. 겉은 아담하지만 내부는 호화롭다. 마티스와 앤디 워홀에 둘러싸여 소파에 앉아 그를 기다린다. 최근에 인테리어 공사를 마친 듯, 벽과 바닥이 깨끗하다. 벽을 장식한 대형액자들, 마티스의 〈춤〉과 워홀의 〈마릴린 먼로〉가 예술을 애호하는 건물 주인의 취향을 대변한다. 로스코의 심오하게 거무죽죽한 색면들이 워홀의 가벼움을 상쇄하듯 도도하게 복도에서 내 방객을 맞는다.

소파 세트가 놓인 복도를 디근자로 에워싸며 사무실들이 배치되었다. 편집부 사장실 이사실의 문이 모두 닫힌 폐쇄형의 사무실이다. 다른 출판사에 있는 무언가가 여기 없다. 제국출판사의 그

견고한 실내에 결여된 것은 '활기'였다. 내가 일할 회사는 농담도 주고받지 않나. 바닥에 깔린 카펫이 소음을 흡수해서인가. 분명히 안에 사람들이 있을 텐데, 절간처럼 적막했다. 제국출판사처럼 방음이 잘 되고 임원과 직원들의 공간이 단절된 출판사를 나는 전에도 후에도 가보지 못했다. 사장실의 문이 열리기를 기다리며 온몸이 뻣뻣해지고 하나밖에 없는 정장구두가 발을 조이며 허리가 아팠다. 긴장한 나머지 겁이 더럭 났다.

여기는…… 내가 있을 곳이 아닌데……

몇 달 뒤, 사진 속의 나는 활짝 웃고 있다. 뭐가 그리 우스운지 마릴린 먼로 사진 밑에서 잇몸을 드러내며 폭소를 터뜨리는 푼수…… 마릴린 먼로 흉내를 내며 나는 낄낄댔었다. 나를 겨냥한 카메라렌즈를 향해, 꽉 눌린 사무실 분위기를 깨려고 일부러 장난을 친 거다. 나는 사진이라면 질색인데, 카메라 앞에 서기 싫어하는 반팔블라우스를 렌즈로 들여다본 작자가 누구였는지.

문을 밀고 들어가자마자 나는 그를 알아보았다. 정호승에게 사장을 소개받기 전에, 나와 눈이 마주친 남자가 바로 '그'임을 직감했다. 나이에 걸맞지 않게 순진무구한 표정에서 단박에 아비인 장두남 장군이 연상되었다. 나와 눈높이가 비슷하니 키는 170센티쯤 되려나. 옷차림은 소박하다. 감색 싱글 정장을 걸쳤는데 어딘지 유니폼 같다. 역삼각형의 두상은 어미를 닮았다. 능숙하게 악수를 청하는 장재욱의 손을 잡고 나는 고개를 숙였다.

"안녕하세요. 처음 뵙겠습니다."

"어서 앉으세요."

인사를 나누자마자 그는 아프리카 조각을 화제로 꺼냈다. 사장실의 벽에, 책이 그득한 3단 서가 위에 시커먼 나무가면들이 걸려 있었다. 그가 미국에서 수집한 흑인가면에 얽힌 일화들을 쏟아놓는다. 뉴욕의 현대미술관(MOMA) 앞에서 흑인 장사꾼에게 사기 당할 뻔한 무용담을 늘어놓는데, 아이처럼 손짓과 몸짓이 풍부하다. 그는 코미디언처럼 자신은 웃지 않으면서 남을 웃기는 재능이 있었다.

"깜둥이에게 내가 '이게 오리지날(진품)이냐?'고 물었더니 '오리지날은 아니지만 오리지날이나 마찬가지다. 깜둥이인 나의 할아버지가 만든 것을, 그 후예인 내가 다시 만들었다' 이러는 게 아니유. 허허– 깜빡 속을 뻔했지 뭐유."

'~유'로 끝나는 어미 때문에 그는 늘어 보였다. 외모는 어린데 그의 보디랭귀지와 말은 노회했다. 우스꽝스런 불일치. 말하는 도중에 번개처럼 주제를 바꾸는 주의 산만함은 나와 비슷해 연민의 정을 느꼈다. 보통 사람일 수 없는 그에 대하여.

사장과 면담이 끝나자 박 이사가 내게 회사를 구경시켰다. 1층에 영업부와 회의실 그리고 용도가 아리송한 방이 하나. 2층에 단행본 편집부와 예술서 편집부, 이사실과 사장실이 붙어있다. 여자화장실은 1층에만 있다. 예술서 편집부가 사용할 방은 책상 두 개와 책장만 있지, 의자도 캐비닛도 없이 썰렁했다. 푸근한 이웃집 아저씨 같은 배불뚝이 박태준 이사는 실질적으로 제국출판사를 움직이는 엔진이었다. 영업부와 편집부를 총괄하는 그를 거쳐야

일이 진행되었다. 결재서류를 들고 그 앞에 서면, 둔탁한 안경 너머 매처럼 번뜩이는 눈과 마주하면 정신이 번쩍 났다. 아마추어들이 모인 회사에 박 이사만 프로였다. 대기업에 근무하다 대학동창인 장재욱의 출판사로 옮긴 그는 업무 처리가 뛰어나 사장의 전폭적인 신임을 얻었다.

박태준 말고도 성이 박 씨인 이사가 한 명 더 있었다. 직원이 열 명도 안 되는 회사에 '이사'가 셋이었다. 사장과 초등학교 동창이라는, 돌대가리처럼 멍청한 박 이사를 우리 편집부 직원들끼리 '돌 이사'라 놀렸다. 그렇게 두 명의 박 이사가 정리되었다. 그냥 박 이사 그리고 돌 이사. 그리고 나중에 나타날 아도니스가 장사장의 측근 중의 측근이었다. 이들이 성골 신분이라면, 나를 영입한 정호승은 장재욱의 이너서클에 진입하지 못한 진골이었다. 장씨 일가의 미술품거래를 도와주며 친분을 텄다는 그는 2월부터 예술서 편집부 옆방을 차지하고 일주일에 이삼 일, 부정기적으로 출근했다. 정호승이 신임이사로 들어오며 사장실이 2층에서 3층으로 옮겨졌다.

사장과 박 이사가 앞서고 그 뒤에 곱슬머리 정호승과 내가 길을 걷고 있다. 제국출판사와 인연을 맺은 나를 환영한다며 출판사 근처의 분식집까지 걸어가 점심을 먹었다. 지하로 통하는 계단을 내려가며 실망한 나는 표정관리에 바쁘다. 첫날부터 분식집? 사장과 이사들은 라면을, 나는 김밥을 주문했다. 식당 벽에 붙은 시국사범 수배자 전단에 시선이 가며 나는 초조해진다. 혹시 그의 이름이 나붙었을까봐. 나의 연인이었던 김준은 지금 도피 중이다.

'연인'은 우리 관계를 드러내는 정확한 단어가 아니다. 남자친구도 아니다. 내가 속했던 조직의 중앙위원인 그와 나는 처음부터 동등할 수가 없었다.

그의 사진이 없음을 확인하고 젓가락을 든다. 추운 날씨에 마른 김밥이 목에 걸려 넘어가지 않는다. 딱딱하게 굳은 내 앞에 옆에 남자들은 라면 그릇을 순식간에 비우며, 뜨거운 국물에 들어간 면발처럼 혀가 풀린다.

"라면엔 역시 김치가 최고야."

"왜 집에서 끓이면 이 맛이 안 나지?"

후루룩 고교 시절로 돌아간 듯 화기애애하나 모두 대장의 눈치를 보고 있다. 식사 중에 대화의 절반은 사장이 주도한다.

"우리 마누라가 나 살찐다고 많이 먹지 말래. 여자들은 왜 남편 살찌는 걸 싫어하는지 모르겠어."

투덜대며 쓰윽 머리를 쓰다듬는다. 파뿌리처럼 성근 앞머리에 기름을 칠해 가는 빗으로 빗어 넘겼다. 벗어질 조짐을 보이는 이마가 출판사 사장이라기보다 대기업의 임원 같은 인상을 준다.

커피 마시자고 먼저 말을 꺼낸 사람도 사장이었다. 잠자코 뒤를 따라갔다. 분식집에서 회사까지 카페가 제법 들어섰는데, 이번에도 나의 예상은 빗나갔다. 카페 간판을 지나친 검정구두들이 다시 사무실로 쏙 들어간다. 경리인 미스 양이 내미는 커피를 홀짝이고 간단한 입사 절차를 마친 뒤에 나는 일어섰다.

"아침 9시까지 나오슈. 옥상에서 고사를 지낼 거니까, 감기 걸리지 않으려면 따뜻하게 입고 오슈."

당부하며 친절하게도 건물 밖까지 배웅 나온 박이사.

전철역까지 날 태워 주겠다는 곱슬머리.

두루 인사하며 차에 타는 나.

지하철역에서 나는 머뭇거렸다. 고시원으로 바로 귀가할지 경혜를 불러낼지, 방향을 잡지 못하고 서성이다 친구의 일터로 가는 열차를 탔다. 양평의 학원을 그만두고 서울로 올라와 재수생 과외 지도에 열심인 경혜를 24시간 편의점에서 기다렸다. 돈을 아끼려 우리는 다방이 아닌 편의점을 약속 장소로 정했다.

"어땠니?"

날 보자마자 경혜가 생글거렸다. 나의 이색적인 직장에 대한 친구의 호기심을 충족시켜 주기에 12월의 밤은 충분히 길었다. 경혜와 저녁을 먹은 뒤에 은영의 가게에서 우리끼리 맥주를 따며 어정쩡한 서른 살을 흘려보냈다. 약혼자가 군대에서 의문사를 당한 뒤에 은영은 시댁의 도움으로 문구점을 차렸다. 꿈에서 멀어졌고, 자신의 꿈이 무엇인지도 희미했고, 옆에 짝이 없었고, 현재에 만족하지 못했고, 무엇보다 막막함을 공유했기에 우리는 근본적인 차이에도 불구하고 한 자리에 모였다.

그날 밤, 고시원의 방에 요를 깔고 엎드려 내 생애 아주 특별했던 하루를 복기했다. 장재욱에 대한 나의 선입견을 수정했다. 겉으로 보이는 것처럼 그는 단순한 사람이 아니다. 출판사 사장이 신입 여직원에게 처음 점심을 사며 라면을 먹는 건 흔한 일이 아니다. 이틀 전에 정호승에게 특급호텔에서 비싼 술과 음식을 대접받은 뒤라, 천 원짜리 라면이 더 도드라졌다. 정호승이 나의 과거를,

시위전력을 사장에게 전했음에 틀림없다. 라면 국물을 맛있게 들이키며 그는, 그들은 내게 시위하는 것 같았다.

장재욱은 부자가 아니야.

아비의 돈으로 출판사를 경영하지 않아.

제국출판사는 장두남의 비자금과 아무런 상관이 없어.

자신의 결백함을 강조하는 몸짓을 통해 그가 사로잡힌 죄의식의 단면을 엿보았다.

잠자리에서 일어나자마자 머리에 빨간 불이 켜졌다. 새해 첫날부터 늦고 싶지 않아 머리는 전날 저녁에 미리 감았다. 자명종이 없어서 자다 깨다를 되풀이해 몸이 무거웠다. 고시원에서 출근 준비를 하려면 곡예사처럼 날렵한 운동신경이 필요하다. 2층의 공중화장실에서 얼굴을 씻고 3층의 내 방으로 올라가 몸단장을 한 뒤에, 다시 1층으로 내려와 아침밥을 먹고 이를 닦는다. 경대도 옷장도 없는 방에서 로션을 문지르고 머리를 만지고 외출복으로 갈아입느라 한바탕 난리를 피웠다. 전철역에서 회사까지 택시를 탄 덕분에 떳떳한 걸음으로 사무실에 들어섰다.

이광수가 출근해 혼자 앉아있었다. 내 밑에 편집부원으로 들어온 그는 나보다 두 살 어린 미술평론가다. 말이 없고 수줍은 이광수와 책상을 맞댄 8개월 간 크게 부딪치지 않고 잘 지냈다.

예술서 편집부의 첫 업무. 영업부의 차를 빌려 중고가구점에 가서 바퀴가 달린 회전의자와 캐비닛을 샀다. 문구점에서 메모판과 휴지통과 재떨이를 사들였다. 구입 목록과 액수가 적힌 영수증을 챙겨 경리인 미스 양에게 제출하는 것도 잊지 않았다. 가구들을 이리저리 끌어 일하기 편하게, 이광수와 시선이 마주치지 않는 방향으로 책상과 의자를 재배치했다.

모두 옥상으로 올라가라고, 돌 이사가 나타나 채근한다. 그는 이런 용도로나 쓸모가 있는 상사이다. 업무에 관해서라면 상황파악을 못하는 멍텅구리가 노는 건 무지 밝혔다. 사무실을 벗어나 고사상이 차려진 옥상에서 술을 돌리는 게 돌 이사에겐 놀이였겠지만, 내겐 고역이었다. 단행본 팀의 여직원들과 음료수를 나르고 시루떡을 접시에 담았다. 남자들은 담배를 피우고 잡담을 나눈다.

유세차…… 제국출판사 대표 장재욱이 만물을 살피시는 천지신명과 터줏대감 신령님께 삼가 고하나이다……

고사를 지내는 줄 알았다면 나는 제국출판사에 들어오지 않았을 것이다. 죽은 돼지머리 밑에서 내가 예술서 편집부를 대표해 절을 올리다니. 추석이나 설 명절에도 절하기가 싫어 부모님 집에 가지 않던 내가, 제사나 고사를 미신으로 치부하던 유물론자가 생활 앞에서 무릎을 꿇는다. 상사들이 시키는 대로 술잔을 돌리고 축문을 빌었다.

새로 출범한 예술서 편집부에 복을 내려주소서.

무릎 꿇고 손을 모으는 의례를 통과하며 나는 '제국출판사 사람'이 되었다. 칼바람 속에 시루떡과 막걸리를 나눠 마신 회사원에서 벗어나려 저녁 5시부터 가방을 쌌다. 벽시계가 6시를 가리키면 가방을 어깨에 메고 부리나케 회사를 나왔다. 정해진 근무시간에서 10분도 지체하지 않는 나와 마주친 박 이사가 '어쩜 예술서 편집부는 맨날 칼 퇴근'이냐며 눈을 흘겼지만, 나는 신경쓰지 않았다.

제국출판사에서 보낸 나날들이 내게 특별한 이유.

사장이 아무개의 아들이어서가 아니다.

그곳에서 보낸 나날들이 내게 특별한 건…… 출퇴근하며 내가 쓰는 사람, 작가가 되었기 때문이다. 시간이 남아돌 때는 써지지 않던 글이 저절로 나왔다. 문장들이 밖으로 나가겠다고 내 옆구리를 쳤다. 나의 '적'이었던 장군의 아들을 매일 보며, 자기분열을 겪으며 내가 누구인지 확인하고 싶었다. 나를 찾기 위해, 나를 증명하려 글쓰기에 열중했다. 지하의 플랫폼에 앉아서, 붐비는 전철에서 인파에 떠밀리며 나는 썼다. 시속 300킬로의 시멘트 바람을 맞으며 종이와 펜을 들었다. 입시공부에 매진하던 고교 시절 이래 그때처럼 하루하루를, 1분 1초를 치열하게 살아낸 적이 없다.

토요일 아침, 집결장소인 평창동의 호텔 커피숍에 십 분 늦게 나타난 나를 보는 박 이사의 얼굴이 퉁퉁 부었다. 뭐 그깟 일로 화를 내나. 직원단합대회에 십 분 쯤이야, 대수롭지 않게 여기며 북한산을 올라갔다. 보송보송한 눈길을 걷는데 내가 제일 뒤처졌다. 뒤처져 미끄러지려는 나를, 내 손을 사장이 잡아주었다. 산 중턱에 모여 만세 삼창을 했다.

"야호-"

사장이 선창하자 다들 '야호-'를 따라 외친다. 허공에 베끼듯이, 마치 한 사람이 내지르는 소리처럼 절도가 배어있다. 군사훈련 하듯 통일된 구호, 같은 간격에 높낮이도 같은, 뒷산에 메아리치는 세 번의 '야호'가 무서웠다. 중간에 어디서 쉴지, 언제 보온통의 커피를 마실지, 사진 찍을 장소를 정하는 것도 장사장이었다. 아무도 무엇을 그보다 먼저 시도하지 않는 이상한 산행이었다.

내가 제국출판사 직원이었음을 증명하는 단체사진을 나는 버리지 않았다. 눈 덮인 북한산을 배경으로 등산복차림인 네 명의 여자와 여섯 명의 남자들이 어깨를 맞대고, 앞줄은 앉고 뒷줄은 섰다. 나는 뒷줄에 단행본 편집부의 미스 김과 사장 사이에 엉거주춤 서 있다. 추위를 타는 나는 새하얀 오리털파카에 하얀 털모자를 썼다. 검정과 회색의 겨울 아우터들에 둘러싸여 나의 흰색이 두드러지는, 21년 전의 그때를 소설로 옮길 오늘을 나는 예상했었다. 그래서 그 빛바랜 사진들을 앨범에 고이 모셔두었다. 언젠가 한꺼번에 털어내려고…… 하얀 눈 속에 묻어둔 날들이 2013년 여름에 하나둘 파헤쳐졌다.

대기업의 극기훈련 같은 등산을 마치고 정릉으로 내려왔다. 유원지 입구의 식당에서 저녁을 먹으며 신입사원 신고식을 치렀다.

"잘 부탁합니다."

자기소개를 마치고 자리에 앉는데 단행본팀의 미스 김이 질문이 있다며 손을 들었다.

"결혼하셨어요?"

서른 무렵의 나는 이런 무례한 질문에 대한 답을 입안에 넣어두고 때가 되면 터뜨렸다. 이혼녀라는 자격지심으로 몸에 가시가 돋처, 태연자약 자살폭탄을 터뜨렸다.

"법적으로 처녀예요."

당돌한 '처녀' 선언에 질린 회사 동료들이 더는 나를 건드리지 않는다. 왁자지껄 술잔을 돌린다. '원샷!' 건배하고 소주를 비운 뒤에, 살면서 내가 보지 못한 놀라운 일이 벌어졌다. 서로 어깨를 걸고 몸을 흔들며 "제국, 제국, 우리 제국……" 노래를 흥얼거리더니 경기 전에 운동선수들이 파이팅을 외치듯 손을 모으는 사람들. 외계인 같았다. 그네들의 일사불란한 동작과 소리에 나는 문화적 충격을 받았다. 여느 출판사 같지 않아서, 회식 자리며 회사 경영방식이 5공화국의 축소판 아닌가, 의심했던 나를 돌아보다 문득 짚이는 게 있다.

내가 동원한 단어들, 운동(運動)과 파이팅(fighting)이 절묘하다. 스포츠(sports)와 무브먼트(movement)의 차이만 있지, 같은 운동 아닌가. '제국'을 '투쟁'으로 바꾸면 변혁운동권의 술자리와 비슷하지 않나. 지향하는 바만 다를 뿐, 여럿이 의기투합하는 놀이문화는 마찬가지.

어깨동무가 끝나고 한 사람씩 돌아가며 노래하기가 이어졌다. 여기에도 순서가 있어서, 말단 영업부 직원에서 시작한 유흥의 끝은 사장이 마무리했다.

일송정 푸른 솔은 늙어 늙어 갔어도 한줄기 해란강은 천년 두고 흐른다 지난날 강가에서 말달리던 선구자(……) 조국을 찾겠노라

맹세하던 선구자 지금은 어느 곳에 거친 꿈이 깊었나

사장이 선창하자 나만 빼놓고 다 함께 따라했다. 독재정권에 저항하던 이들의 애창곡을 장두남의 아들에게서 들을 줄이야. 만주 벌판을 달리는 독립군처럼 결연한 태도에 무심히 지나칠 수 없는 집념이 묻어나왔다. 선구자를 노래하며 대학생인 내가 찾으려 한 조국은 '민주주의'였다. 장재욱이 찾는 조국은 무엇인지. 아버지의 명예일까? 출판사를 차리며 그가 맹세하던 거친 꿈은 무엇인지? 알 듯 모를 듯……한줄기 해란강만 흐르고 흐르던 밤. 웃지 못할 희극에 나도 단역배우로 등장한다.

어디서 가당치 않게 '일송정 푸른 솔'을?

끓어오르는 속내를 감추고, 대장이 주는 술을 받아마셨다.

술잔을 기울이며 일할 만하냐고 슬쩍 떠보는 사장을 나는 실망시키지 않았다. 생긋, 웃으며 "네"라고 대꾸했다. 산에서 내려와 노곤한 몸에 알코올이 들어가 직원들끼리 주거니받거니 얼큰해졌다. 한줄기 해란강이 계급의 차이를 허물어서였나. 다소곳이 술만 마시던 이광수가 사장을 붙잡고 늘어졌다.

"사장님. 친해지고 싶어요."

"2차 꼭 가는 거죠?"

"사장님! 망하지 마십쇼!"

객기를 부리는 신입사원 앞에서 사장이 조용조용 말했다.

"저는 사람을 믿습니다."

그는 복사를 좋아했다. 〈선구자〉를 복사하고 골프잡지를 복사하고 예술을 복사했다. 시간과 공간을 초월한 명화를 복제한 액자들이 걸린 회사에서 사장이 내게 지시한 최초의 업무도 '복사'였다. 최첨단의 복사기가 편집부에 한 대, 영업부에 한 대 비치되어 있었다. 예술서 편집부와 단행본편집부가 공동으로 쓰는 대형복사기가 놓인 2층에서 장사장이 내게 골프 책과 잡지들을 보여주며 골프예찬을 늘어놓는다. 미국의 은퇴한 골퍼가 아들과 공을 치는 사진. 카펫처럼 균일한 초록색을 보며, 골프에서 인생을 배운다는 이야기를 들어주는 척하며 내 인내력을 시험했다.

내 눈앞에서 빛나는 금속 테의 안경과 나 사이의 거리를 가늠해본다. 장두남의 아들과 이애린과의 거리. 5공화국과 시위대와의 거리. 부르주아의 운동인 골프를 나는 좋아하지 않는다.

강남의 사치스런 빌딩으로 출퇴근하지만 나의 취미는 변하지 않았다. 내 수첩에는 골프나 스키를 즐기는 친구의 전화번호가 없다. 골프채를 잡아보지 않았고 클럽하우스가 어떻게 생겼는지도 모른다.

"잭 니클라우스가 얼마나 대단한 선수냐면……"

자신의 취미를 설명하려는 장재욱의 말소리는 낮고 조근조근, 권위적이지는 않지만 잔뜩 흥분해 알아듣기 힘들었다.

"우리 아버지가 말이유. 어느 날 필드에 나갔는데 마침 새똥이……"

대한국민 모두가 아는 그의 '아버지'가 내 귀를 때리며 장씨 부자가 나란히 잔디밭을 걷는 그림이 머릿속에 그려졌다. 말하는 사장도 듣는 나도 흥분한 상태가 십분 가량 지속됐다. 손에 들고 있던 책을 내게 내밀며 사장이 부드럽게 명령한다.

"이애린 씨. 이것 좀 복사해주세요."

종이를 넣고 복사기를 돌리며 속이 부대꼈다. 나는 기계를 싫어한다. 내 눈을 찌를 듯한 인공의 빛이 싫어 눈을 감았다 떴다. 스윙하는 자세를 묘사한 삼십여 쪽을 유리판에 올려놓고 덮개를 닫았다 열었다, 눈을 감았다 떴다를 반복했다. 독재자의 아들을 위해 골프잡지를 복사하느라 오후를 낭비한다? 1987년 명동 한복판에서 독재타도를 외치던 나는 고약한 농담 같은 오늘을 상상하지 못했다.

내가 기대했던 우아한 업무와 무관한 일을 하며 나는 제국출판사의 직원이 되었다. 내가 하고 싶지 않은 일을 하며, 회사원이 되었음을 실감했다. 그날 이후 나는 서류 뭉치를 든 사장과 마주치지 않으려 복사기 근처를 빠른 걸음으로 지나쳤다. 내가 처음 사장실을 노크한 날에도 그는 복사된 신문지 조각을 황급히 파일 철에 끼워넣고 있었다. 나쁜 짓을 하다 엄마에게 들킨 아이처럼 허둥지둥 당황하는 모습이 이상했다.

어디선가 그를 찾는 전화벨이 뻔질나게 울렸다. 뭔가를 부탁하려는 친구의 전화를 장사장이 능청스레 따돌린다.

"불우이웃? 야 내가 불우이웃이야. 응, 날 좀 도와줘 니가. 임마."

별이 넷인 장군의 아들이 불우이웃이라면, 나는 뭘까? 손바닥만한 화장실도 없는 원룸을 나와 지하철로 출근하는 나는, 낙서로 얼룩진 벽에서 김준의 현상수배 전단을 발견한 나는……

식당에 점심을 먹으러 들어갔다 그를 발견했다. 언제 찍은 사진일까. 스포츠머리, 해맑은 미소 밑에 그의 이름과 나이, 키와 몸무게, 범죄 사실이 적혔다. 반국가단체를 조직한 혐의로 국가보안법 위반 딱지가 붙은 그는 나의 '형'이었다. 내가 스스럼없이 이름 옆에 '형'을 붙이는 하나뿐인 남자 선배였다.

베를린 장벽이 무너지고 소련이 해체되었다. 대한민국의 신문과 방송이 공산주의의 종말을 선언할 때, 레닌의 〈무엇을 할 것인가〉를 읽고 토론했다는 혐의로 감방에 가는 젊은이들이 있었다. 서른세 살의 직업적 혁명가(그의 직업이 '혁명'인) 김준은 한국에서의 사회주의는 지금 시작이라고, 마르크스와 레닌을 연구해 제대로 된 혁명을 모색해야 한다고 믿었다.

신장 165센티미터, 한국 남자의 평균치를 밑도는 몸무게 옆에 그의 신체적 특징이 나붙었다. 왼쪽 다리를 저는 지체장애자. 틀림없는 그였다.

지금쯤 그는 가방 속에 들어 있을까?

계획대로 일본행 배를 탔을까?

"나는 몸집이 작아서 트렁크 속에, 여행가방 속에 들어가면 딱이야."

커다란 가방에 몸을 숨기면 형사들도 안기부요원들도 못 찾을 거라며, 아무한테도 들킬 염려가 없다며 하하- 어린애처럼 웃곤 했다. 자신의 약점을 그는 숨기려 하지 않았다. 그의 비서이자 운전수가 운전하는 고물차에 실려 어디론가 가고 있을, 김준과 나는 일 년 전에 헤어졌다.

김준의 현상수배 전단을 본 뒤, 누가 나를 미행하나? 내 전화를 도청하나? 신경이 곤두섰다. 헤어진 여자 친구와 접촉을 시도하다 잡힐 그가 아니지만, 정보기관에서 그를 찾으려 내게 주목할지도 모른다. 그리고 회사에서 운동권 출신인 내 뒤를 조사할 가능성도 없지 않았다.

어느 날 사장을 찾는 수상한 남자가 회사를 방문했다. 복도에서 마주친 골격이 장대하고 눈빛이 날카로운 그를, 내가 사장실로 안내했다.

"누구시라고 전할까요?"

내가 묻자 그는 "안기부 김차장"이라고 자신을 소개했다.

"애린 씨. 여기 커피 두 잔, 부탁해요."

장재욱 사장의 지시로 손님에게 커피를 대접했다. 탕비실에서 급히 끓인 커피를 쟁반에 받쳐 사장실로 들어가며, 나는 뭐랄까, 최대한 공손한 모습을 보이려 노력했다. 안기부 요원을 목격한 뒤부터 나는 친구들과 회사 전화로 수다 떨기를 자제했다. 사적인 일로는 사무실 전화를 가급적 쓰지 않았고, 저녁에 퇴근하며 내 뒤를 의식했다. 6공화국이 5공화국의 핵심이 운영하는 출판사를 감시한다면, 나도 조심해서 나쁠 건 없지 않은가.

제국출판사에서 내가 주로 했던 일은 신간 기획과 교정 업무였다. 출판사는 책을 만드는 곳이다. 무슨 책을 출간할지, 부원들이 모여 편집회의를 한다. 핵심 독자는 누구이며 시장에서 경쟁력이 있는지, 초판은 몇 부를 발행하지를 면밀히 검토한다. 그런데 우리 회사에는 편집부 전원이 참석하는 회의가 없었다. 예술서 편집부에 출간계획서나 시장조사를 요구하지도 않았다. 우리가 내려는 책이 손익분기점을 넘을지, 영업적 측면에 대한 고민은 거의 없었다. 사장이나 회사의 임원들이 확실한 언질을 주지는 않았지만 우리는 알고 있었다. 우리가 지금 번역하려는 미술사전으로 '회사가 망할' 일은 없다, 그런 일은 절대 일어나지 않는다. 우리처럼 몇십만 원의 월급을 받는 직원은 '돈' 걱정할 필요가 없다. 역사가 짧은 출판사지만 재무구조가 튼튼하다는 사실은 공공연한 비밀이었다.

베스트셀러를 만들라고 닦달하지 않으니, 팔리는 책보다는 좋은 책을 내자는 데 우리는 견해를 같이했다. 월요일 오후에 곱슬머리가 우리 방에 와서 이런저런 아이디어를 내놨다. 나와 이광수 그리고 곱슬머리, 인원이 단출해 편집회의라 할 것도 없었다. 수시로 얼굴을 맞대고 진행상황을 점검했다. 나는 회의를 좋아하는 체질이 아니어서 대환영이었다. 재야단체의 잦은 회의에 질린 뒤라 회의를 생략하는 시스템이 편안했다.

곱슬머리는 우리보다 멀리 내다보고 다른 출판사에서는 엄두를 내지 못하는 부피가 큰 미술사전이나 대형화집에 욕심을 냈다. 사장도 그와 같은 생각이었다. 사장의 부추김을 받아서 곱슬머리는 '한국의 조각가 100인' 시리즈처럼 한꺼번에 목돈이 들어가는 프로젝트를 추진했다.

장 사장은 계획이 많고 정열적인 인간이었다. 미술서적, 아동도서, 미술연구소, 거기다 미술전문 서점까지…… 다 방면으로 동시에 사업을 진행시켰다. 오늘은 미술잡지 창간을 준비하라고 지시하다가, 내일은 음악과 문학을 포함해 문화 전반을 다루는 계간지로 관심이 옮겨갔다. "일은 저질러놓고 봐야 해"가 장재욱 사장의 지론이었다. 그는 김준처럼 호기심이 많고, 자신이 모른다는 사실을 감추지 않았다.

"이애린 씨. 미술사 수업 재미있어요?"

"아, 그럼요."

"나도 한국대 대학원 갈까?"

미술사를 배우려는 사장에게 슬라이드 수업과 '땡 치기'(작품을 보여주고 1분 안에 미술가와 제목, 제작연대를 적는 시험)를 설명해주고 얼마 되지 않아, 그는 이문열 선생의 연락처를 물었다. 문학이라는 새로운 장난감을 발견한 그가 작가지망생인 내게 질문을 퍼부었다.

"소설가는 어떻게 되는 거유? 무슨 협회에 가입해야 하나?"

"나도 소설을 써볼까."

"《사람의 아들》이 장편이유, 단편이유?"

아이고. 나는 내 머리를 쳤다.

첫 월급이 나왔다. 나를 영입한 곱슬머리가 내게 백만 원을 약속했는데, 세금을 떼고 내가 수령한 금액은 육십오만 원. 한국 출판계의 임금수준을 밑도는 액수였다. 상여금은 한 번도 타지 못했다. 억울했지만 어디 호소할 데가 없었다. 입사 전에 사장과 적정 월급을 거론하지 않았고 계약서도 작성하지 않았다. 사회생활 초년생인데다 당시에는 연봉협상이란 개념도 희박했다. 대학원 선배인 곱슬머리의 말만 믿은 내 잘못을 통감했지만, 나는 임금 문제로 불만을 제기하지 않았다.

제국출판사의 예술서 편집부는 천국은 아니었지만 꽤 괜찮은 직장이었다. 야근과 외근이 거의 없고 출퇴근 시간만 지키면 크게 스트레스 받을 일이 없었다. 퇴근이 들쑥날쑥했던 깃발출판사보다 노동력은 덜 착취당했고 출간계획서를 작성하는 따위의 서류작업으로 골머리를 썩지 않으니, 작가를 꿈꾸는 내게는 더할 나위 없이 좋은 회사였다.

12시만 되면 총알처럼 튕겨나가 나는 사라졌다. 길 건너편의 카페에서 샌드위치를 주문하고 소설을 끼적였다. 구석의 탁자에 공책을 펼쳐놓고 내 안의 분노와 열망을 밖으로 내보냈다. 나의 일부였던 세계를 잃은 상실감을, 종이 위에 또 다른 세계를 구축하며 보상받았다. 검은 활자와 쉼표와 마침표로 이루어진 집에서 나는 비로소 자유를 맛보았다. 누구의 방해도 없이 온전히 내 것이었던 점심시간이 있었기에, 견딜 수 있었다.

입사하고 석 달쯤 지나 박 이사가 나를 이사실로 불렀다.

"이건 판공비인데 이애린 씨가 알아서 쓰슈"라며 봉투를 내게 쥐어주었다. 그때까지도 판공비가 뭔지 모르는 내가 맹숭맹숭한 낯으로 용도를 묻자, 품위유지비라며 내 맘대로 쓰란다. 품위유지비? 이건 또 뭔가? 인간의 품위를 유지하려면 돈이 드나? 품위와 돈을 결부시키는 발상이 거북했다.

친구와 식사를 하거나 옷을 사 입어도 된다. 영수증을 첨부할 필요가 없다며 그가 내민 봉투에는 빳빳한 만원 지폐가 열다섯 장들어있었다. 딱히 용도가 정해지지 않은 돈이 생기니 기분이 묘했다. 내가 회사에서 없어서는 안 되는 중요한 인물이 된 것도 같았고, 단행본 편집장을 제치고 나만 받는 특별대우가 아닌지, 눈치도 보였다. 공식적인 급여 65만에 판공비 15만 원을 보태어 80만 원의 월급쟁이가 된 나를 자축하며, 친구를 불러내어 먹고 마시며 10만 원을 하룻밤에 날렸다.

미술사전《The Library of Art》의 번역자를 찾는 과정에서 친구를 잃었다. 신국판형에 1천 페이지가 넘는, 동서양의 미술을 망라한 방대한 분량의 원서를 혼자 감당하기는 어렵다. 열 명은 달려들어야 우리가 목표하는 일 년 안에 초역이 끝날까 말까. 미술을 이해하고 영어독해를 잘하며 우리말 실력도 갖춘 전문가를 섭외하기가 쉽지 않았다. 미술사나 미학 전공자로 1차 번역진을 여섯 명 꾸렸다.

내 주위에는 미술전문가는 아니나 독서량이 풍부하고 영어도 웬만큼 받쳐주어 번역을 맡길 만한 여자들이 널렸다. 전업주부인 주미 언니와 경혜, 지연 언니와 은영을 2차 후보로 올렸다. 샘플로 한 쪽씩 번역을 의뢰한 뒤에 실력이 검증된 사람하고만 계약을 맺을 요량이었다. 경혜의 번역은 문장이 매끄럽지 못했다. 일을 맡길 수 없다고 통보하자 친구가 반발했다.

"뭐가 문제인데? 어디가 틀렸는데? 애린아 네가 어쩜 내게 이럴 수 있니."

항의하는 친구에게 냉정하게 안 된다고 말하고 우리의 우정이 끝났다. 절교를 선언한 경혜는 내가 제국출판사를 그만두고 소설

집을 펴낸 뒤에야 나를 찾아왔다.

　점심시간의 해방도 오래가지 않았다. 모두 도시락을 싸오라는 사장의 명령에 복종해 2층의 응접실에 모여 점심을 먹었다. 고시원에서 도시락을 싸기 곤란해 나는 부모님이 사는 연립주택으로 들어갔다. 사장님의 말씀에 귀 기울이며 업무의 연속이었던 도시락 회식은 한 달도 못 되어 흐지부지 되었다. 하루 건너 점심약속이 잡힌 사장이 빠지자 너도나도 이탈자가 늘었다.

　출근길의 담벼락에 개나리가 만개할 즈음, 아도니스가 나타났다. 아도니스는 출판사에 드나들던 장재욱 사장의 후배에게 내가 몰래 붙인 별명이다. 그냥 놀러오는 게 아니라 일주일에 두 번 임원들만 모이는 간부회의에 참석하고, 한동안 매일 출근하다시피 했다. 사장의 친구인 젊은 귀공자가 회사에 들락거리며 여직원들의 옷차림이 달라졌다. 영업부 미스 양의 립스틱이 진해졌고, 단행본 편집부 미스 김의 치마길이가 짧아졌고, 외모에 무심하던 노처녀 편집장의 볼에도 화색이 돌았다. 그녀들이 감히 희망을 품을 수 없는 상류층의 황태자지만, 혹시나 하는 바람이 번졌을 터. 미국에 유학했다 귀국해 장재욱 사장의 일을 봐주던 아도니스는 스물여덟 살의 독신남, 재벌기업 계열사 사장의 아들이었다. 준수한 외모에 훤칠한 키, 시쳇말로 여자들이 원하는 모든 것을 갖춘 재수 덩어리였다.

　아도니스가 내 방을 기웃거리면서, 나는 동생의 옷장을 기웃거렸다. 유행에 뒤처진 캐주얼밖에 없는 나는 채린의 화려한 컬렉션에 침을 삼켰다. 딱 떨어지는 치마정장을 동생에게 빌려 달라 사정했다.

동생에게 빌린 투피스 위에 바바리를 척 걸치고 헐레벌떡 서두르는데 이미 삼십 분이나 늦었다. 이왕 지각한 거, 에라 모르겠다. 회사원의 태엽이 풀린 나는 희희낙락. 담벼락에 늘어진 개나리를 음미하며 회사를 향해 느릿느릿 걸어가는데, 뒤에서 나를 추월한 승용차가 멈추었다. 차창을 내리고 누가 내 이름을 불렀다. 아도니스였다.

"이애린 씨 아니세요? 어서 타세요."

외모만 멋진 줄 알았는데 친절도 하셔라. 얼른 벤츠에 올라탔다. 꽃보다 아름다운 청년의 옆에서 향수 냄새를 맡으며 클래식 음악을 들었다. 운전대를 잡은 그가 나를 쓰윽 곁눈질하더니

"이애린 씨는 촌스러우면서 세련됐어요."

칭찬까지 들으니, 과연 동생의 실크정장이 효과가 있네.

주차장에 차를 넣고 아도니스는 사장실로, 나는 내 방으로 올라갔다. 저녁 6시까지 책상에서 원고더미에 파묻혀, 영어 원서와 한글 번역을 한 문장씩 대조하며 하루가 갔다. 사전을 옆에 끼고 또 하루가 가기 전에 아도니스가 내 방에 들어온다. 산뜻한 상앗빛 스웨터가 들어오니 방이 환해진다. 강의가 있다며 이광수는 일찍 퇴근하고 나 혼자였다.

커피를 마시며 오붓하게 사적인 대화를 주고받았다. 나보다 세 살 아래인 아도니스는 S대 인류학과를 졸업했다. 호적조사를 해보

니 그의 누이 미미는 나의 대학 후배였다. 미미는 장두남의 딸과 과외를 같이 하고 같은 해에 인문계열에 들어온 예쁘고 참한 애였다. 대학을 나오자마자 결혼한 미미는 벌써 아이가 둘이라며, 아도니스는 애들을 키우느라 시드는 누이의 청춘을 아쉬워했다. 미미 남매의 아버지는 지금은 기업경영에서 손을 떼고 대학에서 실물경제를 가르친단다. 최고경영자의 아들이 남학생들이 기피하는 인류학과에 지원한 이유는 뭘까.

"왜 인류학과 갔어요?"

"시험 성적이 되지 않아서요."

짧게 내뱉으며 안면근육이 일그러진다. 내가 건드려선 안 될 곳을 건드렸나. 법대나 경영대나 정치학과를 원했는데 입학성적이 모자라서 인류학과에 진학했다는 정직한 고백에 내가 무안해졌다. 보통 한국남자들은 (신분과 지위가 높을수록) 자신의 약점을 드러내지 않는다. 정곡을 찔려도 빙 돌려 얼버무리는데, 아도니스는 둘러대지 않았다.

"난 돈하곤 거리가 먼 사람이니까." 혼잣말하듯 뇌까렸지만 아도니스에게선 돈 냄새가 진동했다. 구질구질한 지폐가 아니라 빳빳한 수표 냄새. 구김살 없는 부티와 귀티가 줄줄 흐르는 얼굴은 은행 금고에서 금방 나온 수표 같았다.

문에 기대어 스르르 앉는 그를 본 순간, 숨이 막혔다. 빈 의자가 있는데도 히피처럼 카펫 바닥에 철퍼덕 앉은 아도니스가 나를 올려다본다. 그의 얼굴이 후광을 쓴 듯 빛났다. 상식의 틀을 깨는 그에게서 획, 신선한 바람이 불었다. 아, 이 남자가…… 그의 분방함이 나의 방어기제를 무너뜨리지는 않았지만, 그가 다시 보였다. 냉정한 파워엘리트인 줄 알았는데, 자유로운 영혼이었나. 나도 그처럼 바닥에 주저앉았다면…… 내 방의 문에 기대어 일렁이던 불꽃은 나의 착각이었을까.

　나는 뒷좌석에, 내 옆에는 장사장, 내 앞에는 곱슬머리, 운전석에는 아도니스가 앉았다. 세 남자와 한 여자가 소풍을 가는 듯한 흥겨움이 차 안에 감돈다. 카스테레오에서 퍼지는, 이게 무슨 노래죠? 아 이건 퀸의…… 이것도 한번 들어보세요. 아나운서처럼 명료한 아도니스의 저음이 내 귀에 걸린다.

　아도니스의 친구가 주인이라는 압구정의 카페는 최근에 개업해 손님이 우리밖에 없었다. 실내장식이 예사롭지 않은 주위를 둘러보다 탁자 밑에 시선이 갔다. 사장과 아도니스와 곱슬머리의 양복바지 밑에 반짝이는 구두들. 먼지 하나 묻지 않은 검정. 두렵도록 눈부신 검정이었다. 반들거리는 구두코가 그들이 누구인지 웅변했다. 생활의 지질구질한 때를 묻히지 않은 신사화들 옆에서 광택을 잃은 나의 플랫슈즈가 초라해보였다.

　제국출판사에 오기 전에 내 앞에 어른거리던 남자구두들은 뒤축이 닳고 가죽이 긁히고 먼지투성이였다. 흥미로운 차이를 잊고 주스를 빨며 나는 현재에 집중했다.

　"애린씨. 초등학교 어디 다녔어요?"

　"술은 뭘 드시나, 주량이 얼마예요?"

　내게 쏟아진 물음표에 성실히 답했다. 사장이 아도니스와 나를 번갈아 쳐다보며 눈을 깜박였다.

"야, 아도니스. 또 뭐가 궁금해? 다 물어봐 지금."

다른 임원들에게는 '박 이사' '정 이사' 직위로 호칭하는 사장이 아도니스에게만은 그냥 이름을 불렀다. 어울리는 자리는 늘어났지만 내가 그네들과 가까워진 건 아니다. 우리 사이의 거리는 좁혀지지 않을 것이다.

사장실에 들어서려던 나는 멈칫, 뒤로 물러섰다. 결재를 받을 서류라든가, 자료를 찾으러 왔든가, 아무튼 뭔가 용무가 있었다. 사장의 집무실에 모여 앉은 그네들이 나를 보자 대화를 멈추었다. 회의용 탁자에서 내가 들어서는 안 될 중대한 사안을 논의하고 있었다. 사장과 박 이사와 아도니스의 당혹스러운 표정에 '죄송합니다'란 말도 못하고 황급히 문을 닫았다.

장두남 비자금과 장재욱의 유령회사와의 관계를 추적하는 신문을 보며, 옛날에 내가 열지 못한 문을 확 밀어젖힌다. 거기서 그들은 무슨 밀담을 나눴을까. 나는 알려고 하지 않았다. 시키는 일만 하고 나오라면 나왔다. 일요일에 회사 근처의 초등학교 운동장을 빌려 체육대회가 열렸다. 하필 노는 날, 공휴일에 쉬지도 못하게 다 큰 어른들이 무슨 운동회야. 심통이 나서 한 시간이나 늦게 도착했다. 초여름처럼 포근한 4월의 오후였다.

장거리달리기의 출발선에 다리를 내민 아도니스를 보고 나는 설마 부잣집 도련님이 영업부의 터프가이들과 경쟁이 되려나, 미심쩍었다.

그가 달린다. 팔을 휘젓고 다리가 껑충껑충, 움직이는 인체는 아름답다. 아름다웠다 아도니스의 몸은. 운동장을 달리는 그는 한 마리의 야생마였다. 운동선수처럼 다부진 근육질의 몸매, 남자의 몸을 넋을 잃고 바라보기는 그때가 처음이었다. 그는 일등으로, 이등과 반 바퀴나 차이 나는 월등한 실력으로 결승선을 통과했다. 반팔 셔츠에 운동화를 신고 이마에 땀이 맺힌 아도니스는 귀공자도 부르주아도 아니었다. 우리를 가르는 나이와 계급과 신분은 지워지고 오로지 인간만이 남았다.

체육대회가 끝나고 호프집에서 맥주를 마시고 룸살롱까지 진출했다. 룸살롱이 어떤 곳인지, 호기심이 발동해 못 이긴 척 따라갔다. 지하의 밀실, 입구의 콘솔 위에 비닐에 싸인 진짜 꽃이 한 다발 시름에 잠겨 있었다. 비닐을 씌워 향기를 내뿜지 못하는 장미가 측은해 "시들 틈도 없이 바꿔쳐지겠지"라는 문장이 떠올랐다. 손가방을 열고 메모지를 꺼냈다. '여자화장실이 없다'도 노란 포스트잇에 적었다. 여자들이 우글거리는 유흥업소에 여자화장실이 없다는 사실이 도무지 이해되지 않아서.

꽃 같은 여자들이 죽 들어와 남자들 사이에 끼어 앉는다. 아가씨들의 술시중을 받기가 민망해, 마치 내가 종업원이고 그녀들이 손님인 양 정중하게 존댓말을 썼다. 밴드가 들어오고 춤판이 벌어졌다. 음악이 시끄러워 옆에 사람 소리도 들리지 않고 춤추는 일밖엔 할 짓이 없다. 나도 나가서 흔들면 내일 아침에 허리둘레가 1센티는 줄겠지.

그러나 나는 가만히 과일 안주를 뒤적이며 그들을 관찰한다.

돌 이사는 미니스커트를 껴안고 비비고, 곱슬머리는 아가씨와

'사랑이여'를 열창하고, 이광수는 술독에 빠졌다. 사장은? 박 이사와 곱슬머리의 '사장님도 나오세요'에 이끌려 홀에 엉거주춤 섰다. 착하고 멍청한 돌 이사만 흥겹게 춤을 추다 그대로 멈춘, 희미한 동영상을 되감는다.

단행본팀과 영업부의 젊은 직원들은 먼저 일어나고, 자리를 옮겨 마지막 향연이 벌어졌다. 술이 술을 마시고 조금씩 뻥 뚫린 구석을 숨기고 살아가는 사람들이 서로에게 의지하려는 밤.

"이애린 씨. 제발 우리 회사에 오래 있어요."

부탁하며 사장은 내 손을 잡았다, 라기보다는 내 손 위에 자신의 손을 슬며시 얹었다. 내가 아무 말도 없자 "애린 씨, 결혼하면 내가 이불을 사줄게." 약속하는 얼굴이 진지했다. 내게 이불을 사주겠단 남자는 처음이어서 무척 감격했다. 어서 짝을 구해야겠군. 이불 값을 아끼려면.

일주일 뒤, 와이프가 사내아이를 출산했다며 돌 이사가 직원들에게 밥과 술을 샀다. 아도니스는 참석하지 않았다. 그가 있었다면, 내가 돌대가리 이사를 들이받는 대형사고를 치지 않았을 텐데.

딸만 둘이던 돌 이사는 아들이 생기자 싱글벙글 웃음이 떠나지 않았다. 더 마시자, 우리 집에 가서 더 마시자, 칭얼거리며 자랑이 멈추지 않았다.

마누라가 아들을 낳았어. 아들을……

듣다못해 버럭 짜증이 돋았다. 도대체 몇 번이나 저 소리를 들어줘야 하나. 독신녀인 나는 마누라, 아들, 출산에 피가 끓는다. 내가 돌 이사를 빤히 노려보며 참았던 말을 내질렀다.

"그래? 너처럼 바보 같은 애가 또 나왔어? 그렇게 좋으면 집에 가서 부인 옆에 있지, 왜 어린 여자애들 끼고 노니?"

직원들이 지켜보는 자리에서 사장의 죽마고우인 '이사'를 들이받았으니, 내가 무사할 리가 없었다. 술 마시고 늦게 출근해도 예술서 편집부는 봐주는 분위기여서 이광수와 나는 경쟁이라도 하듯 지각이 잦았다. 눈치 없이 또 늦은 나른한 아침이었다. 박 이사가 볼록한 배를 우리 방에 들이미는데, 손에 뭘 잔뜩 들었다. 눈을 부릅뜨고 사원 숙지사항과 녹색점퍼와 출근 도장을 내 책상 위에 탁, 내려놓고 회사의 명령을 전달한다.

"이거 잘 읽어보고 숙지하슈."

복사한 A4 용지에 내가 준수하고 유의하고 하지 말아야 할 행위들이 번호에 매겨졌다.

社員熟知事項

* 복무규정 제2장 복무규율 제4조
직원은 업무를 수행함에 있어서 다음 각호의 사항을 준수하여야 한다.
1. 항상 명랑 활발한 태도로 직무를 수행하고 회사의 경영원칙의 달성에 적극 협력할 것.
2. 사규 사칙 기타 단체생활에 필요한 질서와 규율을 엄수할 것.
3. 공사의 구별을 명확히 하고 상호인격을 존중하여 예의와 우

애를 지킬 것.

4. 항상 시간과 규율을 존중 엄수하고 업무를 신중 신속 정확히 처리할 것.

5. 직무상의 기밀을 엄수하고 회사의 기밀이 누설되지 않도록 각별 유의할 것.

6. 회사의 허가없이 근무시간중에 집회 기타 업무와 관계없는 일을 하지말것.

7. 회사의 허가없이 정치운동에 참여하지 말것.

…………

17. 기타 이 규정 또는 상사의 지시에 반하는 행위를 하지 말것.

생소하고 따분하며 엄숙한 명조체 문장을 훑으며 나는 복무규율이 아니라, 띄어쓰기와 'ㄹ 것'으로 끝나는 각운에 유의하고 있었다. 띄어쓰기가 잘못되었네. '하지말것'이 아니라 '하지 말 것'이 옳다. 복무규율 제4조 밑에 인사규정 제28조 9항목이 나열되었다. 내게 해당되는, 해당될지도 모르는 징계사유는 2번과 8번이었다.

2. 기타 업무상의 의무에 배치되는 언동을 감행해 사내 질서를 문란케 하거나 회사의 명예를 오손한 경우

8. 조퇴, 지각이 년20회 이상인 경우

방자한 예술서 편집부를 길들일 두 번째 채찍은 유니폼이었다.

"오늘부터 회사에서는 반드시 이걸 입고 일하슈."

박 이사가 주는 대로 받았지만, 상사 앞이라 아무 말 못했지만

그런 멋대가리 없는 잠바를 입을 내가 아니다. '제국'이 앞주머니에 새겨진 녹색의 단복을 하루인가 이틀인가 어깨에 걸쳤다가 사무실의 캐비닛에 쑤셔 넣었다. 그 흉측한 물건이 내 눈앞에 띄지 않게 캐비닛 문을 잠그고 담배를 피워 물었다. 미술사학과에서도 알아주던 멋쟁이를 뭘로 보시고? 내 참, 기가 막혀서.

내가 원하는 옷만 입은 건 아니다. 맘에 들어도 사지 못하고 쳐다보기만 한 코트며 원피스가 수두룩하다. 하지만 성인이 되어 내가 싫어하는 스타일을 강요당한 적은 없다. 그건 여자이며 예술사를 전공한 나의 자존심이다.

오전 9시부터 오후 6시까지 내 몸에 닿는 옷도 상사의 지시에 따라야 하는 신세로 전락한 자신을 돌아보며, 나는 꿈꾸었다. 출근 도장이며 복무규율이며 징계사유로부터 해방될 그날은 언제일까?

단편소설을 투고한 문예지에서는 소식이 없고 나는 커피메이커에 물을 붓는다. 예술서 편집부의 손님을 맞는 테이블 위에 원두를 내리는 기계가 있었다. '돌 이사' 사건 이후 내 주위에 미묘한 기류가 형성되었다. 별 용건 없이 우리 방에 들려 원두커피를 마시던 임직원들의 발길이 뜸해졌다.

전화벨이 울린다. 사장이다.

"예. 예. 제가 가겠습니다."

사장님의 부르심을 받는 내 목소리가 '네'에서 '예'로 바뀌었다. 나도 모르게 진행된 변화가 당혹스러웠다. 서울내기인 나는 부모님이나 친척어른들에게 네, 네, 내가 존경하는 지도교수에게도 네, 네 했다.

네와 예는 다르다. '예'가 더 공손하고 상하관계가 분명히 드러난다. '예'에는 권력이 개입되어 있다. 내가 당신을 나의 상관으로, 대장으로 모신다는 전제가 깔려 있다. 나의 해석이 맞나? 국어사전에서 '네'와 '예'는 의미 차이가 없다.

별것 아닌 것에 의미를 부여한다는 것 자체가 나의 달라진 자세를, 내가 서열에 민감한 회사원이 되었음을 말해준다. 나는 내게 일어난 혁명과도 같은 변화에 저항하지 않았다. 뿐만 아니라 사장만큼 카리스마 넘치는 아도니스에게도 예, 예, 예의를 다했다. 회사에서 내가 느끼는 불편함이 커졌지만 밖으로 내색하지는 않았다. 입사 초기의 방종함을 버리고 나는 점점 작아졌다. 사장이 와도 자리에서 일어나지 않던 내가, 그를 보면 하던 일을 놓고 벌떡 일어났다.

우리 방에는 의자가 세 개였다. 나와 이광수가 사용하는 바퀴 달린 회전의자. 그리고 바퀴 없는 등받이의자 하나가 손님용 탁자 밑을 굴러다녔다. 사장이 아도니스와 함께 편집부에 들어오면, 그들에게 자리를 양보하고 나는 서 있곤 했다.

사장의 소원이던 미술전문서점이 문을 열고 사세가 확장되며 식구가 늘었다. 곱슬머리가 미술서점의 대표로 가고, 그가 쓰던 방에 홍 선생이 들어와 '제국 미술연구소'의 간판을 내걸었다. 예술서 편집부에 디자이너와 새로운 편집자 두 명이 배치되었다. 예술학과를 졸업한 A는 청바지를 즐기는 발랄한 아가씨, B는 긴 주름치마를 고수하는 노처녀다. 나보다 두 살 아래 스물아홉 살이었는데, 그때만 해도 스물여덟이 넘은 여자는 노처녀 할머니 취급을 당했다.

여성스런 후배들이 오자 꽃병에 꽃도 꽂히고 방이 화사해졌다. 막내인 A는 화집에 들어갈 사진을 찍고 소소한 잔무를 처리했다. 이광수가 담당하던 교정 원고를 B와 나누었다. 번역이 일부 진행된 원고를 받는 대로 교정을 보았다. 직책은 편집부장이지만 내가 하는 일은 보통의 편집자들과 크게 다르지 않았다. 나는 낮에는 영어사전과 씨름하며, 밤에는 쓰고 지우고 찢는 문장 연습에 열정을 쏟았다.

6월 23일 오후, 회사의 양해를 얻어 일찍 퇴근했다. 나는 마포에 위치한 창조와비판사의 좁은 계단을 올라간다. 무더운 날씨에 전화를 받자마자 달려와 숨이 가쁘고 등이 축축하다. 이마에 맺힌 땀방울을 손수건으로 닦으며 측량할 수 없는 열기에 젖는다. 삐걱거리는 나무 계단을 올라가면, 나는 소설가가 될 것이다. 어두운 복도의 끝에 다른 세상이 펼쳐질 것이다.

마릴린 먼로의 입술이 손님을 맞는 압구정동 사옥과는 완전 딴판인 동네. 민중미술 화가 오윤의 판화가 걸린 방에서 내가 그토록 갈망하던 말을 들었다.

소설 좋던데.

좀 기다렸다 겨울호로 등단하지.

계간지 편집위원들이 호기심 어린 눈으로 날 바라보며 내 소설을 읽은 소감을 전했다.

이애린 씨 작품은 도발적이야.

내 이름 석 자 옆에 붙은 '작품'이 초콜릿 사탕처럼 달콤했다. 까칠한 혀 위에 올려놓고 잠들 때까지 빨고 싶은 사탕.

강렬하다. 섬뜩하다. 발랄하다. 세련됐다. 정확하다. 비유가 살아있다……

살아있다는 평이 제일 맘에 들었다. 살아서, 여기 있다는 증거. 살아남기 위해 모욕을 견뎠다.

지금 일하는 곳이 어디예요?

편집자의 질문에 나는 주저하지 않고 "제국출판사입니다"라고 말했다. 내가 소속된 회사가 자랑스럽지도 부끄럽지도 않았다.

제국? 어디서 들어본 이름인데……

맞아. 거기 사장이 장재욱 아니에요?

내 앞에 앉은 남자의 입가에 놀라움과 연민이 지나갔다. 어떻게 그런 델 들어갔냐고 그는 내게 캐묻지 않았다. 내가 소설을 투고한 창조와비판사는 리얼리즘계열, 좌파 성향의 문학출판사다. 군사정권시대에 독재와 불의에 맞선 지성의 상징이었다. 대학생이던 우리는 창조와비판사에서 발행한 책은 무조건 믿고 보았다.

제국출판사보다 좁은 공간에 허술한 옷차림의 남녀들이 바글거리는, 마포의 고색창연한 건물이 내 집처럼 편안했다. 한국을 대표하는 지성의 산실에서 일하는 행운을 거머쥔 그네들이 부러웠다.

"식사나 하고 가시죠."

편집차장인 Z를 따라갔다.

마포의 갈빗집에 꾸역꾸역 종이 냄새나는 인간들이 모여들었다. 고향 오라비 같은 편집위원 X, 편집부장 Y, 편집차장인 소설가 Z 그리고 문인들 두엇이 합석했다. 중견시인이자 소설가인 김수영이 손을 내밀며 동업자가 된 나를 환영했다. 누가 높은 사람인지, 누가 출판사 직원이고 손님인지도 애매했다. 격의 없는 푸근함, 훈훈한 사람의 정(情)에 녹아 벌컥벌컥 소주를 들이켠 다음날에도 나는 출근했다.

6월 28일. 그가 한국을 떠났다.

수배가 풀렸어?

응, 다 해결됐어. 나, 내일 떠나. 미국으로 공부하러.

전화기 넘어 김준의 목소리는 예전보다 차분했다. 마음의 평화를 얻었는지. 가슴속을 뒤지면 어딘가 남아 있을 미련을 지우며 나는 그의 안녕을 빌었다.

미국에서 잘 지내, 형.

나는 그에게 빚이 있다. 내 일기장을 보고 글을 쓰는 재능을, 미래의 소설가를 발견한 사람이 그였다. 창조와비판사의 높은 분에게 이애린의 소설을 읽어보라고 압력을 넣은 사람도 김준이다.

퇴근한 뒤에 문단의 술자리에 불려 나갔다. 너네들이 망하기를 기다렸다는 듯 쏟아지는 후일담 소설을 보며 혼자 삭인 불편함을 문단에서 터놓고 말할 사람은 김수영 선배밖에 없었다. 시인이며 소설가인 김수영이 한국문학에 대한 불만을 토해냈다.

"지금의 한국소설이 보여주는 천박함. '운동'에 대한 회의를 주제로 한 작품들의 가벼움은 바로 우리 운동의 수준을 드러내는 거야."

길게 한숨을 쉬는 그에게 나도 맞장구를 쳤다.

"운동을 했어야 회의를 하지. 회의의 수준이 이 정도인건 곧 우리 나라 마르크시즘의 수준이 요 정도 밖에 안 된다는 증거 아닌가요."

"애린아, 이번에 발표한 네 소설 좋더라. 네가 조금만 더 잘 쓰면 내가 절필하지."

"선배님이 쓰세요. 저는 골치 아파서 80년대 안 쓸래요."

니가 써라, 나는 싫다, 서로 미루며 우리는 취했다. 만취한 선배를 앞세워 골목을 빠져나오는데, 김수영이 내게 무서운 이야기를 했다.

애린아, 너는 외로울 거야.

창비(창조와비판사)에서도 문지(문학과지식사)에서도 소외될지 몰라.

중심을 잡지 않으면 여자는 노리개 취급을 당해.

쓸데없이 술판에 기웃거리지 말고 부지런히 쓰라고, 회사를 그만두지 말라고 그는 충고했지만, 나는 내 운을 시험해보고 싶었다.

사표를 내려 사장실에 들어갔다. 내가 입사했을 때보다 의자며 집기들이 늘었다. 책상 위에 책이 더 쌓였다. 크기도 제각각 귀퉁이가 맞지 않는 서적들이 무질서하게 흩어진 모양새가 출판사 대표의 서재답다.

장사장이 자리에서 일어나, 나를 처음 면담했던 팔 개월 전처럼 반갑게 나를 맞았다. 이미 박 이사를 통해 나의 사직 의사를 통고받은 그에게 나는 긴 말을 하지 않았다. 삼십 년 간 대한민국에서 좌충우돌하며 배운 상식으로, 예의를 갖추되 내가 원하는 방식으로 간결하고 정확하게 내 뜻을 전달했다.

"회사를 그만둘까 합니다."

해고당하기 전에 먼저 떠나겠다는 사원에게 그는 유쾌한 낯으로 덕담을 건넸다.

"소설가가 되셨다니 축하합니다."

"그동안 고마웠습니다."

"가끔 들르세요."

사장실을 나오기 전에 내 속에서 뭔가 꿈틀거렸다. 그 말을 꼭 하려던 건 아니었다. 잊은 우산을 찾듯 대수롭지 않게, 정호승이 내게 약속한 월급과 내가 실제로 수령한 액수의 차이를 거론했다.

"그래요? 난 전혀 몰랐는데."

놀라며 이마를 찌푸렸다. 이마에 주름이 잡히도록 감정의 동요를 드러내는 장재욱 사장을 보니 내가 되레 멋쩍었다. 그의 이마와 눈은 내게 미안함을 표시했지만, 미안하다는 말은 하지 않았다. 팔 개월 동안 나의 보스였던 사람에게 마지막으로 고개 숙여 인사하고 회사를 나왔다.

제국출판사는 들어가기도 쉬웠고 나오기도 쉬웠다. 정호승을 만나고 사흘 만에 분식집에서 신입사원 환영식을 치렀고, 퇴직의사를 밝히고 일주일 뒤에 회사를 떠났다. 출간을 앞둔 신간이 없어서 인수인계도 간단했다. 번역자들에게 번역료가 제대로 지급되었나, 확인하고 짐을 챙겼다. 내가 교정을 보던 미술사전《The Library of Art》는 번역이 완료되는 이 년 뒤에나 발간될 것이었다.

내가 재직한 팔 개월 동안 예술서 편집부에서는 한 권의 책도 출간하지 못했다. 지금 대한민국의 서점에는 내 이름이 편집자로 들어간 제국출판사 책이 깔려 있지 않다. 내가 그곳에 있었다는 흔적은 어디에도 없다. 내 인생의 팔 개월을 그곳에서 보냈다는 증거는…… 바퀴 달린 회전의자와 내가 쓰는 이 소설뿐.

에필로그

제국출판사를 그만두고 어느 일요일 오후, Y대학의 노천극장에 앉아 노동자신문 주최 노동자 가요대회를 구경했다. 행사 제목은 노동자 가요대회인데 내겐 그냥 흥얼거리는 노랫소리만 들렸다. 노동자가 빠진 '전국노래자랑'처럼 별다른 감흥이 없었다. 노동과 착취가 허공에 쌓이고 머릿속으로 나는 사회주의를 정리했다.

사회주의는 실패할 수밖에 없었어.

인간은 선하지 않아.

사회주의의 기본 전제는 모두가 모두의 이익을 위해 개인의 욕망을 조절한다는 것인데…… 인간의 이기심을 과소평가했지. 인간의 본성에 반(反)한 거라 실패할 수밖에 없었어. 사회주의가 인간의 욕망을 과소평가했다면, 자본주의는 상품을 팔기 위해서, 없는 욕망도 만들어내지.

광화문의 제과점에서 그를 마주쳤다. 빵을 사려고 빵집에 들어섰는데 내 앞에 엉거주춤 서있는 실루엣이 눈에 걸렸다. 내가 아는 후배인 여성에게 차이는 중인 듯, 찬바람이 도는 여자 옆에서 쩔쩔매는 동혁. 분위기가 묘한 남녀를 알아본 순간, 멜로드라마에 끼어들고 싶지 않아 가게를 나왔다.

내가 크루아상을 사지 않고 제과점을 나온 날로부터 천일의 낮과 밤을 건너뛰어, 나는 작가가 되고 그는 D신문의 정치부 기자가 되었다. D신문 문화부에 에세이를 보내고 몇 자 고치고 싶어서 전화를 걸었다. 기자들이 쉬는 휴일이라 담당자의 직통번호가 아니라 편집국 대표번호를 돌렸다. 누군가 출근한 사람이 있겠지, 막연히 기대하면서.

"저, 문화면에 칼럼 연재하는 작가 이애린인데요. 원고를 보냈는데 좀 고칠……"

내 말이 더 이어지기 전에 선이 굵은 남자 목소리가 들렸다.

"나, 이동혁입니다."

이십 년의 침묵이 나를 막아섰다. 힘이 들어간 '동혁'을 알아듣고 나는 아무 말 없이 전화기를 내려놓았다.

애초에 내가 염두에 둔 소설의 마지막 시간과 공간은 월드컵이 열리던 2002년 6월의 서울 광장이었다. 편집자를 만나 에필로그에 대한 나의 구상을 대강 그려주었다. 대뜸 왜 월드컵이죠? 물어보는 서른두 살의 편집자에게 뭐라고 설명할지? 난감했다.

"6월 항쟁 이후에 최대 인파가 서울 도심에 모인 게 월드컵 아니냐. 붉게 물든 광장을 보며 87년 여름을 상기하는 장면이지요."

내 급한 답변을 듣고도 편집자 K는 잘 납득이 안 간다는 눈치였다. 세대가 다르니까 그가 이해 못하는 게 당연하다.

군부독재를 끝장낸 국민들이 월드컵 4강이라는 기적을 만들었다. 자신들의 손으로 독재자를 끌어내린 기억과 자신감이 응원 열기로 이어졌다. 지금 우리가 누리는 자유와 평화는 공짜가 아니라고…… 나는 말하고 싶었다.

대-한-민-국! 함성 너머로 내가 열어젖힌 또 다른 하늘.

동지들과 함께 나는 시위용품을 운반하고 있다. 대통령 선거가 며칠 앞으로 다가온 1987년 12월, 대학로와 시청 앞 광장에서 후보단일화를 촉구하는 대중집회가 열렸다. 운동권의 각 정파들은 선거라는 열린 공간을 적극 활용해 자신들의 주장을 대중에게 알리는 기회로 삼았다.

동 트기 전, 새벽에 일어나 2인 1조로 구로공단과 가리봉을 돌며 유인물 뿌리기, 민중의 시대를 앞당기자는 벽보를 붙이고 풀 묻은 손으로 함께 국밥을 떠먹은 뒤 사무실로 출근했다. 정식 조직원이 아닌 자원봉사자들도 분반으로 나뉘어 회의를 하고 일하러 나갔다. 나처럼 부끄러움이 심한 사람이 명동 한복판에서 발을 동동 구르며 '볼펜 사세요! 천 원짜리 민주볼펜 사세요!'를 외치며 추위를 잊었으니. 유월의 열기가 식지 않은 겨울이었다. 볼펜 판 돈을 모아 본부에 전달했는데, 시위용품을 구입하기엔 부족한 금액이었다.

길거리에서 모금함을 들고 볼펜 팔기는 싫었지만, 담벼락에 벽보를 붙이는 일은 재미있었다. 대선에 나온 네 후보의 선거운동원들이 벽보를 붙이기 좋은 장소를 찾아 서로 자리를 다투었다. YS나 DJ는 가급적 피하고, 노태우가 파렴치하게 웃고 있는 포스터 위에 민중후보의 홍보물을 덧붙이고 누가 볼까봐 냅다 뛰었다. 벽보를 붙일 벽은 한정되었으니 상대를 덮어야 내가 살았다. 우리가 새벽에 다녀간 뒤에 YS와 DJ가 오고, 그다음에 민정당 애들이 느지막이 노태우를 붙였다. 다음날 새벽엔 같은 자리에 우리가 또 민중후보를…… 붙이고 떼어내고 덧붙이는 숨바꼭질이 선거일까지 계속되었다. 바싹 붙어 앉아 몇 시간씩 허리도 펴지 못하고 결론이 나지 않는 토론을 일삼느니, 바깥바람을 쐬며 돌아다니면 기분이 상쾌해졌다.

깃발과 솜방망이를 가득 싣고 대학로에서 차가 떠났다. 가냘픈 체격의 여대생, 덥수룩한 머리에 눈이 맑은 일용직 노동자 김씨(자원봉사자로 들어온 노동자들도 우리와 회의를 같이 하고 같은 방에서 먹고 잤다), 그리고 운전대를 잡은 전속 사진사와 봉고차에 타고 시청 광장으로 이동 중이었다.

가자! 민중의 시대로! 격한 슬로건을 붙인 차가 종로경찰서를 지날 무렵이었다. 전경 두엇이 다가와 차를 세우더니 봉고차 안을 들여다보았다. 야간집회를 위해 준비한 솜방망이와 신나 통을 유심히 보던 경찰이 차 문을 열고 들어와 솜방망이와 신나 통은 물론 '합법적인' 깃발과 현수막까지 압수해갔다. 우리 일행 중에 가장 힘센 김씨가 격렬히 항의하다 팔에 찰과상을 입었다.

시청 앞에 도착하니 이미 끝이 보이지 않게 엄청난 군중이 (주최 측 추산 백만, 경찰 추산 삼십만이) 모였고 임시로 꾸민 단상에 마이크가 설치되었다. 민중후보 진영의 대변인인 이원행에게 내가 방금 겪은 일을 보고했다. '시위용품을 뺏기고 (사람이) 다쳤다'를 들은 그가 나를 부추겼다.

"그럼, 애린 씨가 지금 앞에 나가 말해요."

그가 말하는 '앞'은 단상 위, 즉 나보고 무대에 올라가 광장에 움집한 사람들에게 저들의 만행을 고발하는 연설을 하란 뜻이었다. 내 인생을 좌우할 중요한 순간이었다. 소심한 내가 백만의 대중 앞에서 당당한 투사로 거듭나느냐, 아니면 그냥 뒤에서 벽보를 붙이고 볼펜을 파는 자원봉사자로 남을 것인가. 수십만의 눈이 나를 향할 상상을 하니 숨이 막혔다. 떨려서 한 걸음도 내딛지 못할 것 같았다. 머뭇거리다 나는 뒤로 물러났다.

"저- 저는 못해요. 이원행 씨가 대신 말해주세요."

그래서 우리의 꽃미남이 바바리코트 자락을 휘날리며 앞으로 나가 마이크를 잡았다. 대변인에게 어울리는 일을 멋지게 수행한 그에게 박수갈채가 쏟아졌다.

아득아득한 옛날, 높고 단단한 서클의 문을 두드렸을 때부터 나는 도망갈 구실만 찾고 있었다. 양심이란 그물에 걸리지 않을 매끄러운 구실을…… 구호를 외치고 팔을 치켜올리기는 내 적성에 맞지 않았다. 앞장설 용기도, 뒤로 숨을 용기도 없었다.

그런 내가 '도발적'이라는 수식어가 붙은 작가가 되었으니. '도발적'이지 못하다는 게 인간 이애린의 약점인데. 열 권의 책을 펴내며 인터뷰와 낭송회를 하다 보니 내 얼굴이 두꺼워졌다. 이제는 어떤 자리에서든 주눅 들지 않고 내 목소리를 낼 자신이 있다.

2012년 여름, 서울 강남의 카페에서 열리는 독서모임에 초대 받았다. 책을 사랑하는 성인 남녀들이 모여 시와 소설을 낭송하는 조촐한 독서회였다. 행사 이틀 전에 작은 사고를 당해 손가락에 붕대를 감은 나는 어서 내 차례를 마치고 쉬고 싶었다. 내가 펴낸 소설집에서 몇 구절을 낭송하고 질문을 받는 차례였다. 앞자리에 앉아 아까부터 나를 유심히 쳐다보던 남자가 손을 들었다. 삶의 피로가 몸에 붙은 오십대. 언론사에서 일한다는 그는 나와 대학동문이라며 자기소개를 한 뒤에 내 소설을 읽은 소감을 피력했다.

"우리는 그동안 바쁘게 사느라 (그 시절을) 다 잊었는데, 직장 다니고 결혼하고 애 키우고 생활에 치여 청춘이고 뭐고 다 잊고 살았는데, 애린 씨는 아직도 80년대에 갇혀 있구려."

그의 말이 맞다, 예리한 지적이라고 수긍하면서 의문이 들었다. 내가 달랑 혼자라서 과거에 집착하는 게 아니라, 그때 그 시절로부터 벗어나지 못해서 혼자인 게 아닌지?

늦게 시작했기에, 나는 오래 붙들려 있었다.

내 서가에는 버젓이 80년대의 책들이 꽂혀있다. 《세계철학사》《한국변혁운동논쟁사》《러시아혁명》《유물론과 경험비판론 해설》《여성해방논쟁》······ 딱딱한 표지의 이념서적들이 제시하는 방향이 항상 옳지는 않았지만, 넓고 깊게 사물을 보는 시각 그리고 더불어 살아가는 삶의 가치를 내게 일깨워 주었다.

거대한 담론이 폐기된 뒤에 허탈한 이들의 빈 곳을 채우는 '氣 수련'이 운동권에 유행했었다. 수련잡지《방아方我 37호》도 보이는데 내가 찾는《지식인을 위한 변명》이 보이지 않았다. 손때 묻은 서적과 생활용품들을 나는 너무 쉽게 버렸다. 남자들을 정리하듯이 재빨리 물건을 버린 뒤에도 추억은 끈질기게 살아남았다. 불현듯 젊은 날의 초상 같은 책들을 다시 소유하고픈 욕망이 솟구쳤다.

내가 버린 책을 다시 사러 헌 책방에 왔다. 신촌의 뒷골목에 숨어있는 중고서점의 밀림처럼 빽빽한 서가에는 검은 표지가 벗겨진 크리스티의《나일살인사건》은 있지만 사르트르의《지식인을 위한 변명》은 없었다.

진짜 세상의 풍부한 현실을 반영하지 않은 추리소설과 사상서들을 서른 살 이후로 나는 거들떠보지도 않았다. 이사할 때마다 책을 버렸다. 추리소설은 내 서가에 한 권도 남아있지 않고, 청동기시대의 유물같은 이념서적들은 도서관에 기증하거나 중고서점에 넘겼다. 검은 밑줄이 그어진 나의 '변명'은 어디 있을까.

나의 이십대를 열어줄 책을 찾는데 실패한 나는 헌책방을 나와 미용실에 갔다.

"어떤 스타일을 원하세요?"

"아무렇게나 잘라주세요. 미용사 언니 맘대로."

내 말이 떨어지기를 기다렸다는 듯, 솜씨 좋은 가위가 익숙한 길을 달리는 마차처럼 부지런히 내 머리를 종횡으로 누볐다. 누군가에게, 무엇인가에 자신을 완전히 맡긴 것이 얼마만인가.

십 년 기른 머리를 십 분 만에 자르며 집착을 떨어낸 듯 시원했다. 귀가 상큼하게 드러난 짧은 커트는 오랜만이다. 책과 남자들은 쉽게 버렸지만, 내 머리만은 마음대로 하지 못했다.

"염색도 하시죠?"

"아니요. 저는 그런 거 안 해요."

"왜요? 하면 어울릴 텐데."

미용사의 끈질긴 구애에 넘어가 내 생애 처음으로 머리를 노랗게 물들였다. 엄밀히 말해 염색이 아니라 '브릿지'라는데. 머리가 달라지니 사람도 달라 보였다. 대학을 졸업하고 지금까지 나는 운동권 여학생의 이미지에서 크게 변하지 않았다. 최신 유행하는 '보브 스타일'로 머리를 깎은 뒤에 신발도 옷도 바꾸고 싶었다.

80년대가 내게 남긴 것은 이념이 아니라 '정서'이다. 이념이나 사상은 변할 수 있지만, 정서는 변하지 않는다. 옷을 고르는 취향, 타인을 대하는 태도, 말버릇이나 헤어스타일은 한번 굳어지면 평생을 간다. 작은 것들에 대한 연민, 정의에 대한 갈증, 돈과 악수하지 않는 손, 권력에 굽실거리지 않는 허리를 그 시절은 내게 물려주었다.

80년대는 내 신발장과 옷장 속에서 아직도 나를 지배한다. 부츠가 한 짝도 없는 신발장. 롱부츠는커녕 미들이나 앵클부츠도 없다.

뒤축이 닳은 검정 정장구두 한 켤레, 십 년을 신어 양말처럼 편한 검정 운동화, 밤색 랜드로버, 천이 벗겨진 스포츠 샌들뿐이었다.

내 발바닥에 붙어있던 검소함의 증거, 시대에 뒤떨어진 단화를 벗어던지고 목이 긴 부츠를 사야겠다. 운동화를 신고 돌덩이를 던지던 시대는 갔다. 마흔 겹, 백 겹으로 주름 잡힌 발가락에 현재를 확인시키는 작업이 내겐 필요하다. 저 푸른 바다를 건너기 위해.

새로 산 앵클부츠를 신고 영국행 비행기에 탔다. 아직도 내 가슴에 파도를 일으키는 독일인의 자취를 돌아보려 맨체스터의 채텀도서관(Chetham's Library)을 방문했다.

"마르크스의 의자가 어디 있어요?"

직원에게 물을 필요도 없었다. 2층 열람실에 '마르크스의 벤치'라는 표시판이 붙었고 A4 용지에 복사한 안내문까지 비치되어 있었다. 직원이 웃으며 "바로 여기다" 가리킨 곳이 환했다. 보라색으로 칠해진 아치 너머에 빛이 가득했다. 디귿자로 꺾인 기다란 나무 벤치에서 엥겔스를 만났다는데, 실내장식이며 분위기가 내가 예상했던 것보다 고급스러웠다. 그들이 앉았던 의자에 나도 앉았다.

책을 읽다 피곤해지면 그도 밖을 내다보았겠지. 유리문 밖으로 정원이 보였다. 꽃이 피고 지는 뜰 안에서 그는 무엇을 보았을까. 그가 본 것을 내가 보고 있다, 생각하니 전율이 일었다. 그를, 그의 글을 번역한 시간은 1년도 채 되지 않는다. 내 길고 지루한 생애에서 마르크스는 무엇이었을까. 불과 4년의 대학생활에서 얻은 지식과 관계와 기억에서 나는 왜 빠져나오지 못하나.

창가는 자신을 들여다보기에 좋은 장소이다. 창밖을 보는 척하며 아무도 보지 않아도 되니까. 맨체스터를 떠나 파리의 카페에서, 떨떠름한 보르도를 홀짝이며 강 건너를 추억한다. 세상의 고민 따윈 모르겠다는 듯 태평스런 젊은이들. 화사한 머플러를 두른 파리지엔느. 팔레트처럼 다양한 색의 바다에서 칙칙한 캠퍼스가 섬처럼 떠올랐다.

술은 운동에 헌신한 그들과, 나처럼 흐리멍덩한 동조자가 공유한 일용할 양식이었다. 언제든 찾아가면 아주머니의 구수한 입담과 양은대접에 담긴 도토리묵, 막걸리 사발이 우리를 반겼지. 새가 짖고 벌이 날고 꽃향기 그윽한 그늘에서 스무 살의 우리는, 스무 살다운 싱그러운 언어를 속삭여야 하지 않았나. 빙 둘러앉은 더벅머리와 헐렁한 바지들은 사랑의 밀어 대신, 투쟁을 모의하며 술잔을 부딪쳤다.

4월의 신록처럼 싱싱했던 우리의 고뇌는 어디로 갔는지. 매연을 들이킨 은행잎처럼 누렇게 시든 한숨이 소주처럼 맑은 개울에 빠졌다. 열변을 토하는 무리들과 떨어져, 계절의 허망한 끝을 잡고 술잔을 비우던 수줍은 여학생이 희끗희끗한 중년이 되었다. 우리들의 강이 말라 흙으로 메워지고 그곳의 모든 것이 진한 그리움으로 변할 줄을 알았다면, 나는 어떤 대가를 치르더라도 그날 그 시간을 내 것으로 붙들었으리.

낭독회에 초대받아 모교를 방문한 날, 택시 안에서도 내 눈은 차창 너머로 '강 건너'를 찾아 헤맸다. 여기쯤인데, 교문을 지나 뒤를 돌아보았다. 시간에 쫓기지만 않는다면 당장 차에서 내려 옛날의 주막을 찾으련만.

'북한 핵실험과 한반도 위기' 밑에 마르크스주의 포럼을 알리는 포스터가 붙은 벽을 지나, 라운지에서 민호를 기다렸다. 웬 남학생이 피아노에 앉아 클래식을 연주하고 있었다. 참 멋있네. 남학생이 피아노라…… 옛날엔 생각도 못했는데, 참 평화롭구나.

땡볕을 걸어와 노곤한 몸을 음악에 기대는데, 민호가 들어왔다. 금방 알아보았다. '남자 4호'였던 때보다 인상은 두툼해졌지만 아랫배도 나오지 않고 코에는 여전히 도수 높은 안경이 걸쳐 있었다. 27년만의 재회인데 우리 둘 다 놀라서 표정관리를 해야 할 만큼 외모가 망가지지 않았다. 대낮에 찬찬히 뜯어보면 변화를 눈치채겠지만, 아련한 피아노 소리에 묻혀 첫날은 그냥 지나갔다. 같이 저녁을 먹은 뒤 교정을 산책했다.

"너, 강 건너 알지?"

"그럼, 내가 대학원 세미나 마치고 허구한 날 드나들던 곳인데. 근데 애린아. 강 건너 없어졌어. 벌써 한참 되었어."

"그래? 학교에서 내가 제일 좋아하던 곳인데……"

"이미 오래 전에 바위산 유원지를 정비하며 간판을 내렸어. 저기 차들이 서있는 곳 보이지? 개울가에 주차장을 만들었어."

사라진 주막을 그도 나처럼 아쉬워했다.

"나, 소설에 '강 건너' 쓸까?"

"그래. 그럼 좋을 것 같아."

자연대 쪽으로 올라가다 민호와 나는 '강'을 건너는 정확한 위치를 놓고 다투었다.

"바로 여기야."

"아니야. 더 내려가야 돼. 정문 지나 오른편에, 오십 미터도 되지 않았어."

"아니라니까. 농구장 옆이었어. 내가 대학원 수업 끝나고 농구하다 술 마시러 가서 잘 알아. 코트 바로 밑이었다니까……"

니가 틀리네 내가 맞네, 싸우다 보니 해가 저물었다. S대 교수인 민호가 나를 차에 태우고 캠퍼스를 돌며 '너 다닐 때 이 건물 없었지' 라며 새롭게 들어선 강의동과 편의시설을 안내했다. 법대와 공대는 알아보기 힘들게 변했지만 학생식당 앞은 옛날 그대로였다. 아니, 더 낡고 부서졌다. 움푹 꺼진 시멘트 바닥, 흉하게 갈라져 자갈이 튀어나온 땅을 가리키며 내가 민호에게 불평을 늘어놓았다.

"다른 데는 다 고쳤으면서 여긴 왜 이 모양이니? 하이힐 신은 여학생은 넘어지겠다."

"그때 학생들이 데모하며 보도블록을 다 깨니까, 학교에서 벽돌 대신 시멘트를 부은 거야. 이제는 여기만 옛날 그대로 남았지."

학생회관 앞이라 본부에서도 나 몰라라, 단과대학들도 나 몰라라, 예산이 부족한데 누가 나서니? 학생들도 문제를 제기하지 않아 삼십 년간 방치했다고. 그래서 역설적으로 80년대를 증언하는 기념물이 된 울퉁불퉁한 바닥을 밟으며 서로의 기억을 보완했다.

그래. 우리가 다 깨서 (전경들에게) 던졌지. 너네 그때 무슨 도구를 썼니? 데모하는 날, 망치를 갖고 왔니? 아니, 망치는 무슨. 그냥 손으로 파헤쳤지 뭐. 실험실이나 서클룸에 있는 꼬챙이들을 갖다 썼겠지. 힘이 넘치는데 망치가 필요했겠냐? 어디 좀 앉을까? 그래.

도란도란 주고받다가도 띄엄띄엄 이야기가 겉돌았다. 담쟁이가 드리운 벤치에 앉아서도,

"네가 틀렸어."

"우리 내기 할래? 틀린 사람이 술값 내기다."

여전히 다투는 동창생 옆에서, 세월과 최루탄과 매연을 이겨낸 가로수들이 바람에 몸을 뒤척였다. 술을 마시러 가면서도, 술자리에서도 우리의 논쟁은 이어졌다. 누구의 기억이 정확한가, 판가름할 제3자가 필요해 비곗덩어리를 전화로 호출했다.

"강 건너가 자연대 농구장 옆이었니?"

"아니. 그건 짝퉁이고, 강 건너가 인기를 끌자 개울가에 술집들이 여럿 생겼어. 진짜는 정문 지나 오른편에 있었지. 등교 길에 선배들이 야― 누구야, 부르면 달려가 책가방 내려놓고 아침부터 술 마셨다니까."

비곗덩어리가 확인해 주었는데도 민호는 항복하지 않았다.

"네가 맞다고 하니 술값은 내가 내지만……"

사회주의가 아니라 '강 건너'의 위치를 놓고 치열하게 다투던 밤. 술집을 나서는데 '강 건너'를 발견했던 그날처럼 땅이 솟아오르고 하늘이 움직였다. 비틀거리는 나를 잡아줄 불빛이 신의 계시처럼 반짝였다.

작가의 말(개정판)

돌아가고 싶어

아니, 돌아가고 싶지 않아

회색빛 잔디에도 가끔 햇살이 비추고

후미진 구석에서 청춘의 꽃을 피울 수도 있었으련만⋯⋯

우리의 젊은 날을 위로하는 벽화를 그려야지

삼십여 년 전 이 소설의 초고를 쓸 때의 제목은 "아름답게 꽃 필 적에"였는데, 2013년 《문학의 오늘》에 장편연재를 시작하며 〈토닉 두세르〉로 바꾸었고 단행본으로 묶으며 제목을 다시 《청동정원》으로 바꿨다.

후배가 선물한 청동으로 만든 벽걸이 장식을 보며 쓴 〈청동정원〉이란 시가 있었는데, 소설을 탈고한 뒤에 눈에 들어와 제목으로 삼았다. 쇠붙이로 무장한 전경들이 푸른 나무들 옆에 서있던 시대를 다룬 소설에 어울리는 비유 아닌가.

소설에 집중하려고 어머니를 요양원에 보내고 친구도 멀리하고, 내가 그토록 좋아하는 수영도 참았는데 (소설을 끝내기 전에 물에 빠져 죽으면 안 되니까)…… 내 생활을 희생하며 모든 것을 쏟아부은 소설이 책으로 나왔을 때의 반응은 내가 기대했던 것에 많이 못 미쳤다. 아쉬웠다. 언젠가 다시 출간하고 싶었는데 이미출판사에서 개정판을 출간하게 되어 감개무량하다.

개정판을 준비하며 주인공의 이름도 '진주'로 되돌릴까 고민했다. 연재할 때 주인공은 '진주'였고, 그녀가 사회주의 원전 번역팀에 들어가 보안을 위해 사용한 가명이 '애린'이었다. 2014년에 단행본으로 묶으며 '진주'는 너무 평범하니 주인공의 이름을 바꾸자는 출판사의 요청이 있었다. 딱히 마땅한 이름이 생각나지 않아 본명과 가명을 뒤바꾸기로 하고 '진주'가 '애린'이 되었다. '애린'이라니. 1980년대에 어울리지 않는 이름이라 끝까지 망설였지만…… 책 제목에서 주인공의 이름에 이르기까지 사연이 많은 소설이다. 초판에서 누락한 내용을 복원하기도 하고, 일부 표현을 바꾸거나 삭제하는 등 전체적으로 조금 수정했다. 애린의 동생 이름이 '혜린'에서 '채린'으로 바뀌었는데 독자들의 양해를 바란다.

내가 소설로 다루고 싶었던 것은 80년대에 이십대를 보낸 어느 청춘, 싱그러우며 황폐했던 봄날의 추억이었다. 폭압적인 체제에 맞서 앞에서 싸우지 못하고 멀찍이 물러나 모른 척하지도 않았지만, 그래서 더 고민이 깊을 수밖에 없었던 주변인의 초상이라고나

할까.

역사는 집단의 기억, 문학은 개인의 기억을 다룬다. 역사보다는 문학이 더 깊게 시대를 드러낸다. 쇠와 살이 부딪치던 청동시대를 통과하며 어디에 있었든 자신의 방으로 돌아오면 우리는 모두 개인이었다. 개인의 기억이 때로 집단의 기억보다 정확하고 진실에 가깝다고 나는 믿는다. 대중과 언론은 맨 앞에 선 사람들만 기억한다. 그러나 뒤에서 이들을 밀어준 사람들이 없었다면 대오는 한 발짝도 전진하지 못했을 터. 역사 속으로 사라진 사람들, 그때 그 시절에는 묻혔던 작은 목소리들을 복원해 또렷이 되살리고 싶었다.

취재에 응하고 의견을 주신 분들에게 감사드린다. 고나무, 김은주, 김창권, 남윤호, 안효상, 윤철호, 윤태희, 이경우, 한동승, 현무환, 홍혜경님 (가나다 순)…… 특히 김정호와 석미주 님과의 대화에서 많은 도움을 받았다. 인터뷰하고도 잊어서 여기 이름을 올리지 못한 분들에게는 너그러운 이해를 구한다. 그들의 기억이 들어와서 내 기억이 완전해졌다. 아름다운 추천사로 책을 빛내주신 이금희 아나운서님과 윤단우 작가, 베타별 님 그리고 은수미 성남시장님에게 깊이 감사드린다. 새로 책을 단장해준 여현미 디자이너, 편집자 김소라 님, 홈페이지를 만드느라 이정우 님의 수고가 컸다.

하고픈 말을 다 하지는 못했지만, 그만 훌훌 털고 일어나렵니다.

2020년 9월
최영미

참고한 문헌

1. 강준만, 《한국현대사 산책-1980년대편》 인물과사상사, 2003

2. 《6월항쟁을 기록하다》 6월민주항쟁계승사업회, 민주화운동기념사업회, 2007

3. 〈김재규, 10·26 1년전 박정희 시해 모의〉《월간중앙》 2005년 9월호 130~135쪽

4. 《사회평론 길》 1995년 5월호 46~55쪽 참조

5. 김명인, 〈반파쇼 학우투쟁 선언〉

6. 고나무, 《아직 살아있는 자 전두환》 북콤마, 2013

청동정원

1판 1쇄 발행 2014년 11월 1일
1판 3쇄 발행 2014년 12월 12일
개정판 1쇄 발행 2020년 9월 15일

지은이 최영미
편　집 김소라
디자인 여YEO디자인

펴낸이 최영미
펴낸곳 이미
출판등록 2019년 4월 2일 (제2019-000097호)
주소 서울시 마포구 마포대로 89 마포우체국 사서함 11
이메일 imibooks@nate.com
홈페이지 www.choiyoungmi.com
페이스북 www.facebook.com/youngmi.choi.96155

ⓒ 최영미 2020
ISBN 979-11-967142-7-7　03810